HEYNE BUCHER

Von Desmond Bagley sind
als Heyne-Taschenbücher erschienen:

Bahama-Krise · Band 01/6253
Der Feind · Band 01/6296
Die Gnadenlosen · Band 01/6394
Der goldene Kiel · Band 01/6456
Die Erbschaft · Band 01/6529
Die Täuschung · Band 01/6799
Der Transport · Band 01/6944
Schneetiger · Band 01/7958

DESMOND BAGLEY

TORPEDO

Roman

Deutsche Erstausgabe

WILHELM HEYNE VERLAG
MÜNCHEN

HEYNE ALLGEMEINE REIHE
Nr. 01/8038

Das Buch widme ich
Pat und Philip Bawcombe
und natürlich Thickabe

Titel der Originalausgabe
THE SPOILERS
Aus dem Englischen übersetzt
von Regina Rawlinson

7. Auflage

Printed in Germany 1994
Umschlagfoto: Bildagentur Mauritius/GEWE, Mittenwald
Umschlaggestaltung: Atelier Ingrid Schütz, München
Satz: IBV Satz- und Datentechnik GmbH, Berlin
Druck und Bindung: Elsnerdruck, Berlin

ISBN 3-453-04165-8

1. KAPITEL

I

Sie lag wie verloren auf dem Bett, merkte nichts mehr von den bulligen Männern, die sich im Zimmer drängten und es noch kleiner erscheinen ließen, als es ohnehin war. Der Tod hatte von ihr Besitz ergriffen, und jene Männer wollten herausfinden, warum, jedoch nicht aus menschlicher Neugier, sondern aus rein beruflichen Gründen. Sie waren Polizeibeamte.

Inspektor Stephens beachtete den Körper nicht weiter. Er hatte nur einen flüchtigen Blick auf die Tote geworfen und dann seine Aufmerksamkeit dem Zimmer zugewandt; weder die billigen, wackeligen Möbel noch der abgetretene Teppich, der zu klein war, um die staubigen Dielen zu verbergen, waren ihm entgangen. Einen Kleiderschrank gab es nicht, die wenigen Kleidungsstücke des Mädchens waren im ganzen Zimmer verstreut; sie hingen nachlässig über Stuhllehnen geworfen oder lagen neben dem Bett auf dem Fußboden. Das Mädchen selbst war nackt, eine leere Hülse. Der Tod hat nichts Erotisches an sich.

Als Stephens einen Pullover vom Stuhl nahm, staunte er, wie üppig weich und flauschig er war. Nachdem er sich das Etikett angesehen hatte, reichte er ihn stirnrunzelnd an Sergeant Ipsley weiter. »Teure Klamotten konnte die sich leisten! Haben wir sie schon identifiziert?«

»Betts vernimmt gerade die Vermieterin.«

Stephens wußte nur allzu gut, was er sich davon versprechen konnte. Die Bewohner dieses Hauses redeten nicht gern mit der Polizei. »Von der wird er nicht viel erfahren. Nur einen Namen, und der ist höchstwahrscheinlich auch noch falsch. Haben Sie die Spritze bemerkt?«

»War kaum zu übersehen, Sir. Meinen Sie, es geht um Drogen?«

»Gut möglich.« Stephens trat zu einer unlackierten Kiefernholzkommode und zog am Griff. Die Schublade ging einen Spaltbreit auf, dann klemmte sie. Er schlug mit der flachen Hand dagegen. »Ist der Polizeiarzt schon in Sicht?«

»Ich kann ja mal nachschauen, Sir.«

»Das können Sie sich sparen, der kommt schon noch rechtzeitig.« Stephens sah zum Bett. »Außerdem hat sie es sowieso nicht mehr eilig.« Er zog an der Schublade, die erneut klemmte. »Verdammtes Ding!«

Ein uniformierter Beamter trat ein und zog die Tür hinter sich zu. »Sie heißt Hellier, Sir – June Hellier. Sie wohnt seit einer Woche hier, letzten Mittwoch ist sie eingezogen.«

Stephens richtete sich auf. »Das hilft uns nicht viel weiter, Betts. Ist sie Ihnen schon einmal bei Ihren Streifengängen über den Weg gelaufen?«

Betts schaute zum Bett und schüttelte den Kopf. »Nein, Sir.«

»Kannte die Vermieterin sie von früher?«

»Nein, Sir. Sie kam einfach von der Straße herein und sagte, sie bräuchte ein Zimmer. Sie hat im voraus bezahlt.«

»Sonst wäre sie hier auch nicht untergekommen«, warf Ipsley ein. »Ich kenne die Alte, ohne Geld läuft bei der gar nichts.«

»Hatte sie hier irgendwelche Freunde, Bekannte?« fragte Stephens. »Hat sie mit irgendwem gesprochen?«

»Soweit ich in Erfahrung bringen konnte, nicht, Sir. Es sieht so aus, als hätte sie die meiste Zeit allein in ihrem Zimmer zugebracht.«

Ein kleiner Mann mit Bauchansatz kam hereingestürzt. Er ging zum Bett und stellte seine Tasche ab. »Tut mir leid, daß ich Sie habe warten lassen, Joe. Der verdammte Verkehr wird von Tag zu Tag schlimmer.«

»Schon gut, Doktor.« Stephens wandte sich noch einmal Betts zu. »Sehen Sie sich weiter um, vielleicht finden Sie ja doch noch etwas heraus.« Er trat neben den Arzt ans Fußende des Bettes und schaute auf die Leiche des Mädchens. »Das Übliche, Todeszeit und -ursache.«

Doktor Pomray warf ihm einen Blick zu. »Vermuten Sie ein Verbrechen?«

Stephens zuckte die Achseln. »Bis jetzt jedenfalls noch nicht.« Er zeigte auf die Spritze und das Glas auf dem Bambusnachtschränkchen. »Rauschgift könnte im Spiel sein, vielleicht eine Überdosis.«

Pomray bückte sich und schnupperte vorsichtig an dem Glas. Der dünne Film einer Flüssigkeit hatte sich unten abgesetzt, und er wollte gerade mit dem Finger hineinfahren, als Stephens sagte: »Besser nicht, Doktor. Ich will es erst auf Abdrücke hin untersuchen lassen.«

»Es ist auch eigentlich einerlei«, meinte Pomray. »Sie war süchtig, das steht fest. Schauen Sie sich doch bloß mal ihre Oberschenkel an. Ich wollte mich nur vergewissern, was sie genommen hat.«

Stephens hatte die Einstiche schon früher bemerkt und seine eigenen Schlußfolgerungen daraus gezogen, aber er sagte: »Vielleicht war sie Diabetikerin.«

Pomray schüttelte entschieden den Kopf. »Anzeichen von Phlebothrombose und Sepsis – kein Arzt würde zulassen, daß so etwas mit einem Diabetiker passiert.« Er bückte sich und kniff dem Mädchen in die Haut. »Außerdem Hinweise auf Gelbsucht; das weist auf Leberschäden hin. Ich vermute Rauschgiftsucht mit der bekannten Nachlässigkeit beim Spritzen. Aber Genaueres läßt sich erst nach der Autopsie sagen.«

»Schön, dann überlasse ich sie Ihnen.« Stephens drehte sich zu Ipsley um und bat ihn beiläufig: »Würden Sie wohl die Schublade aufmachen, Sergeant?«

»Da ist noch etwas«, warf Pomray ein. »Für ihre Körpergröße hat sie beträchtliches Untergewicht. Das ist ein weiteres Indiz.« Er zeigte auf einen Aschenbecher, der von Zigarettenkippen überquoll. »Und sie war eine starke Raucherin.«

Stephens beobachtete, wie Ipsley den Griff behutsam zwischen Daumen und Zeigefinger nahm und die Schublade mit einem mühelosen Ruck aufzog. Er wandte den Blick von Ipsleys selbstgefälliger Miene ab und sagte: »Ich bin auch ein starker Raucher, Doktor. Das hat nicht viel zu bedeuten.«

»Es rundet das medizinische Bild ab«, widersprach Pomray.

Stephens nickte. »Ich hätte gern gewußt, ob sie in dem Bett gestorben ist.«

Pomray machte ein verwundertes Gesicht. »Irgendeinen Grund, warum das nicht so sein sollte?«

Stephens lächelte leicht. »Nein, überhaupt keinen. Ich bin nur gern gründlich.«

»Mal sehen, was ich finde«, sagte Pomray.

Die Schublade war fast völlig leer. Lediglich eine Handtasche, drei Strümpfe, ein Höschen, das in die Wäsche gehörte, ein Schlüsselbund, ein Hüfthalter, eine Spritze mit einer zerbrochenen Nadel und ein Lippenstift lagen darin. Stephens schraubte die Kappe auf und schaute hinein. Der Lippenstift war bis unten hin aufgebraucht, und es gab Anzeichen dafür, daß das Mädchen versucht hatte, auch noch die letzten Krümel herauszubekommen; darauf deutete auch ein abgebranntes Streichholz mit einem rot verschmierten Ende hin, das er in einem Riß in der Schublade entdeckte. Als Fachmann für die Deutung solcher Einzelheiten kam Stephens zu dem Schluß, daß June Hellier völlig mittellos gestorben war.

Vorn auf dem Höschen wie auch am oberen Ende eines der Strümpfe waren ein paar rötlich braune Flecken zu finden. Sie sahen sehr nach eingetrocknetem Blut aus und waren wahrscheinlich die Folge von unsachgemäß gesetzten Spritzen in den Oberschenkel. Unter den drei Schlüsseln am Bund befand sich auch ein Zündschlüssel. Stephens bat Ipsley: »Springen Sie doch mal schnell nach unten, und schauen Sie, ob die Kleine einen Wagen hatte.«

Ein weiterer Schlüssel gehörte zu einem Koffer, der in einer Ecke stand. Ein so luxuriöses, aufwendiges Gepäckstück hatte Stephens einmal seiner Frau schenken wollen, doch wegen des exorbitanten Preises war nichts daraus geworden. Der Koffer war leer.

Er fand nichts, zu dem der dritte Schlüssel gepaßt hätte, also widmete er sich der Handtasche, die aus fein genarbtem Leder gefertigt war. Er wollte sie gerade aufmachen, als Ipsley zurückkam. »Kein Auto, Sir.«

»Tatsächlich!« Stephens verzog nachdenklich den Mund. Er ließ die Handtasche aufschnappen und sah hinein. Papiere, Taschentücher, noch ein verbrauchter Lippenstift, drei Shilling und vier Pence in Münzen, keine Banknoten. »Nun, Sergeant«, sagte er. »Teure Handtasche, teurer Koffer, Zündschlüssel, aber kein Auto, teure Kleidung bis auf die billigen Strümpfe, goldener Lippenstift in der Schublade, Lippenstift von Woolworth in der Handtasche, beide restlos aufgebraucht. Was schließen Sie daraus?«

»Mit ihr ging's wohl bergab, Sir.«

Stephens nickte und stupste die wenigen Münzen mit dem Zeigefinger an. Unvermittelt fragte er: »Können Sie mir sagen, ob sie noch Jungfrau war, Doktor?«

»War sie nicht«, antwortete Pomray. »Das habe ich schon überprüft.«

»Vielleicht ist sie auf den Strich gegangen«, schlug Ipsley vor.

»Durchaus möglich«, sagte Stephens. »Das kriegen wir schon heraus – wenn es nötig sein sollte.«

Pomray richtete sich auf. »Sie ist tatsächlich in diesem Bett gestorben, dafür gibt es die gewohnten Anzeichen. Mehr kann ich jetzt nicht tun. Kann man sich hier irgendwo die Hände waschen?«

»Unten im Gang gibt es ein Badezimmer«, sagte Ipsley. »Hygienisch würde ich es allerdings nicht gerade nennen.«

Stephens blätterte in ein paar Papieren. »Woran ist sie gestorben, Doktor?«

»Ich vermute, an einer Überdosis Rauschgift, aber um welche Droge es sich genau handelt, muß erst die Autopsie erweisen.«

»Unfall oder Absicht?« fragte Stephens.

»Das kann ich Ihnen auch erst nach der Autopsie beantworten«, erwiderte Pomray. »Wenn es eine gewaltige Überdosis war, können wir davon ausgehen, daß es Absicht war. Ein Süchtiger weiß normalerweise haargenau, wieviel er nehmen kann. War die Überdosis nicht allzu groß, kann es sich durchaus auch um einen Unfall handeln.«

»Und wenn es Absicht war, bleibt mir die Wahl zwischen Selbstmord und Mord«, meinte Stephens nachdenklich.

»Sagen wir, Mord können Sie mit einiger Sicherheit ausschließen«, entgegnete Pomray. »Süchtige können es nicht sonderlich gut leiden, wenn ihnen andere Leute die Nadel setzen.« Er zuckte die Achseln. »Und die Selbstmordrate unter Süchtigen ist hoch, wenn sie erst einmal ganz unten angelangt sind.«

Stephens räusperte sich leise, als er die Terminvereinbarungskarte eines Arztes entdeckte. Der Name darauf kam ihm bekannt vor. »Was wissen Sie über Dr. Nicholas Warren? Ist er nicht Drogenarzt?«

Pomray nickte. »Dann war sie eins von seinen Mädchen?« meinte er interessiert.

»Was für ein Arzt ist er? Ist auf ihn Verlaß?«

Pomray empörte sich. »Großer Gott! Nick Warrens Ruf ist so makellos wie frisch gefallener Schnee. Er zählt zu den Besten auf seinem Fachgebiet. Ein Quacksalber ist er jedenfalls nicht, falls Sie darauf hinauswollen.«

»Wir bekommen es mit jeder erdenklichen Sorte zu tun«, erwiderte Stephens ruhig. »Das wissen Sie doch selber.« Er gab die Karte an Ipsley weiter. »Seine Praxis liegt nicht weit von hier. Versuchen Sie doch, ihn herzubekommen, Sergeant. Wir haben das Mädchen immer noch nicht eindeutig identifiziert.«

»Ja, Sir«, sagte Ipsley und ging zur Tür.

»Noch etwas, Sergeant«, rief Stephens hinter ihm her. »Verraten Sie ihm nicht, daß die Kleine tot ist.«

Ipsley grinste. »Bestimmt nicht.«

»Also hören Sie mal«, sagte Pomray. »Wenn Sie versuchen wollen, Warren unter Druck zu setzen, können Sie sich auf einiges gefaßt machen. Er ist ein zäher Bursche.«

»Ich kann Ärzte nicht ausstehen, die Drogen verschreiben«, entgegnete Stephens grimmig.

»Sie haben doch überhaupt keine Ahnung«, fauchte Pomray. »Und in bezug auf medizinische Ethik können Sie Nick Warren nichts am Zeug flicken. Wenn Sie das vorhaben, redet er Sie in Grund und Boden.«

»Wir werden sehen. Mit harten Burschen bin ich schon öfter fertig geworden.«

Plötzlich schmunzelte Pomray. »Ich glaube, ich bleibe noch und schaue mir das an. Warren weiß wahrscheinlich besser als jeder andere in diesem Land über Drogen und Rauschgiftsüchtige Bescheid. Er ist in dieser Hinsicht ein Eiferer. Von Ihnen läßt er sich bestimmt nichts gefallen. Bin gleich zurück, muß mich nur in diesem Saustall von einem Badezimmer etwas saubermachen.«

Stephens erwartete Warren in dem matt beleuchteten Korridor vor dem Zimmer des Mädchens, denn er wollte sich den psychologischen Vorteil, daß der Arzt noch nicht über den Tod des Mädchens informiert war, nicht entgehen lassen. Wenn es ihn überraschte, wie schnell Warren eintraf, so ließ er es sich nicht anmerken, sondern er musterte den Arzt, der durch den Flur auf ihn zu kam, mit berufsmäßiger Sachlichkeit.

Warren war ein hochgewachsener Mann mit einem empfindsamen, wenn auch merkwürdig unbewegten Gesicht. All seine Äußerungen brachte er sehr überlegt vor, und manchmal legte er lange Denkpausen ein, bevor er antwortete. Stephens kam es daher so vor, als hätte Warren ihn nicht gehört oder als wollte er auf die Frage nicht eingehen. Doch der Arzt antwortete jedesmal, kurz bevor er die Frage wiederholen konnte. Diese Überlegenheit irritierte Stephens, obwohl er sich bemühte, seine Gereiztheit zu überspielen.

»Ich bin froh, daß Sie kommen konnten«, sagte er. »Wir stehen vor einem Problem, Doktor. Ist Ihnen eine junge Frau namens June Hellier bekannt?«

»Ja«, antwortete Warren knapp.

Stephens wartete gespannt darauf, daß Warren fortfahren würde, doch der Arzt sah ihn lediglich schweigend an. Er schluckte seine Verärgerung hinunter und fragte: »Ist sie Ihre Patientin?«

»Ja«, sagte Warren.

»Weshalb war sie bei Ihnen in Behandlung, Doktor?«

Erst nach einer längeren Pause antwortete Warren: »Das berührt das Vertrauensverhältnis zwischen Arzt und Patient; ich bin nicht bereit, mich darüber auszulassen.«

Stephens spürte, wie Pomray hinter ihm unruhig wurde. Steif sagte er: »Es handelt sich hier um eine polizeiliche Ermittlung, Doktor.«

Wieder antwortete Warren nicht gleich, sondern sah ihm statt dessen nur fest in die Augen. Endlich sagte er: »Ich meine, wenn Miß Hellier medizinische Hilfe braucht, verschwenden wir nur kostbare Zeit mit dieser Herumsteherei.«

»Sie braucht keine Hilfe mehr«, stellte Stephens nüchtern fest.

Wieder rührte sich Pomray. »Sie ist tot, Nick.«

»Ich verstehe«, sagte Warren. Er wirkte völlig unbeteiligt.

Stephens ärgerte sich über Pomrays Einmischung, doch noch mehr beschäftigte ihn Warrens Gleichgültigkeit. »Das scheint Sie nicht sonderlich zu überraschen, Doktor.«

»Nein«, antwortete Warren knapp.

»Sie haben sie mit Drogen versorgt?«

»Ich habe ihr welche verschrieben – früher.«

»Was für Drogen?«

»Heroin.«

»Mußte das sein?«

Warren blieb unbewegt, doch ein stählerner Blick trat in seine Augen, als er antwortete: »Ich habe nicht die Absicht, die medizinische Behandlung meiner Patienten mit einem Laien zu diskutieren.«

Zorn stieg in Stephens auf. »Aber ihr Tod überrascht Sie nicht. War sie unheilbar krank? Hatte sie nicht mehr lange zu leben?«

Warren musterte Stephens nachdenklich und sagte: »Die Todesrate unter Drogenabhängigen ist etwa achtundzwanzigmal so hoch wie die der übrigen Bevölkerung. Deshalb kommt ihr Tod für mich nicht unerwartet.«

»Sie war heroinsüchtig?«

»Ja.«

»Und Sie haben ihr Heroin verschafft?«

»Ja.«

»Verstehe«, sagte Stephens abschließend. Er warf einen Blick auf Pomray, dann widmete er sich wieder Warren. »Kann nicht behaupten, daß mir das sonderlich gefällt.«

»Es kümmert mich nicht, ob Ihnen das gefällt oder nicht«, sagte Warren gleichmütig. »Kann ich meine Patientin sehen? Sie werden einen Totenschein brauchen. Der sollte besser von mir kommen.«

Was für eine Unverfrorenheit, dachte Stephens. Er fuhr herum und riß die Tür zum Schlafzimmer auf. »Da drin«, sagte er kurz.

Warren ging an ihm vorbei in das Zimmer, Pomray folgte dicht hinter ihm. Stephens bedeutete Sergeant Ipsley mit einer heftigen Kopfbewegung, daß er hinausgehen solle, dann schloß er hinter ihm die Tür. Als er an das Bett trat, hatten sich Pomray und Warren bereits in eine Unterhaltung vertieft, von der er ungefähr jedes vierte Wort verstand.

Das Laken, mit dem Pomray die Leiche bedeckt hatte, war zurückgeworfen, und wieder lag der nackte Körper von June Hellier entblößt vor ihnen. Stephens mischte sich in das Gespräch ein. »Dr. Warren, ich habe Dr. Pomray gefragt, ob das Mädchen nicht vielleicht Diabetikerin gewesen sein könnte, wegen der Einstiche. Er meinte, sie habe eine Blutvergiftung, und kein Arzt würde seinem Patienten so etwas zustoßen lassen. Dieses Mädchen war Ihre Patientin. Wie wollen Sie mir das erklären?«

Warren schaute Pomray an, und um seinen Mund zuckte der leise Anflug eines Lächelns. »Ich habe Ihnen darüber keine Erklärung abzugeben«, entgegnete er. »Aber ich will es Ihnen trotzdem sagen. Wenn sich ein Diabetiker eine Spritze gibt, geschieht dies unter gänzlich anderen Bedingungen als bei einem Heroinabhängigen. Das soziale Umfeld ist anders, und oft stehen die Süchtigen unter Zeitdruck, was nicht selten zu Sepsis führen kann.«

An Pomray gerichtet, fügte er noch hinzu: »Ich habe sie persönlich im Umgang mit der Spritze unterwiesen, aber Sie wissen ja selbst, diese Leute halten nicht viel von Hygiene.«

Stephens explodierte. »Sie haben ihr selbst den Umgang mit der Spritze beigebracht! Großer Gott, was haben Sie für ein eigenartiges Verständnis von Ethik!«

Warren sah ihn fest an und sagte mit äußerster Zurückhaltung: »Inspektor, jegliche Zweifel, die Sie hinsichtlich meiner Berufsethik hegen, sollten Sie an die zuständigen Stellen weiterleiten, und falls Sie die nicht kennen, bin ich gern bereit, Ihnen die entsprechenden Adressen zukommen zu lassen.«

Beinahe beleidigend schroff wandte er sich von Stephens ab. Zu Pomray sagte er: »Ich stelle den Totenschein zusammen mit dem Gerichtsmediziner aus. Das ist besser.«

»Ja«, meinte Pomray nachdenklich. »Das denke ich auch.«

Warren trat an das Kopfende des Bettes und blickte eine Zeitlang auf das tote Mädchen nieder. Dann zog er behutsam das Laken hoch und deckte die Leiche zu. In dieser unendlich langsamen Bewegung lag etwas, was Stephens sich nicht gleich erklären konnte; es war beinahe eine gewisse... Zärtlichkeit.

Er wartete, bis Warren wieder den Kopf hob, dann sagte er: »Wissen Sie etwas über ihre Familie?«

»So gut wie gar nichts. Süchtige hassen Schnüffler, also stecke ich meine Nase nicht in ihre Angelegenheiten.«

»Auch nichts über ihren Vater?«

»Nur, daß sie einen hatte. Sie hat ihn ein paarmal erwähnt.«

»Wann hat sie sich die Drogen bei Ihnen besorgt?«

»Sie begab sich vor ungefähr anderthalb Jahren in meine Behandlung. Und damit meine ich auch Behandlung, Inspektor.«

»Selbstverständlich«, sagte Stephens spöttisch. Er zog ein gefaltetes Blatt Papier aus der Tasche. »Vielleicht möchten Sie sich das einmal anschauen.«

Als Warren den Zettel entgegennahm und ihn auseinanderfaltete, fielen ihm die zerlesenen Kanten auf. »Woher haben Sie das?«

»Aus ihrer Handtasche.«

Es handelte sich um einen mit einer Büroschreibmaschine auf erstklassiges Papier getippten Brief, der im Kopf die geprägte Aufschrift REGENT FILM COMPANY trug und eine Adresse in der Wardour Street nannte. Das Datum lag schon sechs Monate zurück, der Text lautete:

Liebe Miß Hellier,
Ihr Vater bat mich, Ihnen mitzuteilen, daß er sich am kommenden Freitag nicht mit Ihnen treffen kann, da er am selben Nachmittag nach Amerika abreist. Er erwartet, längere Zeit abwesend zu sein, den genauen Termin seiner Rückkehr kann ich Ihnen momentan leider noch nicht nennen. Er versichert Ihnen, daß er Ihnen schreiben wird, sobald seine dringlichsten Geschäfte erledigt sind, und er hofft, daß Sie ihn nicht allzu sehr vermissen werden.

Mit freundlichen Grüßen,
D. L. Walden.

Leise sagte Warren: »Das erklärt einiges.« Er blickte hoch. »Hat er ihr geschrieben?«

»Ich weiß nicht«, antwortete Stephens. »Hier ist jedenfalls nichts zu finden.«

Warren tippte mit dem Fingernagel auf den Brief. »Ich glaube es nicht. June hätte diesen zweitrangigen Brief nicht behalten und den einzigen, der wirklich zählte, vernichtet.« Er schaute auf den verhüllten Körper. »Das arme Kind.«

»Sie sollten jetzt lieber an sich selber denken, Doktor«, sagte Stephens gehässig. »Schauen Sie sich mal die Liste der Direktoren auf dem Briefkopf an.«

Warren warf einen Blick darauf und las: Sir Robert Hellier (Präsident). Er verzog das Gesicht und reichte den Brief an Pomray weiter.

»Du großer Gott!« ächzte Pomray. »*Der* Hellier.«

»Ja genau, *der* Hellier«, sagte Stephens. »Ich glaube, da kommt noch einiges auf uns zu. Meinen Sie nicht auch, Dr. Warren?« In seiner Stimme schwang offene Genugtuung mit, und in dem Blick, den er Warren zuwarf, spiegelte sich krasse Abneigung.

II

Warren saß in seinem Behandlungszimmer hinter dem Schreibtisch. Er hatte zwischen zwei Terminen etwas freie Zeit, und diese kostbaren Minuten verwandte er darauf, den Papierberg abzutragen, den der Wohlfahrtsstaat ihm aufbürdete. Da ihm die bürokratische Seite der Medizin genauso zuwider war wie jedem anderen Arzt, begrüßte er es beinahe, daß ihn das Läuten des Telefons aus seiner Arbeit riß. Doch seine Erleichterung verflog rasch, als er seine Sprechstundenhilfe sagen hörte: »Sir Robert Hellier hätte Sie gern gesprochen, Herr Doktor.«

Er seufzte. Diesen Anruf hatte er erwartet. »Stellen Sie durch, Mary.«

Es klickte, und aus der Leitung drang ein anderes Brummen an sein Ohr. »Hier spricht Hellier.«

»Nicholas Warren am Apparat.«

Trotz der blechernen Verzerrung des Telefons konnte ihm

Helliers rauher Befehlston nicht verborgen bleiben. »Ich muß Sie sprechen, Warren.«

»Das hatte ich mir bereits gedacht, Sir Robert.«

»Ich erwarte Sie heute nachmittag um halb drei in meinem Büro. Wissen Sie, wo das ist?«

»Das ist leider völlig unmöglich«, entgegnete Warren bestimmt. »Ich bin ein vielbeschäftigter Mann. Ich würde vorschlagen, ich mache einen Termin für Sie frei und wir treffen uns hier in meiner Praxis.«

Hellier hatte es vor Erstaunen die Sprache verschlagen; doch dann stieß er wütend hervor: »Jetzt hören Sie mal...«

»Es tut mir leid, Sir Robert«, unterbrach Warren ihn. »Ich schlage vor, Sie kommen heute nachmittag um fünf Uhr zu mir. Dann müßte ich frei sein.«

Hellier rang sich zu einer Entscheidung durch. »Na schön«, sagte er brüsk. Warren zuckte zusammen, als der Hörer am anderen Ende der Leitung auf die Gabel geknallt wurde. Er selbst legte behutsam auf und drückte eine Taste der Sprechanlage herunter. »Mary, um fünf kommt Sir Robert Hellier. Vielleicht müssen Sie ein paar Termine verschieben. Da ich eine längere Unterredung erwarte, muß er für heute der letzte Besucher sein.«

»Ja, Herr Doktor.«

»Ach, noch etwas, Mary. Sobald Sir Robert eingetroffen ist, können Sie gehen.«

»Vielen Dank, Herr Doktor.«

Warren ließ die Taste los und starrte nachdenklich vor sich hin, doch schon bald beschäftigte er sich wieder mit seinen Papieren.

Sir Robert war ein großer, schwerer Mann, und sein ganzes Auftreten ließ ihn noch wuchtiger erscheinen. Selbst durch den feinen, maßgeschneiderten Anzug hindurch wirkte er muskulös, und sein Tonfall war der eines Mannes, für den Widerspruch ein Fremdwort ist. Kaum hatte er Warrens Behandlungszimmer betreten, sagte er auch schon barsch und ohne jede Einleitung: »Sie wissen, weshalb ich hier bin.«

»Ja. Sie möchten mich wegen Ihrer Tochter sprechen. Wollen Sie sich nicht setzen?«

Hellier nahm auf der gegenüberliegenden Seite des Schreibtisches Platz. »Kommen wir gleich zur Sache. Meine Tochter ist tot. Die Polizei hat mich von Tatsachen in Kenntnis gesetzt, die ich unglaublich finde. Man sagte mir, sie sei rauschgiftsüchtig gewesen, sie habe Heroin genommen.«

»Das stimmt.«

»Heroin, das Sie ihr verschafft haben.«

»Heroin, das ich ihr verschrieben habe«, verbesserte Warren.

Hellier war einen Augenblick sprachlos. »Ich hätte nie gedacht, daß Sie das so bereitwillig zugeben.«

»Warum nicht?« fragte Warren. »Ich war schließlich der Arzt Ihrer Tochter.«

»Was unterstehen Sie sich!« stieß Hellier hervor. Er beugte sich vor, seine schweren Muskeln spannten sich unter dem Anzug. »Daß ein Arzt einem jungen Mädchen harte Drogen verschreibt, ist eine Ungeheuerlichkeit.«

»Meine Behandlung war...«

»Dafür bringe ich Sie hinter Gitter!« brüllte Hellier.

»...in meinen Augen notwendig.«

»Sie sind nichts weiter als ein Drogenhändler.«

Warren stand auf, mit kalter Stimme schnitt er Helliers Beschimpfungen ab. »Sollten Sie eine derartige Bemerkung außerhalb dieses Raumes wiederholen, werde ich Sie wegen übler Nachrede verklagen. Wenn Sie mir nicht zuhören wollen, muß ich Sie bitten zu gehen, dann erübrigen sich alle weiteren Äußerungen Ihrerseits. Und wenn Sie sich über meine Berufsethik beschweren wollen, wenden Sie sich an die zuständige Standesorganisation.«

Hellier blickte erstaunt hoch. »Wollen Sie mir etwa weismachen, daß die Ärztevereinigung ein solches Vorgehen billigt?«

»Getroffen«, entgegnete Warren trocken und setzte sich wieder. »Genau wie die britische Regierung, welche die entsprechende Gesetzgebung zu verantworten hat.«

Hellier sah aus, als hätte man ihm den Boden unter den Füßen weggezogen. »Na schön«, sagte er unsicher. »Vielleicht sollte ich Ihnen besser doch zuhören. Deshalb bin ich ja schließlich hier.«

Warren sah ihn nachdenklich an. »June kam vor etwa achtzehn Monaten zu mir. Damals nahm sie bereits seit ungefähr zwei Jahren Heroin.«

Wieder brauste Hellier auf. »Unmöglich!«

»Was soll denn daran so unmöglich sein?«

»Ich hätte es doch merken müssen.«

»Und wie hätten Sie es gemerkt?«

»Nun ja, ich hätte die Symptome erkannt.«

»Verstehe. Wie sehen denn die Symptome aus, Sir Robert?«

Hellier machte den Mund auf, doch dann klappte er ihn wieder zu und schwieg. Warren sagte: »Ein Heroinsüchtiger läuft nämlich nicht mit zitternden Händen durch die Gegend. Die Symptome sind weitaus unauffälliger, und die Abhängigen wissen sie sehr geschickt zu verbergen. Aber irgend etwas hätten Sie vielleicht trotzdem bemerken können. Sagen Sie, steckte sie damals vielleicht in Geldschwierigkeiten?«

Hellier schaute auf seine Hände. »Ich kann mich nicht erinnern, wann sie jemals nicht in Geldverlegenheiten gewesen wäre«, antwortete er dumpf. »Mir platzte schließlich der Kragen, und dann habe ich ein Machtwort gesprochen. Ich sagte ihr, ich hätte sie nicht großgezogen, damit sie eine verschwendungssüchtige Nichtstuerin wird.« Er hob den Kopf. »Ich habe ihr eine Stelle und eine eigene Wohnung besorgt und ihr den monatlichen Wechsel um die Hälfte gekürzt.«

»Verstehe«, sagte Warren. »Wie lange hat sie die Stelle behalten?«

Hellier schüttelte den Kopf. »Ich weiß nicht genau, auf jeden Fall hat sie sie wieder verloren.« Seine Hände umklammerten die Tischplatte, so daß die Fingerknöchel weiß hervortraten. »Und bestohlen hat sie mich auch noch, mich, ihren eigenen Vater.«

»Wie hat sich das abgespielt?« fragte Warren behutsam weiter.

»Mir gehört ein Landhaus in Berkshire«, sagte Hellier. »Sie ist dort hingefahren und hat es ausgeplündert, im wahrsten Sinne des Wortes. Ich hatte da unter anderem eine Menge antikes Silber. Sie besaß die Unverschämtheit, mir einen Zettel zu hinterlassen, auf dem sie zugab, für den Diebstahl verantwortlich zu sein – sogar den Namen des Händlers, dem sie die Stücke verkauft hatte, nannte sie mir. Ich bekam zwar alles zurück, aber es hat mich eine schöne Stange Geld gekostet.«

»Haben Sie sie angezeigt?«

»Was denken Sie sich denn!« fuhr Hellier ihn heftig an. »Ich habe schließlich einen guten Ruf zu verlieren. Eine schöne Witzfigur hätte ich in den Zeitungen abgegeben, wenn ich meine eigene Tochter wegen Diebstahls angezeigt hätte. Ich habe auch so schon genug Scherereien mit der Presse.«

»Für June wäre es aber möglicherweise besser gewesen, wenn Sie sie angezeigt hätten«, sagte Warren. »Haben Sie sich nicht selbst gefragt, warum sie Sie bestohlen hat?«

Hellier seufzte. »Ich dachte, sie wäre jetzt endgültig auf Abwege geraten und käme auf ihre Mutter heraus.« Er straffte die Schultern. »Aber das ist eine andere Geschichte.«

»Gewiß«, meinte Warren. »Wie schon gesagt, als June sich zu mir in Behandlung begab oder vielmehr, als sie von mir Heroin wollte, war sie bereits seit knapp zwei Jahren süchtig. So hat sie es mir erzählt, und ihre körperliche Verfassung belegte das auch.«

»Was soll das heißen?« fragte Hellier. »Daß sie von Ihnen Heroin wollte und keine Behandlung?«

»Ein Süchtiger betrachtet einen Arzt als Drogenquelle«, erklärte Warren ein wenig erschöpft. »Süchtige wollen nicht behandelt werden, davor fürchten sie sich.«

Hellier schaute Warren verständnislos an. »Aber das ist ja ungeheuerlich. Sie haben ihr Heroin gegeben?«

»Ja.«

»Und sie nicht behandelt?«

»Nicht gleich. Einem Patienten, der eine Behandlung ablehnt, kann man keine Hilfe aufdrängen. Und in England gibt es nun einmal kein Gesetz, nach dem man jemand zwangsweise behandeln dürfte.«

»Aber Sie haben sie auch noch bestärkt und mit Heroin versorgt!«

»Und wenn ich es nun nicht getan hätte? Wäre es Ihnen

wirklich lieber gewesen, ich hätte sie zurück auf die Straße geschickt, wo sie sich das Heroin doch nur aus illegalen Quellen verschafft hätte, verschnitten mit Gott weiß was für welchem Dreck? Wenigstens habe ich ihr reine Drogen verschrieben, wodurch immerhin das Risiko einer Gelbsucht herabgesetzt wurde.«

Hellier wirkte seltsam geschrumpft. »Ich verstehe das nicht«, murmelte er kopfschüttelnd. »Ich verstehe das einfach nicht.«

»Nein«, pflichtete Warren ihm bei. »Sie wundern sich darüber, wie es mit meiner medizinischen Ethik bestellt ist. Aber dazu kommen wir später.« Er schlug die Hände zusammen. »Nach einem Monat gelang es mir, June von einer Therapie zu überzeugen; es gibt Kliniken für solche Fälle. Sie hat die Behandlung siebenundzwanzig Tage lang ausgehalten.« Er schaute Hellier fest in die Augen. »Ich bezweifle, ob ich an ihrer Stelle eine Woche durchgestanden hätte. June war ein tapferes Mädchen, Sir Robert.«

»Ich weiß nicht sonderlich viel darüber, wie... wie die Behandlung eigentlich aussieht.«

Warren zog eine Schreibtischschublade auf und holte ein Zigarettenkästchen heraus. Er nahm sich eine Zigarette, dann schob er mit einiger Verzögerung das Kästchen über den Tisch. »Entschuldigen Sie, rauchen Sie?«

»Danke«, sagte Hellier und bediente sich. Warren beugte sich vor, gab ihm Feuer und zündete sich dann seine eigene Zigarette an.

Er musterte Hellier eine Zeitlang und hielt dann die Zigarette hoch. »Hierin ist auch eine Droge, das wissen Sie, aber Nikotin ist kein besonders starkes Gift. Es erzeugt eine psychische Abhängigkeit. Jeder entschlossene Mensch kann das Rauchen aufgeben.« Er lehnte sich über den Schreibtisch. »Heroin ist anders. Es führt eine physische Abhängigkeit herbei – der Körper braucht es, und dagegen kann der Verstand nur sehr wenig ausrichten.«

Er lehnte sich zurück. »Wenn ein süchtiger Patient kein Heroin mehr bekommt, reagiert der Körper mit so heftigen körperlichen Entzugserscheinungen, daß die Risiken für den Kranken, bei der Behandlung umzukommen, ungefähr eins zu fünf betragen. Und das sollte ein Arzt sehr gründlich bedenken, bevor er eine Therapie einleitet.«

Hellier wurde bleich. »Hat sie leiden müssen?«

»Sie hat gelitten«, antwortete Warren kalt. »Ich würde Ihnen liebend gern das Gegenteil erzählen, aber dann müßte ich lügen. Alle müssen sie leiden. Sie müssen so viel durchmachen, daß nur ungefähr jeder Hundertste die Behandlung durchsteht. June hat so viel ertragen, wie sie konnte, dann hat sie aufgegeben. Ich konnte sie nicht daran hindern, dafür gibt es keinerlei gesetzliche Handhabe.«

Die Zigarette in Helliers Hand zitterte. Warren fuhr fort: »Danach habe ich sie eine ganze Weile nicht mehr gesehen, doch vor sechs Monaten tauchte sie wieder bei mir auf. Sie kommen fast alle zurück. Sie wollte Heroin, aber ich konnte ihr keines mehr verschreiben. Das Gesetz war inzwischen geändert worden, alle Süchtigen müssen sich jetzt ihre Rezepte in Spezialkliniken abholen, die der Staat eingerichtet hat. Ich habe ihr zu einer erneuten Entziehungskur geraten, aber weil sie davon nichts hören wollte, habe ich sie dann doch zu einer Klinik gebracht. Da ich ihre Krankengeschichte kannte und mir persönlich an ihr lag, konnte ich als ihr fachärztlicher Berater fungieren. Sie hat bis zu ihrem Tod Heroin auf Rezept bekommen, allerdings so wenig wie möglich.«

»Und doch ist sie an einer Überdosis gestorben.«

»Nein«, widersprach Warren. »Sie starb an einer in Methylamphetamin aufgelösten Dosis Heroin, das ist ein tödlicher Cocktail. Das Amphetamin wurde ihr nicht in der Klinik verschrieben, sie muß es sich anderswo besorgt haben.«

Hellier zitterte am ganzen Leib. »Das scheint Sie alles ziemlich kaltzulassen, Warren«, sagte er mit bebender Stimme. »Für meinen Geschmack viel zu kalt.«

»Ich muß einen kühlen Kopf bewahren«, gab Warren zurück. »Ein Arzt, der sich von Gefühlen leiten läßt, nützt weder sich selbst noch seinen Patienten.«

»Eine schön bequeme und sachliche Einstellung«, höhnte Hellier. »Aber eine, die meine June auf dem Gewissen hat.« Er deutete mit zitterndem Zeigefinger auf Warren. »Dafür sollen Sie mir büßen, Warren. Ich habe einigen Einfluß. Ich mache Sie fertig.«

Warren sah Hellier düster an. »Es gehört nicht zu meinen Gepflogenheiten, einem Elternteil bei einem solchen Anlaß die Zähne einzuschlagen«, sagte er barsch. »Aber Sie wollen es wohl nicht anders. Zwingen Sie mich nicht dazu.«

»Ich Sie dazu zwingen?« Hellier grinste traurig. »Ich zwinge Sie in die Knie!«

Warren stand auf. »Na schön, dann sagen Sie mir eines: Verkehren Sie mit Ihren Kindern immer nur durch Dritte, durch Briefe von Ihrer Sekretärin beispielsweise?«

»Was soll das heißen?«

»Vor sechs Monaten, kurz bevor Sie nach Amerika abreisten, wollte June Sie sprechen. Sie haben sie durch Ihre Sekretärin mit einem Routinebrief abgespeist, zum Donnerwetter!«

»Ich hatte damals sehr viel zu tun. Es ging um ein großes Geschäft.«

»Sie brauchte Ihre Hilfe. Die wollten Sie ihr nicht geben, deshalb kam sie zu mir. Sie haben ihr versprochen, ihr aus Amerika zu schreiben. Haben Sie das getan?«

»Ich war beschäftigt«, antwortete Hellier matt. »Ich hatte jede Menge Termine... Flüge... Konferenzen...«

»Also haben Sie ihr nicht geschrieben. Wann sind Sie zurückgekommen?«

»Vor vierzehn Tagen.«

»Dann waren Sie fast sechs Monate nicht hier. Wußten Sie überhaupt, wo Ihre Tochter inzwischen abgeblieben war? Haben Sie versucht, sie ausfindig zu machen? Da hat sie nämlich noch gelebt.«

»Meine Güte, ich hatte hier eben auch geschäftliche Dinge zu regeln. Während meiner Abwesenheit war alles vor die Hunde gegangen.«

»Das kann man wohl sagen«, meinte Warren eisig. »Sie sind stolz darauf, daß Sie June eine Stellung und eine Wohnung besorgt haben. Wenn man das so ausdrdückt, hört es sich wirklich sehr nobel an, aber ich würde eher sagen, Sie haben sie vor die Tür gesetzt. Haben Sie in den zurückliegenden Jahren etwa jemals versucht herauszufinden, warum sie sich so verändert hatte? Warum sie immer mehr Geld brauchte? Eigentlich hätte ich gern mal gewußt, wie oft Sie

Ihre Tochter überhaupt zu Gesicht bekommen haben. Haben Sie für sie gesorgt? Haben Sie sich darum gekümmert, was für einen Umgang sie hatte? Haben Sie sich wie ein Vater verhalten?«

Hellier war aschfahl geworden. »Mein Gott!«

Warren sagte leise: »Jetzt werde ich Ihnen erst richtig weh tun müssen, Hellier. Ihre Tochter hat Sie gehaßt. Das hat sie mir selbst gesagt, obwohl ich Sie nicht kannte. Den verdammten Entschuldigungsbrief von Ihrer Sekretärin hat sie aufbewahrt, um damit ihren Haß immer weiter anzufachen, und so ist sie dann in einer miesen Absteige in Notting Hill geendet, mit sage und schreibe drei Shilling und vier Pence in ihrem Besitz. Wenn Sie Ihrer Tochter vor sechs Monaten fünfzehn Minuten Ihrer kostbaren Zeit gewidmet hätten, wäre sie heute noch am Leben.«

Er beugte sich über den Tisch und fragte rauh: »Und jetzt sagen Sie mir, Hellier, wer ist für den Tod Ihrer Tochter verantwortlich?«

Helliers Gesicht verzerrte sich, Warren lehnte sich zurück und musterte ihn beinahe mitleidig. Er schämte sich, weil er sich wie ein Laie von seinen Gefühlen hatte überwältigen lassen. Als er sah, wie Hellier zum Taschentuch griff, stand er auf und ging zu einem Schrank, wo er sich aus einem Fläschchen ein paar Tabletten in die Hand schüttete.

Er kehrte zum Schreibtisch zurück und sagte: »Hier, nehmen Sie, dann wird Ihnen besser.« Gefügig ließ sich Hellier die Tabletten aufdrängen, die er mit einem Glas Wasser herunterspülte. Er beruhigte sich ein wenig, und schon bald begann er mit leiser, stockender Stimme zu sprechen.

»Helen... meine Frau... Junes Mutter... meine Ex-Frau... wir sind nämlich geschieden. Ich habe mich von ihr scheiden lassen... June war damals fünfzehn. Helen taugte nichts... taugte überhaupt nichts. Sie hatte andere Männer... ich konnte nicht mehr. Hat mich zum Narren gemacht. June blieb bei mir, es war ihr Wunsch. Helen wollte sie weiß Gott nicht um sich haben.«

Er holte ächzend Luft. »Damals ging June natürlich noch zur Schule. Ich hatte meine Arbeit, die Firma, ständig kamen neue Aufträge herein, es gab immer mehr Verwicklungen.

Sie machen sich gar kein Bild, wie groß und kompliziert so ein Unternehmen werden kann, schon allein wegen der internationalen Verbindungen. Ich war viel unterwegs.« Er ließ die Vergangenheit an sich vorüberziehen. »Ich hatte ja keine Ahnung...«

Behutsam sagte Warren: »Ich weiß.«

Hellier schaute hoch. »Das glaube ich kaum, Doktor.« Unter Warrens stetem Blick zuckten seine Augenlider, und er ließ den Kopf wieder sinken. »Vielleicht können Sie es sich tatsächlich denken. Wahrscheinlich bin ich nicht der erste Volltrottel, der Ihnen über den Weg läuft.«

Um sich Helliers Gemütsverfassung anzupassen, sagte Warren mit ruhiger Stimme: »Es ist schon schwierig genug, mit der jüngeren Generation Schritt zu halten, wenn man sie ständig vor Augen hat. Sie haben offenbar völlig andere Denkweisen als wir, andere Ideale.«

Hellier seufzte. »Aber ich hätte es wenigstens versuchen können.« Er preßte die Hände fest zusammen. »Menschen meiner Gesellschaftsschicht neigen immer dazu, Fälle von unterlassener Aufsichtspflicht und Jugendkriminalität ausschließlich bei den unteren Klassen zu suchen. Ach, Gott!«

Rasch sagte Warren: »Ich gebe Ihnen etwas mit, damit Sie heute nacht schlafen können.«

Hellier machte eine abwehrende Handbewegung. »Nein, danke, Doktor. Ich muß die bittere Pille schlucken.« Er hob den Kopf. »Wissen Sie, wie es angefangen hat? Wie hat sie... Wie konnte sie...?«

Warren zuckte die Achseln. »Sie hat mir nicht viel erzählt. Sie hatte genug damit zu tun, mit ihren damaligen Schwierigkeiten fertig zu werden. Aber ich glaube, bei ihr verlief es wie in den meisten anderen Fällen auch. Häufig fängt es mit Haschisch an, aus Jux oder als Mutprobe, später steigt man auf stärkere Drogen um, und schließlich landet man dann beim Heroin und den noch härteren Amphetaminen. Für gewöhnlich beginnt es damit, daß jemand mit den falschen Leuten verkehrt.«

Hellier nickte. »Mangelnde Aufsicht der Eltern«, sagte er bitter. »Woher bekommen die Kinder das Dreckszeug?«

»Das ist genau der springende Punkt. Immer wieder rauben Kriminelle Lagerhäuser aus und können so einen bestehenden Markt beliefern, zum anderen wird natürlich auch viel geschmuggelt. Hier in England, wo die registrierten Süchtigen Heroin in Kliniken unter Aufsicht auf Rezept bekommen, ist es im Vergleich zu den Vereinigten Staaten gar nicht einmal so schlimm. Weil es drüben absolut verboten ist, gibt es dort einen riesigen Schwarzmarkt, das bringt enorme Gewinnspannen mit sich und führt zu einem organisierten Vertrieb, um den Stoff unter die Leute zu bringen. Man schätzt die Zahl der Heroinabhängigen allein in New York auf vierzigtausend, im Gegensatz zu ungefähr zweitausend in ganz Großbritannien. Aber hier sieht es auch schon übel genug aus, die Zahlen verdoppeln sich alle sechzehn Monate.«

»Kann denn die Polizei nichts gegen den illegalen Drogenmarkt ausrichten?«

Warren sagte spöttisch: »Vermutlich hat Ihnen Inspektor Stephens von mir erzählt.«

»Er hat mir einen völlig falschen Eindruck von Ihnen vermittelt«, murmelte Hellier. Unruhig rutschte er auf seinem Stuhl hin und her.

»Das geht schon in Ordnung, so etwas bin ich gewöhnt. Die Haltung der Polizei spiegelt im großen und ganzen die Einstellung der breiten Öffentlichkeit wider. Es hat aber keinen Zweck, einen Süchtigen zu schikanieren, wenn er erst einmal an der Nadel hängt. So verschafft man nur den Gangstern größere Profite, denn ein Abhängiger auf der Flucht vor dem Gesetz muß sich den Stoff anderswo besorgen. Außerdem steigert man so auch die Verbrechensrate, denn der Süchtige ist nicht sehr wählerisch, wenn es darum geht, sich Geld für Rauschgift zu beschaffen.« Warren musterte Hellier, der sich sichtlich beruhigt hatte. Da er zu dem Schluß kam, daß dies gleichermaßen dem sachlichen Gespräch wie auch dem Beruhigungsmittel zuzuschreiben war, fuhr er mit seinen Ausführungen fort.

»Süchtige sind kranke Menschen, und die Polizei sollte sie in Frieden lassen«, sagte er. »Wir kümmern uns schon um sie. Die Polizei sollte sich lieber mit denen befassen, die uns mit illegalen Drogen überschwemmen.«

»Macht sie das denn nicht?«

»Das ist leichter gesagt als getan. Das Problem hat internationale Ausmaße. Außerdem ist es schwierig, an Informationen heranzukommen. Schließlich geht es hier um illegale Geschäfte, dabei wird nicht viel geredet.« Er schmunzelte. »Die Süchtigen haben nicht viel für die Polizei übrig, also bekommt die Polizei auch nicht viel aus ihnen heraus. Ich selbst andererseits habe nicht viel für Süchtige übrig, es sind schwierige Patienten, mit denen die meisten Ärzte nichts zu tun haben wollen, aber ich kann sie verstehen, und deshalb erfahre ich so manches von ihnen. Wahrscheinlich weiß ich besser, was in diesem Gewerbe abläuft, als die meisten Polizeiquellen.«

»Warum teilen Sie es dann nicht der Polizei mit?« wollte Hellier wissen.

Plötzlich wurde Warrens Stimme hart. »Wenn auch nur ein einziger meiner Patienten erführe, daß ich den Mund nicht halten kann, würde ich sie alle verlieren. Zwischen Patient und Arzt muß ein uneingeschränktes Vertrauensverhältnis herrschen, und zwar vor allem, wenn es sich bei dem Kranken um einen Rauschgiftsüchtigen handelt. Man kann ihnen nicht helfen, wenn sie sich nicht vertrauensvoll an einen wenden. So würde ich sie nur alle an kriminelle Drogenhändler verlieren. Entweder sie besorgen sich am Hafen gestrecktes Heroin zu horrenden Preisen, oder sie bekommen unverschnittenes Heroin ohne Behandlung von einem meiner skrupelloseren Berufskollegen. Auch bei uns gibt es schwarze Schafe, was Ihnen Inspektor Stephens sicher liebend gern bestätigen würde.«

Hellier zog die schweren Schultern hoch und starrte grübelnd auf den Schreibtisch. »Wie sieht dann also die Lösung des Problems aus? Könnten Sie nicht selbst etwas unternehmen?«

»Ich?« fragte Warren erstaunt. »Was könnte ich denn schon ausrichten? Um das Problem an der Wurzel zu packen, müßte man nicht in England, sondern im Mittleren Osten anfangen. Ich bin kein strahlender Held aus einem Abenteuerroman, Hellier. Ich bin ein Arzt mit Patienten, der sich mit Müh und Not über Wasser hält. Ich kann nicht eben mal kurz in den Iran jetten und mich in ein aberwitziges Abenteuer stürzen.«

Hellier knurrte. »Wenn Sie so verrückt wären, hätten Sie wahrscheinlich noch weniger Patienten.« Er stand auf. »Entschuldigen Sie, wie ich mich anfangs aufgeführt habe, Dr. Warren. Sie haben mir manches erklärt, was ich nicht verstand. Sie haben mir meine eigenen Fehler dargelegt. Sie haben mir Ihre Einstellung in dieser Angelegenheit erläutert. Doch Sie haben mir außerdem einen möglichen Lösungsweg aufgezeigt, vor dem Sie allerdings selbst zurückschrecken. Wie steht es denn mit Ihren eigenen Fehlern, Dr. Warren, wo ist jetzt Ihre ethische Verantwortung geblieben?«

Mit schweren Schritten stapfte er zur Tür. »Sie brauchen mich nicht hinauszubringen, Doktor. Ich finde den Weg schon.«

Warren, den Hellier mit seinen Vorwürfen auf dem falschen Fuß erwischt hatte, zuckte zusammen, als die Tür hinter dem anderen ins Schloß fiel. Langsam setzte er sich wieder hinter seinen Schreibtisch. Er zündete sich eine Zigarette an und blieb, tief in Gedanken versunken, eine Zeitlang sitzen, dann schüttelte er gereizt den Kopf, als müsse er eine lästige Fliege vertreiben.

Lächerlich! dachte er. Einfach lächerlich!

Doch ein letzter Zweifel blieb an ihm haften, der weiter an ihm nagte und den er nicht mehr völlig abschütteln konnte, so energisch er es auch versuchte.

An diesem Abend ging er zu Fuß durch Soho, vorbei an schäbigen Restaurants, Stripteaselokalen und Nachtclubs, den bevorzugten Aufenthaltsorten der meisten seiner Patienten. Er begegnete dem einen oder anderen von ihnen, sie winkten ihm zu. Er winkte automatisch zurück und wanderte weiter, ohne viel von seiner Umgebung wahrzunehmen, bis er plötzlich in der Warbour Street stand, vor dem Bürohaus der Regent Film Company.

Er schaute an dem Gebäude hoch. »Lächerlich!« sagte er laut.

III

Sir Robert Hellier verbrachte ebenfalls eine unruhige Nacht.

Er kehrte in seine Wohnung in St. James zurück, ohne eigentlich zu wissen, wie er dorthin gekommen war. Da dem Chauffeur seine zusammengekniffenen Lippen und die finstere Miene auffielen, rief er, bevor er den Wagen in die Garage stellte, vorsichtshalber in der Wohnung an. »Der Alte ist sauer, Harry«, warnte er Helliers Butler Hutchins. »Du kommst ihm besser nicht in die Quere und faßt ihn nur mit Samthandschuhen an.«

Als Hellier also sein Penthouse betrat, goß Hutchins ihm noch rasch einen Whisky ein und entfernte sich dann. Ohne den bereitgestellten Whisky oder die Abwesenheit des Butlers zu bemerken, ließ Hellier seinen schweren Körper in einen luxuriösen Sessel sinken, wo er tief in Gedanken verloren vor sich hin grübelte.

Innerlich quälten ihn Schuldgefühle. Er konnte sich nicht daran erinnern, wie viele Jahre es schon her war, daß ihm jemand einen Spiegel vors Gesicht gehalten hatte, in dem er sich so sah, wie er wirklich war; diese ungewohnte Erfahrung hatte ihn sehr mitgenommen. Er haßte sich, und Warren haßte er womöglich noch mehr, weil der ihn mit der Nase auf seine Fehler gestoßen hatte. Doch da er im Grunde ein ehrlicher Mensch war, gestand er sich ein, daß sich in seinen abschließenden Bemerkungen Warren gegenüber und in seinem abrupten Weggang aus der Praxis der Wunsch widerspiegelte, die Panzerung des Arztes zu durchbrechen, ihm die eigenen Schwächen aufzuzeigen und ihn in sein Elend mit hineinzuziehen.

Aber was war mit June? Wie hatte sie so enden können? Er dachte an seine Tochter, wie er sie früher gekannt hatte, lebensfroh, übermütig und unbeschwert. Es gab doch nichts, was er ihr nicht hatte zukommen lassen, angefangen bei den besten Schulen über Modellkleider und Partys bis hin zu Ferien in Übersee und allem anderen, was ihr ein sorgenfreies Leben ermöglichte.

Alles habe ich ihr gegeben, dachte er reumütig, nur nicht mich selbst.

Doch im Laufe der Zeit hatte sie sich, unbemerkt über all den Aufregungen seines geschäftlichen Lebens, verändert. June entwickelte eine unersättliche Gier nach Geld, nicht nach den Dingen, die man sich damit kaufen konnte, sondern anscheinend für Geld als solches. Hellier hatte es im Leben aus eigener Kraft zu etwas gebracht, er war durch eine harte Schule gegangen, und er glaubte daran, daß junge Leuten sich ihre Unabhängigkeit selbst verdienen müssen. Was als vernünftige Gespräche mit June begonnen hatte, führte zu einer Reihe von hitzigen Auseinandersetzungen, bis er schließlich die Beherrschung verlor und es zum Bruch zwischen ihnen kam. Warren hatte recht, er hatte seine Tochter einfach hinausgeworfen, ohne den Versuch zu unternehmen, hinter die tieferen Gründe für ihre Veränderung zu kommen.

Der Diebstahl des Silbers aus seinem Haus hatte ihn nur in seiner Vermutung bestärkt, daß sie nichts taugte, und es war ihm hauptsächlich darum gegangen, die ganze Angelegenheit zu vertuschen und nichts an die Presse durchsickern zu lassen. Plötzlich kam ihm der Gedanke, daß er seit seinem Gespräch mit Inspektor Stephens in erster Linie darum besorgt gewesen war, ob er wegen des Todesfalles eventuell in die Schlagzeilen geraten würde.

Wie hatte es nur soweit kommen können? Wie war es möglich gewesen, daß er erst die Frau und dann die Tochter verlor?

Er hatte viel gearbeitet, und ob er gearbeitet hatte! Der ständige Kampf auf dem Weg nach oben in einem Geschäft, wo hinterrücks ständig die Messer gewetzt wurden, das Handeln und Schachern, bei dem Millionenbeträge auf dem Spiel standen. Seine Reise nach Amerika zum Beispiel; sicher, er hatte über die gerissenen Yankees die Oberhand behalten, aber um welchen Preis? Dafür, daß er nun ein Magengeschwür hatte, sein Blutdruck für den Geschmack seines Arztes viel zu hoch war und er am Tag drei Schachteln Zigaretten rauchte. Das hatten ihm diese sechs Monate eingebracht.

Und eine tote Tochter.

Er ließ den Blick umherschweifen, er sah den hauchzarten

Renoir an der Wand gegenüber und den Picasso aus der blauen Periode am anderen Ende des Zimmers. Die Symbole seines Erfolges. Plötzlich haßte er sie, und er mußte sich in einen anderen Sessel setzen, wo sie ihm nicht mehr ins Auge stachen und sich ihm statt dessen die Aussicht auf London und die spätgotischen Zinnen des St. James Palastes darbot.

Warum hatte er sich so abgerackert? Anfangs für Helen und die kleine June und für die anderen Kinder, die noch kommen sollten. Doch dann hatte Helen keine mehr gewollt, und June blieb sein einziges Kind. War das der Zeitpunkt, als die Arbeit für ihn zur ständigen Beschäftigung, ja vielleicht sogar zum Betäubungsmittel geworden war? Mit ganzer Kraft hatte er sich in die seltsame Welt der Filmstudios gestürzt, wo man kaum unterscheiden kann, was mehr zählt, die Kunst oder das Geld; doch für seine Frau und sein Kind hatte es in seinem Herzen keinen Platz mehr gegeben.

Er hatte sie vernachlässigt, und vielleicht hatte es daran gelegen, daß Helen bei anderen Erfüllung suchte – zunächst nur heimlich, später dann immer offener –, bis er schließlich die ständigen Andeutungen leid war und die Scheidung erzwungen hatte.

Aber wie hatte ihm in Gottes Namen auch noch June entgleiten können? Damals hatte er schon bis über beide Ohren in Arbeit gesteckt, und jemand mußte sie doch tun; Entscheidungen mußten gefällt werden, und zwar von ihm, von niemand sonst. Jede verdammte Entscheidung hatte eine andere nach sich gezogen, sie hatten seine Zeit und sein ganzes Leben ausgefüllt, bis es für ihn nur noch das Geschäft gab.

Er streckte die Hände aus und sah sie an. Ich bin nur eine Maschine, dachte er verzweifelt. Der Kopf ist nur für fällige Entscheidungen zu gebrauchen und die Hände zum Unterzeichnen der richtigen Schecks.

Und irgendwo in all diesem Durcheinander hatte er June, seine Tochter, verloren. Plötzlich erfüllte ihn eine tiefe Scham bei dem Gedanken an den Brief, von dem Warren gesprochen hatte. Er erinnerte sich jetzt wieder. Es war eine schlimme Woche gewesen, er hatte sich darauf vorbereitet, den Amerikanern den Fehdehandschuh hinzuwerfen, aber alles war schiefgelaufen, und er hatte schrecklich unter Zeitdruck gestanden. Ihm fiel ein, wie Miß Walden, seine Sekretärin, ihn im Korridor zwischen zwei Büros abgepaßt hatte.

»Ich habe einen Brief von Miß Hellier für Sie, Sir Robert. Sie möchte sich am Freitag mit Ihnen treffen.«

Er war einigermaßen erstaunt stehengeblieben, verzweifelt hatte er sich das Kinn gerieben, hin und her gerissen zwischen drängenden Aufgaben und dem Wunsch, June zu sehen. »O verdammt. Ich habe doch Freitag vormittag die Besprechung mit Matchet, das bedeutet, ich muß auch mit ihm zu Mittag essen. Was für Termine stehen denn am Nachmittag an, Miß Walden?«

Sie brauchte nicht in den Terminkalender zu schauen, so etwas hatte eine Sekretärin mit ihren Fähigkeiten nicht nötig, und dieser Qualitäten wegen hatte er sie schließlich auch eingestellt. »Ihre Maschine geht um halb vier, eventuell müssen Sie das Mittagessen abkürzen.«

»Ach! Tun Sie mir doch bitte einen Gefallen, Miß Walden. Schreiben Sie meiner Tochter ein paar Zeilen, und erklären Sie ihr die Sachlage. Richten Sie ihr aus, daß ich ihr so bald wie möglich aus den Staaten schreibe.«

Dann war er in ein Büro gestürzt, von dort aus in das nächste und so weiter, bis der Tag zu Ende war – sein Achtzehnstunden-Arbeitstag. Und zwei Tage später war es schon Freitag gewesen, die Konferenz mit Matchet, das teure Mittagessen, mit dem er den andern bei Laune halten mußte, standen auf dem Programm. Dann wartete schon die eilige Fahrt zum Flughafen Heathrow auf ihn, die Landung in New York, die Konfrontation mit Hewling und Morrin, welche ihm mit Angeboten und Vorschlägen kamen, die samt und sonders einen doppelten Boden hatten. Die plötzliche Notwendigkeit, nach Los Angeles zu fliegen, um die Hollywoodgrößen auf eigenem Platz zu schlagen. Dann wieder zurück nach New York, wo ihn Morrin mit der Reise nach Miami und auf die Bahamas geködert hatte, ein plumper Bestechungsversuch durch Großzügigkeit. Er hatte sie alle in die Tasche gesteckt, nur um dann auf dem Gipfelpunkt seiner beruflichen Karriere bei der siegesgewissen Rückkehr nach England ein heilloses Durcheinander vorzufinden, weil niemand stark genug gewesen war, Matchet an die Kandare zu nehmen.

Und während der ganzen Zeit hatte er nicht ein einziges Mal an seine Tochter gedacht.

Die hereinbrechende Dunkelheit verbarg sein Gesicht, das fahl geworden war, als er sich an dieses Versäumnis erinnerte. Er suchte nach Rechtfertigungen, doch es gab keine. Er erkannte, daß seine Nachlässigkeit nicht einmal das Schlimmste war, denn er mußte sich eingestehen, daß er June niemals die Gelegenheit gegeben hatte, einfach von Mensch zu Mensch mit ihm zu reden. Sie war für ihn nur ein lästiges Etwas gewesen, abgedrängt in den Hintergrund seines Lebens, und der Gedanke tat ihm weh, daß er sie nie wie sein eigenes Fleisch und Blut behandelt hatte.

Helier stand auf, unruhig schritt er im Zimmer auf und ab und ließ sich noch einmal Warrens Worte durch den Kopf gehen. Der Arzt betrachtete Drogensucht anscheinend als etwas völlig Unabänderliches, als einen geradezu alltäglichen Bestandteil des Lebens, mit dem man sich abfinden mußte. Wenn er es auch nicht offen herausgesagt hatte, so hatte er doch zumindest angedeutet, daß er es als seine Aufgabe ansah, die Fehler wiedergutzumachen, die Leute wie zum Beispiel Hellier begangen hatten.

Aber es gab doch sicher noch andere Menschen, bei denen man die Schuld suchen mußte. Die Geschäftemacher zumindest. Und die Drogenhändler.

Hellier blieb stehen, denn plötzlich überkam ihn Wut, eine Wut, die zum ersten Mal nicht gegen sich selbst gerichtet war. Seine Schuld bestand lediglich in Untätigkeit, wenngleich sie dadurch gewiß nicht geringer wurde. Doch im Vergleich dazu war die aktive Schuld, junge Menschen um der Geldgier willen mutwillig mit Drogen vollzupumpen, geradezu teuflisch. Er selbst war gedankenlos gewesen, die Dealer aber verkörperten das Böse.

Seine Empörung wuchs, bis er meinte, vor Schmerz zerspringen zu müssen, doch er nahm sich zusammen, um auch weiterhin einen klaren Kopf zu behalten. Genauso, wie er sich bei seinen Verhandlungen mit Matchet, Hewling und Morrin nicht von Gefühlen hatte leiten lassen, bediente er sich nun seines beachtlichen Scharfsinns, um nüchtern an dieses neue Problem heranzugehen. Er vergegenwärtigte sich noch einmal jedes Wort, das Warren von sich gegeben hatte, jeden Tonfall des Arztes, und dabei fielen ihm zwei Bemerkungen besonders auf. Er war überzeugt davon, daß Warren wichtige Informationen besaß.

Aber zunächst mußte er sich vergewissern, daß ihm der Schlüssel zur Lösung seines Problems nicht aus den Händen glitt. Entschlossen nahm er den Telefonhörer ab und wählte eine Nummer. Kurz darauf sagte er: »Ja, ich weiß, daß es schon spät ist. Haben wir noch die Adresse von dem Detektivbüro? Von der Firma, die uns im Fall Lowrey behilflich war... Gut! Ich möchte, daß Erkundigungen über Dr. med. Nicholas Warren eingeholt werden. Wiederholen Sie das bitte. Dabei ist äußerste Diskretion erforderlich. Alles Wissenswerte natürlich, zum Kuckuck. So schnell wie möglich... Berichterstattung in drei Tagen... ach, zum Teufel mit den Kosten! Das geht zu Lasten meines Privatkontos.«

Abwesend nahm er die Whiskykaraffe in die Hand. »Und noch etwas. Die Dokumentationsabteilung soll möglichst umfassende Nachforschungen über den Rauschgiftschmuggel anstellen, über den Drogenhandel allgemein. Auch hier erwarte ich in drei Tagen Berichterstattung... Ja, gewiß meine ich das ernst... könnte ein gutes Drehbuch abgeben.« Er schwieg. »Noch eins. Die Dokumentationsabteilung darf auf keinen Fall mit Dr. Warren Kontakt aufnehmen... Ja, natürlich werden sie das wollen, aber sie müssen ihn in Ruhe lassen – Haben Sie das verstanden? Gut!«

Nachdem er den Hörer aufgelegt hatte, bemerkte er einigermaßen erstaunt die Karaffe in seiner Hand. Er stellte sie behutsam wieder hin und ging in sein Schlafzimmer. Zum ersten Mal seit vielen Jahren hängte er nicht wie sonst seine Kleider sorgfältig weg, sondern ließ sie achtlos auf den Fußboden fallen.

Sobald er im Bett lag, fiel die Anspannung von ihm ab, und er entkrampfte sich. Erst jetzt machte sich seine Trauer körperlich Luft, er brach zusammen. Von Schluchzen geschüttelt, tränkte der Mann von fünfundfünfzig Jahren das Kopfkissen mit seinen Tränen.

2. KAPITEL

I

Einerseits war Warren überrascht, noch einmal etwas von Hellier zu hören, andererseits aber verwunderte es ihn auch wieder nicht. Er fragte sich, was Hellier wohl von ihm wollte, und war beinahe geneigt, seine Einladung auszuschlagen. Seiner Erfahrung nach tat ein ausgedehntes Totengedenken mit den Angehörigen auf lange Sicht niemandem etwas Gutes. Es diente lediglich dem Zweck, Schuldgefühle in schicksalhafte Ergebenheit umzuwandeln, und als zutiefst moralischer Mensch, der er nun einmal war, glaubte er daran, daß dic Schuldigen bestraft werden müssen. Selbstbestrafung erschien ihm daher als ein gerechter Lohn.

Doch irgendwo nagte in ihm noch immer der Zweifel, den Helliers Abschiedsworte ihm eingepflanzt hatten. Deshalb nahm er zu seinem eigenen Erstaunen Helliers Einladung an, ihn in seiner Wohnung in St. James aufzusuchen. Seltsamerweise machte es ihm diesmal nichts aus, sich mit Hellier auf dessen eigenem Boden zu treffen, diese Schlacht hatte er bereits gewonnen.

Hellier begrüßte ihn mit förmlicher Höflichkeit. »Ich danke Ihnen, daß Sie gekommen sind, Doktor.« Dann führte er ihn in ein großes, luxuriös eingerichtetes Zimmer, wo er ihm mit einer Handbewegung einen Sessel zuwies. »Darf ich Ihnen einen Drink anbieten?« fragte er. »Oder trinken Sie nicht?«

Warren lächelte. »Ich habe alle herkömmlichen Laster. Ein Scotch wäre schön.«

Schon bald nippte er an einem Whisky, der so ausgezeichnet war, daß es ihm beinahe wie eine Sünde vorkam, ihn mit Sodawasser zu verdünnen, und er rauchte eine Zigarette mit Helliers Monogramm. »Wir sind ein etwas verrückter Haufen, wir Leute vom Film«, meinte Hellier trocken. »Eigenwerbung ist eine unserer schlimmsten Schwächen.«

Während Warren die verschnörkelten Goldbuchstaben R H auf der handgefertigten Zigarette betrachtete, kam ihm der Verdacht, daß so etwas wahrscheinlich nicht Helliers Stil entsprach, daß er sich aber mit solchen Statussymbolen nüchtern in eine Industrie einzufügen verstand, die keine Außenseiter duldete. Er ging nicht auf die Bemerkung ein, sondern wartete schweigend ab, daß der andere zur Sache kam.

»Zunächst muß ich mich für die Szene entschuldigen, die ich Ihnen in Ihrer Praxis gemacht habe«, sagte Hellier.

»Das haben Sie bereits getan«, antwortete Warren ernst. »Außerdem ist eine Entschuldigung ohnehin nicht nötig.«

Hellier machte es sich Warren gegenüber in einem Sessel bequem und stellte sein Glas auf einem niedrigen Tischchen ab. »Wie ich höre, gelten Sie unter Kollegen als Kapazität auf Ihrem Gebiet.«

Warren zog eine Augenbraue hoch. »Tatsächlich?«

»Ich habe mich inzwischen über die Drogenszene kundig gemacht. Ich glaube, ich weiß jetzt gut Bescheid darüber.«

»Nach drei Tagen?« spöttelte Warren.

»Es liegt nun einmal in der Natur des Filmgeschäftes, daß eine gehörige Portion an Allgemeinwissen dazugehört. Meine Dokumentationsabteilung kann sich beinahe mit einem Zeitungsarchiv messen lassen. Wenn einem genügend Mitarbeiter zur Verfügung stehen, kann man in drei Tagen allerhand erreichen.«

Warren schwieg dazu, er nickte lediglich mit dem Kopf.

»Mein Team wurde bei etwa einem Drittel aller Erkundigungen an Sie verwiesen, da man Sie allgemein als *den* Fachmann auf diesem Gebiet ansieht.«

»Sie haben sich aber nicht an mich gewendet«, meinte Warren trocken.

Hellier grinste. »Nein, und zwar auf meine Veranlassung hin. Wie Sie mir schon neulich zu verstehen gaben, sind Sie schließlich ein vielbeschäftigter Mann. Ich wollte Sie nicht belästigen.«

»Dafür sollte ich Ihnen wohl dankbar sein«, entgegnete Warren, ohne mit der Wimper zu zucken.

Hellier straffte die Schultern. »Dr. Warren, wir wollen nicht länger wie die Katze um den heißen Brei herumschleichen. Ich will Ihnen alle meine Karten offen auf den Tisch legen. Ich habe nämlich auch über Sie Erkundigungen einziehen lassen, privat.«

Warren trank einen Schluck Whisky und sah Hellier über den Rand des Glases hinweg fest an. »Das ist eine verdammte Unverschämtheit«, sagte er gelassen. »Wahrscheinlich erwarten Sie jetzt, daß ich Sie frage, was dabei herausgekommen ist.«

Hellier hob die Hand. »Nur Gutes, Doktor. Ihr Ruf sowohl als Arzt als auch als Mensch ist beneidenswert, außerdem gelten Sie auf dem Gebiet der Rauschgiftsucht als außergewöhnlich beschlagen.«

Spöttisch meinte Warren: »Die Akte hätte ich mir gern irgendwann mal angesehen, dabei käme man sich wahrscheinlich so ähnlich vor, als würde man seinen eigenen Nachruf lesen, eine Erfahrung, die nur den wenigsten von uns vergönnt ist.« Er stellte sein Glas ab. »Und welchem Zweck sollen Ihre... Bemühungen dienen?«

»Ich mußte sichergehen, daß Sie der richtige Mann sind«, antwortete Hellier ernst.

»Sie sprechen in Rätseln«, sagte Warren ungeduldig. Er lachte. »Wollen Sie mir vielleicht einen Job anbieten? Als technischer Berater für einen Film womöglich?«

»Kann sein«, meinte Hellier. »Ich hätte Sie gern etwas gefragt. Sie sind geschieden. Warum?«

Warren reagierte mit Empörung, Überraschung und Schock. Die Art der Frage empörte ihn; daß ein Mann von Welt wie Hellier sie stellen sollte, überraschte ihn, und es versetzte ihm einen Schock, daß Hellier so gründlich gegen ihn hatte ermitteln lassen. »Das ist meine Privatangelegenheit«, erwiderte er barsch.

»Zweifellos.« Hellier musterte Warren eine Zeitlang. »Ich kann Ihnen sagen, warum Ihre Frau sich von Ihnen hat scheiden lassen. Es gefiel ihr nicht, daß Sie mit Drogensüchtigen verkehrten.«

Warren stützte die Hände auf die Armlehnen des Sessels, er wollte aufstehen, doch Hellier fuhr ihn scharf an: »Bleiben Sie sitzen, Mann. Hören Sie mir gefälligst erst einmal zu.«

»Hoffentlich lohnt es sich«, sagte Warren und setzte sich wieder zurück. »Gespräche dieser Art behagen mir nämlich überhaupt nicht.«

Hellier drückte seine Zigarette aus und steckte sich eine

neue an. »Der Grund für die Scheidung verrät mir mehr über Sie selbst als über Ihre Frau, um die es mir hier ohnehin nicht geht. Er beweist mir, daß Ihnen berufliche Belange wichtiger sind als persönliche Beziehungen. Ist Ihnen eigentlich klar, daß man Sie, was Rauschgift anbetrifft, geradezu als Fanatiker betrachtet?«

»Das hat man mich schon spüren lassen«, antwortete Warren steif.

Hellier nickte. »Wie Sie mir erklärten, und wie ich bei meiner kurzen Beschäftigung mit dem Thema selbst herausgefunden habe, kann man Rauschgiftsüchtige nicht gerade als die pflegeleichtesten Patienten bezeichnen. Sie sind eingebildet, aggressiv, hinterlistig, bösartig, verschlagen und weisen auch sonst alle anderen negativen Eigenschaften auf, die man sich denken mag. Trotzdem beharren Sie starrköpfig darauf, ihnen zu helfen, sogar, wenn Sie durch Ihren Einsatz für diese Menschen Ihre Frau verlieren. Für mich beweist das ein hohes Maß an Fürsorge.«

Warren schnaubte. »Fürsorge, was für ein Quatsch! Das bringt mein Job nun einmal mit sich. Die ganzen Charakterfehler, die Sie gerade aufgezählt haben, sind lediglich Symptome des allgemeinen Rauschmittelmißbrauchs. Nur wegen der Drogen werden die Süchtigen so, man kann sie doch nicht einfach in der Klemme sitzenlassen, bloß weil es einem nicht paßt, wie sie sich benehmen.« Er schüttelte den Kopf. »Kommen Sie zur Sache. Ich bin nicht hier, um mich beweihräuchern zu lassen, und schon gar nicht von Ihnen.«

Hellier lief rot an. »Ich wollte nur nicht gleich mit der Tür ins Haus fallen«, sagte er. »Aber kommen wir gleich zum springenden Punkt. Bei meinem Besuch in Ihrer Praxis gaben Sie mir zu verstehen, das Problem bestehe darin, die Einfuhr illegaler Drogen zu stoppen. Sie sagten, es handele sich um ein internationales Problem. Außerdem haben Sie sich beeilt, mir klarzumachen, daß Sie nicht bereit seien, sich im Iran in ein aberwitziges Abenteuer zu stürzen.« Er zeigte mit dem Finger auf seinen Gesprächspartner. »Ich glaube, Sie wissen etwas, Dr. Warren. Und zwar etwas ganz Konkretes.«

»Du großer Gott!« spöttelte Warren. »Sie ziehen aber schnelle Schlüsse.«

»Das bin ich gewöhnt«, entgegnete Hellier leichthin. »In der Hinsicht habe ich viel Erfahrung, und für gewöhnlich liege ich richtig. Ich werde dafür bezahlt, daß ich mich nicht irre, und zwar sehr gut bezahlt. Also, wieso kommen Sie ausgerechnet auf den Iran? Heroin wird letztendlich aus Opium gewonnen, und Opium wird in den verschiedensten Gegenden angebaut. Im Fernen Osten zum Beispiel, in China oder Burma, aber Sie meinten, die Wurzel des Beschaffungsproblems liege im Mittleren Osten. Wieso ausgerechnet dort? Und wieso eigentlich im Iran? Der Stoff könnte aus einem halben Dutzend Ländern stammen, angefangen in Afghanistan bis hin zu Griechenland, aber Sie nennen mir wie aus der Pistole geschossen den Iran.« Mit einem leisen Klirren stellte er sein Glas ab. »Sie wissen etwas Bestimmtes, Dr. Warren.«

Warren rutschte unruhig in seinem Sessel umher. »Weshalb dieses plötzliche Interesse?«

»Weil ich entschlossen bin, etwas dagegen zu unternehmen«, sagte Hellier. Er mußte lachen, als er Warrens Gesichtsausdruck sah. »Nein, ich bin nicht übergeschnappt. Ich leide auch nicht unter Größenwahn. Sie selbst haben mir das Problem aufgezeigt. Was, zum Teufel, nützt es denn, diese verdammten Volltrottel wieder zusammenzuflicken, nur damit sie losgehen und sich an der nächsten Straßenecke wieder mit dem Zeug eindecken? Wenn man den illegalen Drogenzufluß stoppen könnte, würde Ihnen das die Arbeit doch gehörig erleichtern.«

»Zum Donnerwetter noch mal!« explodierte Warren. »Hunderte von Polizeibeamten aus aller Herren Länder arbeiten an dieser Sache. Wie kommen Sie darauf, daß ausgerechnet Sie mehr Erfolg haben könnten?«

Hellier zeigte mit dem Finger auf ihn. »Weil Sie Informationen haben, die Sie aus persönlichen, und gewiß aus durchaus ethischen Gründen, nicht an die Polizei weitergeben.«

»Die ich aber Ihnen anvertrauen soll, wollen Sie etwa darauf hinaus?«

»O nein«, sagte Hellier. »Sie können sie ruhig für sich behalten, wenn Sie wollen.« Wieder deutete er mit dem Finger auf Warren. »Es ist nämlich so, daß Sie selbst die Sache in die Hand nehmen werden!«

»Sie müssen tatsächlich übergeschnappt sein«, antwortete Warren verächtlich. »Hellier, ich glaube, der Tod Ihrer Tochter hat Sie aus der Bahn geworfen. Sie wollen Ihre früheren Versäumnisse wiedergutmachen, und mich wollen Sie mit hineinziehen.« Er verzog den Mund. »Aber der Zug ist für Sie abgefahren, und damit will ich nichts zu schaffen haben.«

Ohne sich aus der Ruhe bringen zu lassen, zündete sich Hellier wieder eine Zigarette an, und plötzlich meinte Warren: »Sie rauchen zuviel.«

»Sie sind innerhalb von vierzehn Tagen schon der zweite Arzt, der mir das sagt.« Hellier fuhr mit der Hand durch die Luft. »Sehen Sie, Sie können den Arzt in sich nicht abschütteln, nicht einmal jetzt. Bei unserer letzten Begegnung sagten sie noch etwas: ›Ich bin ein Arzt, der sich mit Müh und Not über Wasser hält.‹« Er lachte. »Das stimmt. Ich kenne Ihren Kontostand bis auf den letzten Penny. Aber nehmen wir doch einmal an, Ihnen stünden praktisch unbegrenzte Geldmittel zur Verfügung, und nehmen wir ebenfalls an, Sie koppelten diese Gelder mit den Informationen, die Sie zweifellos besitzen, was Sie im übrigen auch gar nicht abgestritten haben. Was wäre dann?«

Ohne zu überlegen, antwortete Warren: »So etwas schafft kein einzelner Mensch.«

»Wer sagte denn etwas von einem einzelnen Menschen? Stellen Sie sich Ihre eigene Mannschaft zusammen«, meinte Hellier großspurig.

Warren starrte ihn an. »Ich habe das Gefühl, Sie meinen es tatsächlich ernst.«

»Ich mag wohl von Berufs wegen Märchen für andere Leute erfinden«, sagte Hellier nüchtern. »Aber für mich selbst denke ich mir keine aus. Mir ist jedes Wort ernst.«

Jetzt wußte Warren, daß er recht gehabt hatte: Hellier war aus dem seelischen Gleichgewicht geraten. Er war sicher immer schon ein zielstrebiger Mensch gewesen, doch jetzt hatte er die Richtung verloren und steuerte auf neue Ziele los. Er würde sich nicht ohne weiteres davon abbringen lassen.

»Ich glaube, Sie wissen gar nicht, worauf Sie sich da einlassen wollen«, warnte er.

»Das kümmert mich nicht im geringsten«, gab Hellier entschieden zurück. »Ich will die Schweine fertigmachen. Ich will Blut sehen.«

»Wessen Blut, meines vielleicht?« fragte Warren spöttisch. »Sie haben sich den Falschen ausgesucht. Außerdem glaube ich nicht, daß es für diesen Job den richtigen Mann überhaupt gibt. Sie bräuchten eine Kreuzung aus Sankt Georg und James Bond. Ich bin Arzt, mit Bandenbekämpfung kenne ich mich nicht aus.«

»Sie sind ein Mann mit genau den Informationen und Qualifikationen, die ich brauche«, erwiderte Hellier heftig. Da er erkannte, daß er Warren beinahe schon verprellt hatte, fuhr er etwas ruhiger fort: »Überstürzen Sie Ihre Entscheidung nicht, Doktor. Aber Sie sollten es sich wenigstens einmal überlegen.« Sein Tonfall wurde wieder schärfer. »Und vergessen Sie dabei die Ethik nicht.« Er schaute auf seine Uhr. »Wie wäre es jetzt mit einem kleinen Imbiß?«

II

Körperlich gestärkt, jedoch gleichzeitig auch seelisch verunsichert, verließ Warren schließlich Helliers Wohnung. Während er durch die Jermyn Street zum Piccadilly Circus schlenderte, ließ er sich den Vorschlag des anderen gründlich durch den Kopf gehen. Es bestand kein Zweifel, daß Hellier es ernst meinte, aber der Mann hatte ja keine Ahnung, worauf er sich einlassen wollte, nicht den leisesten Schimmer. In der tödlichen Welt des Drogenhandels wurde kein Pardon gegeben, dafür stand viel zuviel auf dem Spiel.

Er zwängte sich durch die Menschenmenge am Piccadilly Circus und bog nach Soho ab. Schon bald blieb er vor einer Kneipe stehen, schaute auf seine Uhr und trat ein. Drinnen war es voll, doch nachdem ihm eine menschenfreundliche Seele am einen Ende der Theke Platz gemacht hatte, bestellte er sich einen Scotch und schaute sich mit dem Glas in der Hand in dem Raum um. An einem Tisch gegenüber saßen drei seiner Patienten. Er musterte sie nachdenklich und kam zu dem Schluß, daß sie sich erst kürzlich ihren Schuß gesetzt haben mußten. Sie waren friedlich und unterhielten sich angeregt. Einer von ihnen blickte auf und winkte ihm zu.

Um an seine Patienten heranzukommen und ihr Vertrauen zu gewinnen, hatte Warren sein Leben mit ihnen geteilt und war schließlich von ihnen akzeptiert worden. Es war kein Kinderspiel gewesen, sie dazu zu bringen, saubere Injektionsnadeln und keimfreies Wasser zu benutzen, denn allzu viele von ihnen hatten keinerlei Vorstellung von Hygiene. Er lebte mit ihnen in ihrer Halbwelt am Rande des Verbrechens, über die sich sogar die Prostituierten von Soho moralisch empörten, die der Meinung waren, daß die Süchtigen die ganze Gegend in Verruf brachten. Darüber hätte man lachen können – oder weinen.

Warren enthielt sich jeglicher moralischen Wertung. Für ihn war das Ganze sowohl ein gesellschaftliches als auch ein medizinisches Problem. Ihm ging es nicht in erster Linie um die Haltlosigkeit im Charakter eines Menschen, die ihn zum Heroinkonsum verführte; er wußte bloß, daß jeder Mensch, der einmal an der Nadel hing, ein hoffnungsloser Fall war. Dann hatten Vorwürfe keinen Sinn mehr, sie brachten keine Lösung. Einem kranken Menschen mußte geholfen werden, und Warren half, auch wenn er dabei gegen die ganze Gesellschaft ankämpfen mußte, gegen die Polizei und sogar gegen den Süchtigen selbst.

In dieser Kneipe und in ähnlichen Etablissements hatte er die drei harten Fakten und die tausend Gerüchte aufgeschnappt, die den Kern der speziellen Information ausmachten, die Hellier aus ihm hatte herauskitzeln wollen. Umgang mit Süchtigen bedeutete Umgang mit Verbrechern. Anfangs waren sie in seiner Gegenwart noch sehr zugeknöpft gewesen, doch als sie im Laufe der Zeit erkannten, daß auch er schweigen konnte, hatten sie sich nicht mehr sonderlich zurückgehalten. Sie wußten, wer und was er war, aber sie akzeptierten ihn, wenngleich er für manche von ihnen nichts weiter war als ›einer von diesen Wohltätern‹, die ihre Nase besser nicht in anderer Leute Angelegenheiten stecken sollten. Aber im großen und ganzen duldeten sie ihn.

Er drehte sich wieder zur Theke und starrte nachdenklich in sein Glas. Nick Warren, der James Bond im Westentaschenformat! dachte er. Hellier ist unglaublich! Die Schwierigkeit mit ihm bestand darin, daß er sich von der Größenordnung dessen, was er sich in den Kopf gesetzt hatte, keinerlei Vorstellungen machte. Obwohl Hellier wahrscheinlich Millionär war, so sah er doch im Vergleich zu den Gewinnen, die das Drogengeschäft abwarf, arm wie eine Kirchenmaus aus. Und wo so viel Geld auf dem Spiel stand, schreckte man auch vor Mord nicht zurück. Eine schwere Hand krachte ihm auf den Rücken, daß er sich an seinem Whisky verschluckte. »Hallo, Doc, ersäufen Sie Ihren Kummer?«

Warren drehte sich um. »Tag, Andy. Trinken Sie ein Glas mit mir?«

»Sehr freundlich«, antwortete Andrew Tozier. »Aber gestatten Sie...« Er zückte eine pralle Brieftasche und klaubte einen Geldschein heraus.

»Nicht doch«, sagte Warren trocken. »Sie sind schließlich noch immer arbeitslos.« Er fing den Blick des Wirtes auf und bestellte zwei Whisky.

»Stimmt«, meinte Tozier und steckte die Brieftasche wieder weg. »Auf der Welt wird es für meinen Geschmack viel zu friedlich.«

»Dann lesen Sie wohl keine Zeitung«, bemerkte Warren. »Die Russen machen wieder Sperenzchen, und in Vietnam ist auch noch allerhand los, soweit ich weiß.«

»Aber das sind die Großen«, sagte Tozier. »Bei solchen Spielchen haben kleine Fische wie ich keinen Platz. Ist doch überall dasselbe. Die Großunternehmen verdrängen uns Einmannbetriebe.« Er hob das Glas. »Prost!«

Warren musterte ihn mit plötzlich erwachtem Interesse. Major Andrew Tozier, von Beruf Söldner. Jemand, der für Geld tötete. Andy würde zwar nicht einfach jeden x-beliebigen Menschen über den Haufen knallen, so etwas wäre Mord. Aber er hatte nichts dagegen, sich von einer neuen Regierung anheuern zu lassen, ein Regiment von schlecht ausgebildeten schwarzen Soldaten auf die Beine zu stellen und in den Kampf zu führen. Er war ein wandelndes Symptom für die Schizophrenie der Welt.

»Prost!« antwortete Warren geistesabwesend. Ihm schossen aberwitzige Gedanken durch den Kopf.

Tozier zeigte mit dem Kopf zur Tür. »Ihre Praxis wird langsam voller, Doc.« Warren folgte seinem Blick und sah vier junge Männer hereinkommen, von denen drei zu seinen Patienten gehörten, den vierten kannte er nicht. »Ich verstehe einfach nicht, wie Sie es mit diesen miesen Typen aushalten können«, meinte Tozier.

»Irgend jemand muß sich schließlich um sie kümmern«, sagte Warren. »Wer ist denn der Neue?«

Tozier zuckte die Achseln. »Eine weitere verdammte Seele auf dem Weg in die Hölle«, lautete seine makabre Antwort. »Sie werden ihn wahrscheinlich bald kennenlernen, wenn er einen Schuß braucht.«

Warren nickte. »Und Sie haben immer noch keine Arbeit in Aussicht?«

»Keine Spur.«

»Vielleicht verlangen Sie zuviel. Es ist doch wohl ein Fall von Angebot und Nachfrage, wie überall.«

»Ich kann überhaupt nicht zuviel verlangen«, antwortete Tozier ein wenig düster. »Was für einen Preis würden Sie denn wohl für Ihren Kopf und Kragen veranschlagen, Doc?«

»Das bin ich gerade erst gefragt worden, allerdings ziemlich indirekt«, sagte Warren, der an Hellier denken mußte. »Wie sehen denn die Preise heutzutage überhaupt aus?«

»Fünfhundert im Monat und eine saftige Prämie bei Erfolg.« Tozier schmunzelte. »Wollen Sie vielleicht einen Krieg anzetteln?«

Warren sah ihm direkt ins Gesicht. »Könnte schon sein.«

Toziers Lächeln verschwand. Er schaute Warren forschend an, der Tonfall des anderen hatte ihn beeindruckt. »Du lieber Gott!« sagte er. »Ich glaube fast, Sie meinen es ernst. Gegen wen wollen Sie denn ins Feld ziehen? Die Londoner Polizei?«

Warren fragte: »An einer wirklich rein privaten Unternehmung haben Sie sich noch nie beteiligt, stimmt's? Ich meine einen Privatkrieg im Gegensatz zu einem staatlichen.«

Tozier schüttelte den Kopf. »Ich habe mich immer auf der legalen oder zumindest auf der politischen Seite gehalten. Außerdem wimmelt es nicht gerade von Leuten, die sich einen Privatkrieg leisten können. Ich verstehe Sie doch richtig, ja? Sie reden nicht von einem Privatkiller für irgendeinen Emporkömmling von Soho-Gangster, der sich sein eigenes kleines Reich zusammenrauben will? Oder von einem Leibwächterposten?«

»Nichts dergleichen«, antwortete Warren. Er überlegte, was er eigentlich von Andrew Tozier wußte. Der Mann war nicht ohne moralische Prinzipien. Vor nicht allzu langer Zeit hatte Warren ihn einmal gefragt, warum er sich nicht einen gerade in einem südamerikanischen Land schwelenden Konflikt zunutze mache.

Tozier hatte mit beißender Verachtung reagiert. »Du großer Gott. Da läuft ein Machtspielchen zwischen zwei Banden von Halsabschneidern aus der Oberschicht ab. Ich habe keine Lust, die armen Schweine von Bauern umzumähen, die zwischen die Fronten geraten sind.« Er hatte Warren scharf angesehen und gesagt: »Ich suche mir meine Kämpfe selber aus.«

Falls Warren Helliers lächerliche Herausforderung tatsächlich annehmen sollte, wäre Andy Tozier genau der richtige Mann, den er gern dabeigehabt hätte. Allerdings war es doch mehr als unwahrscheinlich, daß er sich darauf einließ.

Tozier winkte dem Wirt und hielt zwei Finger in die Höhe. Zu Warren gewandt sagte er: »Sie haben doch etwas auf dem Herzen, Doktor. Werden Sie etwa unter Druck gesetzt?«

»Irgendwie schon«, antwortete Warren trocken. Er wußte, daß Hellier ihn noch gar nicht richtig bearbeitet hatte, als nächstes würde er es wahrscheinlich mit moralischer Erpressung versuchen.

»Nennen Sie mir den Namen«, sagte Tozier. »Ich mische ihn ein bißchen auf. Der belästigt Sie nicht mehr.«

Warren lächelte. »Danke, Andy. So eine Art von Druck ist es nicht.«

Tozier wirkte erleichtert. »Dann ist es ja gut. Ich dachte schon, ein paar von Ihren Fixern hätten Sie auf dem Kieker. Denen würde ich es aber zeigen.« Er legte eine Pfundnote auf die Theke und nahm das Wechselgeld entgegen.

»Und wenn ich nun selbst einen Leibwächter brauchte?« wagte Warren sich vor. »Würden Sie den Job annehmen, zu Ihren üblichen Konditionen, versteht sich?«

Tozier lachte laut auf. »Sie können es sich nicht leisten.

Aber ich würde es umsonst machen, wenn es kein allzu großer Job wäre.« Er legte die Stirn in Falten. »Sie haben doch etwas, Doc. Rücken Sie schon raus damit.«

»Nein«, antwortete Warren knapp. Wenn, beziehungsweise falls er sich weiter in diese Angelegenheit verstricken sollte, durfte er niemandem vertrauen, nicht einmal Andy Tozier, der auf ihn einen durchaus anständigen Eindruck machte. Langsam sagte er: »Wenn es jemals dazu kommt, wird es vielleicht ein paar Monate in Anspruch nehmen, und abspielen würde es sich im Mittleren Osten. Sie würden Ihre fünfhundert im Monat plus Prämie bekommen.«

Tozier stellte behutsam sein Glas hin. »Und es hat mit Politik nichts zu tun?«

»Soweit ich weiß, nicht«, antwortete Warren.

»Und ich wäre Ihr Leibwächter?« Tozier wirkte verblüfft.

Warren grinste. »Na ja, vielleicht müßten Sie hier und da noch ein bißchen hart zupacken.«

»Mittlerer Osten, keine Politik – vielleicht«, sinnierte Tozier. Er schüttelte den Kopf. »Normalerweise lasse ich mir immer etwas genauer erklären, auf was ich mich einlasse.« Er warf Warren einen scharfen Blick zu. »Aber Ihnen traue ich. Wenn Sie mich wollen, brauchen Sie mich bloß zu rufen.«

»Vielleicht wird gar nichts daraus«, wiegelte Warren ab. »Sie brauchen sich nicht verpflichtet zu fühlen.«

»Schon gut«, meinte Tozier. »Sagen wir einfach, Sie können jederzeit über meine Dienste verfügen.« Er kippte schwungvoll seinen Whisky hinunter, knallte das Glas auf die Theke und schaute Warren erwartungsvoll an. »Die nächste Runde geht auf Sie. Wer sich meine Preise leisten kann, der kann mir auch einen Drink spendieren.«

Als Warren wieder zu Hause war, blieb er erst einmal lange Zeit nur im Sessel sitzen und grübelte vor sich hin. Auf unbestimmte Weise fühlte er sich nun doch tatsächlich gebunden, ganz gleich, was er Andy Tozier gesagt hatte. Allein die Begegnung mit dem Söldner hatte ihn auf Gedanken gebracht, auf verrückte, wahnwitzige Ideen, die mit jedem Ticken der Uhr immer wirklicher und faßbarer wurden. Schließlich stand er auf und lief im Zimmer auf und ab.

»Dieser verdammte Hellier!« sagte er laut.

Er setzte sich an seinen Schreibtisch, holte ein Blatt Papier heraus und begann eifrig zu schreiben. Nach einer halben Stunde hatte er vielleicht zwanzig Namen aufs Papier geworfen. Nachdenklich überflog er seine Liste, strich den einen oder anderen wieder aus, und nach weiteren fünfzehn Minuten war die Aufstellung auf fünf Namen zusammengeschmolzen:

ANDREW TOZIER
JOHN FOLLET
DAN PARKER
BEN BRYAN
MICHAEL ABBOT

III

Das Haus in der Acacia Road Nr. 23 war eine ordentliche Doppelhaushälfte, die sich in nichts von den hundert anderen in der Nachbarschaft unterschied. Warren stieß das hölzerne Gartentor auf, ging die paar Schritte durch den briefmarkengroßen Vorgarten bis zur Haustür und drückte auf die Klingel. Die adrette Frau in mittleren Jahren, die ihm öffnete, war augenscheinlich hocherfreut, ihn zu sehen.

»Na, so was, Dr. Warren, Sie haben sich ja schon ewig nicht mehr bei uns blicken lassen.« Ein besorgter Blick huschte ihr über das Gesicht. »Es ist hoffentlich nichts mit Jimmy, nein? Er hat doch nicht schon wieder etwas angestellt?«

Warren lächelte beruhigend. »Meines Wissens nicht, Mrs. Parker.«

Ihre Erleichterung konnte er beinahe körperlich spüren. »Oh!« sagte sie. »Na, dann ist es ja gut. Kommen Sie wegen Jimmy? Er ist nämlich gerade nicht da, er ist im Jugendzentrum.«

»Eigentlich wollte ich Dan besuchen«, antwortete Warren. »Nur so, auf ein kleines Schwätzchen.«

»Was fällt mir denn ein«, sagte Mrs. Parker. »Da lasse ich Sie hier einfach vor der Tür stehen. Kommen Sie rein, Doktor. Dan ist eben von der Arbeit zurück, er wäscht sich oben.«

Warren wußte nur allzu gut, daß Dan Parker gerade erst heimgekommen war. Da er nicht in der Werkstatt, wo er arbeitete, mit ihm sprechen wollte, hatte er in seinem Wagen gewartet und war ihm dann nach Hause gefolgt. Mrs. Parker brachte ihn in die gute Stube. »Ich sage ihm Bescheid, daß Sie hier sind«, meinte sie.

Warren blickte sich in dem kleinen Zimmer um. Drei Keramikenten hingen an der Wand, Fotos von den Kindern standen auf der Anrichte, und auch eine Aufnahme von einem noch jungen Dan Parker in Uniform war zu sehen. Er brauchte nicht lange zu warten. Parker kam herein und streckte ihm die Hand entgegen. »Was für eine unerwartete Freude, Doktor.« Als Warren ihm die Hand schüttelte, spürte er die harten Schwielen des anderen. »Erst vor ein paar Tagen habe ich noch zu Sally gesagt, was für ein Jammer es ist, daß wir Sie nicht öfter zu Gesicht kriegen.«

»Ist vielleicht auch besser so«, antwortete Warren geknickt. »Ich fürchte, ich habe Mrs. Parker gerade einen ziemlichen Schrecken eingejagt.«

»Klar«, sagte Parker nüchtern. »Ich weiß, was Sie meinen. Aber wir würden Sie trotzdem gern mal öfter sehen, nur so, aus alter Freundschaft. Setzen Sie sich doch, Doktor. Sally bringt gleich den Tee.«

»Ich bin gekommen, weil ich Sie gern... geschäftlich gesprochen hätte.«

»Immer mit der Ruhe und dann mit 'nem Ruck«, meinte Parker gemütlich. »Dafür bleibt uns nach einem Täßchen Tee noch genug Zeit. Sally muß sowieso bald weg. Ihrer Schwester geht's nicht sonderlich, deshalb paßt Sally ein bißchen auf die Kinder auf.«

»Das tut mir leid«, sagte Warren. »Wie geht es Jimmy zur Zeit?«

»Der macht sich prächtig«, antwortete Parker. »Sie haben ihn wieder hingekriegt, Doktor. Sie haben ihm die Hammelbeine langgezogen, und ich sehe zu, daß er das nicht so schnell wieder vergißt.«

»Seien Sie nicht zu streng mit ihm.«

»Gerade streng genug«, sagte Parker unnachgiebig. »Der macht mir keinen Unsinn mehr.« Er seufzte. »Ich weiß nicht, was mit der Jugend von heute los ist. Als ich noch ein Junge war, gab es so etwas nicht. Wenn ich mir dasselbe geleistet hätte wie unser Jimmy, hätte mein Vater mich mit dem Gürtel vertrimmt. Der hatte nämlich eine ganz schön lockere Hand, mein Vater.« Er schüttelte den Kopf. »Aber auf solche Sachen wären wir sowieso im Leben nicht gekommen.«

Warren ließ diese altvertraute elterliche Klage ohne den leisesten Anflug eines Lächelns über sich ergehen. »Ja«, pflichtete er seinem Gegenüber ernst bei. »Die Zeiten haben sich geändert.«

Sally Parker kam mit dem Tee. Sie nötigte Warren selbstgebackenen Kuchen und Kekse auf und bestand darauf, ihm persönlich nachzuschenken. Währenddessen musterte Warren Parker unauffällig und überlegte, wie er das heikle Thema zur Sprache bringen konnte, daß ihm der andere von allein entgegenkam. Daniel Parker war ein Mann von vierzig Jahren. In den letzten Kriegsmonaten hatte er sich freiwillig zur Marine gemeldet und sich entschlossen, dabeizubleiben. Nach Kriegsende hatte er sich zielstrebig langsam, aber sicher weiter nach oben gearbeitet. Da er während des Koreakrieges in den dortigen Gewässern zum Einsatz gekommen war, hatte er eine weitere Sprosse auf der Karriereleiter erklimmen können, und seine Aussichten standen nicht schlecht, zum Unteroffizier befördert zu werden. Aber dann war 1962 ein Torpedo abgerutscht und ihm aufs Bein gefallen, womit das Ende seiner Marinelaufbahn besiegelt war.

Mit einem verkrüppelten Bein mußte er ausscheiden, er bekam nur eine kleine Unfallrente und war arbeitslos. Darüber, daß er keine Stellung hatte, machte er sich keine Gedanken, da er wußte, daß er ein geschickter Handwerker war. Seit 1963 war er nun als Mechaniker in einer Autowerkstatt beschäftigt, worüber sich sein Arbeitgeber Warrens Meinung nach froh und glücklich schätzen konnte.

Mrs. Parker schaute auf ihre Uhr und gab einen erschreckten Laut von sich. »Ach, ich komme zu spät. Tut mir leid, Doktor, aber ich muß gehen.«

»Schon gut, Mrs. Parker«, antwortete Warren und erhob sich.

»Sieh zu, daß du wegkommst, Schatz«, sagte Parker. »Ich kümmere mich schon um den Abwasch, und der Doktor und ich wollen uns doch auch noch ein bißchen gemütlich unterhalten.« Nachdem Mrs. Parker gegangen war, zog Parker eine stummelige kleine Pfeife hervor und fing an, sie zu stopfen. »Sie haben gesagt, es ginge um etwas Geschäftliches, Doktor.« Er hob nachdenklich den Kopf, dann lächelte er. »Brauchen Sie vielleicht einen neuen Wagen?«

»Nein«, antwortete Warren. »Wie läuft es denn so in der Werkstatt, Dan?«

Parker zuckte die Achseln. »Wie immer. Manchmal kann es einem schon ganz schön auf den Geist gehen, aber im Moment habe ich ein paar spannende Sachen an einem Mini-Cooper zu machen.« Er grinste. »Die meiste Zeit kümmere ich mich um die Sorgen von alten Jungfern. Letztens kam mal wieder eine vorbei, sie sagte, ihr Wagen würde zuviel verbrauchen. Ich habe nachgeschaut und nichts gefunden, also konnte sie ihn zurückhaben. Aber in Null Komma nichts stand sie schon wieder da, mit demselben Problem.«

Er riß ein Streichholz an. »Ich konnte noch immer keinen Fehler entdecken, also sage ich zu ihr: ›Miß Hampton, ich möchte gern ein bißchen mit Ihnen durch die Gegend fahren, vielleicht finde ich ja doch noch was.‹ Und was macht sie als erstes? Sie zieht den Choke raus und hängt ihre Handtasche dran. Sie dachte doch tatsächlich, dafür wäre der da.« Leicht verärgert schüttelte er den Kopf.

Warren lachte. »Ist wohl mit der Marine nicht zu vergleichen, Dan.«

»Das können Sie ruhig laut sagen«, meinte Parker beinahe düster. »Mir fehlt die Arbeit immer noch, wissen Sie? Aber was will man machen?« Geistesabwesend strich er sich über das kranke Bein. »Na ja, für Sally und die Kinder ist es bestimmt besser so, obwohl sie nie etwas dagegen hatte, daß ich so oft weg war.«

»Was vermissen Sie denn am meisten daran, Dan?«

Parker zog nachdenklich an seiner Pfeife. »Schwer zu sagen. Ich glaube, den Umgang mit anständigem Gerät. Dieses ständige Zusammenflicken von Fließbandwagen, das fordert einen eben nicht, und deshalb bin ich ja im Moment auch so froh über diesen Mini-Cooper, das ist endlich mal was anderes. Wenn ich mit der Kiste fertig bin, erkennt sie selbst ihr Erbauer nicht wieder.«

Vorsichtig fragte Warren: »Was wäre, wenn Sie die Gelegenheit bekämen, wieder mit Marinegerät zu arbeiten? Würden Sie sich darauf einlassen?«

Parker nahm die Pfeife aus dem Mund. »Worauf wollen Sie hinaus, Doktor?«

»Ich brauche jemand, der sich mit Torpedos auskennt«, sagte Warren kurz und bündig.

Parker kniff verdutzt die Augen zu. »Auf dem Gebiet kann ich es mit jedem aufnehmen, würde ich meinen, aber ich verstehe nicht...« Er brach ab und schaute Warren verwundert an.

»Ich will es mal so sagen. Nehmen wir an, ich wollte eine relativ leichte, aber auch sehr wertvolle Ladung in ein Küstenland schmuggeln. Ließe sich das mit einem Torpedo machen?«

Parker kratzte sich am Kopf. »Darauf wäre ich im Leben nicht gekommen«, sagte er grinsend. »Aber es ist eine verdammt tolle Idee. Was wollen Sie denn am Zoll vorbeimogeln? Schweizer Armbanduhren?«

»Wie wäre es mit Heroin?« fragte Warren leise.

Parker versteifte sich und starrte Warren an, als wären dem Arzt plötzlich Hörner und ein Schwanz gewachsen. Die Pfeife fiel ihm aus der Hand, doch er merkte es gar nicht und sagte: »Ist das Ihr Ernst? Das hätte ich ja nie für möglich gehalten.«

»Keine Bange, Dan«, antwortete Warren. »Ich meine es tatsächlich ernst, nur nicht so, wie Sie sich das vorstellen. Aber könnte es so bewerkstelligt werden?«

Lange Zeit rührte Parker sich nicht, dann suchte er nach seiner Pfeife. »Es ließe sich schon machen«, sagte er. »Das alte Modell XI hatte eine siebenhundert Pfund schwere Sprengladung. Da könnte man bestimmt einen schönen Batzen Heroin drin unterbringen.«

»Und wie steht es mit der Reichweite?«

»Maximal fünftausendfünfhundert Meter, wenn man die Batterien vorwärmt«, sagte Parker wie aus der Pistole geschossen.

»Verdammt!« fluchte Warren enttäuscht. »Das reicht nicht. Sie sagten etwas von Batterien. Reden wir hier von einem elektrischen Torpedo?«

»Ja, der wäre zum Schmuggeln ideal. Macht nämlich keine Blasen.«

»Aber die Reichweite ist bei weitem nicht groß genug«, sagte Warren verzweifelt. »So geht eine gute Idee zum Teufel.«

»Was hatten Sie sich denn eigentlich gedacht?« fragte Parker und zündete ein Streichholz an.

»Mir schwebte ein Schiff vor, das außerhalb der territorialen Gewässer der USA kreuzt und einen Torpedo an die Küste schießt. Aber das wären zwanzig Kikometer, zwanzigtausend Meter!«

»Ein ganz schönes Stück«, sagte Parker und paffte an seiner Pfeife. Da der Tabak nicht gleich Feuer fing, riß er noch ein Streichholz an, und erst nach geraumer Zeit brannte die Pfeife zu seiner Zufriedenheit. »Aber unter Umständen ließe es sich vielleicht trotzdem machen.«

Warren faßte neuen Mut und blickte gespannt hoch. »Tatsächlich?«

»Das Modell XI stammt aus dem Jahr '44, und seitdem hat sich einiges geändert«, meinte Parker nachdenklich. Er hob den Kopf. »Wo wollen Sie den Torpedo überhaupt hernehmen?«

»Darum habe ich mich noch nicht gekümmert«, antwortete Warren. »Aber es dürfte nicht allzu schwierig werden. In der Schweiz sitzt ein Amerikaner, der so viele Waffen aus alten Armeebeständen verkauft, daß man damit die gesamten britischen Streitkräfte ausrüsten konnte. Er müßte auch Torpedos auf Lager haben.«

»Das wäre dann bestimmt das Modell XI oder sein deutsches Gegenstück. Ich glaube kaum, daß modernere Fische jetzt schon auf dem Markt sind.« Er machte ein nachdenkliches Gesicht. »Ein interessantes Problem. Sehen Sie, das Modell XI hatte nämlich Bleiakkus, zweiundfünfzig Stück. Aber seit dem Krieg hat sich manches getan, und heutzutage gibt es wesentlich stärkere Batterien. Ich würde die Bleiakkus rausreißen und durch Hochleistungsquecksilberzellen ersetzen.« Er sah versonnen an die Decke. »Man müßte natürlich die ganzen Schaltkreise umändern, und es würde ein Heidengeld kosten, aber ich glaube, ich könnte es machen.«

Er beugte sich vor und klopfte mit der Pfeife gegen den offenen Kamin, dann sah er Warren fest in die Augen. »Aber nicht zum Rauschgiftschmuggeln.«

»Keine Angst, Dan. Auf dieses miese Geschäft habe ich nicht umgesattelt.« Warren rieb sich das Kinn. »Ich möchte, daß Sie mir bei einer Unternehmung helfen. Dabei springt doppelt soviel heraus wie das, was Sie in der Werkstatt verdienen, auch bekommen Sie hinterher noch eine fette Erfolgsprämie. Und wenn Sie dann nicht wieder in der Werkstatt anfangen wollen, kann ich Ihnen eine andere feste Stelle versprechen.«

Parker stieß eine dicke Rauchwolke aus. »Ich habe das Gefühl, die Sache stinkt, Doktor. Für meine Ohren klingt das einigermaßen ungesetzlich.«

»Ungesetzlich ist es nicht«, beruhigte Warren ihn rasch. »Aber es könnte gefährlich werden.«

Parker überlegte. »Wie lange würde die Sache dauern?«

»Ich weiß nicht. Drei Monate vielleicht, es können auch sechs werden. Außerdem würde es sich nicht in England abspielen, sondern im Mittleren Osten.«

»Gefährlich könnte es also sein. Wie gefährlich genau?«

Warren entschloß sich zu einer ehrlichen Antwort. »Tja, wenn man sich nicht vorsieht, könnte man sich eine Kugel einfangen.«

Parker legte seine Pfeife auf die Steinplatten vor dem Kamin. »Sie verlangen aber ganz schön viel, was? Ich habe Frau und drei Kinder, und da trauen Sie sich, mir einen Job anzubieten, der zum Himmel stinkt, und sagen mir noch, ich könnte in eine Schießerei geraten. Wieso sind Sie überhaupt ausgerechnet auf mich verfallen?«

»Ich brauche einen Torpedofachmann, und Sie sind der einzige, den ich kenne.« Ein Lächeln umspielte Warrens Lippen. »Die findet man schließlich nicht wie Sand am Meer.«

Parker nickte zustimmend. »Nein, das kann man wohl nicht behaupten. Ich will mich hier nicht groß aufspielen, aber mir fällt sonst auch keiner ein, der für so einen kitzeligen Job in Frage kommt. Mensch, es wäre wirklich eine reife Leistung, das gute, alte Modell XI auf über zwanzig Kilometer Reichweite zu bringen, das muß man sich bloß einmal vorstellen.«

Mit angehaltenem Atem sah Warren zu, wie Parker mit sich kämpfte, doch als der schließlich den Kopf schüttelte, seufzte er enttäuscht auf. »Nein«, sagte Parker. »Das kann ich nicht machen. Was würde Sally davon halten?«

»Ich weiß, daß es gefährlich ist, Dan.«

»Das macht mir nichts aus, jedenfalls geht es mir nicht um meine eigene Haut. In Korea hätte mir schließlich auch etwas passieren können. Es ist bloß... tja, ich bin nicht sehr hoch versichert, und wie würde sie mit drei Kindern dastehen, wenn mir etwas zustieße?«

Warren antwortete: »Eines will ich Ihnen sagen, Dan. Ich glaube nicht, daß es zum Schlimmsten kommt, aber wenn ich mich irren sollte, werde ich dafür sorgen, daß Sally eine lebenslange Rente in Höhe Ihres jetzigen Verdienstes erhält. Ohne Wenn und Aber. Und das können Sie schriftlich haben.«

»Sie schmeißen aber ganz schön großzügig mit Ihren Moneten um sich, oder ist es vielleicht gar nicht Ihr eigenes Geld?« fragte Parker hellsichtig.

»Es spielt keine Rolle, wo es herkommt. Auf jeden Fall dient es einem guten Zweck.«

Parker seufzte. »Das will ich Ihnen gerne glauben. Ich weiß ja, daß Sie nicht auf die falsche Seite überwechseln würden. Wann soll es denn losgehen?«

»Keine Ahnung«, antwortete Warren. »Womöglich wird auch überhaupt nichts daraus. Ich habe mich noch nicht entschieden. Aber falls es wirklich stattfinden sollte, dann nächsten Monat.«

Parker kaute an seiner Pfeife herum, offenbar hatte er nicht bemerkt, daß sie längst ausgegangen war. Schließlich schaute er mit strahlenden Augen hoch. »Okay, ich bin dabei. Aber dafür macht mir Sally bestimmt die Hölle heiß.« Er feixte. »Am besten sagen wir ihr gar nichts, Doktor. Ich denke mir schon irgendeine Ausrede für sie aus.« Er kratzte sich am Kopf. »Ich muß mal meine alten Marinekumpels besuchen und mir eine technische Anleitung für das Modell XI besorgen, die müßten da noch irgendwo rumfliegen. Die werde ich brauchen, wenn ich die Schaltpläne umändern soll.«

»Gute Idee«, sagte Warren. »Aber ich sollte Ihnen wohl doch besser erzählen, um was es eigentlich geht.«

»Nein!« widersprach Parker. »Ich hab' schon verstanden. Wenn es gefährlich werden kann, ist es besser für Sie, wenn ich so wenig wie möglich Bescheid weiß. Wenn es soweit ist, sagen Sie mir einfach, was zu tun ist, und ich mach' es – falls ich es kann.«

Scharf fragte Warren: »Dann könnte es auch schiefgehen?«

»Schon möglich, aber wenn ich alle Teile kriege, die ich brauche, müßte es eigentlich klappen. Das Modell XI ist ein feines Stück, es dürfte nicht allzu schwierig sein, damit das Unmögliche möglich zu machen.« Er grinste. »Wie sind Sie denn überhaupt auf so eine Idee verfallen? Hatten Sie die Nase voll davon, andauernd neue Süchtige zu kurieren?«

»So etwas Ähnliches«, antwortete Warren.

Als er sich von Parker verabschiedete, schwelgte der bereits in Überlegungen über Batterien und Schaltkreise. Und obwohl Warren ihn noch ausdrücklich darauf hinwies, daß es sich bei ihrer Besprechung keineswegs um eine verbindliche Abmachung handelte, wußte er selbst nur allzugut, daß sich das Ganze trotz seiner vorsichtigen Zurückhaltung doch allmählich zu einem festen Entschluß verhärtete.

IV

Warren rief Andrew Tozier an. »Könnte ich heute abend etwas Unterstützung von Ihnen bekommen, Andy?«

»Aber klar, Doc. Moralische oder muskelmäßige?«

»Von beidem etwas vermutlich. Wir treffen uns im Howard Club. Wissen Sie, wo das ist?«

»Sicher«, antwortete Tozier. »Wenn Sie unbedingt Ihre Mäuse verlieren wollen, können Sie sich kein besseres Etablissement aussuchen, Doc. Da wird mehr gezinkt als in einer Gabelfabrik.«

»Ich will schon etwas aufs Spiel setzen«, sagte Warren. »Aber kein Geld. Halten Sie sich im Hintergrund, ja? Wenn ich Sie brauche, gebe ich Ihnen Bescheid. Ich bin um zehn Uhr dort.«

»Schon kapiert, es geht Ihnen um nur eine kleine Rückversicherung.«

»Genau«, sagte Warren und legte auf.

Der Howard Club befand sich hinter der ehrbaren Fassade eines alten viktorianischen Hauses in Kensington. Da es sich dabei nicht um eine billige Spielhölle wie die in Soho handelte, warben auch keine grellen Neonschilder für Blackjack oder Roulette. Im Howard Club wurde nicht um Pennies gespielt.

Kurz nach zehn Uhr schlenderte Warren durch die Spielhallen zur Bar. Es ließ ihn kalt, daß sein Erscheinen allgemeines Aufsehen erregte, daß der Türsteher bei seinem Eintreten zum Hörer des Haustelefons gegriffen hatte und sich die Neuigkeit nun rasch bis in die oberen Etagen verbreiten würde. Er blieb einen Augenblick beim Roulette stehen und dachte spöttisch: *Wenn ich wirklich James Bond wäre, würde ich jetzt ganz hübsch absahnen.*

Er bestellte sich einen Scotch, und als der Barkeeper ihn vor ihn hinstellte, sagte eine ausdruckslose amerikanische Stimme: »Der geht aufs Haus, Dr. Warren.«

Warren drehte sich um und sah sich John Follet gegenüber, dem Manager des Clubs. »Was führt denn Sie so weit nach Westen?« fragte Follet. »Wenn Sie nach Ihren verlorenen Schäfchen suchen, werden Sie hier bestimmt nicht fündig. Für die haben wir nicht viel übrig.«

Warren verstand sehr gut, daß diese Bemerkung als Warnung gemeint war. Es war schon vorgekommen, daß seine Patienten versucht hatten, sich beim Glücksspiel das nötige Kleingeld zu beschaffen, um ihre Sucht befriedigen zu können. Natürlich war es ihnen nicht gelungen, die Dinge waren ausgeufert, und das Ganze hatte in einem Handgemenge geendet. Die Geschäftsleitung des Howard Clubs konnte lautstarke Auseinandersetzungen nicht gebrauchen, so etwas schadete dem Ruf des vornehmen Etablissements. Deshalb hatte man Warren geraten, ein Auge auf seine Patienten zu haben.

Er lächelte Follet an. »Ich spiele nur ein bißchen Tourist, Johnny.« Er hob sein Glas. »Leisten Sie mir Gesellschaft?«

Follet nickte dem Barkeeper zu und meinte: »Na, es ist trotzdem nett, Sie zu sehen.«

Das wirst du aber nicht mehr lange denken, dachte Warren. Laut sagte er: »Die Menschen, von denen Sie da so abfällig reden, sind Patienten, Johnny, Kranke. Und ich erteile ihnen keine Befehle, ich bin ja schließlich nicht ihr Anführer oder so etwas Ähnliches.«

»Wie Sie meinen«, antwortete Follet. »Aber wenn Ihre Fixer auf Sauftour gehen, sind sie zu mehr Verwüstungen imstande, als Sie es sich vorstellen können. Wenn die überhaupt jemand im Griff hat, dann Sie.«

»Ich habe es sie wissen lassen, daß sie hier nicht sehr willkommen sind«, sagte Warren. »Mehr kann ich nicht tun.«

Follet nickte. »Ich verstehe, Doktor. Das reicht mir auch völlig.«

Warren sah sich in dem Raum um und entdeckte Andrew Tozier neben einem Blackjack-Tisch in der Nähe. Beiläufig meinte er: »Offensichtlich läuft Ihr Laden nicht schlecht.«

Follet schnaubte. »In diesem verrückten Land macht kein Mensch gute Geschäfte. Wir müssen jetzt beim Roulette ohne die Null spielen, und das geht einfach nicht. Kein Casino kann ohne einen gewissen Gewinnvorteil überleben.«

»Ich weiß nicht«, sagte Warren. »So haben Sie und der Gast die gleichen Chancen, das ist doch anständig. Und den Profit machen Sie ja sowieso mit den Mitgliedsbeiträgen, der Bar und dem Restaurant.«

»Sie sind wohl übergeschnappt!« regte Follet sich auf. »So funktioniert das überhaupt nicht. In jedem Spiel mit ausgeglichenen Gewinnchancen macht der Reiche mit Glück den Armen mit Glück noch jedesmal naß. Das hat Bernoulli schon 1713 erkannt, man nennt es das Sankt Petersburg Paradoxon.« Er zeigte auf den Roulettetisch. »An dem Rad stehen uns fünfzigtausend Pfund zur Verfügung, aber was meinen Sie denn, wieviel unsere Kundschaft wert ist? Es sieht doch so aus: Wir spielen mit ausgewogenen Gewinnchancen gegen die gesamte Öffentlichkeit, und die kann man wohl getrost als unendlich reich bezeichnen. Auf lange Sicht zieht man uns ganz schön das Geld aus der Tasche.«

»Ich wußte gar nicht, daß Sie Mathematiker sind«, sagte Warren.

»Jeder, der sich in diesem Gewerbe nicht mit Mathematik auskennt, geht im Handumdrehen vor die Hunde«, antwortete Follet. »Und es wäre wirklich an der Zeit, daß der englische Gesetzgeber endlich ein paar Mathematiker einstellt.« Er verzog das Gesicht. »Und noch etwas, nehmen wir beispielsweise mal den Blackjack-Tisch. Früher war Blackjack als reines Glücksspiel verboten. Heutzutage will man es wieder verbieten, und zwar mit der Begründung, daß dabei ein guter Spieler einen schlechten schlagen kann. Die wissen einfach nicht, was sie wollen.«

»Dann kann ein guter Spieler beim Blackjack tatsächlich gewinnen?« fragte Warren interessiert.

Follet nickte. »Man braucht zwar ein eisernes Gedächtnis dazu und Nerven wie Drahtseile, aber es läßt sich machen. Für uns ist es nur ein Glück, daß es von der Sorte nicht allzu viele Typen gibt. Beim Blackjack tragen wir das Risiko, aber beim Roulette brauchen wir einen Gewinnvorteil.« Er schaute niedergeschlagen in sein Glas. »Aber in der Hinsicht sieht es wirklich nicht gut aus, jedenfalls solange nicht, wie uns der Gesetzgeber immer wieder dazwischenfunkt.«

»Momentan herrscht überall Flaute«, sagte Warren ungerührt. »Vielleicht sollten Sie in die Staaten zurückgehen.«

»Ach was, ich halte es hier schon noch eine Weile aus.« Follet leerte sein Glas.

»Bleiben Sie noch«, sagte Warren. »Ich bin nicht ohne Grund hier. Ich wollte mit Ihnen sprechen.«

»Falls Sie mich wegen Ihrer Klinik anpumpen wollen, ich habe meinen Beitrag schon geleistet.«

Warren lächelte. »Diesmal will ich zur Abwechslung Ihnen Geld anbieten.«

»Das muß ich mir anhören«, antwortete Follet. »Spucken Sie's aus.«

»Ich plane eine kleine Expedition«, begann Warren. »Die Bezahlung ist nicht besonders gut, sagen wir zweihundertfünfzig im Monat für ein halbes Jahr. Aber bei erfolgreicher Abwicklung gibt es am Schluß eine Prämie.«

»Zweihundertfünfzig im Monat!« Follet lachte. »Sehen Sie sich um, und raten Sie mal, wieviel ich im Moment monatlich einstreiche. Sie wollen mich wohl auf den Arm nehmen, Doktor.«

»Vergessen Sie die Prämie nicht«, sagte Warren ruhig.

»Na schön, wie hoch soll sie denn sein?« fragte Follet schmunzelnd.

»Darüber müßte erst noch verhandelt werden, aber wie wäre es mit einem Tausender?«

»Alle Achtung, Warren, ich bin platt, wie Sie mich veräppeln, ohne mit der Wimper zu zucken.« Er kehrte ihm den Rücken zu. »Also dann, bis demnächst mal wieder, Doktor.«

»Warten Sie, Johnny. Ich bin sicher, daß Sie mitmachen wollen. Ich weiß nämlich, was vor ein paar Monaten diesem Argentinier zugestoßen ist, und ich weiß, wie es gemacht wurde. Gut zweihunderttausend Pfund haben Sie ihm abgeknöpft, stimmt's?«

Follet blieb wie angewurzelt stehen und drehte sich halb zu Warren um. »Und woher wollen Sie das wissen?«

»So eine tolle Geschichte verbreitet sich im Handumdrehen, Johnny. Sie und Kostas haben es wirklich äußerst clever angestellt.«

Follet baute sich vor Warren auf und sagte ernst: »Dr. Warren, ich an Ihrer Stelle würde mich schwer in acht nehmen, bevor ich den Mund so weit aufreiße, besonders wenn es um argentinische Millionäre geht. Sonst könnte Ihnen ganz leicht etwas zustoßen.«

»Schon möglich«, gab Warren zu. »Aber dasselbe gilt auch für Sie, Johnny. Wenn der Argentinier zum Beispiel erfährt, wie man ihn aufs Kreuz gelegt hat, macht er doch bestimmt ganz schön Zoff. Sicher geht er zur Polizei. Ob man verliert oder übers Ohr gehauen wird, das sind zwei ganz verschiedene paar Stiefel, also würde er Sie anzeigen.« Er tippte Follet auf die Brust. »Dann würde die Polizei bei Ihnen auf der Matte stehen, Johnny. Und wenn Sie ganz großes Glück haben, schiebt man Sie nur ab und verfrachtet Sie zurück in die Vereinigten Staaten. Aber wäre das wirklich ein Glück für Sie? Es wird nämlich gemunkelt, daß Johnny Follet sich besser eine Weile in den USA nicht mehr blicken läßt. Ich kenne da ein Gerücht, nach dem manche Leute ein ganz besonders gutes Gedächtnis haben sollen.«

»Sie hören aber ganz schön viel«, sagte Follet eisig.

»Ich komme eben auch viel herum«, gab Warren mit einem bescheidenen Lächeln zurück.

»Sieht so aus. Sie wollen mir doch wohl nicht zufälligerweise die Daumenschrauben anlegen, oder?«

»So könnte man es schon nennen.«

Follet seufzte. »Warren, Sie wissen doch, wie der Hase läuft. Mir gehören fünfzehn Prozent von diesem Club, ich bin nicht der Boß. Was auch immer man mit dem Argentinier angestellt hat, dafür war Kostas verantwortlich. Sicher, ich war dabei, aber es war nicht meine Idee, und verdient habe ich auch nichts dabei. Kostas hat alles erledigt.«

»Ich weiß«, sagte Warren. »Sie sind ein armes kleines Unschuldslamm. Aber das wird Ihnen auch nichts mehr nützen, wenn man Sie auf schnellstem Weg zurück in die Staaten katapultiert.« Er schwieg, dann meinte er nachdenklich: »Vielleicht könnte man sogar am Kennedy Airport ein Empfangskomitee für Sie arrangieren.«

»Das gefällt mir ganz und gar nicht«, sagte Follet barsch. »Wenn ich nun Kostas verrate, daß Sie hier den großen Mann markieren? Was meinen Sie wohl, was Ihnen dann blüht? Ich habe Ihnen nie etwas getan, deshalb verstehe ich nicht, was das alles soll. Nehmen Sie sich in acht.«

Als er sich abwandte, sagte Warren: »Tut mir leid, Johnny, aber es hat ganz den Anschein, als ob Sie noch vor Monatsende wieder in den Vereinigten Staaten eintrudeln.«

»Jetzt reicht's mir aber«, stieß Follet wütend hervor. »Man sollte sich besser nicht mit Kostas anlegen. Machen Sie sich auf einiges gefaßt, Warren.« Er schnippte mit den Fingern, ein Mann, der lässig an der Wand lehnte, straffte sich und trat an die Bar. Follet sagte: »Dr. Warren möchte gehen.«

Warren warf einen Blick auf Tozier und gab ihm ein Zeichen. Tozier kam anspaziert, er grüßte freundlich: »Guten Abend allerseits.«

»Johnny Follet will mich vor die Tür setzen«, sagte Warren.

»Tatsächlich?« fragte Tozier erstaunt. »Und wie will er das anstellen? Aber die Antwort kann er sich eigentlich sparen.«

»Was zum Teufel geht hier vor?« fauchte Follet.

»Ach, ich bin nur ein Freund von Dr. Warren«, antwortete Tozier. »Richtig nett haben Sie es hier, Follet. Es dürfte eine interessante Übung werden.«

»Was soll das heißen? Was denn für eine Übung?«

»Auszuprobieren, wie schnell man Ihren Club auseinandernehmen kann. Ich kenne da ein paar kernige Militärtypen, die aus Ihrer Bude in weniger als dreißig Minuten Kleinholz machen könnten. Allerdings würde es Sie einige Mühe kosten, hier hinterher wieder Ordnung zu schaffen.« Sein Ton wurde schärfer. »Ich möchte Ihnen nur eines raten. Wenn Dr. Warren ein Wörtchen mit Ihnen reden will, dann sperren Sie besser Ihre haarigen Ohren auf und hören zu.«

Follet holte tief Luft und blähte die Backen auf. »Schon gut, Steve, ich komme allein zurecht«, sagte er zu dem Mann neben sich. »Aber bleib in der Nähe, vielleicht brauche ich dich doch noch.« Der Mann nickte und nahm seine frühere Stellung an der Wand wieder ein.

»Jetzt trinken wir erst mal was, das beruhigt die Nerven«, schlug Tozier vor.

»Ich kapiere überhaupt nichts mehr«, schimpfte Follet. »Warum wollen Sie mich unter Druck setzen, Warren? Ich habe Ihnen doch nie etwas getan.«

»Und so soll es auch bleiben«, bemerkte Warren. »Vor allem werden Sie Kostas gegenüber Stillschweigen über diese Angelegenheit bewahren, denn wenn mir irgend etwas zustoßen sollte, landen meine Informationen umgehend bei den Stellen, die am meisten damit anfangen können.«

Tozier sagte: »Ich weiß zwar nicht, um was es hier geht, aber wenn Dr. Warren etwas passiert, wird sich ein gewisser Johnny Follet zumindest wünschen, niemals das Licht der Welt erblickt zu haben, von allem anderen einmal ganz abgesehen.«

»Was haben Sie eigentlich alle gegen mich?« fragte Follet verzweifelt.

»Keine Ahnung«, antwortete Tozier. »Was haben wir eigentlich gegen ihn, Doc?«

»Ich verlange doch bloß von Ihnen, daß Sie sich Urlaub nehmen, Johnny«, sagte Warren. »Sie begleiten mich in den Mittleren Osten, helfen mir bei einer Unternehmung und fliegen dann wieder zurück. Dann ist alles wieder, wie es vorher war. Es ist mir völlig schnuppe, wieviel Geld Sie argentinischen Millionären aus der Tasche ziehen. Mir geht es nur darum, daß ein Job erledigt wird.«

»Aber wieso ausgerechnet ich?« wollte Follet wissen.

»Ich habe Sie mir nicht ausgesucht«, sagte Warren müde. »Sie sind alles, was ich habe, zum Donnerwetter! Ich habe das Gefühl, daß ich einen Mann mit Ihren besonderen Talenten brauchen kann, deshalb sind Sie dabei. Und Sie haben dabei nicht viel mitzureden, weil Sie es sich nicht leisten können, in die Staaten abgeschoben zu werden. Sie sind zwar ein Spieler, aber lebensmüde sind Sie nicht.«

»Okay, Sie haben mich an der Kandare«, meinte Follet mürrisch. »Worum geht es also?«

»Die Sache läuft unter dem Motto ›Was ich nicht weiß, macht mich nicht heiß‹. Sie brauchen nichts zu wissen, Sie brauchen nur zu tun, was ich Ihnen sage und wenn ich es Ihnen sage.«

»Augenblick mal...«

»So läuft es nun einmal«, sagte Warren knapp.

Follet schüttelte verwundert den Kopf. »So etwas Bescheuertes ist mir noch nie passiert.«

»Wenn es Sie tröstet, Bruder Jonathan, ich habe auch keinen Schimmer, was hier eigentlich gespielt wird«, sagte Tozier. Er warf Warren einen nachdenklichen Blick zu. »Aber da unser lieber Doc sich hier als Boß aufspielt, wird er wohl auch der Boß sein.«

»Dann will ich Ihnen auch gleich den ersten Befehl erteilen«, sagte Warren mit einem matten Lächeln. »Hören Sie in drei Teufels Namen auf, mich Doc zu nennen. Das könnte noch wichtig werden.«

»Okay, Boß«, sagte Tozier, ohne mit der Wimper zu zucken.

V

Nach Mike Abbot brauchte Warren nicht einmal zu suchen, der kam von selbst zu ihm. Als er nach einem besonders anstrengenden Tag die Praxis verließ, stand Abbot bereits vor der Tür und wartete auf ihn. »Haben Sie etwas für mich, Doktor?« fragte er.

»Eigentlich nicht«, antwortete Warren. »Worauf haben Sie es denn abgesehen?«

»Das Übliche, das Neueste aus der Welt der Drogen.« Abbot ging neben Warren her. »Etwas über die kleine Hellier, zum Beispiel.«

»Über wen?« fragte Warren mit ausdrucksloser Miene.

»Die Tochter von Sir Robert Hellier, dem Filmmogul, und Sie brauchen gar nicht so ein Gesicht zu machen. Sie wissen schon, wen ich meine. Bei der Totenschau war überhaupt nichts in Erfahrung zu bringen. Der alte Knabe hat den Sack fest zugebunden, da sickert nichts durch. Ist schon erstaunlich, was man mit ein paar Millionen alles erreichen kann. War es ein Unfall oder Selbstmord, oder hat jemand ein bißchen nachgeholfen?«

»Was fragen Sie mich?« sagte Warren. »Sie sind doch hier der rasende Reporter.«

Abbot grinste. »Ich weiß auch nur das, was ich schreibe, aber den Stoff dafür muß ich schließlich irgendwo herbekommen. Diesmal dachte ich, ich könnte etwas aus Ihnen herausholen.«

»Tut mir leid, Mike, kein Kommentar.«

»Na ja, wenigstens habe ich es versucht«, sagte Abbot gleichmütig. »Wieso gehen wir eigentlich an der Kneipe da vorbei? Kommen Sie, ich lade Sie auf ein Gläschen ein.«

»Na schön«, antwortete Warren. »Ich könnte einen Schluck vertragen. Ich habe einen harten Tag hinter mir.«

Als sie die Tür aufstießen, sagte Abbot: »Sie haben wohl nur noch harte Tage, wenn man sich mal ansieht, was Sie in der letzten Zeit so alles in sich hineinschütten.« Sie traten an die Theke, und er fragte: »Was darf es sein?«

»Ich nehme einen Scotch«, sagte Warren. »Worauf wollten Sie mit Ihrer dummen Bemerkung eigentlich hinaus?«

»Nichts für ungut«, sagte Abbot und hob in gespielter Angst die Hände hoch. »Das war nur mal wieder einer von meinen Witzen, über die sowieso kein Schwein lacht. Aber ich sehe Sie in der letzten Zeit eben öfter einen zur Brust nehmen. Erst in einer Kneipe in Soho, dann ein paar Abende später im Howard Club.«

»Haben Sie mich beschattet?« wollte Warren wissen.

»Gott bewahre!« sagte Abbot. »Es war nur ein Zufall.« Er bestellte. »Aber Sie verkehren offensichtlich mit ziemlich zwielichtigen Gestalten. Ich frage mich nun, was für eine Beziehung besteht wohl zwischen einem Arzt, einem Berufsspieler und einem Söldner. Und wissen Sie was? Ich kann mir keinen Reim darauf machen.«

»Eines schönen Tages werden Sie sich Ihre lange Nase noch einmal tüchtig verbrennen.« Warren verdünnte seinen Whisky mit Sodawasser.

»Immer noch besser, als das Gesicht zu verlieren«, sagte Abbot. »Schließlich gehört es zu meinem Beruf, daß ich die richtigen Fragen stelle. Zum Beispiel, warum sollte sich der hochangesehene Dr. Warren ausgerechnet mit Johnny Follet in die Haare geraten? Das war nämlich nicht zu übersehen.«

»Sie wissen doch, wie es ist«, antwortete Warren müde. »Ein paar von meinen Patienten haben im Howard Club Rabatz gemacht. Johnny hat das gar nicht gefallen.«

»Und da mußten Sie gleich mit Ihrer eigenen Privatarmee anrücken?« hakte Abbot nach. »Das können Sie Ihrer Großmutter erzählen.« Der Wirt sah ihn abwartend an, also zahlte er und sagte: »Noch einmal dasselbe.« Er wandte sich wieder Warren zu. »Das geht schon in Ordnung, Doktor, kommt alles auf die Spesenrechnung. Schließlich arbeite ich ja gerade.«

»Das sehe ich«, meinte Warren trocken. Bis jetzt hatte er sich noch immer nicht entschieden, wie er auf Helliers Vorschlag eingehen sollte. Alle seine bisherigen Schritte hatten lediglich der Erkundung gedient und der Vergewisserung, ob er, wenn nötig, tatsächlich eine Mannschaft zusammenstellen könnte. Abbot hatte er zwar ohnehin als möglichen Wunschkandidaten im Auge gehabt, doch jetzt sah es so aus, als dränge sich der Reporter selbst in die Unternehmung hinein.

»Ich weiß ja, daß das eine verdammt blöde Frage für einen Zeitungsmenschen ist«, sagte er. »Aber können Sie ein Geheimnis für sich behalten?«

Abbot zog eine Augenbraue hoch. »Nicht besonders gut. Schon gar nicht, wenn mir dann womöglich ein anderer den Knüller vor der Nase wegschnappt. Sie wissen doch selbst, wie halsabschneiderisch es in meinem Gewerbe zugeht.«

Warren nickte. »Aber wie unabhängig sind Sie? Müssen Sie bei Ihrem Blatt jemandem Rechenschaft über Ihre Recherchen ablegen? Dem Herausgeber zum Beispiel?«

»Normalerweise schon«, antwortete Abbot. »Ist ja schließlich mein Brötchengeber.« Erfahren genug, wie man Interviews führt, wollte er Warren die weitere Initiative überlassen.

Doch der spielte nicht mit. »Schade«, sagte er nur und schwieg.

»Ach, nun kommen Sie schon«, drängte Abbot. »Sie können es doch nicht einfach dabei belassen. Was haben Sie im Sinn?«

»Ich möchte, daß Sie mir helfen, aber es soll nicht in allen Redaktionsbüros herumposaunt werden. Sie wissen ja selbst, was für eine Gerüchteküche die Zeitungswelt ist. Ihnen würde ich natürlich reinen Wein einschenken, aber ansonsten dürfte niemand davon erfahren, sonst geht die ganze Sache in die Hose.«

»Ich kann mir kaum vorstellen, daß sich mein Redakteur auf so etwas einläßt«, meinte Abbot. »Hat es etwas mit Rauschgift zu tun?«

»Ja«, antwortete Warren. »Es handelt sich um einen Abstecher in den Mittleren Osten.«

Abbot strahlte. »Das klingt nicht schlecht.« Er trommelte mit den Fingern auf die Theke. »Und es kommt eine Story dabei heraus?«

»Jawohl. Und zwar unter Umständen ein Riesenknüller.«

»Und ich kriege sie exklusiv?«

»Können Sie haben«, sagte Warren. »Die ganze Chose.«

»Wie lange würde es dauern?«

»Das kann ich noch nicht genau sagen.« Warren sah ihm in die Augen. »Ich weiß nicht einmal, ob es überhaupt dazu kommt. Es liegt noch einiges im Ungewissen. Sagen wir, drei Monate.«

»Verflucht lange«, meinte Abbot und grübelte eine Zeitlang darüber nach. Schließlich sagte er: »Ich habe noch Urlaub ausstehen. Ich mache meinem Herausgeber einfach weis, daß ich mich in der Freizeit um ein paar private Ermittlungen kümmern will, und falls es spannend genug wird, bleibe ich weiter am Ball, wenn mein Urlaub abgelaufen ist. Das kauft er mir bestimmt ab.«

»Aber sagen Sie ihm bloß nichts von mir«, warnte ihn Warren.

»Logisch.« Abbot leerte sein Glas. »Ja, ich glaube, das nimmt er mir ab. Der Schock, daß ich in meiner Freizeit arbeiten will, müßte ihn überzeugen.« Er stellte das Glas auf die Theke. »Aber zuerst müssen Sie mich noch richtig auf den Geschmack bringen.«

Warren bestellte noch eine Runde. »Kommen Sie, setzen wir uns an einen Tisch, dann mache ich Ihnen den Mund noch schnell genug wässerig.«

VI

Die Geschäftsräume lagen in der Dean Street, und lediglich das hübsche Schild mit der goldenen Aufschrift THERAPIECENTRUM SOHO verriet, wozu sie dienten. Ansonsten unterschieden sie sich nur noch dadurch von den anderen Ladenlokalen in der Nachbarschaft, daß die Fenster in einem angenehmen Grünton übertüncht waren, damit man nicht hineinschauen konnte.

Warren öffnete die Tür, konnte niemanden entdecken und ging deshalb gleich bis in ein Hinterzimmer durch, das zum Büro umgewandelt worden war. Dort fand er einen zerzausten jungen Mann am Schreibtisch vor, der die Schubladen durchwühlte, sämtliche Papiere herausholte und sie in unordentlichen Stößen auf die Tischplatte häufte. Als Warren hereinkam, fragte er: »Wo haben Sie sich denn herumgetrieben, Nick? Ich habe überall versucht, Sie zu erreichen.«

Warren überflog den Schreibtisch. »Was gibt es denn, Ben?«

»Sie würden es nicht für möglich halten«, antwortete Ben Bryan. Er stöberte in den Unterlagen herum. »Ich muß es Ihnen schwarz auf weiß zeigen. Wo zum Teufel steckt denn das Ding?«

Warren räumte sich einen Stuhl von Büchern frei und setzte sich. »Immer mit der Ruhe«, riet er. »Eile mit Weile.«

»Mit der Ruhe? Warten Sie bloß ab, bis Sie es mit eigenen Augen gesehen haben. Dann sind Sie auch nicht mehr die Ruhe selbst.« Bryan kramte so aufgeregt in den Papieren herum, daß sie vom Tisch rutschten.

»Vielleicht erzählen Sie es mir doch einfach nur«, schlug Warren vor.

»Na gut... nein, da hätten wir es ja. Lesen Sie sich das mal durch.«

Warren faltete den Bogen Papier auseinander. Der kurze Text war von brutaler Deutlichkeit. »Er will Sie rausschmeißen?« Warren spürte, wie die Wut in ihm hochstieg. »*Uns* will er vor die Tür setzen?« Er hob den Kopf. »Kann er denn den Pachtvertrag überhaupt so einfach kündigen?«

»Das kann er, und das wird er auch«, sagte Bryan. »Unser Anwalt muß wohl das Kleingedruckte übersehen haben, der blöde Kerl.«

Warren war noch nie in seinem Leben so aufgebracht gewesen. Mit erstickter Stimme sagte er: »Sie haben doch ein Telefon unter dem ganzen Krempel. Graben Sie es aus.«

»Es hat keinen Zweck«, entgegnete Bryan. »Ich habe schon mit ihm geredet. Er behauptet, nicht gewußt zu haben, daß hier Rauschgiftsüchtige verkehren würden. Er sagt, die anderen Anlieger beschweren sich, sie meinen angeblich, es bringt die Nachbarschaft in Verruf.«

»Grundgütiger Gott!« brüllte Warren. »Der eine Laden ist ein Stripteaseschuppen, in dem anderen werden Pornohefte verkauft. Was zum Teufel haben die sich denn zu beklagen? Was für eine himmelschreiende Heuchelei!«

»Wir werden die Jungs verlieren, Nick. Wenn sie nicht mehr zu uns kommen können, verlieren wir sie alle.«

Ben Bryan beschäftigte sich als Psychologe mit Rauschgiftsüchtigen. Gemeinsam mit Warren und einer Handvoll von Medizinstudenten hatte er das Therapiecentrum Soho ins Leben gerufen, um leichter an die Abhängigen heranzukommen. Hier konnten die Kranken mit Menschen reden, die ihre Probleme verstanden, und schon viele waren schließlich in Warrens Praxis überwiesen worden. Hier waren sie weg von der Straße, hier konnten sie sich ausruhen und sich unter hygienischen Bedingungen mit sterilen Spritzen und keimfreiem Wasser ihren Schuß setzen.

»Dann sitzen sie wieder auf der Straße«, sagte Bryan. »Sie müssen sich in öffentlichen Toiletten spritzen und von den Bullen durch das ganze Westend jagen lassen.«

Warren nickte. »Und als nächstes können wir uns auf eine Gelbsuchtepidemie gefaßt machen. Das ist das letzte, was wir gebrauchen können.«

»Ich habe schon versucht, andere Räume zu finden«, sagte Bryan. »Gestern habe ich den ganzen Tag am Telefon gehangen. Keiner will etwas mit uns zu tun haben. Alle haben schon von uns gehört, ich glaube fast, wir stehen auf der schwarzen Liste. Und wir müssen hier in dieser Gegend etwas finden, das wissen Sie.«

In Warren kochte es. »Wir bekommen andere Räume«, sagte er mit Nachdruck. »Ben, wie würde Ihnen eigentlich ein richtig tolles Haus hier in Soho gefallen? Mit allen Schikanen, koste es, was es wolle?«

»Mit dem, was wir jetzt haben, wäre ich schon zufrieden«, antwortete Bryan.

Warren spürte, wie seine Aufregung größer wurde. »Und was würden Sie dazu sagen, wenn Ihr Traum in Erfüllung ginge, eine Therapiegruppe als selbstverwaltete Einrichtung aufzubauen wie diese Wohngemeinschaft in Kalifornien? Wie wäre das?«

»Sind Sie übergeschnappt?« fragte Bryan. »Dafür bräuchte man ein Haus auf dem Land. Woher sollen wir denn die Mittel dafür nehmen?«

»Das lassen Sie mal meine Sorge sein«, antwortete Warren zuversichtlich. »Graben Sie mir das Telefon aus.«

Er hatte seine Entscheidung gefällt und sämtliche Bedenken über Bord geworfen. Er hatte es satt, gegen die Dummheit der Gesellschaft anzukämpfen, für die die Empfindlichkeit ihres feigen Verpächters nur ein einziges Beispiel darstellte. Wenn er sich, um vernünftige Arbeit leisten zu können, in einen nachgemachten James Bond verwandeln mußte, blieb ihm eben keine andere Wahl, als genau das zu tun.

Aber für Hellier würde es ein kostspieliges Unternehmen werden.

3. KAPITEL

I

Warren mußte in der Wardour Street zunächst eine ganze Reihe von Vorzimmern mit immer vornehmer aussehenden Sekretärinnen passieren, bevor man ihn in Helliers Büro vorließ. Als er schließlich in das Allerheiligste vorgedrungen war, wurde er mit den Worten begrüßt: »Also, Sie hätte ich am allerwenigsten erwartet, Doktor. Ich dachte, ich müßte hinter Ihnen her jagen. Setzen Sie sich doch.«

Warren kam ohne Umschweife zur Sache. »Letztens sprachen Sie von unbegrenzten Geldmitteln, Sir Robert, aber das war wohl mehr als Redewendung gedacht. Wieviel wären Sie konkret bereit aufzubringen?«

»Ich bin nicht gerade der Ärmste«, antwortete Hellier. »Wieviel brauchen Sie denn?«

»Dazu kommen wir später. Zunächst sollte ich Ihnen wohl besser die Sachlage darlegen, damit Sie sich einen Eindruck von den Ausmaßen des Problems machen können. Haben Sie sich das erst durch den Kopf gehen lassen, kommen Sie vielleicht doch noch zu dem Schluß, daß Sie es sich nicht leisten können.«

»Das wird sich zeigen«, sagte Hellier. Er lächelte breit.

Warren legte eine Mappe auf den Schreibtisch. »Sie hatten recht mit Ihrer Vermutung, daß ich über gewisse Informationen verfüge, aber ich warne Sie, viel habe ich nicht zu bieten, lediglich zwei Namen und eine Ortsangabe, der Rest besteht aus Gerüchten.« Er lächelte säuerlich. »Es liegt nicht nur an meiner Berufsauffassung, daß ich mich nicht an die Polizei gewandt habe, sondern auch schlicht und einfach daran, daß mir harte Fakten fehlen.«

»Lassen wir zunächst ruhig einmal Ihre drei konkreten Anhaltspunkte beiseite, und befassen wir uns zuerst mit den Gerüchten. Ich habe in meinem Leben schon verdammt viele schwierige Entscheidungen auf nichts weiter als auf vagen Andeutungen aufbauen müssen, und Sie wissen ja, daß ich dafür bezahlt werde, die richtigen Entschlüsse zu fällen.«

Warren zuckte die Achseln. »Es ist alles recht verschwommen, hauptsächlich handelt es sich um Gesprächsfetzen, die ich in Soho aufgeschnappt habe. Ich komme dort viel herum, weil sich die meisten meiner Patienten da aufhalten. Das ist recht praktisch für sie, weil am Piccadilly Circus gleich eine Apotheke mit Nachtdienst ist«, fügte er spöttisch hinzu.

»Ich habe sie davor schon Schlangestehen sehen«, sagte Hellier.

»1968 wurde in Frankreich ein großer Drogenring zerschlagen. Sie müssen verstehen, daß das Heroin, das nach Großbritannien hereinkommt, im Vergleich zu dem weitaus gewinnträchtigeren amerikanischen Markt nur einen kleinen Bruchteil ausmacht. Die Bande, von der ich gerade sprach, schmuggelte beträchtliche Mengen Rauschgift in die Vereinigten Staaten, doch als sie aufflog, haben wir es bis hierher zu spüren bekommen. Unsere Süchtigen liefen wie kopflose Hühner umher, weil die illegalen Nachschubwege abgeschnitten waren.«

»Nicht so schnell«, unterbrach ihn Hellier. »Wollen Sie damit sagen, wenn wir den Schmuggel nach Großbritanien stoppen wollen, müssen wir dasselbe auch für die Vereinigten Staaten tun?«

»So sieht es aus, wenn man das Problem an der Wurzel anpacken will, was sicher das beste wäre. Das eine bringt automatisch das andere mit sich. Ich habe Ihnen ja gleich gesagt, daß es sich um ein Problem von gewaltigen Ausmaßen handelt.«

»Das Ganze ist weitaus vielschichtiger, als ich dachte«, gab Hellier zu. Er zuckte die Achseln. »Aber warum sollen wir uns eigentlich nur auf Großbritannien beschränken? Schließlich ist es ja doch, wie Sie so richtig sagten, eine internationale Frage.«

Da Hellier die zu erwartenden Unkosten offenbar noch immer nicht beunruhigten, fuhr Warren fort. »Ich glaube, am verständlichsten werden die umherschwirrenden Gerüchte, wenn man vom anderen Ende an die Sache herangeht, und zwar von der amerikanischen Seite her. Der typische New Yorker Süchtige kauft sich den Schuß vom Dealer in sogenannten ›Sechszehnteln‹, bei denen es sich um ein Sechzehntel einer Unze handelt, also knapp zwei Gramm. Er muß es sich auf dem illegalen Drogenmarkt beschaffen, weil er es nicht wie in England auf legale Weise bekommen kann. Das treibt den Preis in die Höhe, deshalb kostet ihn sein Sechzehntel zwischen sechs und sieben Dollar. Durchschnittlich braucht er zwei Spritzen pro Tag.«

Es war Hellier beinahe am Gesicht anzusehen, wie es in seinem Kopf zu arbeiten begann. Nach einer kurzen Weile meinte er: »Dann müssen ja riesige Mengen Heroin in die USA gelangen.«

»Eigentlich nicht«, widersprach Warren. »Nicht, wenn man das tatsächliche Gewicht zugrunde legt. Ich würde sagen, die illegalen Einfuhren belaufen sich im Jahr auf etwa zwei bis drei Tonnen. Das Heroin, das der Süchtige auf der Straße kauft, ist nämlich mit Zusatzstoffen verschnitten, meistens mit Laktose, also Milchzucker. Wenn er nun minderwertige Ware bekommt, die man ihm normalerweise tatsächlich unterjubelt, beträgt der Heroinanteil zwischen einem halben und zwei Prozent. Im allgemeinen dürfte er durchschnittlich bei circa einem Prozent liegen.«

Wieder begann Hellier zu rechnen. Er zog sich einen Zettel heran und warf rasch Zahlen aufs Papier. »Wenn jeder Schuß eine sechzehnhundertstel Unze reines Heroin enthält, und der Süchtige ungefähr sechs Dollar fünfzig dafür bezahlt ...« Er unterbrach sich. »Du meine Güte, das wären ja mehr als zehntausend Dollar die Unze!«

»Äußerst profitabel«, pflichtete Warren ihm bei. »Da drüben stehen Millionen auf dem Spiel. Ein Pfund Heroin ist zum Zeitpunkt des Verbrauchs etwa einhundertsiebzigtausend Dollar Wert. Das ist natürlich noch nicht der Reingewinn, man muß den Stoff schließlich zuerst einmal an den Mann bringen. Heroin wird letzten Endes aus Mohn gewonnen, aus *Papaver somniferum*, der aus einleuchtenden Gründen in den Vereinigten Staaten nicht angebaut wird. Man muß also eine ganze Produktionskette unterhalten, vom Mohnanbau zum Rohopium, vom Opium zum Morphium, vom Morphium zum Heroin.«

»Und was kostet die Herstellung?« wollte Hellier wissen.

»Nicht sehr viel«, antwortete Warren. »Aber darum geht es

auch gar nicht. Den Endverbraucher kostet das Pfund Heroin einhundertsiebzigtausend Dollar. Der Großhändler innerhalb der USA muß immerhin noch fünfzigtausend Dollar dafür aufbringen, außerhalb der Staaten kostet es allerdings nur noch zwanzigtausend. Und wenn man die Kette bis zum letzten Glied zurückverfolgt, kann man im Mittleren Osten ein Pfund Heroin für magere fünfzig Dollar bekommen.«

»Daraus kann man zweierlei schließen«, meinte Hellier nachdenklich. »Erstens, bei allen Zwischenstationen läßt sich viel Geld verdienen, und zweitens, die jeweiligen Unkosten hängen mit dem Risiko des Schmuggelns zusammen.«

»Genau«, sagte Warren. »Bis jetzt ist das Geschäft noch zersplittert, aber es wird gemunkelt, daß sich das ändern soll. Als die französische Bande ausgehoben wurde, hinterließ sie ein Machtvakuum, in das nun gern jemand anders vorstoßen würde, und zwar auf eine gänzlich neue Art und Weise. Es scheint darauf hinauszulaufen, daß die neue Organisation die Zwischenhändler ausschalten will, diese Bande will alles selbst in die Hand nehmen, angefangen beim Mohnanbau bis hin zum Straßenhandel in allen größeren amerikanischen Städten. Wenn sie den Nachschub so reibungslos kontrollieren können, dürfte ihnen nach Abzug sämtlicher Unkosten ein Reingewinn von fünfzigtausend Dollar pro Pfund verbleiben. Der letzte Schritt allerdings, die Einfuhr des Rauschgiftes in die USA, ist ein höchst riskantes Unterfangen.«

»So etwas nennt sich bei uns Vertikalverflechtung«, sagte Hellier feierlich. »Diese Leute orientieren sich doch tatsächlich an marktwirtschaftlichen Gesetzen, sie wollen die völlige Kontrolle über das Produkt, vom Erzeuger bis zum Verbraucher.«

»Wenn ihnen das gelingt, haben sie die Vereinigten Staaten in der Tasche und wir müssen uns auf wachsende Einfuhren nach Großbritannien gefaßt machen. Unser Drogenmarkt ist zwar nicht ganz so einträglich, aber auch hier fallen immer ein paar Scheinchen ab, die sich die Burschen natürlich nicht entgehen lassen wollen.« Warren fuhr mit der Hand durch die Luft. »Aber das sind alles nur Gerüchte, die ich mir aus Hunderten von geflüsterten Gesprächsfetzen mühsam zusammengereimt habe.«

Hellier stemmte die Hände auf den Schreibtisch. »Damit wären wir jetzt wohl bei Ihren Fakten angelangt«, sagte er heftig.

»Ich weiß nicht, ob man sie überhaupt so nennen kann«, meinte Warren matt. »Zwei Namen und ein Ort. George Speering ist ein pharmazeutischer Chemiker mit einem lausigen Ruf. Letztes Jahr ist er über einen Drogenskandal gestolpert, und da hat ihm der Pharmazeutenverband einen Tritt in den Hintern verpaßt. Er konnte von Glück sagen, daß er nicht hinter Gittern gelandet ist.«

»Er wurde ausgeschlossen?«

»Richtig. Die Bande wird auf jeden Fall einen Chemiker brauchen, und in dem Zusammenhang ist mir sein Name zu Ohren gekommen. Er hält sich zur Zeit noch in England auf, und ich behalte ihn, so gut es geht, im Auge, aber ich bin überzeugt, daß er demnächst ins Ausland geht.«

»Wieso demnächst schon? Wie kommen Sie darauf?«

Warren tippte auf den Schreibtischkalender. »Die Opiumernte ist noch nicht eingebracht, das dauert noch einen Monat. Aber da das Morphium vorwiegend aus frischem Opium gewonnen wird, muß Speering sich an die Arbeit machen, sobald diese Leute genug von dem Zeug zusammen haben.«

»Dann halten wir Speering wohl besser ständig unter Beobachtung.«

Warren nickte. »Zur Zeit läßt er es sich gutgehen. Geld hat er auch, er steht also wahrscheinlich schon auf ihrer Gehaltsliste. Ich bin ebenfalls der Meinung, daß man ihn beobachten sollte.«

»Und der andere Name?« fragte Hellier.

»Jeanette Delorme. Von ihr habe ich früher noch nie etwas gehört. Dem Namen nach könnte sie Französin sein, aber das hat im Mittleren Osten nicht viel zu bedeuten, falls sie sich da überhaupt aufhält. Aber noch nicht einmal das kann ich mit Bestimmtheit sagen. Ich weiß nicht das geringste von der Frau, nur daß ihr Name im Zusammenhang mit Speering gefallen ist.«

Hellier machte sich Notizen. »Jeanette Delorme.« Er blickte auf. »Und der Ort?«

»Iran«, antwortete Warren knapp.

Hellier schien enttäuscht. »Das ist aber nicht sehr viel.«

»Das habe ich ja auch nie behauptet«, entgegnete Warren gereizt. »Ich habe zwar mit dem Gedanken gespielt, es der Polizei zu melden, aber was hatte ich denn schon wirklich in der Hand?«

»Die Polizei hätte es an Interpol weitergeben können. Vielleicht könnte man da etwas mit anfangen.«

»Sie haben zu viele Filme gemacht«, sagte Warren schneidend. »Und die Geschichten auch noch geglaubt! Interpol ist lediglich eine Sammelstelle für Informationen, dort werden keine eigenen Ermittlungen durchgeführt. Wenn nun etwas an die iranische Polizei durchgesickert wäre? Keine Polizeitruppe der Welt ist von Bestechlichkeit frei, und für die Bullen im Mittleren Osten würde ich nicht gerade meine Hand ins Feuer legen, obwohl die Iraner um einiges anständiger sein sollen als die meisten anderen.«

»Ich verstehe, was Sie meinen.« Hellier schwieg eine Zeitlang. »Am ehesten kommen wir in der Sache wohl mit diesem Speering weiter.«

»Dann sind Sie tatsächlich bereit, aufgrund der spärlichen Informationen, die ich zu bieten habe, das Unternehmen in Angriff zu nehmen?«

Hellier war überrascht. »Natürlich!«

Warren holte einige Unterlagen aus seiner Mappe. »Vielleicht überlegen Sie es sich doch noch anders, wenn Sie sich das hier angeschaut haben. Es wird Sie ein schönes Sümmchen kosten. Sie sagten, ich könnte mir ein Team zusammenstellen. Ich bin in Ihrem Namen Verpflichtungen eingegangen, für die Sie geradestehen müßten.« Er schob ihm zwei Bögen Papier über den Schreibtisch zu. »Dort finden Sie nähere Einzelheiten, wer die Männer sind zum Beispiel, was sie kosten, sowie einige biographische Angaben.«

Hellier überflog rasch die Seiten und sagte dann schroff: »Mit den Gehaltsvorstellungen bin ich einverstanden. Auch finde ich es richtig, daß jeder der Männer bei erfolgreicher Abwicklung des Unternehmens eine Prämie in Höhe von fünftausend Pfund erhalten soll.« Er hob den Kopf. »Ohne Erfolg keine Prämie. Einverstanden?«

»Einverstanden. Es kommt allerdings darauf an, was Sie unter Erfolg verstehen.«

»Ich will, daß die Bande zerschlagen wird«, sagte Hellier rauh. »Völlig zerschlagen.«

Trocken entgegnete Warren: »Das versteht sich bei der Natur unseres Unternehmens eigentlich von selbst.« Er schob noch ein Blatt Papier über den Tisch. »Aber wir haben noch nicht über meinen Preis gesprochen.«

Hellier nahm den Zettel in die Hand und sagte nach einer Weile: »Hm! Was zum Teufel wollen Sie denn mit einem Haus in Soho? Die kosten ein Heidengeld.«

Warren erzählte ihm aufgebracht von den Schwierigkeiten des Therapiecentrums Soho. Hellier gluckste. »Ja, die Menschen sind schon große Heuchler. Genauso hätte ich mich bestimmt auch verhalten, bevor... aber lassen wir das.« Er stand auf und ging ans Fenster. »Wie wäre es mit einem Gebäude in der Wardour Street?«

»Prächtig.«

»Die Firma besitzt auf der anderen Straßenseite ein Haus. Früher wurde es als Lager benutzt, aber jetzt haben wir keine Verwendung mehr dafür. Es steht leer und ist ein bißchen heruntergekommen, aber für Ihre Zwecke dürfte es ausreichen.« Er setzte sich wieder an den Schreibtisch. »Eigentlich wollten wir es verkaufen, aber ich überlasse es Ihnen für einen nominellen Pachtzins und ersetze der Firma den Verlust aus eigener Tasche.«

Warren, der noch längst nicht fertig war, nickte kurz, dann schob er ihm einen weiteren Bogen Papier über den Schreibtisch. »Und das ist meine Prämie bei erfolgreicher Abwicklung des Unternehmens«, zitierte er Hellier spöttisch.

Als Hellier einen Blick auf den Text warf, wäre er beinahe explodiert. *»Ein Landhaus mit zwanzig Zimmern!* Was zum Teufel soll das heißen?« Er funkelte Warren wütend an. »Sie sind aber nicht gerade billig zu haben, Doktor.«

»Sie wollen Blut sehen«, sagte Warren. »Und das ist nun mal ein Stoff, der nicht billig ist. Bei diesem Unternehmen legen wir uns mit einer Bande an, die sich nicht ohne weiteres geschlagen geben wird, schließlich stehen für sie Millionen auf dem Spiel. Ich befürchte, daß es dabei leicht zu einem

Blutvergießen kommen kann, sei es nun das der Bande oder unser eigenes. Sie wollen Blut sehen, also zahlen Sie auch einen angemessenen Preis dafür.«

»Indem ich Sie zum Landhausbesitzer mache?« fragte Hellier höhnisch.

»Es geht hier nicht um mich, sondern um einen Mann namens Ben Bryan. Er möchte eine selbstverwaltete Wohngemeinschaft für Rauschgiftsüchtige einrichten, zum einen, um die Kinder von der Straße zu holen, und zum anderen, um ihnen so verantwortungsvolles Handeln beizubringen. Mit diesem Ansatz hat man in Amerika schon beachtliche Erfolge erzielt.«

»Verstehe«, sagte Hellier leise. »Na schön, das sehe ich ein.«

Als er sich in die kurzen Lebensläufe des Teams vertiefte, meinte der Arzt beiläufig: »Von den Leuten weiß eigentlich keiner genau, worauf er sich einläßt. Nehmen wir einmal an, uns fallen, sagen wir, hundert Pfund Heroin in die Hände. Ich bin mir nicht sicher, ob ich Andy Tozier dann noch trauen könnte, wahrscheinlich nicht. Johnny Follet zumindest auf keinen Fall.«

Hellier blätterte eine Seite um und hob nach einer Weile den Kopf. »Soll das wirklich Ihr Ernst sein, ich meine diese Männer, die Sie sich ausgesucht haben? Großer Gott, die eine Hälfte sind Schurken, auf die andere kann ich mir überhaupt keinen Reim machen.«

»Was hatten Sie denn erwartet?« fragte Warren. »Bei so einer Sache kann man keine Horde Banner schwingender Heiliger gebrauchen. Aber bis auf Andy Tozier ist nicht ein einziger der Männer allein des Geldes wegen dabei. Sie haben alle ihre eigenen Motive dafür.« Bei dem Gedanken an Follets Gründe fand er sich selbst nicht sehr sympathisch. »Ich habe festgestellt, daß ich eine unerwartete Begabung für Erpressung und Nötigung besitze.«

»Daß Sie Tozier mitnehmen wollen, kann ich ja noch begreifen, schließlich ist er Berufssoldat«, sagte Hellier. »Aber Follet, einen Spieler?«

»Johnny ist ein vielseitiger Mensch. Er ist nicht nur Spieler, sondern auch ein sehr erfolgreicher Betrüger. Der zieht einem mit einfallsreichen Tricks rascher das Geld aus der Tasche, als man sich wehren kann. Ich habe das Gefühl, daß uns seine besonderen Talente nicht nur in Gelddingen nützen können.«

»So gesehen, hört es sich durchaus einleuchtend an«, sagte Hellier, doch er klang nicht sehr überzeugt. »Aber was soll dieser Abbot dabei, ein Zeitungsfritze, verdammt noch mal. Das kommt nicht in Frage.«

»O doch«, widersprach Warren ausdruckslos. »Er war uns sowieso bereits auf die Schliche gekommen, und mir ist es wesentlich lieber, wenn er für uns arbeitet statt gegen uns. Er stand schon von Anfang an auf meiner Liste, aber dann hat er sich mir regelrecht aufgedrängt, und jetzt wäre es viel zu gefährlich, ihn nicht mit einzubeziehen. Er hat einen ausgezeichneten Riecher, besser als mancher Detektiv, und so einen Mann können wir brauchen.«

»Das klingt ja wohl auch ganz sinnvoll«, sagte Hellier düster. »Aber wer mir überhaupt nicht in den Kopf will, ist dieser Parker. Ich finde hier rein gar nichts an ihm, was für uns von irgendeinem Nutzen sein könnte.«

»Dan ist der einzige wirklich ehrliche Mensch in dem ganzen Haufen«, antwortete Warren. Er lachte. »Außerdem ist er meine Rückversicherung.«

II

Hellier gab einige Weisheiten über die Philosophie des Filmgeschäftes zum besten. »In den meisten Ländern, ganz besonders in den ärmeren, sind Filmgesellschaften gern gesehen. Die Burschen an der Spitze mögen uns, weil wir mit Bestechungsgeldern nicht knausern. Der kleine Mann auf der Straße mag uns, weil wir bei Außenaufnahmen malerisch gekleidete Statisten für örtliche Verhältnisse außergewöhnlich gut bezahlen. Wir lassen uns wirklich nicht lumpen, denn im Endeffekt kostet es uns so trotzdem noch immer einen schönen Batzen weniger als zu Hause.«

Er wog ein großes gebundenes Buch in der Hand. »Das ist

ein Drehbuch, das bei uns schon eine ganze Weile im Regal liegt. Es spielt ungefähr zur Hälfte im Iran. Ich habe mich entschlossen, es in Angriff zu nehmen, wir drehen den Film. Wir stellen Sie und Ihr Team als Mitarbeiter ein. Wir schicken Sie als eine Art Sondierungstruppe in den Iran, um das Gelände für Außenaufnahmen auszukundschaften, so haben Sie einen Vorwand, sich überall herumzutreiben. Wie gefällt Ihnen das?«

»Sehr gut«, antwortete Warren. »Eine ausgezeichnete Tarnung.«

»Wir statten Sie mit Fahrzeugen aus und allem nötigen, was ein Sondierungstrupp auch sonst so mit sich herumschleppt«, sagte Hellier. »Geben Sie mir eine Liste mit allem, was Sie zusätzlich noch benötigen.« Er blätterte in dem Drehbuch. »Wer weiß? Womöglich machen wir den Film tatsächlich«, meinte er spöttisch.

Andy Tozier hatte mit Warren zu reden. »Sie lassen mich zu sehr im dunkeln tappen«, beklagte er sich. »Ich habe keine Ahnung, auf was ich mich eigentlich einlasse. Ich weiß nicht einmal, auf was ich gefaßt sein muß.«

»Am besten machen Sie sich auf das Schlimmste gefaßt«, lautete Warrens wenig aufschlußreiche Antwort.

»Das sagt mir gar nichts. Soll es eine militärische Unternehmung werden?«

Vorsichtig meinte Warren: »Sagen wir, eine paramilitärische.«

»Verstehe. Eine Art bewaffnete Polizeiaktion.«

»Aber völlig inoffiziell«, sagte Warren. »Und es könnte zu Schießereien kommen.«

Tozier strich sich über das Kinn. »Inoffiziell, so, so. Das gefällt mir gar nicht. Und wenn man schon auf mich schießt, hätte ich gerne auch eine Kanone, mit der ich mich wehren kann. Wie steht es damit?«

»Keine Ahnung«, antwortete Warren. »Das wollte ich eigentlich Ihnen überlassen. Der Fachmann sind schließlich Sie.« Tozier gab einen unappetitlichen Laut von sich, und Warren fuhr fort: »Ich weiß wirklich nicht genau, was uns erwartet. Es ist alles ziemlich verworren.«

Tozier überlegte. »Was für Fahrzeuge stellt man uns zur Verfügung?«

»Zwei Landrover. Sie werden mit uns in den Iran ausgeflogen. Da drüben ist das Gelände ziemlich rauh.«

»Und die Ausrüstung, die wir bekommen, woraus besteht die?«

»Sie gehört zu unserer Tarnung. Ein paar Standkameras und ein Haufen Objektive. Ein paar 16-Millimeter Filmkameras. Eine Videoausrüstung. Jede Menge Gerät, von dem ich noch nie etwas gehört habe.«

»Haben die Filmkameras Stative?« Warren nickte, und Tozier sagte: »Okay, ich möchte, daß die Landrover und die gesamte Ausrüstung so bald wie möglich bei mir abgeliefert werden. Wahrscheinlich werde ich das eine oder andere daran verändern.«

»Sie können die Sachen morgen haben.«

»Außerdem brauche ich noch etwas Nachschub aus der Geldquelle, die Sie anscheinend aufgetan haben, mindestens tausend Pfund. Meine Verbesserungsvorschläge kommen nicht billig.«

»Sagen wir doch gleich zweitausend«, antwortete Warren gleichmütig. »Die können Sie auch bis morgen haben.«

»Johnny Follet wird uns vielleicht doch mehr nützen, als ich zunächst dachte«, sagte Tozier nachdenklich. »Mit Waffen kennt er sich nämlich aus, er war in Korea.«

»Tatsächlich? Dann müßte er gut mit Dan Parker auskommen.«

Tozier riß den Kopf herum. »Und wer ist Dan Parker?«

Warren grinste. »Sie werden ihn schon noch kennenlernen«, versprach er.

»Ich komme mit«, sagte Ben Bryan, als Warren ihm erzählte, was er vorhatte.

»Aber was sollen wir denn mit einem Psychiater anfangen?« fragte Warren.

Bryan feixte. »Damit wenigstens einer mit einem Fünkchen Verstand dabei ist. Das ist wirklich das Verrückteste, was ich je gehört habe.«

»Wenn Sie mitkommen, sind Sie genauso verrückt wie wir

anderen. Aber wer weiß, vielleicht können wir Sie tatsächlich gebrauchen.« Er schaute Bryan nachdenklich an, dann sagte er: »Am besten machen Sie wohl bei der Haupttruppe mit. Mike Abbot kann Parker begleiten.«

»Was soll der denn machen?«

»Er ist unser trojanisches Pferd, falls wir diese Delorme aufstöbern können, was sich allerdings als verflucht schwierig erweist. Hellier hat in Paris ein Team auf die Geburtsurkunden angesetzt, jede einzelne Jeanette Delorme wird herausgesucht und dann aufgestöbert. Acht haben sie bis jetzt schon gefunden. Auf den vagen Verdacht hin, daß sie womöglich in der Schweiz geboren ist, hat er auch da ein Team im Einsatz.«

»Und wenn Sie nun aus Martinique stammt?« fragte Bryan.

»Zunächst müssen wir uns erst einmal auf das Simpelste beschränken«, antwortete Warren. »Helliers Detektive leisten ausgezeichnete Arbeit. Das kann ich beurteilen, weil sie mich auch in der Mache hatten. Auf jeden Fall wirft er mit dem Geld um sich, als hätte er eine Druckerpresse im Keller. Bis jetzt haben wir ihn schon über siebzigtausend Pfund gekostet.« Er grinste. »Na ja, aber für das Geld kann er sich sonst gerade zwei Jahre lang den Unterhalt für seine Yacht leisten.«

»Ich habe noch nie von einem reichen Menschen gehört, der sich wirklich gern von seinem Geld trennt«, sagte Bryan. »Sie müssen ihn ganz schön aus dem Gleichgewicht gebracht haben. Durch Sie war er gezwungen, sich selbst den Spiegel vorzuhalten, und was er da gesehen hat, hat ihm überhaupt nicht gefallen. Ich wünschte bloß, bei meinen Patienten würde mir so etwas auch manchmal gelingen. Vielleicht sollten Sie den Beruf wechseln.«

»Habe ich doch schon, im Moment stelle ich Privatarmeen auf.«

Plötzlich geriet alles gleichzeitig ins Rollen.

Vielleicht war es Glück, vielleicht gute Detektivarbeit, doch Jeanette Delorme war gefunden worden, und zwar nicht durch geduldiges Durchsehen von Geburtsurkunden, sondern durch einen heißen Draht zur französischen Sureté. Anscheinend hatte Mike Abbot einen Freund, der einen Freund hatte, der...

Hellier warf Warren die Akte zu. »Lesen Sie das, und dann sagen Sie mir, was Sie davon halten.«

Warren lehnte sich im Sessel zurück und schlug die Mappe auf.

Jeanette Véronique Delorme: Geboren am 12. April 1937 in Chalons. Eltern...

Er übersprang ihren Lebenslauf, bis er zum eigentlichen Kern der Akte kam.

»...1955 wegen Betruges zu drei Monaten Haft verurteilt; 1957 eine sechsmonatige Haftstrafe wegen Beteiligung am Waffenschmuggel über die französisch-spanische Grenze; verließ Frankreich 1958.«

Die nun folgenden Ausführungen konnten nur als Aneinanderreihung von vagen Vermutungen bezeichnet werden.

1958–1960 Verdächtig des Schmuggels von Tanger nach Spanien; 1961–1963 Verdächtig des Waffenschmuggels nach Algerien; 1963–1967 Verdächtig des Drogenschmuggels nach Italien und in die Schweiz. Vermutlich mitverantwortlich für die Morde an Henry Rowe (Amerikaner) 1962, Kurt Schlesinger (Deutscher), Ahmed ben Bouza (Algerier) und Jean Fouget (Franzose) 1963; an Kamer Osman (Libanese) und Pietro Fuselli (Italiener) 1966.

Besondere Kennzeichen: Die Genannte besitzt ein hervorragendes Organisationstalent und ist fähig, größere Gruppen anzuführen; sie ist rücksichtslos und verzeiht keine Fehler; sie hütet sich, persönlich in Schmuggelgeschäfte verwickelt zu werden, hat aber vermutlich 1964 eine Reihe von groß angelegten Juwelendiebstählen in Südfrankreich persönlich geleitet. Letzteres erscheint jedoch zweifelhaft. Derzeitiger Aufenthaltsort: Beirut, Libanon.

Derzeitiger Status: Steht in Frankreich nicht auf der Fahndungsliste.

Es gab auch ein paar verschwommene Fotos von einer Blondine unbestimmbaren Alters, denen das Kopieren nicht sonderlich gut bekommen war.

Warren pfiff durch die Zähne. »Die muß ja ein ganz sauberes Früchtchen sein.« Er klopfte auf die Akten. »Das muß sie sein, es paßt alles zusammen.«

»Das denke ich auch«, pflichtete Hellier ihm bei. »Ich habe alle anderen Ermittlungen einstellen lassen und sämtliche Kräfte auf sie konzentriert. Ein Mitarbeiter ist bereits nach Beirut geflogen, um sie aufzustöbern.«

»Hoffentlich hat man ihm eingeschärft, vorsichtig zu sein«, sagte Warren.

»Er soll nur herausfinden, wo sie wohnt und wie sie gesellschaftlich dasteht. Das dürfte nicht allzu gefährlich sein. Dann zieht er sich sofort zurück, und sie gehört Ihnen.«

»Sobald wir etwas Konkretes in der Hand haben, schicke ich Dan Parker hinterher. Mike Abbot soll ihm helfen, ich weiß nicht, ob Dan es allein schaffen kann. Vielleicht müssen wir hier mit Samthandschuhen zu Werke gehen. Ach ja, wir haben einen Freiwilligen. Ben Bryan fliegt mit in den Iran.«

»Freut mich zu hören, daß Mr. Bryan sich sein Gutshaus verdienen will«, meinte Hellier etwas frostig. »Aber über diesen Speering gibt es noch nichts Neues.«

»Der muß sich auch bald vom Fleck rühren«, sagte Warren bestimmt. Es hatte ihn zuversichtlich gemacht, daß die Akte Jeanette Delorme so wunderbar ins Bild paßte.

»Für ihn gilt jedenfalls dasselbe. Ein Detektiv wird ihn beschatten, wahrscheinlich sogar mit ihm in derselben Maschine fliegen. Dann gehört er Ihnen.«

Am übernächsten Tag setzte sich Speering tatsächlich in Bewegung. Zwölf Stunden später befanden sich Warren, Tozier, Follet und Bryan mitsamt den beiden Landrovers an Bord eines gecharterten Flugzeugs. Parker und Abbot waren bereits Richtung Libanon aufgebrochen.

III

In Teheran schneite es.

Follet zitterte, als der beißende Wind durch seine Jacke schnitt. »Dabei dachte ich immer, hier wäre es heiß.« Er schaute über den Flughafen hinüber zu den steilen Felswänden des Elbursgebirges, dann sah er zum kalten, grauen Himmel hoch, von dem ein kleiner Schneesturm auf sie niederging. »Und das soll der Mittlere Osten sein?« fragte er zweifelnd.

»Wir stecken genau mittendrin«, sagte Tozier. »Aber wir haben schließlich März und befinden uns gut fünfzehnhundert Meter über dem Meeresspiegel.«

Follet klappte seinen Kragen hoch und zog sich die Revers fest um den Hals. »Wo zum Donnerwetter bleibt denn Warren?«

»Der bringt die Fahrzeuge und die Ausrüstung durch den Zoll.« Tozier lächelte grimmig. Falls man die Veränderungen, die er an den Landrovers vorgenommen hatte, entdeckte, würde in der Zollbaracke jeden Augenblick der Teufel los sein, und Warren und Bryan würden schnurstracks hinter Gittern landen. Aber Warren wußte von den Umbauten nichts, was nicht schaden konnte. Echte Ahnungslosigkeit wirkt immer überzeugender als der beste Bluff, besonders wenn man es mit einem erfahrenen Zollbeamten mit Röntgenblick zu tun hatte.

Trotzdem atmete er erleichtert auf, als Follet ihm auf die Schulter tippte und die Hand ausstreckte. »Da kommen sie«, sagte er. Tozier fiel ein Stein vom Herzen, als er einen Landrover auf sie zukommen sah. An der Seite trug er die Aufschrift: *Regent Film Company. Sondierungstrupp.* Seine Anspannung fiel von ihm ab.

Warren steckte den Kopf zum Seitenfenster heraus. »Ben ist direkt hinter mir«, sagte er. »Einer von euch kann zusteigen.«

»Hatten Sie irgendwelche Schwierigkeiten?« fragte Tozier.

Warren machte ein überraschtes Gesicht. »Nicht die Bohne.«

Tozier lächelte nur und schwieg. Er ging um den Wagen

herum und tätschelte einen der Träger, die das Verdeck hochhielten. Follet sagte: »Ich steige ein, ich muß aus diesem gottverdammten Wind heraus. Wohin soll es denn gehen?«

»Wir haben Zimmer im Teheraner Hilton reserviert. Ich weiß zwar nicht, wo das ist, aber es dürfte nicht allzu schwer zu finden sein.« Er zeigte auf einen Minibus mit dem Namen des Hotels, der sich langsam mit Fahrgästen füllte. »Wir fahren einfach hinterher.«

Follet stieg ein und schlug die Tür zu. Mißmutig starrte er auf die fremdartige Landschaft, dann fragte er unvermittelt: »Was zum Kuckuck wollen wir eigentlich hier, Warren?«

Warren schaute in den Rückspiegel und sah, daß der andere Landrover eingetroffen war. »Wir verfolgen jemand.«

»Mann, Sie sind ja genauso zugeknöpft wie Ihr Muskelpaket. Oder lassen Sie den etwa auch im dunkeln tappen?«

»Tun Sie nur immer schön, was man Ihnen sagt, Johnny, dann kommen Sie schon zurecht.«

»Mir würde es allerdings ein ganzes Stück besser gehen, wenn ich wüßte, was ich eigentlich tun soll«, beklagte sich Follet.

»Das werden Sie noch früh genug erfahren.«

Plötzlich lachte Follet auf. »Sie sind mir schon ein komischer Vogel, Warren. Eines will ich Ihnen sagen, Sie gefallen mir, wirklich. Sie hatten mich in der Hand, und da bieten Sie mir trotzdem einen Tausender an, obwohl Sie genau wußten, daß ich auch für einen Apfel und ein Ei hätte mitmachen müssen. Und die Erfolgsprämie haben Sie auch auf fünftausend erhöht, obwohl Sie das gar nicht nötig hatten. Warum haben Sie das gemacht?«

Warren lächelte. »Ein Mitarbeiter ist immer nur soviel wert, wie man ihm zahlt. Sie werden es sich schon verdienen.«

»Gut möglich, aber momentan habe ich noch keinen blassen Schimmer, wie das aussehen soll. Ist ja auch egal, ich wollte Ihnen nur gesagt haben, daß ich das hochanständig finde. Sie können sich auf mich verlassen – im Rahmen des Vernünftigen, versteht sich«, fügte er hastig hinzu. »Tozier hat allerdings ein paar sehr unvernünftige Sachen gemunkelt, daß es zu Schießereien kommen könnte, zum Beispiel.«

»Daran hätten Sie sich doch eigentlich in Korea gewöhnen müssen.«

»Wissen Sie was?« meinte Follet. »Ich habe mich nie daran gewöhnen können. Der Mensch ist vielleicht doch nicht in allen Dingen ein Gewohnheitstier.«

Das Teheraner Hilton lag am Stadtrand, eine moderne Karawanserei, die ausschließlich auf die Bedürfnisse der Öl- und Geschäftsleute zugeschnitten war, die in den Iran strömten, um an der aufblühenden Wirtschaft unter der Regentschaft von Mohammed Reza Pahlewi, dem König der Könige, teilzuhaben. Wegen der Angewohnheit der Einheimischen, die Straßen als Rennpisten anzusehen, war die Fahrt vom Flughafen zum Hotel kein Zuckerschlecken. Ein paarmal war Warren nur um Haaresbreite an einem ernsthaften Unfall vorbeigekommen, und als sie das Hotel erreichten, war er trotz der Kälte schweißgebadet.

Bei der Anmeldung wartete an der Rezeption bereits eine Nachricht auf ihn. Erst als er in seinem Zimmer war, riß er den Umschlag auf, in dem er einen Zettel mit einem einzelnen, rätselhaften Satz fand: *Auf Ihrem Zimmer, neunzehn Uhr dreißig. Lane.* Er schaute auf seine Uhr und sah, daß ihm gerade noch Zeit zum Auspacken blieb.

Um neunzehn Uhr neunundzwanzig klopfte es leise an der Tür. Er öffnete, und ein Mann sagte: »Mr. Warren? Ich glaube, Sie erwarten mich. Mein Name ist Lane.«

»Kommen Sie herein, Mr. Lane«, sagte Warren und hielt seinem Gast die Tür auf. Während dieser seinen Mantel ablegte, musterte er ihn; ein unscheinbarer Mensch, der nichts Auffälliges an sich hatte, was für einen Privatdetektiv ein Segen war.

Lane setzte sich. »Ihr Mann wohnt hier im Hilton. Hat für eine Woche reserviert. Er ist augenblicklich hier, falls Sie ihn sehen wollen.«

»Nicht unbeaufsichtigt, will ich hoffen«, meinte Warren.

»Nein, Mr. Warren. Wir sind zu zweit auf ihn angesetzt. Er wird beobachtet.« Er zuckte die Achseln. »Aber er rührt sich sowieso nicht vom Fleck, er hält sich immer gern in der Nähe der Flaschen auf.«

»Er trinkt?«

»Ein Alkoholiker ist er vielleicht nicht gerade, aber viel fehlt ihm nicht dazu. Er sitzt an der Bar, bis sie schließt, und dann läßt er sich noch eine Flasche aufs Zimmer bringen.«

Warren nickte. »Was können Sie mir sonst noch über Mr. Speering berichten?«

Lane zog ein Notizbuch aus der Tasche. »Er kommt ganz schön viel herum. Ich habe alles genau aufgeschrieben, Sie können die Liste nachher haben, aber ich kann es Ihnen in fünf Minuten erzählen.« Er klappte das Büchlein auf. »Am Flughafen wurde er von einem Einheimischen, einem Iraner, abgeholt, der ihn zum Hotel brachte. Den Iraner habe ich nicht ermitteln können, wir waren gerade erst angekommen und hatten unsere Ausrüstung noch nicht beisammen«, sagte er entschuldigend.

»Schon gut.«

»Auf jeden Fall haben wir den Iraner seither nicht mehr zu Gesicht bekommen. Am folgenden Tag hat Speering ein Haus in Mowlavi aufgesucht, in der Nähe des Bahnhofs, die Adresse habe ich hier. Als er wieder herauskam, hatte er ein Auto, genauer gesagt einen amerikanischen Jeep. Und es ist kein Mietwagen. Ich habe versucht, den Halter zu ermitteln, aber in einer fremden Stadt wie dieser ist das ein bißchen schwierig.«

»Ja, das kann ich mir denken«, sagte Warren.

»Von dort aus fuhr er zu einem Großhandel für pharmazeutische Chemikalien – Name und Adresse liegen bei –, wo er sich anderthalb Stunden aufhielt. Dann kehrte er ins Hotel zurück, wo er den Rest des Nachmittags verbrachte. Das war gestern. Heute morgen bekam er Besuch von einem Amerikaner namens Jack Eastman. Sie haben sich oben in seinem Zimmer getroffen. Eastman blieb den ganzen Vormittag – drei Stunden –, dann aßen sie im Restaurant des Hilton zu Mittag.«

»Irgendwelche Erkenntnisse über Eastman?«

Lane schüttelte den Kopf. »Für eine gründliche Beschattung bräuchte man eigentlich vier Leute, und wir sind nur zu zweit. Hätten wir uns an Eastman angehängt, wäre uns womöglich Speering durch die Lappen gegangen. Unsere Anweisung lautete, Speering nicht aus den Augen zu lassen.« Lane schaute noch einmal in sein Notizbuch. »Eastman ist heute kurz nach dem Essen weggegangen, und seitdem hat sich Speering nicht mehr von der Stelle bewegt. Er sitzt jetzt in der Bar. Das wäre auch schon alles, Mr. Warren.«

»Ich finde, Sie haben einiges zuwege gebracht«, sagte Warren. »Ich bin mit ein paar Freunden hier, ich möchte, daß sie sich Speering einmal anschauen, damit sie ihn später wiedererkennen. Ließe sich das einrichten?«

»Nichts leichter als das«, antwortete Lane. »Sie brauchen nur etwas trinken gehen.« Er zog einen Briefumschlag heraus und reichte ihn Warren. »Das ist alles, was wir über Speering herausgefunden haben, das Kennzeichen des Jeeps, die Adressen, die er in Teheran aufgesucht hat.« Er hielt inne. »Wenn ich es richtig sehe, wäre damit unser Auftrag erledigt, nachdem ich Ihnen den Mann gezeigt habe.«

»Richtig. Mehr haben Sie nicht zu tun.«

Lane wirkte erleichtert. »Es war hier wirklich ein bißchen haarig«, gestand er ein. »In London habe ich überhaupt keine Schwierigkeiten, und in Paris und Rom habe ich auch schon Aufträge erledigt. Aber ein Europäer fällt in manchen Stadtvierteln doch sehr auf, und das macht die Beschattung nicht gerade einfach. Wann wollen Sie Speering sehen?«

»Warum nicht gleich?« fragte Warren. »Ich trommele nur schnell meine Leute zusammen.«

Bevor sie in die Bar gingen, blieb Warren noch einmal stehen und sagte: »Wir sind rein geschäftlich hier. Mr. Lane wird uns den Mann, den wir suchen, unauffällig zeigen. Schaut ihn euch gut an, damit ihr in überall wiedererkennt, aber haltet euch im Hintergrund. Es geht darum, zu sehen und nicht gesehen zu werden. Ich schlage vor, wir trennen uns.«

Sie durchquerten das Foyer und betraten die Bar. Warren hatte Speering sofort entdeckt, er hielt sich von ihm fern. Er hatte ihn ein paarmal in London gesehen, und obwohl er nicht glaubte, daß Speering ihn kannte, hielt er es doch für geraten, sich nicht blicken zu lassen. Er stellte sich mit dem Rücken zum Raum, lehnte sich auf die Theke und bestellte etwas zu trinken.

Der Mann neben ihm drehte sich zu ihm um. »Hi!«

Warren nickte höflich. »Guten Abend.«

»Sind Sie bei der IMEG?« Der Mann war Amerikaner.

»IMEG?«

Der Mann lachte. »Dann wohl nicht. Ich dachte mir gleich, daß Sie Engländer sind, und deshalb meinte ich, Sie gehörten zur IMEG.«

»Ich weiß nicht einmal, was die IMEG ist«, sagte Warren. Im Spiegel hinter der Theke konnte er sehen, daß Tozier sich an einen Tisch setzte und etwas zu trinken bestellte.

»So etwas Spitzenmäßiges hat dieses Rattenloch von einem Land noch nicht gesehen«, dröhnte der Amerikaner. Er war ein wenig angetrunken. »Wir legen eine Vierzig-Zoll-Gaspipeline mittendurch, von Abadan bis direkt an die russische Grenze. Über sechshundert Millionen Dollar wert. Hier kann man das Geld mit der Mistgabel aufschaufeln.« Er lachte.

»Tatsächlich«, sagte Warren. Er war nicht sonderlich interessiert.

»Die IMEG schmeißt den ganzen Laden, das seid ihr Briten. Ich, ich bin bei William Brothers, und wir machen die ganze Drecksarbeit. Soll das etwa gerecht sein?«

»Klingt ja nach einem Großauftrag«, antwortete Warren ausweichend. Er drehte sich zur Seite und entdeckte Follet am anderen Ende der Theke.

»Einen größeren gibt's nicht.« Der Amerikaner kippte seinen Drink herunter. »Aber das dickste Stück vom Kuchen schneiden sich die Russkis ab. Mann, wenn man sich das einmal vorstellt. Den Iranern kaufen sie das Gas für unter zwei Cent die Einheit ab, und dann legen sie eine Pipeline bis nach Triest, damit sie den Italienern russisches Gas für über drei Cent pro Einheit liefern können. Soll mir bloß kein Mensch behaupten, die Scheißbolschewiken wären keine guten Kapitalisten.« Er stieß Warren in die Seite. »Möchten Sie was trinken?«

»Nein, danke«, antwortete Warren. »Ich warte auf jemand.«

»Ach, was soll's!« Der Amerikaner schaute auf seine Uhr. »Na, dann gehe ich jetzt besser was essen. Bis nächstesmal.«

Nachdem er gegangen war, kam Tozier mit einem Glas in der Hand an die Bar. »Wer war denn Ihr Freund?«

»Ein einsamer Säufer.«

»Ich habe unseren Mann gesehen«, sagte Tozier. »Kommt mir auch wie ein Schluckspecht vor. Wie geht's jetzt weiter?«

»Wir lassen ihn nicht mehr aus den Augen.«

»Und dann?«

Warren zuckte die Achseln. »Dann schauen wir mal, was es zu entdecken gibt.«

Tozier schwieg eine Zeitlang. Er holte ein Zigarettenetui heraus, zündete sich eine Zigarette an und stieß heftig den Rauch aus. »Das genügt mir nicht, Nick. Ich tappe nicht gern im dunkeln.«

»Tut mir leid, das zu hören.«

»Noch mehr wird es Ihnen leid tun, wenn ich mich morgen verabschiede.« Warren riß den Kopf zu ihm herum, und Tozier fuhr fort: »Ich weiß nicht, was Sie vorhaben, aber wenn Sie alles für sich behalten, können Sie dieses Unternehmen nicht durchführen. Wie zum Teufel soll ich meine Arbeit machen, wenn ich überhaupt keine Ahnung habe, worum es eigentlich geht?«

»Schade, daß Sie es so sehen wollen, Andy. Trauen Sie mir etwa nicht?«

»Doch, gewiß. Nur leider vertrauen Sie mir nicht. Und deshalb verdrücke ich mich, Nick. Morgen abend sitze ich wieder in London. Johnny Follet können Sie vielleicht unter Druck setzen, und wer weiß, Ben Bryan womöglich auch. Aber ich habe eine weiße Weste, Nick. Mich können Sie nicht zwingen, bei der Stange zu bleiben, denn ich bin nur des Geldes wegen dabei.«

»Dann fahren Sie nicht weg, und verdienen Sie es sich.«

Tozier schüttelte langsam den Kopf. »Nicht, solange ich nicht weiß, in was ich hier hineingerate, und warum. Ich habe Ihnen einmal gesagt, daß ich nicht zögere, mich zu wehren, wenn jemand auf mich schießt. Ich will aber auch wissen, warum er es auf mich abgesehen hat. Womöglich fände ich seine Gründe ja durchaus einleuchtend, es könnte sogar sein, ich wäre auf seiner Seite, wenn ich Bescheid wüßte.«

Warren umklammerte sein Glas fester. Er sah sich zu einer

Entscheidung genötigt. »Andy, Sie lassen sich doch für Geld anheuern. Würden Sie für Geld Rauschgift schmuggeln?«

»Die Frage hat sich mir noch nie gestellt«, sagte Tozier nachdenklich. »Den Vorschlag hat mir noch keiner gemacht. Wollen Sie etwa der erste sein, Nick?«

»Sehe ich vielleicht wie ein Drogenschmuggler aus?« fragte Warren empört.

»Keine Ahnung«, antwortete Tozier. »Woher soll ich denn wissen, wie sich so ein mieser Dealer benimmt? Aber ich weiß genau, daß auch die anständigsten Leute unter allzu viel Druck umkippen können. Und Sie stehen schon eine ganze Weile gehörig unter Druck, Nick. Ich habe Sie dagegen ankämpfen sehen.« Er leerte sein Glas. »Aber da Sie die Frage nun einmal aufgeworfen haben«, fuhr er fort, »lautet meine Antwort nein. Ich würde nicht für Geld Rauschgift schmuggeln. Und ich bin der Meinung, daß Sie sich zu einem richtigen Schweinehund entwickelt haben, Nick. Sie wollten mich in das verfluchte Geschäft hineinziehen, und jetzt stehen Sie dumm da, stimmt's?«

Warren atmete tief ein und stieß die Luft mit einem seufzenden Ton wieder aus. Innerlich jubelte er. Er grinste Tozier an. »Sie sind ganz schön auf dem Holzweg, Andy. Ich werde Ihnen alles erklären, aber da hinten in der Ecke, wo Speering uns nicht sehen kann.«

Er faßte Tozier am Arm, steuerte ihn zu einem Tisch und hatte ihm in fünf Minuten erzählt, worum es ging. Während Tozier ihm zuhörte, zeichnete sich auf seinem Gesicht Verwunderung ab. Er fragte: »Und das sind alle Anhaltspunkte, die Sie vorweisen können? Sie haben wohl nicht alle Tassen im Schrank!«

»Viel ist es nicht«, gab Warren zu. »Aber es muß reichen.«

Plötzlich kicherte Tozier vor sich hin. »Die Sache ist dermaßen hirnrissig, daß ich mich direkt dafür erwärmen könnte. Tut mir leid, daß ich Sie mißverstanden hatte, Nick. Aber was mußten Sie sich auch so geheimnistuerisch geben.« Er entschuldigte sich mit einem Kopfnicken. »Aber ich verstehe Ihre Lage, in diesem Geschäft kann man keinem über den Weg trauen. Okay, ich mache mit.«

»Danke, Andy«, sagte Warren leise.

Tozier winkte den Kellner heran und bestellte eine Runde. »Kommen wir zur Sache«, fuhr er fort. »In einem haben Sie recht, Johnny Follet gegenüber würde ich auch nichts von dieser Angelegenheit verlauten lassen. Wenn es dabei überhaupt etwas zu verdienen gibt, wird Johnny sich einen Teil davon einstreichen wollen, und wie er an den herankommt, dürfte ihm vermutlich ziemlich schnuppe sein. Trotzdem bin ich froh, daß wir ihn dabeihaben, und solange Sie ihn immer fest am Zügel haben, können wir ihn brauchen. Womit haben Sie ihn eigentlich in der Hand?«

»Spielt das eine Rolle?«

Tozier zuckte die Achseln. »Wahrscheinlich nicht. Aber jetzt zu Speering, was halten Sie von ihm?«

»Er ist hier, um aus Opium Morphium herzustellen, davon bin ich ziemlich fest überzeugt«, antwortete Warren. »Deshalb war er auch gestern bei einem pharmazeutischen Großhändler. Er hat eine Bestellung aufgegeben.«

»Was würde er denn benötigen?«

»Kalk, Methylenchlorid, Benzol, Amylalkohol und Salzsäure, sowie eine große Menge an Glasbehältern.« Warren schwieg. »Ich weiß nicht, ob er das Morphium gleich hier an Ort und Stelle in Heroin umwandeln will. Wenn ja, braucht er auch noch Essigsäure.«

Tozier runzelte die Stirn. »Da komme ich nicht ganz mit. Was ist denn der Unterschied zwischen Morphium und Heroin?«

Ihre Getränke wurden gebracht, und Warren redete erst weiter, nachdem sich der Ober wieder entfernt hatte. »Morphium ist ein Alkaloid, das mit Hilfe eines relativ simplen chemischen Prozesses aus Opium gewonnen werden kann. Heroin ist Morphium, dessen Molekularstruktur mittels eines noch simpleren chemischen Verfahrens geändert wurde.« Er verzog das Gesicht. »Das ließe sich sogar in einer gut ausgestatteten Küche bewerkstelligen.«

»Aber worin besteht nun der Unterschied?«

»Tja, Heroin ist die acetylisierte Form des Morphiums. Es ist im Gegensatz zum Morphium wasserlöslich, und da der menschliche Körper nun einmal zum größten Teil aus Wasser besteht, wirkt es wesentlich rascher. Es verstärkt verschiedene Sinneswahrnehmungen und führt um einiges schneller zur Abhängigkeit als Morphium.«

Tozier lehnte sich zurück. »Speering will also Morphium herstellen. Aber wo? Hier im Iran? Und wie soll dann das Morphium, beziehungsweise das Heroin, zur Küste gelangen? Nach Süden an den Persischen Golf? Oder über den Irak und Syrien ans Mittelmeer? Es stehen noch verdammt viele Fragen offen, Nick.«

»Ja«, stimmte ihm Warren niedergeschlagen zu. »Und dann macht mir noch ein großes Problem Kopfzerbrechen, das ich überhaupt nicht begreifen kann. Das habe ich sogar Hellier verschwiegen.«

»Oh! Dann spucken Sie es besser aus!«

Warren sagte kurz: »Im Iran gibt es kein Opium.«

Tozier starrte ihn an. »Ich dachte, im ganzen Mittleren Osten würde das Zeug nur so wuchern.«

»Das stimmt auch, und im Iran war es unter dem alten Schah genauso. Aber der neue Knabe ist ein Reformer.« Warren stützte sich mit den Ellenbogen auf den Tisch. »Unter dem alten Schah war hierzulande der Teufel los. Er hat das Land wie ein altrömischer Herrscher regiert, und um sich beim Volk beliebt zu machen, hielt er die Getreidepreise auf einem unnatürlich niedrigen Niveau. Damit hat er sich aber selbst ein Bein gestellt, denn die Bauern erkannten allmählich, daß sie mit dem Getreideanbau auf keinen grünen Zweig kommen konnten. Also pflanzten sie statt dessen lieber Mohn an, ein weitaus einträglicheres Gewächs. Deshalb gab es schließlich immer weniger Getreide und immer mehr Opium.« Er verzog das Gesicht. »Den alten Schah störte das nicht, denn er hatte ein Monopol auf Opium. Es wurde mit einer Sondersteuer belegt, und von jedem geernteten Pfund bekam er seinen Anteil.«

»Eine reizende Geschichte«, sagte Tozier.

»Sie haben noch längst nicht alles gehört. 1963 betrug die iranische Opiumproduktion 1350 Tonnen. Der Bedarf an Opium für medizinische Zwecke belief sich damals weltweit auf 400 Tonnen.«

Tozier zuckte zusammen. »Das heißt, der alte Mistkerl hat das Zeug geschmuggelt!«

»Das hatte er gar nicht nötig«, sagte Warren. »Der Stoff war ja nicht verboten. Schließlich war er selbst im Iran das Gesetz. Er hat das Opium einfach an jeden verhökert, der es sich leisten konnte. Alles lief recht gut für ihn, aber jede Glückssträhne geht einmal zu Ende. Er hat es zu weit getrieben und mußte zu guter Letzt abdanken. Eine Zeitlang gab es eine Übergangsregierung, dann kam der jetzige Schah an die Macht. Und der war nun wirklich ein helles Kerlchen. Er wollte das ganze heruntergewirtschaftete Land mit einem Schlag ins zwanzigste Jahrhundert katapultieren, aber er mußte einsehen, daß man kein Land industrialisieren kann, dessen Bevölkerung zu fünfundsiebzig Prozent aus Opiumsüchtigen besteht. Deshalb griff er schnell und hart durch, und ich glaube kaum, daß man heute im ganzen Iran noch eine einzige Unze illegalen Opiums auftreiben könnte.«

Tozier machte ein verdutztes Gesicht. »Aber was will Speering dann hier?«

»Das kann ich mir ja gerade auch nicht erklären«, sagte Warren matt. »Ich habe allerdings nicht die Absicht, ihn danach zu fragen.«

»Nein«, meinte Tozier nachdenklich. »Aber wir müssen so dicht an ihm kleben bleiben wie sein eigenes Hemd.«

Der Kellner kam an den Tisch und fragte zögernd: »Mister Warren?«

»Das bin ich.«

»Eine Nachricht für Sie, Sir.«

»Danke schön«, sagte Warren. Er gab dem Mann ein Trinkgeld und sah Tozier mit hochgezogenen Augenbrauen fragend an. Eine Minute später sagte er: »Von Lane. Speering hat sein Zimmer aufgegeben, er reist morgen ab. Lane weiß nicht, wohin, aber er hat den Jeep warten lassen, und er nimmt einen Vorrat an Wasserkanistern mit. Was meinen Sie, was das zu bedeuten hat?«

»Er verläßt Teheran«, antwortete Tozier bestimmt. »Am besten kümmere ich mich gleich um unsere Wagen. Ich will doch mal nachsehen, ob die Funkgeräte noch in Ordnung sind. Wir verlassen die Bar hintereinander, geben Sie mir fünf Minuten Vorsprung.«

Ungeduldig wartete Warren, bis die Zeit vergangen war,

dann stand er auf und ging zur Tür. Als er an Speering vorbeikam, wäre er beinahe vor Verblüffung stehengeblieben. Johnny Follet saß neben dem Chemiker am Tisch, die beiden Männer warfen Münzen.

IV

Speering verließ Teheran in Richtung Nordwesten auf der Straße nach Käwin. »Sie setzen sich vor ihn, ich bleibe hinter ihm«, sagte Tozier zu Warren. »Dann klemmt er zwischen uns wie die Wurst im Sandwich. Wenn er abbiegt, gebe ich über Sprechfunk Bescheid.«

Sie hatten Speerings Jeep die Nacht über nicht aus den Augen gelassen, was sich jedoch als reine Zeitverschwendung entpuppt hatte. Er nahm in aller Ruhe sein Frühstück ein und fuhr erst um zehn Uhr aus Teheran ab; begleitet wurde er von einem Iraner mit scharfen Gesichtszügen, der den Wagen steuerte. Sie verfolgten den Jeep durch den dichten Stadtverkehr, und sobald sie die Landstraße erreicht hatten, beschleunigte Warren, er überholte Speering, drosselte dann die Geschwindigkeit und blieb in angemessener Entfernung vor ihm. Auf dem Beifahrersitz hielt Follet scharf nach hinten Ausguck, wobei er sich des zweiten Rückspiegels bediente, eine von Toziers kleinen Verbesserungen.

Zur Rechten erhoben sich die schneebedeckten Gipfel des Elbursgebirges, doch in der näheren Umgebung erstreckte sich eine eintönige Ebene, staubig und trostlos. Für Warrens Begriffe war die Straße nicht besonders gut, da jedoch der durchschnittliche iranische Fahrer wohl kaum an bessere Verhältnisse gewöhnt war, mußte sie wahrscheinlich als ausgezeichnet betrachtet werden. Schließlich handelte es sich dabei um die wichtigste Verbindungsstrecke zwischen Teheran und Täbris.

Sobald er sich auf den Umgang mit dem Landrover eingestellt hatte, sagte er unvermittelt zu Follet: »Sie haben gestern abend mit Speering gesprochen. Worum ging es?«

»Wir haben nur die Zeit totgeschlagen«, antwortete Follet.

»Machen Sie bloß keinen Fehler, Johnny«, warnte Warren ihn leise. »Sie könnten zu Schaden kommen, und zwar nicht zu knapp.«

»Mann, es war wirklich nichts Besonderes«, erregte sich Follet. »Es war noch nicht mal meine Schuld. Er kam zu mir an den Tisch, sollte ich mich denn da etwa nicht mit ihm unterhalten?«

»Worüber haben Sie gesprochen?«

»Dies und das. Über unsere Arbeit. Ich habe ihm erzählt, ich wäre bei Regent Films. Sie wissen schon, den ganzen Quatsch über den Film, den wir hier angeblich drehen wollen. Er hat mir gesagt, daß er bei einer Ölgesellschaft arbeitet.« Er lachte. »Außerdem habe ich ihm ein paar Piepen abgeluchst.«

»Das war nicht zu übersehen«, sagte Warren scharf. »Wie haben Sie das angestellt, hatten Sie einen Penny mit zwei Köpfen?«

Follet hob in gespielter Empörung den Kopf. »So wahr Gott mein Zeuge ist, ich habe ihn nicht betrogen. Das ist nämlich nicht meine Art, das wissen Sie doch. Außerdem hatte ich das überhaupt nicht nötig, so sturzbesoffen, wie der war.« Er warf einen Blick in den Rückspiegel. »Bremsen Sie mal ein bißchen ab, sonst verlieren wir ihn noch.«

Obwohl es von Teheran nach Käwin nur gut einhundertfünfzig Kilometer waren, erreichten sie den Stadtrand erst kurz vor ein Uhr. Während sie durch die Stadt fuhren, krächzte der Lautsprecher los: »Rufe Regent zwei. Rufe Regent zwei. Ende.«

Follet nahm das Mikrofon in die Hand und drückte auf einen Knopf. »Ausgezeichneter Empfang, Regent eins. Ende.«

Toziers Stimme klang dünn und verzerrt. »Unser Mann hat an einem Hotel angehalten. Ich glaube, der schlagt sich den Bauch voll. Ende.«

»Keine schlechte Idee; ich habe auch Hunger«, sagte Follet und sah Warren mit hochgezogenen Augenbrauen fragend an.

»Wir legen hinter der Stadt ein Päuschen ein«, meinte Warren. »Das können Sie ihm durchgeben.« Erst weit hinter Käwin verlangsamte er das Tempo und brachte den Wagen am

Straßenrand zum Stehen. »Wir haben Proviant dabei«, sagte er. »Ich habe Ben zum Quartiermeister ernannt, wollen doch mal sehen, ob er seine Sache gut gemacht hat.«

Mit einem Hühnchensandwich und heißem Kaffee aus der Thermosflasche im Magen ging es Warren gleich wesentlich besser, doch Follet machte ein düsteres Gesicht. »Was für ein fürchterliches Land«, sagte er. »Jetzt haben wir schon hundertfünfzig Kilometer hinter uns, und diese verdammten Berge sind noch nicht einen einzigen Zentimeter nähergerückt.« Er zeigte auf eine Reihe von beladenen Kamelen, die auf der Straße vorbeitrotteten. »Was wollen wir wetten, daß wir zum Schluß auch noch auf so einem Viech landen?«

»Na, wenn das alles ist«, meinte Warren nachdenklich. »Ich werde das Gefühl nicht los, daß die Landrover für so einen Beschattungsjob eine Spur zu auffällig sind.« Er nahm eine Landkarte zur Hand. »Ich hätte zu gern gewußt, wohin Speering wohl fährt.«

Follet schaute ihm über die Schulter. »Die nächste Stadt ist Zanjan, noch mal verdammte hundertfünfzig Kilometer entfernt.« Er blickte um sich. »Menschenskinder, ist das nicht ein gräßliches Land? Schlimmer als Arizona.«

»Waren Sie da schon einmal?«

»Mann, ich bin doch da geboren. Kaum war ich zum Abhauen alt genug, habe ich mich sofort verdünnisiert. Im Herzen bin ich nämlich ein Stadtmensch. Ich brauche die Lichter der Großstadt.« Er summte ein Lied aus *Broadway Melody* vor sich hin, dann beugte er sich vor und nahm ein Kartenspiel vom Armaturenbrett. »Und dahin will ich auch zurück, also darf ich nicht aus der Übung geraten.«

Warren hörte ein scharfes Knistern, und er sah, wie Follet mit unglaublicher Geschicklichkeit die Karten mischte, seine Fingerfertigkeit war mit dem unbeholfenen Gefummel eines Feierabendspielers nicht im mindesten zu vergleichen. »Ich dachte, Sie hätten gesagt, Sie spielen nicht falsch.«

»Tue ich auch nicht, aber wenn es sein muß, kann ich das auch. Ich bin nicht einmal ein schlechter Kartenhai, wenn ich mir ein bißchen Mühe gebe.« Er grinste breit. »Die Sache sieht doch so aus, wenn man eine Goldgrube von einem Casino hat wie ich in London, dann braucht man nicht zu betrügen, solange das Haus einen kleinen Gewinnvorteil hat. Auf den Vorteil kommt es nämlich an. Sie glauben doch nicht im Ernst, daß zum Beispiel Monte Carlo nur deshalb so gute Geschäfte macht, weil dort falsch gespielt wird, oder?«

»Es soll schließlich auch ein ehrliches Spiel sein.«

»Hundert Prozent ehrlich«, sagte Follet im Brustton der Überzeugung. »Solange die Chancen ein klein wenig einseitig verteilt sind, läuft der Laden, und man hat es nicht nötig, falsch zu spielen. Ich zeige Ihnen sofort, was ich meine, ich habe nämlich gerade das Gefühl, daß mir das Glück heute hold ist. Auf dieser Straße sind uns pro Stunde ungefähr zwanzig Wagen entgegengekommen, ich wette mit Ihnen eins zu eins, daß wir im Laufe der nächsten Stunde zwei Autos begegnen, bei denen die letzten beiden Zahlen des Kennzeichens übereinstimmen. Nur so, als kleines Spielchen zum Zeitvertreib.«

Warren überschlug seine Chancen rasch im Kopf. Es gab einhundert mögliche Zahlenkombinationen von 00 bis 99. Wenn Follet sich auf zwanzig Fahrzeuge beschränken wollte, sah es so aus, als ob seine Gewinnchancen nicht schlecht standen. Vorsichtig sagte er: »Abgemacht, es gilt für die nächsten zwanzig Wagen.«

»Um hundert Pfund«, sagte Follet ruhig. »Gewinne ich, können Sie es auf meine Prämie draufschlagen, wenn und falls wir die jemals zu Gesicht bekommen. Okay?«

Warren holte tief Luft, dann antwortete er: »Einverstanden.«

Aus dem leise brummenden Lautsprecher kam ein Knistern, und schon hörte man Ben Bryans Stimme: »Rufe Regent zwei. Unser Mann macht sich aufbruchsbereit. Ende.«

Warren nahm das Mikrofon vom Haken. »Danke, Regent eins. Wir zuckeln mal langsam los, dann kann er uns einholen. Das Essen war nicht schlecht, Ben. Sie sind für die Dauer der Unternehmung zum Küchenmeister ernannt. Ende.«

Aus dem Lautsprecher kam ein unanständiges Quäken, dann wurde es still. Warren grinste und ließ den Wagen an. »Behalten Sie bloß die Straße hinter uns immer schön im Auge, und geben Sie mir Bescheid, wenn Speering auftaucht.«

Follet zückte einen Stift. »Sie sagen mir die Autonummern durch, ich schreibe sie auf. Keine Bange, ich lasse mir Speering schon nicht durch die Lappen gehen.«

Mit ihrem kleinen Spielchen verging ihnen die Zeit etwas schneller. So blieb Warren während der langweiligen Fahrt auf der eintönigen Straße wenigstens ein bißchen beschäftigt. Da Follet nach hinten Ausschau hielt, gab es für ihn nichts weiter zu tun, als zu fahren und je nach Follets Anweisung zu beschleunigen oder abzubremsen, damit sie einen angemessenen Vorsprung zu Speering beibehielten. Außerdem wurde er allmählich schläfrig, und das Spiel hielt ihn wach.

Er gab die Nummern der entgegenkommenden Fahrzeuge weiter, Follet notierte sie. Obwohl Follet sich in erster Linie um Speering kümmern mußte, bemerkte Warren, daß er trotzdem ab und zu eine durchgegebene Zahl überprüfte. Er schmunzelte, Follet traute eben niemandem über den Weg. Als sie schon mehr als fünfzehn Wagen begegnet waren, ohne daß sich die Endnummern wiederholten, stiegen Warrens Hoffnungen, die hundert Pfund zu gewinnen, und auch seine Spannung wuchs. Für ihn wurde es allmählich mehr als ein bloßer Zeitvertreib.

Nach dem achtzehnten Kennzeichen sagte Follet plötzlich: »Das war's, die fünfte und die achtzehnte sind gleich, beide haben zuletzt die Nummer neununddreißig. Sie haben verloren, Warren. Sie haben mir gerade die Prämie um einen Hunderter aufgestockt.« Er steckte den Stift in seine Brusttasche. »So etwas nennt man eine todsichere Wette. Anders ausgedrückt sagt man auch Bauernfang dazu. Für Sie sah es von Anfang an zappenduster aus.«

»Das verstehe ich nicht«, sagte Warren.

Follet lachte. »Weil Sie in Mathematik keine große Leuchte sind. Sie haben sich gedacht, bei einhundert möglichen Kombinationen und nur zwanzig Versuchen stünden die Chancen vier zu eins für Sie, und Sie meinten, ich wäre ein ganz schöner Volltrottel, mit Ihnen eins zu eins zu wetten. Dabei waren Sie der Trottel, weil nämlich alle Chancen für mich sprachen, und zwar nicht weniger als sieben zu eins. Es zahlt sich eben aus, wenn man etwas von Mathematik versteht.«

Warren ließ sich das durch den Kopf gehen. »Ich begreife es immer noch nicht.«

»Sehen Sie es mal so. Wenn ich gewettet hätte, daß sich bei den ersten zwanzig Wagen eine ganz bestimmte Zahl wiederholt, dann wäre ich wirklich ein Idiot gewesen. Aber das habe ich schön bleibenlassen. Ich habe gesagt, zwei beliebige Zahlen würden übereinstimmen.«

Warren runzelte die Stirn. Er verstand zwar noch immer nichts, aber Mathematik war noch nie seine starke Seite gewesen. Follet sagte: »Eine todsichere Wette kann man so definieren: Sie erscheint dem Trottel als aussichtsreich, gibt aber in Wahrheit dem, der sie vorschlägt, alle Trümpfe in die Hand. Wenn man sich erst einmal in die hintersten und abgelegensten Winkel der Mathematik vorwagt, besonders in die Wahrscheinlichkeitsrechnung, findet man Dutzende von Lehrsätzen, auf die ein Anfänger immer wieder hereinfällt.«

»Mich legen Sie nicht noch einmal aufs Kreuz«, sagte Warren.

Follet gluckste in sich hinein. »Wollen wir wetten? Ist schon erstaunlich, wie oft sich ein Verlierer gleich die nächste Abreibung abholen will. Andy Tozier hat sich das auch schon geleistet. Und bestimmt nicht zum letzten Mal, am Ende unseres kleinen Abenteuers habe ich ihm garantiert seine gesamte Prämie abgeknöpft.« Er warf einen Blick in den Rückspiegel. »Etwas langsamer, ja? Die Straße wird immer kurviger.«

Weiter und weiter fuhren sie, bis sie schließlich Zanjan erreichten. Follet sagte: »Ich kann den Jeep sehen, ich glaube, er fährt durch.« Zwei Minuten später mußte er zugeben: »Ich habe ihn verloren.«

Das Funkgerät erwachte zum Leben, doch die Stimme klang stark verzerrt, was vermutlich auf die Statik in der Luft zurückzuführen war, die durch das gewittrige Wetter im Westen über den Bergen verursacht wurde. »... links abgebogen... Hotel... folgen... Verstanden? Ende.«

Follet drückte auf einen Knopf. »Speering ist links abgebogen, bei einem Hotel, und wir sollen folgen. Ist das richtig, Andy? Ende.«

»Richtig... schnell... aus.«

Nachdem Warren den Wagen angehalten hatte, meinte Follet: »Lassen Sie mich mal ans Steuer. Sie sehen ganz schön fertig aus.«

»In Ordnung«, antwortete Warren. Sie wechselten die Plätze, Warren reckte die müden Glieder und ließ sich auf den Beifahrersitz fallen. Er war den ganzen Tag gefahren, und der Landrover war ein wenig schwieriger zu handhaben als seine Limousine zu Hause. Sie kehrten nach Zanjan zurück und entdeckten neben dem Hotel eine Straße, die nach Westen führte; dort stand auch ein Wegweiser mit arabischer Aufschrift, die Warren allerdings nicht lesen konnte. Follet bog ab, und Warren griff nach den Landkarten.

Die neue Straße wurde rasch immer schlechter, und da sie auf die Berge zulief, wurde sie auch kurviger und tückischer. Follet fuhr eine Spur schneller, als es eigentlich zu verantworten war, doch er wollte unbedingt Tozier und Bryan einholen; schaukelnd und ruckelnd kam der Wagen voran. Endlich konnten sie vor sich eine Staubwolke ausmachen. »Das müßte Andy sein.« Nach einer Weile sagte Follet: »Jawohl, er ist es.« Er drosselte das Tempo ein wenig. »Ich bleibe ein bißchen zurück. Wir wollen schließlich nicht von hier bis in alle Ewigkeit Staub fressen.«

Je tiefer sie in das Gebirge vordrangen, desto langsamer wurden sie. Die Fahrbahn war in einem sehr schlechten Zustand, knochenerschütternde Furchen zogen sich darüber hinweg, und wo von Gewittern gespeiste Sturzbäche darüber hinweggefegt waren, war der Untergrund stellenweise völlig weggespült. Die Steigungen wurden immer steiler und die Kurven so eng, daß Follet den extrem niedrigen Gang einlegen mußte, für den der Landrover bekannt ist.

Warren hatte die Landkarten auf den Knien ausgebreitet, und er behielt ständig den Kompaß im Auge. Sie fuhren stetig gen Westen, und nach einem Blick auf die Karte sagte er: »Es geht nach Kurdistan.« Er wußte, daß hier die traditionelle Route für den Opiumschmuggel vom Iran nach Syrien und Jordanien verlief, und wieder fühlte er zuversichtlich, daß er auf der richtigen Spur war, das konnte kein bloßer Zufall sein.

Follet bog um eine spitze Kehre und kam auf einer der wenigen flachen Wegstrecken heraus. An dieser Stelle klebte die Straße gewissermaßen an der Bergflanke, rechts erhob sich eine steile Felswand, links tat sich ein gähnender Abgrund auf. »Sehen Sie mal«, stieß er hervor und deutete mit dem Kopf über das Tal.

Die Straße durchquerte die Talsohle, dann stieg sie wieder an und wand sich an der gegenüberliegenden Bergflanke erneut in die Höhe. In weiter Ferne verriet eine ziegelrote Staubwolke, auf die ein Sonnenstrahl fiel, einen mit hoher Geschwindigkeit fahrenden Wagen. »Das ist Speering«, sagte Follet. »Andy ist immer noch unten im Tal. Wenn wir Speering sehen können, kann der uns auch sehen. Wenn der bis jetzt nicht weiß, daß er verfolgt wird, muß er entweder blind oder total besoffen sein.«

»Da kann man nichts machen«, antwortete Warren grimmig. »So ist es nun einmal.«

»Aber eine Frage hätte ich doch noch«, sagte Follet. »Was zum Teufel wollen wir machen, wenn die Sonne untergeht? Haben Sie sich das vielleicht schon überlegt?«

Natürlich hatte Warren sich darüber bereits den Kopf zerbrochen, und der Gedanke hatte ihm überhaupt nicht behagt. Er schaute auf seine Uhr und schätzte, daß ihnen nicht einmal mehr eine Stunde Zeit blieb. »Wir bleiben dran, so lange es geht«, sagte er mit ausdrucksloser Stimme.

Es sollte nicht lange dauern. Nach einer halben Stunde stießen sie auf den anderen Landrover, der am Straßenrand hielt, Ben Bryan wartete daneben und winkte sie heran. Gleich hinter ihm stand Tozier, der die Berge betrachtete. Follet hielt an, und Warren lehnte sich aus dem Fenster. »Was gibt's, Ben?«

Bryans Zähne leuchteten weiß aus dem staubbedeckten Gesicht, der Bergwind peitschte durch seine Haare. »Er hat uns ein Schnippchen geschlagen, Nick. Sehen Sie sich mal an, was Andy gefunden hat.«

Warren stieg aus und ging mit ihm zu Tozier hinüber, der sich umdrehte und sagte: »Jetzt verraten Sie mir mal, wohin er gefahren ist.«

Oben auf der felsigen Hochebene gab es fünf mögliche Wege, die Speering hatte einschlagen können. »Fünf Straßen«, stöhnte Tozier. »Sagen Sie mir, welche er genommen hat.«

»Keine Spuren?«

»Der Boden ist entweder beinhart oder nackter Fels.« Tozier blickte um sich. »Das scheint hier eine wichtige Kreuzung zu sein, aber sie ist nicht auf der Karte.«

»Die Straße, auf der wir gekommen sind, ist auch nicht eingezeichnet«, sagte Warren. Er hockte sich hin und breitete die Karte auf den Knien aus. »Ich meine, wir sind ungefähr hier.« Er malte ein kleines Kreuzchen aufs Papier. »Circa fünfzig Kilometer tief in Kurdistan.« Er stand auf, schlenderte zum Straßenrand und richtete den Blick nach Westen, wo die untergehende Sonne verspielt die Gewitterwolken über dem roten Gebirgszug anstrahlte. »Vielleicht ist Speering auf dem Weg zur irakischen Grenze.«

»Heute abend schafft er es jedenfalls nicht mehr«, sagte Tozier. »Nicht bei diesen Straßenverhältnissen und in diesen Bergen. Was machen wir jetzt, Nick?«

»Was bleibt uns denn übrig, verdammt noch mal?« entfuhr es Warren heftig. »Gleich am Anfang des Rennens hat er uns abgehängt. Die Chancen stehen vier zu eins gegen uns, daß wir den richtigen Weg nehmen, es ist aussichtslos.« Er drosselte seine sinnlose Wut. »Wir können jetzt nicht viel machen. Es wird gleich dunkel, wir schlagen also besser das Lager auf.«

Tozier nickte. »Okay, aber am besten bleiben wir nicht in der Nähe dieser Straßen.«

»Warum? Wozu?«

»Kein besonderer Grund eigentlich.» Tozier zuckte die Achseln. »Ist nur eine altbekannte Sicherheitsmaßnahme. So etwas gewöhnt man sich in meinem Beruf eben an.«

Er ging zu den Wagen, Warren blieb niedergeschlagen zurück. Unsere Truppe hat kläglich versagt, dachte er. Jetzt hoffe ich bloß, daß Mike und Dan mehr Glück haben. Aber gewettet hätte er nicht darauf, dafür standen die Chancen zu schlecht.

4. KAPITEL

I

»So lob' ich mir das Leben«, sagte Mike Abbot. Er nippte an einem großen, eiskalten Glas und sah mit mehr als nur oberflächlichem Interesse zu, wie ein knackiges Mädchen im winzigsten aller knappen Bikinis das Sprungbrett betrat. Sie lokkerte sich die Glieder und blieb einen Augenblick lang grazil stehen, um dann durch die Luft zu schnellen und mit einem vollendeten Schwalbensprung in das Mittelmeer zu tauchen.

Dan Parker konnte dieses Schauspiel allerdings überhaupt nicht beeindrucken. »Wir verplempern hier bloß unsere Zeit.«

»Wir dürfen nichts überstürzen«, antwortete Abbot. Er hatte schon früher mit Parker darüber gesprochen, der dann widerstrebend eingestehen mußte, daß sie nur mit langsamem, geduldigem Vorgehen ans Ziel kommen. Ihnen standen zwei mögliche Vorgehenswege offen, zum einen die direkte Kontaktaufnahme mit Jeanette Delorme, bei der sie sich ihr als Bundesgenossen vorstellten. Diese Methode hatte nur einen Haken, sollte sie nicht zum Erfolg führen, war alles verloren, und sie konnten ihren Plan begraben. Bei einer indirekten Kontaktaufnahme hingegen mußten sie die Delorme dazu bringen, sich von sich aus mit ihnen in Verbindung zu setzen. Sollten sie auf diesem Wege innerhalb eines angemessenen Zeitrahmens keine Fortschritte erzielen, blieb ihnen immer noch, auf Annäherungsmethode Nummer eins zurückzugreifen.

Abbot beugte sich vor, um das Mädchen, das jetzt wieder aus dem Wasser stieg, besser beobachten zu können. »Es braucht eben alles seine Zeit.«

»Und in der Zwischenzeit sitzen wir hier in diesem blöden Hotel herum, wo Sie sich mit blödsinnigen Drinks vollaufen lassen. Soll es so etwa klappen?« Parker war gereizt. Er paßte nicht in das Hotel Saint-Georges, und das wußte er.

»Immer mit der Ruhe, Dan«, sagte Abbot besänftigend. »Es ist ja noch früh am Tag. Wenn wir sie nicht direkt ansprechen können, müssen wir eben erst herausfinden, wer ihre Freunde sind, und genau das machen wir doch gerade.«

Jeanette Delorme verkehrte in den nobelsten libanesischen Kreisen; sie bewohnte eine Luxusvilla in den Bergen bei Hammana und konnte es sich leisten, an zwei aufeinanderfolgenden Tagen im Hotel Saint-Georges zu speisen. Es war äußerst schwierig, an sie heranzukommen. Aber irgendwie mußten sie sich an sie heranschmeißen, und das, fand Abbot, ähnelte einem Rendezvous mit einer Klapperschlange. Er hatte ihre Akte gelesen.

Seiner Meinung nach konnte die Kontaktaufnahme nur gelingen, wenn sie es schafften, ihre weniger respektablen Geschäftsfreunde auszukundschaften, um dann einen Köder auszulegen. Das würde einige Zeit in Anspruch nehmen, viel zu viel für einen Menschen vom Schlage eines Dan Parker, aber es war der einzige Weg. So saßen sie also in einem versteckten Eckchen des Hotel Saint-George, während die Delorme mit einem unbekannten Freund zu Mittag aß, den sie sofort überprüfen würden, sobald sich die beiden getrennt hatten. Am Tag zuvor war es genauso abgelaufen, und es hatte für sie mit einer Enttäuschung geendet. Ihr rundlicher Begleiter hatte sich als libanesischer Bankier von untadeligem Ruf entpuppt, dessen Weste für ihre Zwecke bei weitem zu weiß war.

Abbot sah zu, wie das Mädchen wieder auf das Sprungbrett stieg. Plötzlich sagte er: »Wissen Sie eigentlich, warum das Hotel das Saint-Georges heißt, Dan?«

»Nein«, antwortete Parker knapp und in einem Tonfall, der deutlich machte, daß ihm das auch vollkommen gleichgültig war.

Abbot holte großartig mit dem Arm aus. »Sankt Georg hat den Drachen genau hier in Beirut getötet. Das wird zumindest behauptet. Höchstwahrscheinlich hier in der Saint Georges Bucht. Aber ich hatte schon immer den Verdacht, daß die Christen diese Geschichte bei den alten Griechen abgeschrieben haben – Perseus und Andromeda.« Er deutete auf das Mädchen auf dem Sprungbrett. »Ich würde auch jeden Drachen töten, wenn sie dafür die Belohnung wäre.«

Parker rutschte unruhig auf seinem Stuhl hin und her, und

Abbot wußte, daß er etwas mit ihm unternehmen mußte. Dan würde sich schon zurechtfinden, wenn er erst einmal etwas zu tun bekam, aber bis dahin zehrte die ungewohnte Umgebung an seinen Nerven. Er fragte: »Was haben Sie, Dan?«

»Ich finde immer noch, daß wir hier bloß unsere Zeit verschwenden.« Parker zog ein Taschentuch hervor und wischte sich die Stirn ab. »Wenn ich wenigstens ein Bier kriegen könnte. Was würde ich nicht alles für ein kühles Bier geben.«

»Das müßte sich doch machen lassen«, antwortete Abbot und blickte sich suchend nach einem Kellner um. »Warum haben Sie sich denn keines bestellt?«

»Was?! In so einem Nobelschuppen?« Parker war verblüfft. Englisches Bier konnte er sich nur in Verbindung mit einer gemütlichen englischen Kneipe vorstellen. »Ich dachte nicht, daß man so was in diesem piekfeinen Hotel überhaupt kriegen kann.«

»So verdienen sie doch ihr Geld, indem sie den Leuten das servieren, was sie haben wollen«, entgegnete Abbot trocken. »Hinter uns trinkt ein Ami ein Budweiser, also kann ich mir nicht vorstellen, was gegen eine kühle Halbe sprechen sollte.« Er machte sich einem Kellner bemerkbar, der sofort herbeigeeilt kam. »Haben Sie auch englisches Bier?«

»Gewiß, Sir, was darf es denn sein? Baas, Worthington, Watney's...«

»Watney's wäre prima«, unterbrach ihn Parker.

»Und ich nehme noch einmal dasselbe.« Abbot blickte dem Kellner nach. »Sehen Sie, Dan, kein Problem.«

»Das hätte ich im Traum nicht für möglich gehalten«, staunte Dan.

Abbot sagte: »Wenn hier ein englischer Millionär absteigt, und er kann seinen Lieblingstropfen nicht bekommen, würde er ein hübsches Theater machen, und das wäre nicht gut fürs Geschäft. Allerdings kostet es uns wahrscheinlich auch einen Preis für Millionäre, aber das kommt ja alles auf die Spesenrechnung.«

Dans Erstaunen wuchs, als ihm das Bier in einem schönen alten Zinnkrug serviert wurde, dem er sich sogleich ausgiebig widmete. Als er wieder nach Luft schnappte, hatte er Schaum auf der Oberlippe. »Das hatte ich nötig«, sagte er. »Ein klein wenig zu warm zwar, aber sonst in Ordnung.«

»Hoffentlich muntert es Sie ein bißchen auf«, meinte Abbot. Er warf einen Blick auf die Rechnung, zuckte zusammen und drehte den Zettel rasch um, damit Dan ihn nicht sah. Wenngleich Hellier dafür aufkommen mußte, würde ihm der Betrag sicher die Freude an seinem schlichten Vergnügen verderben. Ein verstohlener Blick bewies ihm, daß der vertraute Biergenuß Parker tatsächlich ein wenig umgänglicher gemacht hatte. »Und Sie sind sicher, daß die Sache mit dem Torpedo machbar ist? Daß es so klappen kann?«

»Na klar doch. Ich schaffe das schon. Ich kann diesen Fischen richtige Kunststückchen beibringen.«

»Kunststücke brauchen es ja gar nicht zu sein. Hauptsache das Ding schwimmt eine verdammt lange Strecke, fünfmal so weit wie eigentlich vorgesehen.«

»Das lassen Sie mal ruhig meine Sorge sein«, beruhigte ihn Dan. »Ich werde das Kind schon schaukeln. Allerdings hätte ich doch gern gewußt, ob diese Leute überhaupt einen Torpedo auftreiben können. Die gibt es schließlich nicht an jeder Straßenecke zu kaufen.«

Dieselbe Frage hatte Abbot ebenfalls schon einiges Kopfzerbrechen bereitet, wenngleich er bisher darüber Stillschweigen bewahrt hatte. Warrens geniale Idee mit dem Rauschgiftschmuggel per Torpedo war eine Sache, doch das Ganze dann auch in die Tat umzusetzen, war etwas völlig anderes. Wenn die Delorme keinen Torpedo beschaffen konnte, mußten sie den ganzen Plan vergessen. Er antwortete: »Darüber machen wir uns Gedanken, wenn es soweit ist.«

Sie vertrieben sich die Zeit mit einer belanglosen Unterhaltung, und Abbot beobachtete währenddessen die Prozession zum Sprungbrett wie ein Sultan auf dem Sklavenmarkt. Doch trotz allem ließ er die Tür zum Restaurant nicht aus den Augen, und nachdem eine halbe Stunde vergangen war, sagte er leise: »Da ist sie. Austrinken, Dan.«

Fachmännisch leerte Parker sein zweites Glas Bier in einem Zug. »Genau wie gestern, ja?«

»Richtig. Wir verfolgen den Mann, wo wir die Dame finden können, wissen wir ja.« Abbot bezahlte rasch die Rechnung, während Parker bereits im Kielwasser von Jeanette Delorme und ihrem Begleiter das Hotel verließ, und noch bevor dieser draußen den Wagen hatte aufschließen können, hatte er ihn auch schon wieder eingeholt.

»Das vierte Auto vor uns«, sagte Parker. »Müßte ein Kinderspiel sein. Ich hoffe bloß, es ist nicht wieder so ein blöder Bankfritze.«

»Ich fahre«, erklärte Abbot und schlüpfte hinter das Lenkrad. Er ließ dem schweren Mercedes einen kleinen Vorsprung, dann legte er einen Gang ein und fädelte sich drei Wagen hinter dem verfolgten Fahrzeug in den Verkehrsstrom ein. »Ich glaube nicht, daß der Kerl auch Bankier ist. Zum einen hat er keinen Schmerbauch, und wie ein Libanese sieht er mir auch nicht aus.«

»Sie haben doch gerade die halbnackten kleinen Püppchen, die vor dem Hotel auf und ab stolziert sind, so genau beäugt«, sagte Parker. »Aber was halten Sie eigentlich von dem Prachtstück vor uns?«

»Von unserer lieben Jeanette?« Abbot mußte sich ganz darauf konzentrieren, von der Rue Minet El Hosn abzubiegen. »Also, unter dem Gesichtspunkt habe ich sie mir bis jetzt überhaupt noch nicht betrachtet«, spöttelte er. »Aber wenn man es sich recht überlegt, schlecht sieht sie nicht gerade aus, nur hatte ich bis jetzt noch keine Gelegenheit, sie mal liebevoll unter die Lupe zu nehmen. Ist nicht besonders einfach, eine Frau zu begutachten, wenn man sie eigentlich nicht einmal anschauen sollte.«

»Was Sie nicht sagen«, witzelte Parker.

»Na schön. Für meinen Geschmack hat sie schon ein paar Jährchen zuviel auf dem Buckel.« Abbot war sechsundzwanzig. »Aber knackig ist sie, äußerst knackig sogar, durchaus etwas fürs Bett.« Er verzog das Gesicht. »Aber ich schätze, da könnte man genausogut gleich mit einer Spinne ins Bett steigen.«

»Was soll denn das schon wieder bedeuten?«

»Wußten Sie das nicht? Spinnenweibchen fressen die Männchen auf, nachdem sie ihr Vergnügen gehabt haben.«

In angemessener Entfernung bog er hinter dem Mercedes in die Avenue Bliss ein. Als sie an der amerikanischen Universität vorbeikamen, sagte er: »Ich möchte zu gern wissen, warum sie ausgerechnet in diese Richtung wollen. Da hinten gibt es überhaupt nichts mehr, nur noch das Meer.«

»Das werden wir noch früh genug erfahren«, antwortete Parker gelassen.

Die Avenue Bliss ging in die Rue Manarah über, doch noch immer fuhr der Mercedes weiter geradeaus. Als sie um eine Kurve bogen, kam das Meer in Sicht, und Parker warnte: »Aufpassen! Der hält an!«

Abbot zog an dem anderen Wagen vorbei und hielt sich energisch zurück, einen Blick zur Seite zu werfen. Erst nach der nächsten Straßenbiegung hielt er am Bordstein an. »Das war ein Hotel«, sagte er und überlegte. Er kam zu einem Entschluß. »Ich gehe rein. Sobald der Mercedes losfährt, folgen Sie ihm, falls der Mann darin sitzt. Warten Sie nicht auf mich.«

»Wird gemacht«, antwortete Parker.

»Und noch eines, Dan, verhalten Sie sich unauffällig.«

»Dasselbe gilt auch für Sie«, sagte Parker. Er sah Abbot nach, der um die Kurve zurück in die Rue Manarah lief, dann wendete er den Wagen, damit er den Hoteleingang besser überblicken und gegebenenfalls rasch die Verfolgung des Mercedes aufnehmen konnte, der immer noch vor dem Gebäude stand. Es dauerte nicht lange, und Jeanette Delorme und der Mann kamen mit einem Pagen heraus, der eine Menge Gepäck im Kofferraum verstaute.

Der Mercedes rollte geschmeidig los, Parker folgte ihm, und schon bald befand er sich wieder auf vertrautem Gelände, es ging an der libanesischen Universität und am Flughafen Khaldeh vorbei immer in Richtung Hammana. Er spielte mit dem Gedanken umzukehren, aber dann brachte er die gute Jeanette Delorme und ihren Gast doch lieber ganz bis nach Hause. Nun erst fuhr er nach Beirut zurück, wobei er sich auf dem letzten Wegstück zum Hotel durch dichten Verkehr kämpfen mußte.

Abbot hatte es sich gemütlich gemacht, als Parker ins Zimmer trat. »Wo haben Sie denn gesteckt, Dan?«

»Um diese Zeit ist in der Stadt der Teufel los«, entgegnete Parker gereizt. »Sie hat ihn mit zu sich nach Hause genommen, und Sie wissen ja selbst, wie es auf der Ausfallstraße aussieht. Sie hat ihn abgeschleppt, mitsamt seinem Gepäck. Der bleibt wohl bei ihr zu Besuch.« Er grinste. »Wenn er vom Erdboden verschwindet, wissen Sie genau, daß sie wirklich eine verdammte Spinne ist. Haben Sie etwas erreicht?«

»Ja«, antwortete Abbot. »Ich brauchte bloß mit meinem berühmten Charme ein Häschen im Hotel zu bearbeiten, und schon habe ich herausgefunden, daß der Kerl Amerikaner ist, Jack Eastman heißt und gestern aus Teheran angekommen ist. Haben Sie gehört, Dan? *Teheran*. Unsere erste heiße Spur!«

II

Ihre erste heiße Spur schien gleich wieder in einer Sackgasse enden zu wollen, denn Eastman erwies sich als beinahe ebenso unzugänglich wie Jeanette Delorme selbst. »Eine eingebildete Bande, diese Heroinschmuggler«, schimpfte Abbot. »Mit gewöhnlichen Sterblichen geben die sich wohl überhaupt nicht ab.«

Also tasteten sie sich an Eastman genauso vorsichtig heran wie zuvor an Jeanette Delorme. Ihn ständig zu beschatten und seinen Bekanntenkreis auszukundschaften, gestaltete sich als äußerst mühsames Geschäft, und wären sie nicht völlig überzeugt gewesen, auf der richtigen Fährte zu sein, hätten sie vermutlich bald die Flinte ins Korn geworfen. Abbot hatte nämlich von Hellier, der als eine Art Sammelstelle für den Informationsaustausch fungierte, ein Schreiben erhalten.

»Eine gute und eine schlechte Nachricht«, sagte Abbot, nachdem er den Brief gelesen hatte.

»Hören wir uns zuerst die schlechte an«, meinte Parker. »Vielleicht können wir hinterher ein bißchen Aufmunterung brauchen.«

»Warren hat Speering aus den Augen verloren. Der hat

sich im tiefsten Kurdistan in Luft aufgelöst. Von nun an hängt alles von uns ab, Dan. Und Nick geht jetzt wahrscheinlich die Wände hoch«, fügte er nachdenklich hinzu.

»Wir sind auch noch nicht sehr weit gekommen«, sagte Parker trübsinnig.

»Das stimmt nicht. Hier kommt nämlich die gute Nachricht ins Spiel. Einen Tag, bevor Speering Nick durch die Finger geschlüpft ist, hat Eastman ihm einen Besuch abgestattet. Womit wir eine direkte Verbindung zwischen Speering und der Delorme nachgewiesen hätten. Wir haben unseren ersten handfesten Beweis. Bis jetzt beruhte doch alles lediglich auf Nick Warrens Vermutungen.«

Parkers Miene heiterte sich auf. »Mensch, da haben Sie recht. Marsch, marsch, zurück an die Arbeit.«

Also machten sie sich wieder ans Werk, doch es dauerte noch eine Weile, bis Abbot wußte, an wen sie sich zu halten hatten. »Das ist unser Mann«, sagte er. »Hier werfen wir den Köder aus, und dann können wir bloß hoffen, daß wir damit einen dicken Hecht aus dem Karpfenteich ziehen.«

»Picot?«

Picot war nur ein kleiner Fisch, über mehrere Ecken mit Eastman bekannt. Doch man konnte an ihn herankommen, und er stand, so vermutete Abbot zumindest, neuen Ideen aufgeschlossen gegenüber, wenn man sie ihm nur genügend schmackhaft machte. Außerdem erkannte ein genauer und guter Beobachter sofort den Gauner in ihm, was Abbots Hoffnungen noch mehr Auftrieb gab.

»Wie packen wir ihn an?« wollte Parker wissen.

»Als erstes müssen wir in ein billigeres Hotel umziehen.« Er machte ein nachdenkliches Gesicht. »Wir schwimmen nicht gerade im Geld, aber total pleite sind wir auch nicht. Wir wollen zwar an den großen Zaster herankommen, sind aber trotzdem noch vorsichtig. Wir haben etwas zu verkaufen, wollen aber den höchstmöglichen Preis dafür und geben uns deshalb ein bißchen zurückhaltend. Sind Sie im Bilde?«

Parker lächelte versonnen. »Daß wir nicht im Geld schwimmen, paßt ganz gut zu mir. Besonders viel Moos hatte ich sowieso noch nie. Aber wie wollen wir das Geschäft zur Sprache bringen?«

»Das wird sich schon finden«, sagte Abbot leichthin.

Picot hatte ein Stammcafé in der Altstadt nahe beim Hafen, und als Abbot und Parker am nächsten Abend dort eintraten, saß er bereits an einem Tisch und las die Zeitung. Sie wählten sich Plätze schräg vor ihm und setzten sich. Abbot rümpfte nach einem kurzen Blick auf die bekleckerte Speisekarte die Nase, dann gab er für beide die Bestellung auf.

Parker schaute sich in dem Café um und fragte mit gedämpfter Stimme: »Und was nun?«

»Immer sachte«, antwortete Abbot leise. »Bloß nichts überstürzen.« Er drehte sich um und schaute auf den kleinen Stapel Zeitschriften und Illustrierte, die auf Picots Tisch lagen und offensichtlich zum Gebrauch der Gäste bestimmt waren. Auf englisch fragte er: »Entschuldigen Sie, Monsieur, darf ich?«

Picot blickte hoch und nickte kurz. »Von mir aus.« Sein Englisch enthielt Spuren eines französischen und amerikanischen Akzentes.

Abbot nahm sich eine Illustrierte, in der er träge herumblätterte, bis der Kellner sie bediente und einige Teller, zwei Gläser und einen Krug Wasser vor sie hinstellte. Als Abbot einen Schuß Wasser in sein Glas gab, verfärbte sich die Flüssigkeit darin milchig weiß. »Zum Wohl, Dan.«

Zögernd machte Parker es ihm nach, er trank einen Schluck und fing an zu husten. Hastig stellte er sein Glas auf dem Tisch ab. »Was ist denn das für ein Zeug? Hustensaft?«

»Die hiesige Spezialität, Arak.«

Parker fuhr sich forschend mit der Zunge durch den Gaumen. »So etwas habe ich zuletzt geschmeckt, als ich noch ein kleiner Junge war.« Überrascht entdeckte er, woran ihn das Getränk erinnerte. »Anisbonbons!« Er schnupperte am Glas. »So etwas trinkt doch ein erwachsener Mann nicht. Ob es hier wohl auch Watney's gibt?«

Abbot grinste. »Möchte ich bezweifeln. Wenn Sie Bier wollen, bleibt Ihnen nur die Wahl zwischen einem libanesisch-französischen und einem libanesisch-deutschen.«

»Dann eben ein deutsches«, sagte Parker, und Abbot bestellte ihm ein Henniger Byblos. Als er sich wieder zu ihm umdrehte, beäugte Parker gerade mißtrauisch die Teller.

»Jetzt hören Sie schon auf, sich wie ein Tourist aufzuführen, Dan«, fuhr Abbot ihn gereizt an. »Was hatten Sie denn erwartet, Spiegeleier mit Schinken?«

»Ich weiß nur immer gern, was man mir zum Essen vorsetzt«, gab Parker unbeeindruckt zurück.

»Es hießt Mezza«, sagte Abbot laut. »Es macht satt und kostet nicht viel. Wenn Sie etwas Besseres wollen, gehen Sie doch ins Saint-Georges, aber dann können Sie die Rechnung selbst bezahlen. Ich habe langsam die Schnauze voll von Ihnen. Ich hätte nicht übel Lust, die ganze Sache abzublasen.«

Parker schaute ihn verdattert an, doch als Abbot ihm zuzwinkerte, beruhigte er sich wieder. Das Bier wurde gebracht, Parker probierte einen Schluck und stellte das Glas hin. »Läßt sich trinken.«

Leise fragte Abbot: »Meinen Sie, Sie könnten sich vielleicht... äh... besaufen?«

Parker schnippte mit dem Fingernagel gegen das Glas. »Mit dem Zeug nicht so ohne weiteres. Hat ungefähr soviel Prozente wie Muttermilch.«

»Aber versuchen könnten Sie es doch, ja? Und vielleicht sogar ein bißchen redselig werden?«

»Dann her mit dem nächsten«, sagte Parker und leerte das Glas in einem gewaltigen Zug.

Abbot ließ sich die Mahlzeit schmecken, doch Parker stocherte heikel in seinem Essen herum und trank mehr, als ihm allem Anschein nach guttat. Seine Stimme wurde lauter, er redete immer undeutlicher, und es sah ganz so aus, als stünde er unmittelbar vor einem Wutausbruch. »Also Sie wollen die Sache abblasen? Was meinen Sie denn, wie mir zumute ist? Da habe ich einmal eine Idee, eine verdammt gute Idee, und was machen Sie? Sie sitzen die ganze Zeit auf Ihrem faulen Snobbistenhintern und rühren keinen Finger.«

»Leise, Dan!« warnte ihn Abbot.

»Scheiß drauf! Und Ihr verfluchtes Genörgel fällt mir langsam auch ganz schön auf den Wecker.« Er äffte sein Gegenüber bösartig nach. »›Tun Sie dies nicht, Dan. Tun Sie das nicht, Dan. Man spricht nicht mit vollem Mund, Dan.‹ Was denken Sie eigentlich, wer Sie sind?«

»Ach, Herrgott noch mal!« sagte Abbot.

»Sie haben behauptet, Sie könnten mir mit meiner Idee weiterhelfen, und was haben Sie gemacht? Einen Scheißdreck!«

»Die richtigen Kontakte zu knüpfen, braucht eben seine Zeit«, gab Abbot müde zurück.

»Aber Sie haben mir weisgemacht, Sie hätten die Kontakte schon«, fuhr Parker ihn giftig an.

»Was haben Sie sich eigentlich zu beklagen?« entgegnete Abbot schrill. »Sie sind doch schließlich nicht derjenige, der hier die Zeche bezahlt, oder? Wenn Sie mich nicht hätten, würden Sie immer noch in London auf dem Hintern herumrutschen, kaputte Autos reparieren und davon träumen, einmal das große Los zu ziehen. Mich hat die Sache bis jetzt schon fast tausend Piepen gekostet, Dan. Zählt denn das überhaupt nicht?«

»Ist mir doch egal, von wem die Moneten kommen. Auf jeden Fall tun Sie nichts, Sie stehlen mir bloß meine Zeit.« Parker zeigte weit ausholend auf die offene Tür. »Da draußen im Hafen drängeln sich die Schiffe nur so, und ich möchte wetten, die Hälfte von denen ist im Schmugglergewerbe. Die würden schon blechen für das, was ich hier im Köpfchen habe, und zwar nicht zu knapp. Ohne Sie würde ich also noch auf dem Hintern herumrutschen? Packen Sie sich gefälligst erst mal an die eigene Nase.«

Ohne Erfolg versuchte Abbot, Parker zum Schweigen zu bringen. »Um Gottes willen, so halten Sie doch den Mund! Wollen Sie denn alles verderben? Woher wollen Sie wissen, daß es hier nicht von Polizeispitzeln nur so wimmelt?«

Parker rappelte sich schwankend hoch. »Ach, ich scheiß' drauf!« Er schaute mit glasigen Augen um sich. »Wo ist das Klo?«

Abbot sah ihn resigniert an. »Da hinten durch.« Er zeigte auf eine Tür am anderen Ende des Cafés. »Und reden Sie mir nicht mit fremden Onkeln.« Er blickte hinter dem davontorkelnden Parker her, zuckte die Achseln und nahm die Illustrierte wieder zur Hand.

Hinter ihm sagte eine Stimme: »Monsieur?«

Als er sich umdrehte, sah er, daß Picot ihn neugierig musterte. »Ja?«

»Könnte man sagen, daß Sie und Ihr Freund... Arbeit suchen?«

»Nein«, entgegnete Abbot barsch und wandte sich ab. Er zögerte kaum merklich, dann drehte er sich wieder Picot zu. »Wie kommen Sie darauf?«

»Ich dachte, Sie seien vielleicht arbeitslos. Matrosen womöglich?«

»Sehe ich etwa wie ein Matrose aus?« wollte Abbot wissen.

Picot lächelte. »Nein, Monsieur. Aber Ihr Bekannter...«

»Die Angelegenheiten meines Freundes gehen nur ihn selbst etwas an.«

»Und Sie nicht, Monsieur?« Picot zog eine Augenbraue hoch. »Sie haben ganz bestimmt kein Interesse an einer Beschäftigung?«

»Was für eine Art von Beschäftigung?«

»Für einen Mann mit klugen Ideen, einen Matrosen vielleicht, läßt sich immer eine Einsatzmöglichkeit am richtigen Ort finden.«

»Ich bin kein Matrose. Aber mein Freund ist früher zur See gefahren. Für mich müßte dabei auch eine Stelle herausspringen. Wir sind nämlich ganz dicke Freunde. Unzertrennlich, wenn Sie wissen, was ich meine.«

Picot betrachtete lächelnd seine Fingernägel. »Ich verstehe, Monsieur. Es würde einiges davon abhängen, was für eine Idee Ihr Freund im Kopf hat. Wenn Sie mich ins Bild setzen würden, könnte es sich für Sie lohnen.«

»Wenn ich Ihnen das verrate, wissen Sie genausoviel wie wir, sehe ich das richtig?« fragte Abbot listig. »Kommt nicht in die Tüte. Außerdem kenne ich Sie nicht, und ich bin normalerweise nicht sonderlich versessen darauf, mit Fremden Geschäfte zu machen.«

»Ich heiße Jules Fabre«, log Picot, ohne mit der Wimper zu zucken.

Abbot schüttelte den Kopf. »Das sagt mir gar nichts. Natürlich könnten Sie ein großer Boß sein, aber andererseits könnten Sie genausogut ein kleiner Gauner sein.«

»Das war aber nicht sehr freundlich, Monsieur«, sagte Picot vorwurfsvoll.

»Sollte es auch gar nicht sein«, gab Abbot zurück.

»Sie machen es mir nicht eben leicht«, beschwerte sich Picot. »Sie können kaum von mir erwarten, daß ich die Katze im Sack kaufe. So macht man keine Geschäfte. Früher oder später müssen Sie es mir verraten.«

»Das würde mir sowieso nicht viel ausmachen. Was mein Freund Dan anzubieten hat, kann einzig und allein von ihm selbst zum Laufen gebracht werden. Er ist der Fachmann.«

»Und Sie?«

Abbot grinste frech. »Sagen wir, ich bin sein Manager. Außerdem habe ich bisher das Geld aufgebracht.« Er maß Picot von oben bis unten mit einem abschätzigen Blick. »Und wo wir gerade vom Geld reden, was wir anzubieten haben, würde eine schöne Stange kosten, und ich glaube nicht, daß ein billiger Ganove wie Sie soviel zahlen kann. Also stehlen Sie mir nicht die Zeit.« Er wandte sich ab.

»Warten Sie«, sagte Picot. »Dieses Geheimnis, das Sie haben, was soll es denn kosten?«

Abbot fuhr herum und starrte Picot an. »Eine halbe Million amerikanische Dollar. Können Sie das aufbringen?« fragte er spöttisch.

Picots Lippen zuckten, und er senkte die Stimme. »Und es hat mit Schmuggel zu tun?«

»Was glauben Sie denn, wovon wir die ganze Zeit geredet haben?« fragte Abbot.

Picot wurde munter. »Sie wollen mit einem Boß von ganz oben Kontakt aufnehmen? Ich kann Ihnen helfen, Monsieur, aber es würde Sie etwas kosten.« Er machte eine vielsagende Geste mit Daumen und Zeigefinger und zuckte die Achseln. »Ich habe schließlich auch meine Unkosten, Monsieur.«

Abbot zögerte, dann schüttelte er den Kopf. »Nein. Was wir zu verkaufen haben, ist so gut, daß der Mann an der Spitze Sie selbst dafür bezahlen wird, daß Sie uns gefunden haben. Wozu sollte ich Sie schmieren?«

»Ganz einfach, wenn Sie es nämlich nicht tun, wird der Boß nie etwas von Ihnen erfahren. Ich muß mir schließlich auch irgendwie meine Brötchen verdienen, Monsieur.«

Parker kam zurück und ließ sich schwer auf den Stuhl fallen. Er hob eine leere Flasche hoch und knallte sie auf den Tisch. »Ich will noch ein Bier.«

Abbot drehte sich halb zu ihm um. »Dann kaufen Sie sich eins«, fuhr er ihn gereizt an.

»Hab' kein Geld«, sagte Parker. »Und außerdem«, fügte er angriffslustig hinzu, »sind Sie doch der Geldsack hier.«

»Ach, um des lieben Friedens willen!« Abbot zückte seine dünne Brieftasche, zog einen Schein heraus und warf ihn auf den Tisch. »Kaufen Sie sich einen Eimervoll und schwimmen Sie darin. Von mir aus können Sie sich auch in dem Zeug ersäufen.« Er wandte sich wieder Picot zu. »Na schön, wieviel wollen Sie haben, Sie altes Schlitzohr?«

»Tausend libanesische Pfund.«

»Die eine Hälfte sofort, die andere, wenn der Kontakt zustande gekommen ist.« Er zählte die Banknoten ab und ließ sie vor Picot auf den Tisch flattern. »Einverstanden?«

Behutsam streckte Picot die Hand nach dem Geld aus. »Damit muß ich mich wohl begnügen, Monsieur. Wie heißen Sie, und wo kann ich Sie erreichen?«

»Mein Name tut nichts zur Sache, und Sie können mich an den meisten Abenden hier finden«, antwortete Abbot. »Das dürfte ebenfalls genügen.«

Picot nickte. »Ich hoffe nur, es lohnt sich auch«, warnte er. »Der Mann an der Spitze hat für Narren keine Verwendung.«

»Mit dem, was wir ihm zu bieten haben, wird er zufrieden sein«, sagte Abbot zuversichtlich.

»Hoffentlich.« Picot warf einen Blick auf Parker, der mit der Nase tief im Bier steckte. »Ihr Freund trinkt zuviel, und er redet zu laut. Das ist nicht gut.«

»Er ist schon in Ordnung. Ihm geht bloß die Warterei auf die Nerven, das ist alles. Jedenfalls habe ich ihn fest im Griff.«

»Ich verstehe Ihre Lage, sehr gut sogar«, sagte Picot trokken. Er stand auf. »Bis bald.«

Abbot sah ihm nach, als er das Café verließ, dann sagte er: »Sie waren spitze, Dan. Der Theaterwelt ist an Ihnen ein ganz großer Schauspieler verlorengegangen.«

Parker stellte sein Glas ab und musterte es ohne übermäßige Begeisterung. »Früher habe ich öfter bei Amateuraufführungen mitgespielt«, antwortete er mit sich selbst zufrieden. »Sie haben ihm Geld gegeben, wieviel?«

»Er kriegt tausend Pfund, die Hälfte habe ich ihm gerade

ausgezahlt.« Abbot lachte. »Nur nicht auf die Palme gehen, Dan. Es handelt sich um libanesische Pfund, die sind nur ein paar Pennies wert.«

Parker knurrte und schwenkte das Bier im Glas. »Das ist immer noch zuviel. Dieses Zeug schlägt einem auf die Blase und auf den Magen. Gehen wir irgendwo etwas Anständiges trinken, dann können Sie mir alles erzählen.«

III

Am folgenden Tag tat sich nichts. Sie begaben sich am Abend zur gleichen Zeit in das Café, doch da sie Picot dort nicht antrafen, aßen sie nur etwas, unterhielten sich ohne große Begeisterung über dies und das und gingen dann wieder. Trotz seiner zur Schau gestellten Zuversicht fragte sich Abbot doch, ob Picot wirklich echt war, oder ob er vielleicht für nichts und wieder nichts sechzig englische Pfund an einen aalglatten Gauner gezahlt hatte, den er nie mehr wiedersehen würde.

Am Tag darauf waren sie gerade im Begriff, sich erneut auf den Weg zum Café zu machen, als es bei ihnen klopfte. Abbot schaute Parker fragend an, dann ging er zur Tür. »Wer ist da?«

»Fabre.«

Er öffnete. »Woher wußten Sie, daß wir hier wohnen?«

»Das spielt keine Rolle, Monsieur Abbot. Sie wollten mit jemand sprechen, ich habe ihn mitgebracht.« Er schaute zur Seite. »Das macht dann noch einmal fünfhundert Pfund.«

Abbot warf einen Blick auf den großen Mann, der in dem düsteren Korridor stand. »Versuchen Sie bloß nicht, mich reinzulegen, Fabre. Wie soll ich denn wissen, daß das der Mann ist, den ich suche? Könnte doch genausogut ein Trick sein. Erst rede ich mit ihm, dann kriegen Sie Ihre Kröten.«

»Na schön«, antwortete Picot. »Sie finden mich morgen am üblichen Ort.«

Er machte sich durch den Korridor davon, Abbot blieb abwartend in der Tür stehen. Der große Mann kam auf ihn zu, und als er ins Licht trat, wußte Abbot, daß er das große Los gezogen hatte. Es war Eastman. Er trat zur Seite und ließ den Amerikaner eintreten, der ihn mit ausdrucksloser Stimme fragte: »Wollte Picot Sie ausnehmen?«

Abbot machte die Tür zu. »Wer?« stellte er sich ahnungslos. »Mir hat er gesagt, sein Name sei Fabre.«

»Er heißt Picot, und er ist ein betrügerischer Blindgänger«, antwortete Eastman ohne Groll.

»Da wir gerade von Namen reden«, sagte Abbot. »Das ist Dan Parker, ich heiße Mike Abbot. Und Sie sind ...« Er ließ die Frage in der Luft hängen.

»Mein Name ist Eastman.«

Abbot lächelte. »Nehmen Sie doch Platz, Mr. Eastman. Dan, hocken Sie sich zu uns, und leisten Sie uns Gesellschaft.«

Eastman ließ sich steif auf dem angebotenen Stuhl nieder. »Ich höre, Sie haben etwas zu verkaufen. Also, verkaufen Sie es.«

»Ich fange an, Dan«, sagte Abbot. »Sie können dann weitermachen, wenn es zu technisch wird.« Er schaute Eastman an. »Soweit ich weiß, wird in dieser Gegend viel geschmuggelt. Dan und ich haben eine Idee, eine ganz ausgezeichnete Idee. Das Problem ist bloß, wir haben nicht das nötige Kapital, um die Sache selbst in die Hand zu nehmen. Deshalb sind wir auf Angebote angewiesen, natürlich gegen eine anständige Gewinnbeteiligung, versteht sich.«

»Ich biete Ihnen keinen müden Cent, bis ich nicht weiß, worauf Sie hinauswollen.«

»Und damit wären wir schon beim Haken dieser kleinen Unterhaltung«, sagte Abbot. »Aber Dan hat mir versichert, daß es nicht viel ausmacht, ob wir Ihnen das Geheimnis verraten oder nicht. Er ist überzeugt, daß er der einzige verfügbare Mann ist, der die Sache zum Laufen bringen kann. Für zu schwere Lasten oder für den Schmuggel einer allzu sperrigen Ladung würde sich unsere Idee allerdings nicht eignen. Woran hatten Sie denn gedacht?«

Eastman zögerte. »Sagen wir Gold.«

»Sagen wir Gold«, pflichtete Abbot ihm bei. »Dan, wieviel könnten wir schaffen, wieviel Gewicht?«

»Bis zu fünfhundert Pfund.«

»Interessiert?« fragte Abbot.

»Kann schon sein. Also, worum geht es denn nun bei Ihrer Idee?«

»Es soll den Schmuggel vom Meer aus ermöglichen. Man schießt das Zeug mit einem Torpedo an Land.« Abbot schaute Eastman beifallheischend an.

Eastman seufzte und stemmte die Hände auf den Tisch, als wollte er aufstehen. »Die reinste Zeitverschwendung«, sagte er. »Tut mir leid.«

»Augenblick mal«, rief Abbot. »Was soll das heißen, Zeitverschwendung?«

Eastman starrte ihn an und schüttelte betrübt den Kopf. »Man hat es damit schon probiert, aber es geht nicht besonders gut. Pech gehabt, Jungs.«

»Vielleicht haben Sie es mit den falschen Torpedos versucht.«

»Schon möglich.« Eastman schaute Abbot mit neu erwachtem Interesse an. »Was haben Sie zu bieten?«

»Sie sagen mir, was Sie brauchen, dann können wir eventuell ins Geschäft kommen.«

Eastman lächelte verkniffen. »Na schön, ich spiele mit, ich habe sowieso zehn Minuten Zeit. Mit einem Torpedo hat es nur ein einziges Mal geklappt, an der italienisch-österreichischen Grenze. Ein paar clevere Amateure haben sich einen Torpedo besorgt und damit auf einem der Seen dort oben geschmuggelt. Schnaps in die eine Richtung, Tabak in die andere. Sie haben die Typen vom Zoll schier verrückt gemacht, weil die nicht rauskriegen konnten, wie sie es anstellten. Dann hat irgendwer geplaudert, und damit war die Sache erledigt.«

»Na und?« meinte Abbot. »Aber funktioniert hat es schließlich doch, oder etwa nicht?«

»Sicher, funktioniert hat es schon, aber nur über einen mickerigen Tümpel. Ein Torpedo hat für meine Bedürfnisse nicht die nötige Reichweite.«

»Könnten Sie einen Torpedo besorgen?«

»Natürlich, aber wozu? Die Sorte, die wir beschaffen können, hat nicht die passende Reichweite, und die Sorte, die uns nützen könnte, liegt unter Verschluß. Mann, wenn ich an eine von diesen modernen Unterwasserlenkraketen rankommen könnte, wäre ich ein gemachter Mann.«

Jetzt mischte sich Parker ins Gespräch. »Was für Torpedos können Sie denn bekommen?«

Eastman zuckte die Achseln. »Die auf dem internationalen Waffenmarkt, Modelle aus den vierziger und fünfziger Jahren. Nichts Modernes.«

»Das britische Modell XI zum Beispiel?«

»Die kann man kriegen, ja. Mit einer maximalen Reichweite von gerade mal fünf Kilometern. Und wozu soll das schon gut sein?«

»Fünftausendfünfhundert Meter, wenn man den Batterien Zunder gibt«, verbesserte ihn Parker.

Abbot grinste. »Ich glaube, Sie verraten es ihm jetzt lieber, Dan.«

Langsam und deutlich sagte Parker: »Ich kitzele aus einem XI über zwanzig Kilometer heraus.«

Eastman setzte sich auf. »Ist das Ihr Ernst?«

»Ja«, sagte Abbot. »Unser guter Danny kann dem XI Kunststückchen beibringen. Darf ich vorstellen: Mr. Parker, der beste Unteroffizier und Torpedomechaniker, den die britische Marine je in ihren Reihen hatte.«

»Sie machen mich neugierig«, meinte Eastman. »Sie sind sich völlig sicher, daß zwanzig Kilometer zu schaffen wären?«

Parker lächelte träge. »Ich kann einen XI so frisieren, daß Sie das Ding ganz gemütlich und ohne Gefahr von außerhalb der Zwölfmeilenzone mit dreißig Knoten an die Küste schießen können. Und noch dazu ohne Blasen.«

»Mit einer Ladung von fünfhundert Pfund?«

»Richtig.«

Eastman überlegte. »Und wie sähe es mit der Treffgenauigkeit aus?«

»Das kommt ganz auf den Fisch an, den Sie mir geben. Manchmal ist die Lenkung ein bißchen wackelig. Aber wenn ich einen Probelauf auf See machen könnte, kriege ich das auch hin.« Parker kratzte sich am Kinn. »Ich schätze, eine Abweichung von sieben Zentimetern auf hundert Meter ließe sich machen. Das wären auf zwanzig Kilometer weniger als siebzig Meter.«

»Großer Gott!« staunte Eastman. »Das ist nicht übel.«

»Es sollte sich doch bestimmt eine abgelegene Bucht in dieser Größenordnung finden lassen«, meinte Abbot. »Und der Boden müßte ganz sacht abfallen, aber das dürfte nicht allzu schwierig sein.«

»Einen Augenblick noch«, sagte Parker. »Ich rede hier nur über die Treffsicherheit von meinem Fisch. Allerdings würden ihm noch Strömungen etwas ausmachen. Wenn man quer durch eine Strömung muß, wird der Fisch seitlich abgelenkt, und man darf dabei auch nicht vergessen, daß der Torpedo schließlich eine volle halbe Stunde lang im Wasser ist. Hat man eine Gegenströmung von nur einem halben Knoten, wird der Fisch fünfhundert Meter vom Kurs abgebracht. Aber wenn man von der Strömung weiß, kann man sie in die Berechnungen mit einkalkulieren, und wenn man in wirklich ruhigem Wasser zu Werke geht, stellt sich diese Schwierigkeit überhaupt nicht.«

»Ja, das müßte sich schon machen lassen.« Eastman nagte nachdenklich an seinem Daumen. »Sie machen einen ziemlich selbstsicheren Eindruck.«

»So fühle ich mich auch«, antwortete Parker. »Aber es wird verdammt viel kosten. Zunächst einmal der Torpedo, dann ein Rohr dazu und die Hochleistungsquecksilberzellen, die auch nicht gerade billig kommen, dann wäre da noch...«

»...die Kosten für unsere Dienste«, fiel ihm Abbot geschmeidig ins Wort. »Und wir sind auch nicht für einen Apfel und ein Ei zu haben.«

»Wenn die Sache klappt, werden Sie sich nicht zu beklagen haben«, sagte Eastman. »Wenn nicht, allerdings auch nicht.« Sein Blick ließ die beiden anderen Männer frösteln.

Parker blieb die Ruhe selbst. »Zuerst beweise ich Ihnen mal, daß es funktionieren kann. Wir machen ein paar Probeläufe auf See.«

»Stimmt«, antwortete Eastman. »Ich müßte das allerdings erst noch mit dem Boß besprechen.«

»Mit dem Boß!« sagte Abbot erstaunt. »Ich dachte, das wären Sie!«

»Sie wissen vieles noch nicht«, gab Eastman zurück. »Bleiben Sie hier und halten Sie sich bereit.« Er stand auf. »Woher kommt ihr Jungs eigentlich?«

»Aus London«, antwortete Abbot.

Eastman nickte. »Bis demnächst dann.«

»Wir wollen ja nicht gierig erscheinen«, sagte Abbot. »Aber wie wäre es mit einem kleinen Vorschuß? Oder sagen wir, mit einer Anzahlung auf unsere Dienste?«

»Sie haben vielleicht Nerven.« Eastman zückte die Brieftasche. »Wieviel hat Ihnen denn Picot abgeknöpft?«

»Tausend libanesische Pfund. Die eine Hälfte gleich, die andere Hälfte will er später.«

»Okay, hier haben Sie zwei-fünf. Damit hätten Sie schon einen Profit von zweitausend eingesackt, ohne auch nur einen Handschlag dafür zu tun. Wenn Picot Sie um die restlichen fünfhundert angeht, bestellen Sie ihm, er soll sich an mich wenden.« Er lächelte dünn. »Aber das wird er bleiben lassen.« Er drehte sich unvermittelt um und verließ das Zimmer.

Abbot setzte sich langsam wieder hin und wandte sich Parker zu. »Jetzt bete ich bloß, daß Sie uns nicht zuviel versprochen haben. Wir haben sie endlich am Haken, aber sie uns auch. Wenn wir nicht liefern können, blüht uns einiges.«

Parker stopfte mit ruhiger Hand seine Pfeife. »Die kriegen schon von uns, was sie wollen, und vielleicht sogar noch ein bißchen mehr.« Er schwieg. »Meinen Sie, der erkundigt sich in London nach uns?«

»Ganz bestimmt. Nur keine Sorge, Dan, in Ihrem Lebenslauf steht nichts, was Eastman stören könnte.« Abbot reckte sich. »Und was mich angeht, ich habe mir kurz vor der Abreise einen Riesenkrach mit meinem Redakteur geliefert, absichtlich natürlich. Ich möchte wetten, die Echos hallen immer noch in der Fleet Street nach.« Er grinste. »Ich bin gefeuert worden, Dan. Auf die Straße gesetzt wegen schlechten Benehmens, das sich weder für einen Reporter noch für einen Gentleman gehört. Ich hoffe bloß, Eastman und seine Bande sind damit zufrieden.

IV

Eastman ließ sie nicht lange warten. Drei Tage später rief er an und sagte: »Tag, Abbot. Ziehen Sie sich Ihren besten Anzug an, wir gehen heute abend aus.«

»Wohin denn?«

»Ins Le Paon Rouge. Wenn Sie keine anständigen Klamotten haben, gehen Sie mit den Piepen, die ich Ihnen gegeben habe, einkaufen.«

»Und wer bezahlt die abendliche Unterhaltung?« fragte Abbot, wie es zu seiner Rolle als aufstrebender Gauner paßte.

»Für die Bezahlung ist gesorgt«, antwortete Eastman. »Sie lernen den Boß kennen. Benehmen Sie sich anständig. Ich lasse Sie um halb zehn mit dem Wagen abholen.«

Abbot legte langsam den Hörer auf die Gabel, und als er sich umdrehte, musterte Parker ihn mit gespanntem Blick. »Haben Sie einen Smoking dabei, Dan?«

Parker nickte. »Habe ich vorsichtshalber eingepackt.«

»Heute abend können Sie ihn brauchen. Wir sind ins Paon Rouge eingeladen.«

»Damit hätte ich ihn dann zum dritten Mal in meinem Leben getragen«, sagte Parker. Er klopfte sich mit der Hand auf den Bauch. »Hoffentlich ist er nicht zu eng. Was ist das Paon Rouge?«

»Ein Nachtclub im Hotel Phoenicia. Wir treffen den Boß, und wenn es der Mensch ist, den ich erwarte, haben wir es geschafft. Man hat uns taktvoll gebeten, uns zu rasieren und die Zähne zu putzen.«

»Das Hotel Phoenicia, ist das nicht der große Kasten in der Nähe vom Saint-Georges?«

»Genau. Wissen Sie, was ein Fünf-Sterne Hotel ist, Dan?«

Parker blinzelte. »Das Saint-Georges?« riet er.

»Richtig! Für das Phoenicia gibt es gar nicht genug Sterne im Universum. Rauschgiftschmuggel muß ein einträgliches Geschäft sein.«

Sie wurden von einem schweigsamen Libanesen mit dem schwarzen Mercedes abgeholt und zum Phoenicia gefahren. Parker stand einige Qualen aus, denn seine Bedenken über den Abendanzug hatten sich leider bestätigt: Das weiße Hemd drosselte ihn und drückte ihm langsam die Kehle zu, die Hose kniff ihn grausam am Bund und im Schritt. Innerlich faßte er den Entschluß, mit einem Fitneßkurs zu beginnen, um den Speck der mittleren Jahren wieder in den Griff zu bekommen.

Sie brauchten nur einem imposant gekleideten Angestellten Eastmans Namen zu nennen, und schon hatte man sie hurtig an dessen Tisch gebracht. Wie es sich für einen Nachtclub gehörte, war es auch im Paon Rouge dunkel, aber trotzdem bereitete es Abbot keine große Mühe, die Person, die er suchte, auszumachen: Neben Eastman saß Jeanette Delorme. Ihr Begleiter erhob sich, als sie an den Tisch traten. »Ich freue mich, daß Sie kommen konnten«, begrüßte er sie förmlich.

»Sehr erfreut, Mr. Eastman«, sagte Abbot. Er schaute auf die Frau hinunter. »Ist das etwa der Boß?«

Eastman lächelte. »Wenn Sie ihr in die Quere kommen, werden Sie das noch früh genug merken.« Er wandte sich ihr zu. »Das ist Abbot, der andere ist Parker. Meine Herren, Miß Delorme.«

Abbot betrachtete sie mit gesenktem Kopf. Sie trug ein schlichtes Futteralkleid, das kaum ihre üppigen Kurven verhüllte, und sie sah aus, als sei sie höchstens fünfundzwanzig Jahre alt. Er wußte zwar genau, daß sie schon zweiunddreißig war, aber es erstaunte ihn doch, was sich mit dem nötigen Kleingeld alles machen ließ. Miß Delorme war ein sehr edles Pferdchen.

Sie winkte ihn mit dem Finger heran. »Sie da, setzen Sie sich her.« Es gab einige Unruhe, als ein paar dienstbare Geister die Stühle umstellten, dann saß Abbot auch schon neben ihr, Parker gegenüber, und hatte ein Champagnerglas in der Hand. Sie musterte Parker einen Augenblick lang, dann sagte sie: »Wenn das, was Jack mir erzählt hat, stimmt, bin ich möglicherweise bereit, Sie zu beschäftigen. Aber ich brauche Beweise.« Sie sprach ein hervorragendes und beinahe akzentfreies Englisch.

»Sie sollen Ihre Beweise haben«, antwortete Abbot. »Dan wird Sie Ihnen liefern.«

Parker sagte: »Hier gibt es doch genug Meer. Wir können ein paar Probeläufe machen.«

»Was für ein Torpedo wäre am geeignetsten?«

»Spielt eigentlich keine Rolle«, antwortete Parker. »Hauptsache, ein elektrischer.«

Sie drehte langsam ihr Glas in der Hand. »Ich habe einen Bekannten«, sagte sie. »Im Krieg war er U-Boot-Kommandant. Er hält nicht besonders viel von englischen Torpedos. Er sagte mir, bei der Hälfte aller Abschüsse seien die englischen Torpedos außer Kontrolle geraten.« Ihre Stimme wurde scharf. »So etwas darf auf keinen Fall passieren.«

»Um Himmels willen nicht!« sagte Eastman. »Wir dürfen keinen Torpedo verlieren, nicht mit der Ladung, die er transportieren soll. Das wäre ein ungeheuerer Verlust.«

»Ach, Sie meinen bestimmt die frühen britischen Torpedos«, meldete Parker sich wieder zu Wort. »Das Modell XI war anders. Ihr U-Boot-Skipper hat schon recht, die ersten britischen Torpedos waren ziemlich unzuverlässig. Aber der XI war ein chinesischer Nachbau des deutschen Modells, und als er '44 in Betrieb ging, hat er sehr gute Dienste geleistet. Wir haben ihn den Deutschen geklaut, und die Amis haben ihn dann wieder von uns abgekupfert. Jeder von diesen Torpedos wäre geeignet, aber ich hätte lieber einen guten alten XI, wir sind sozusagen gute alte Bekannte. Im großen und ganzen sind die Dinger alle gleich, nur hier und da gibt es ein paar kleinere Unterschiede.«

»Wie wollen Sie die zusätzliche Reichweite erzielen?«

»Hören Sie zu«, sagte Parker und beugte sich ernst vor. »Das Modell XI kam '44 heraus, es hatte Bleiakkus, was anderes gab es damals nicht. Aber seitdem sind fünfundzwanzig Jahre vergangen, es hat sich inzwischen einiges verändert. Die modernen Zellen mit Quecksilber haben wesentlich mehr Saft, und diese Kraft kann man auf zweierlei Weise nutzen. Man kann entweder die Reichweite oder die Geschwindigkeit vergrößern. Ich habe zu meiner Zeit schon für beide Möglichkeiten die Schaltpläne entwickelt.«

»Uns geht es um eine vergrößerte Reichweite«, erklärte Eastman.

Parker nickte. »Ich weiß. Es wird Sie eine schöne Stange

Geld kosten«, warnte er. »Quecksilberzellen sind nicht billig.«

»Wieviel?« wollte Jeanette Delorme wissen.

Parker kratzte sich am Kopf. »Jedesmal, wenn wir einen Fisch abfeuern, kostet es allein tausend Eier für den Antrieb.«

Sie schaute Eastman fragend an, der übersetzte: »Tausend englische Pfund.«

Abbot nippte an seinem Champagner. »Es wird eben alles teurer«, warf er kühl ein.

»Da hat er recht«, sage Parker grinsend. »Damals, '44, hat der ganze verdammte Torpedo bloß sechshundert gekostet. Aber was man heutzutage dafür auf den Tisch blättern müßte, weiß ich nicht.«

»Fünfzehnhundert Pfund«, antwortete Eastman. »Auf dem Markt für ausrangierte Armeebestände.«

»Da hätten Sie es also«, meinte Parker. »Dazu kommen tausend für einen Probelauf, noch einmal dasselbe für den Ernstfall und dann circa fünfhundert für den Umbau. Das wären viertausend als Grundkosten. Und dazu käme natürlich noch unser Anteil.«

»Und wie hoch ist Ihr Anteil?« fragte Jeanette Delorme.

»Eine prozentuale Beteiligung am Reingewinn«, antwortete Abbot.

Sie drehte sich zu ihm um. »Tatsächlich! Aber was haben Sie eigentlich bei der ganzen Sache zu tun? Mir scheint es doch, als ob Parker die ganze Arbeit leistet.«

Abbot lächelte gelassen. »Sagen wir, ich bin sein Manager.«

»In diesem Geschäft gibt es keine Mitläufer«, sagte sie kategorisch.

Parker mischte sich ein. »Mike und ich, wir sind Kumpel, ich gehe, wohin er geht, und andersrum. Außerdem sehe ich schon zu, daß er mit anpackt, alles kann ich auch nicht alleine machen.«

»Sie kriegen uns nur im Doppelpack«, sagte Abbot. »Und jetzt reden wir über das Geschäft.«

»Die Gewinnspannen im Goldschmuggel sind nicht sehr groß«, sagte sie zweifelnd.

»Die Tour können Sie sich sparen«, meinte Abbot angewidert. »Sie schmuggeln doch kein Gold, hier geht es um Rauschgift.«

Sie warf Eastman einen Blick zu, dann nahm sie wieder Abbot unter die Lupe. »Und woher wollen Sie das wissen?« fragte sie leise.

»Dazu braucht man doch nur zwei und zwei zusammenzählen. In London kursierte ein entsprechendes Gerücht, und deshalb sind wir hier.«

»Das war ein Gerücht zuviel«, fauchte sie.

Abbot lächelte. »Darüber würde ich mir an Ihrer Stelle nicht den Kopf zerbrechen. Ich hatte nämlich von Berufs wegen in der Gerüchteküche zu tun. Es war reine Glücksache, wir haben es einfach mal riskiert.« Er zuckte die Achseln. »Aber es hat sich bezahlt gemacht.«

»Noch nicht«, meinte sie spitz. »Wieviel verlangen Sie?«

»Zwanzig Prozent vom Reingewinn«, sagte Abbot wie aus der Pistole geschossen.

Sie lachte. »Nein, was haben wir denn hier für einen dummen Menschen. Findest du nicht auch, Jack?« Eastman grinste, und sie fuhr ernsthaft fort: »Sie bekommen ein Prozent, und damit wären Sie ein äußerst wohlhabender Mann, Monsieur Michael Abbot.«

»Ich mag zwar vielleicht nicht gerade ein Geistesriese sein«, antwortete Abbot. »Aber so verrückt, daß ich mich mit einem Prozent abspeisen lasse, bin ich nun doch nicht.«

Eastman sagte: »Ich finde, es zeugt nicht gerade von großer Klugheit, überhaupt eine prozentuale Beteiligung zu erwarten. So läuft es nämlich bei uns nicht.«

»Das ist richtig«, pflichtete Jeanette Delorme ihm bei. »Wir zahlen Ihnen eine Pauschale für Ihre Arbeit. Was sagen Sie zu einhunderttausend amerikanischen Dollars?«

Abbot zog eine Augenbraue hoch. »Für jeden?«

Sie zögerte den Bruchteil einer Sekunde. »Natürlich.«

»Ich denke, das kommt nicht in Frage«, antwortete Abbot kopfschüttelnd. »Mindestens das Doppelte müßte schon dabei herausspringen. Meinen Sie etwa, ich wüßte nicht, was für Beträge in diesem Gewerbe gescheffelt werden?«

Eastman lachte heiser. »Sie sind sowohl dumm als auch verrückt. Mensch, Sie haben uns schließlich den Plan sowieso schon verraten. Was sollte uns daran hindern, ihn auch ohne Ihre Mithilfe in die Tat umzusetzen?«

»Wer ist denn jetzt der Dumme?« fragte Abbot. Er zeigte auf Parker. »Einen Torpedomechaniker findet man nicht an jeder Ecke, und einen, der das Ding umbauen kann, noch seltener. Aber einer, der es kann und der sich außerdem auf den Schmuggel von Rauschgift einläßt, ist so selten wie ein Huhn mit einem Goldzahn. Ohne uns sind Sie geliefert, und das wissen Sie.«

»Sie meinen also, Sie hätten uns in der Hand«, sagte Eastman spöttisch. »Hör mir mal zu, Bürschchen: Vor einer Woche wußten wir noch nicht einmal, daß es Sie überhaupt gibt. Wir haben Sie nicht nötig.«

»Aber eine gute Idee ist es trotzdem, Jack«, meinte Jeanette Delorme nachdenklich. »Vielleicht kommt uns Abbot auf halbem Wege entgegen.« Sie wandte sich ihm zu. »Mein letztes Angebot, schlagen Sie ein oder lassen Sie es bleiben. Dreihunderttausend Dollar insgesamt für Sie beide. Einhunderttausend werden hier nach einem erfolgreichen Probelauf in einer Bank hinterlegt, den Rest gibt es, wenn das Unternehmen beendet ist.«

Abbot fragte: »Was meinen Sie dazu, Dan?«

Parker hatte mit offenem Mund zugehört. Er klappte ihn zu und antwortete: »Sie sind für die geschäftliche Seite zuständig, ich überlasse die Entscheidung Ihnen, Mike.« Er schluckte krampfhaft.

Abbot überlegte lange. »Einverstanden, wir schlagen ein.«

»Gut!« sagte Jeanette Delorme und lächelte strahlend. »Bestell uns noch eine Flasche Champagner, Jack.«

Abbot zwinkerte Parker zu. »Zufrieden, Dan?«

»Mehr als zufrieden«, antwortete Parker matt.

»Ich finde, eine Erfolgspauschale ist am besten«, sagte Abbot und warf einen Seitenblick auf Eastman. »Wenn wir uns auf eine prozentuale Beteiligung geeinigt hätten, hätte uns der liebe Jack hier ja doch nur das Fell über die Ohren gezogen. Auf jeden Fall hätte er uns nicht in seine Bücher gucken lassen, das steht fest.«

Eastman grinste. »Was für Bücher denn?« Er hob die Hand, und schon kam der Weinkellner herbeigeeilt.

Delorme sagte: »Ich möchte tanzen.« Sie schaute Abbot an, der sich schon halb vom Stuhl erhoben hatte, und fuhr fort: »Ich denke, ich tanze mit... Mr. Parker.«

Abbot gab sich geschlagen und sah zu, wie sie sich von dem verwunderten Parker auf die Tanzfläche führen ließ. Ein Lächeln kräuselte seine Lippen. »Das ist also der Boß. Wer hätte das gedacht.«

»Wenn Sie das denken, was ich vermute, schlagen Sie es sich lieber gleich wieder aus dem Kopf«, riet ihm Eastman. »Jeanette ist nicht die Frau, die mit sich spielen läßt. Da würde ich lieber mit bloßen Händen gegen eine Kreissäge kämpfen.« Er wies mit dem Kopf zur Tanzfläche. »Ist Parker so gut, wie er behauptet?«

»Der schafft das schon. Woraus soll denn die Fracht eigentlich bestehen?«

Eastman zögerte kurz, dann antwortete er: »Sie werden es ja wohl doch erfahren müssen. Heroin.«

»Eine ganze Ladung? Die vollen fünfhundert Pfund?«

»Hm.«

Abbot pfiff durch die Zähne und rechnete rasch im Kopf nach. Er lachte. »Das hätte einen Wert von ungefähr fünfundzwanzig Millionen Dollar, mindestens. Dann habe ich aus Jeanette also doch mehr als ein Prozent herausgeschlagen.«

»Sie sind jetzt im großen Geschäft«, sagte Eastman. »Aber vergessen Sie eines nicht, Sie sind trotzdem nichts weiter als ein besserer Handlanger.« Er zündete sich eine Zigarette an. »Das Gerücht, das Ihnen in London zu Ohren gekommen ist, wer hat das verbreitet?«

Abbot zuckte die Achseln. »Sie wissen doch, wie es so geht, man hört hier ein bißchen, da ein bißchen. Dann setzt man die Einzelteile zusammen und kann sich allmählich ein Bild daraus machen. Damit kenne ich mich aus, ich war nämlich Reporter.«

»Ich weiß«, sagte Eastman gelassen. »Wir haben Erkundigungen über Sie einziehen lassen. Aber über Parker haben wir bis jetzt noch nicht viel herausgefunden.« Er starrte Abbot hart an. »Ich will nur hoffen, daß Sie nicht immer noch als Journalist arbeiten, Abbot.«

»Ich könnte nicht mal mehr einen Aushilfsjob beim Kleinkleckersdorfer Tageblatt bekommen«, antwortete Abbot bitter. »Nicht mit dem Ruf, in dem ich jetzt stehe. Und wenn Sie sich nach mir erkundigt haben, wissen Sie doch, daß man mir den Stuhl vor die Tür gesetzt hat. Deshalb habe ich mich ja auch auf dieses Abenteuer hier eingelassen. Ich will endlich einmal richtiges Geld verdienen.«

»Bis jetzt waren Sie also nur ein mieser kleiner Erpresser«, sagte Eastman.

»Beweisen konnten sie mir nichts«, verteidigte sich Abbot.

»Hauptsache, Sie bleiben sauber, so lange Sie bei uns sind«, entgegnete Eastman. »Kommen wir nun zu Parker. Was können Sie uns über ihn erzählen? Der Boß will auch über ihn Nachforschungen einholen. Sie geht nicht gern ein Sicherheitsrisiko ein.«

Abbot gab ihm zwar bereitwillig Auskunft über Parker, beschränkte sich dabei aber ausschließlich auf nachprüfbare Fakten. Das konnte nicht schaden, denn mit der Wahrheit war ihnen hier wahrscheinlich sogar am besten gedient. Als er allmählich zum Schluß seiner Ausführungen kam, kehrten Jeanette und ein puterrot angelaufener Parker an den Tisch zurück.

Jeanette sagte: »Ich glaube, Dan kennt sich mit modernen Tänzen nicht so gut aus. Wie steht es mit Ihnen, Mike Abbot?«

Abbot stand auf. »Wollen Sie mich bei einem Probelauf testen?«

Statt einer Antwort breitete sie zu den einleitenden Takten der Musik die Arme aus, und er trat auf sie zu. Das Stück war langsam und altmodisch, also nahm er sie in den Arm und fragte, während sie zur Tanzfläche gingen: »Was hat denn ein nettes Mädchen wie Sie in diesem Geschäft verloren?«

»Ich liebe das Geld«, antwortete sie. »Genau wie Sie.«

»Dann müssen Sie aber ganz anständig verdienen«, sagte er nachdenklich. »Schließlich kann lange nicht jeder hunderttausend Dollar in bar aus dem Ärmel schütteln – soviel springt doch bei einem erfolgreichen Probelauf heraus, falls Sie es vergessen haben sollten. Wenn ich es recht verstehe, soll es nicht bei einem einmaligen Unternehmen bleiben?«

»Was geht Sie das an?«

»Ich halte mich gern da auf, wo die Mäuse sind. Wäre doch schön, wenn sich aus dieser Sache hier eine geregelte Einnahmequelle entwickeln würde.«

Sie rückte näher an ihn heran. »Es wäre nicht auszuschließen. Sie brauchen nur Ihre Arbeit zu machen und den Mund zu halten. Beides ist allerdings lebenswichtig für Ihre Gesundheit.«

»Sollte das eine Warnung sein?« fragte Abbot leichthin.

Sie drängte sich an ihn und schmiegte sich fest gegen seinen Körper. »Ja. Mich legt keiner rein, Monsieur Abbot.«

»Hat ja auch keiner vor«, antwortete Abbot, den der krasse Gegensatz zwischen ihren Worten und ihren Taten frösteln machte. Er hatte ihre Akte gelesen, und dazu paßte Eastmans Beschreibung genau. Eine Kreissäge, hatte er gesagt. Jeder, der nach Jeanette Delorme oder einem ihrer zwielichtigen Geschäfte die Hand ausstreckte, würde hinterher bestenfalls mit einen blutigen Stumpf dastehen. Und was einem dabei schlimmstenfalls zustoßen konnte, darüber gab die Liste der sechs Mordopfer unterschiedlichster Staatsangehörigkeiten Auskunft. Beim Tanzen hielt er eine Ladung geballter Weiblichkeit in den Armen, und trotzdem wurde er das Gefühl nicht los, daß sie vielleicht doch eine Spinne war.

Sie hauchte ihm ins Ohr: »Sie sind ein ausgezeichneter Tänzer, Mike.« Er zuckte zusammen, als sie ihn mit den Zähnen ins Ohrläppchen kniff.

»Schönen Dank, aber deshalb brauchen Sie Ihre Begeisterung nicht gleich zu übertreiben«, sagte er trocken.

Sie kicherte. »Dan war schockiert. Er hat die ganze Zeit nur von seiner Frau und den Kindern geredet. Ist er tatsächlich ein verheirateter Familienvater?«

»Natürlich. Drei Kinder hat er, glaube ich.«

»Er ist ein Bauerntrampel«, meinte sie. »Aber was er nicht im Köpfchen hat, hat er in den Händen. Sie sind ein ganz anderes Kaliber.«

Insgeheim amüsierte sich Abbot königlich über den Wutanfall, den Parker bekommen würde, wenn er hörte, daß man ihn als Bauerntrampel bezeichnet hatte. »In welcher Hinsicht bin ich anders?«

»Das wissen Sie doch ganz genau«, antwortete sie. »Herzlich willkommen in unserer Organisation, Mike. Wir werden uns anstrengen, Sie in jeder Hinsicht zufriedenzustellen.«

Er grinste im Halbdunkel vor sich hin. »Schließt das auch Jack Eastman mit ein?«

»Vergessen Sie Jack Eastman«, entgegnete sie, und plötzlich klang ihre Stimme scharf. »Jack macht, was ich ihm sage. Er ist nicht...« Sie schwieg und machte eine geschmeidige Bewegung, so daß sie ihn mit den Brüsten streifte. »*Ich* werde dafür sorgen, daß Sie zufrieden sind«, flüsterte sie.

Die Musik verklang, und nachdem sie noch einen Moment dicht an ihn gepreßt stehengeblieben war, rückte sie von ihm ab. Als er sie an den Tisch zurückbrachte, meinte er, Spott in Eastmans Augen aufblitzen zu sehen.

»Ich bin noch gar nicht müde«, sagte sie. »Schön, daß ich gleich drei Kavaliere habe. Komm mit, Jack.«

Eastman führte sie wieder auf die Tanzfläche, und Abbot ließ sich neben Parker auf den Stuhl fallen. Er spürte, daß er ein wenig schwitzte. Muß wohl an der Hitze liegen, dachte er, und hob sein nachgefülltes Champagnerglas zum Mund.

Parker besah sich das Getümmel auf der Tanzfläche. »Das Weib macht mir Angst«, sagte er düster.

»Was hat sie denn mit Ihnen angestellt, sie wollte Sie doch wohl nicht etwa auf offener Tanzfläche vergewaltigen?«

»So in etwa.« Parker lief wieder rot an. »Herrschaften, wenn meine Alte mich jetzt hätte sehen können, würde sie sich morgen scheiden lassen.« Er zupfte an seinem Kragen. »Was für eine männermordende Bestie!«

»Es sieht ganz so aus, als ob unsere Aufgaben schon fest verteilt wären«, meinte Abbot. »Sie kümmern sich um den Torpedo, ich kümmere mich um Jeanette.« Er nippte an seinem Champagner. »Das heißt, sie kümmert sich um mich, wenn ich sie richtig verstanden habe.«

Er schmunzelte.

Sie verließen das Paon Rouge noch lange nicht, erst aßen sie noch und schauten sich das Cabaret an. Als sie um ungefähr zwei Uhr morgens gingen, wartete draußen schon der Mercedes auf sie. Eastman setzte sich auf den Beifahrersitz, und

Abbot fand sich dicht an dicht neben Jeanette in ihrem schimmernden Silbercape wieder.

Der Wagen fuhr los, nach einer Weile schaute Abbot aus dem Fenster auf das Meer hinaus und sagte: »Ich hätte doch ganz gern gewußt, wo wir eigentlich hinfahren.«

»Das werden Sie schon sehen«, antwortete sie und klappte ihr Zigarrenetui auf. »Haben Sie Feuer?«

In der Flamme von seinem Feuerzeug sah er auf der anderen Seite neben Jeanette Parker sitzen, der sich gerade den Hemdkragen lockerte. »Sie sind der Boß.«

Der Wagen schnurrte über die Ausfallstraße von Beirut in Richtung Tripolis, und er fragte sich, wohin man sie wohl brachte und wozu. Lange sollte er darüber nicht im Ungewissen gelassen werden, denn schon bald bog der Wagen von der Straße ab und hielt vor einem wuchtigen Holztor an, das von einem Araber geöffnet wurde. Der Mercedes rollte in einen großen Hof, dort blieb er stehen.

Sie stiegen aus, und Abbot schaute sich um. Soweit er es in der Dunkelheit ausmachen konnte, befanden sie sich auf einem fabrikähnlichen Gelände. Eine große Halle zeichnete sich vor dem Nachthimmel ab, dahinter spiegelte sich der Mond im Meer. »Hier entlang«, sagte Eastman, und Abbot folgte ihm in ein Büro.

Das erste, was er zu sehen bekam, als das Licht anging, war sein eigener Koffer, der an einer Wand stand. »Was zum Teufel...«

»Sie wohnen von nun an hier«, erklärte Eastman. »Im Nebenraum stehen zwei Betten. Ein Badezimmer gibt es leider nicht, aber wenigstens ein Waschbecken.« Er warf einen Blick auf Jeanette, dann schaute er wieder Abbot an. »Sie werden sich bei uns bestimmt wohl fühlen«, meinte er spöttisch. »Ali kocht für Sie.«

Jeanette sagte: »Bis nach dem Probelauf des Torpedos bleiben Sie hier. Wie lange das dauern wird, hängt ganz von Ihnen ab.« Sie lächelte und fuhr leichthin fort: »Aber ich komme Sie besuchen, und zwar oft.« Sie wandte sich Parker zu und fragte abrupt: »Wie lange brauchen Sie für den Umbau?«

Parker zuckte die Achseln. »Zwei Wochen, mit dem richtigen Gerät. Verdammt viel länger oder ewig, ohne. Aber zuerst muß ich den Torpedo haben.«

Sie nickte. »Kommen Sie mit.« Sie folgten ihr aus dem Büro über den Hof zu der großen Halle. Ali, der Araber, zückte einen gewaltigen Schlüssel, mit dem er die Tür aufschloß, dann trat er einen Schritt zurück und ließ sie hineingehen. Die Halle war in zwei Ebenen unterteilt, und sie kamen auf einer Art Empore heraus, von wo aus sie auf die eigentliche Werkstatt hinunterblicken konnten. Eine Holztreppe führte ins Parterre.

Abbot schaute über das Geländer und sagte: »Na, gibt's denn so was! Sie waren sich unserer aber wohl sehr sicher, was?«

Angestrahlt im grellen Licht lag aufgebockt ein schlanker, tödlich aussehender Torpedo unter ihnen; er glänzte, da er zum Schutz mit einem dünnen Ölfilm bedeckt war. In Abbots Augen sah er gewaltig aus, und der erste Gedanke, der ihm bei seinem Anblick in den Kopf schoß, lautete: Wie zum Teufel hat diese Hexe es geschafft, innerhalb von drei Tagen einen Torpedo aufzutreiben?

5. KAPITEL

I

Warren überprüfte noch einmal die Landkarten, mit dem Stift verfolgte er ihre bisherigen Fahrten. Die zwei Wochen, in denen sie sich in Kurdistan aufgehalten hatten, waren verlorene Zeit gewesen, aber er sah nicht, wie sie anders hätten vorgehen können. Es hatte immerhin eine wenn auch nur geringe Chance bestanden, Speering zufällig über den Weg zu laufen, die sie sich nicht entgehen lassen durften. Doch die vergangenen vierzehn Tage hatten sie nicht im mindesten weitergebracht.

Sie waren also in der Hoffnung nach Teheran zurückgekehrt, dort vielleicht doch noch auf einen Anhaltspunkt zu stoßen. Wie dieser eigentlich aussehen sollte, wußte er selbst nicht zu sagen. Ihm war nur eines klar, er hatte versagt, kläglich versagt. Jedesmal, wenn er in einem Brief an Hellier einen neuen Fehlschlag eingestehen mußte, hatte er geflucht und sich geärgert. Der einzige Lichtblick war die Tatsache, daß Abbot und Parker offenbar im Libanon weiterkamen, seine ›Rückversicherung‹ schien sich bezahlt zu machen. Doch nun waren die beiden wie vom Erdboden verschluckt, und er wußte nicht recht, was er davon halten sollte.

Johnny Follet nahm alles mit Gelassenheit hin. Weder hatte er eine Ahnung, wonach Warren so eifrig suchte, noch kümmerte es ihn, solange er nur sein Geld bekam. Seine Abneigung gegenüber Warren hatte er längst begraben, und nun ließ er es sich in Teheran gutgehen, er betrachtete das ganze Unternehmen als angenehmen, exotischen Ausflug. Er wanderte durch die Straßen, bewunderte die Sehenswürdigkeiten und fand mit der Zeit sogar ein paar Bekannte, die mit ihm, was das Spielen betraf, auf einer Wellenlänge lagen.

Ben Bryan war beinahe ebenso unruhig wie Warren, es ging ihm wohl nur deshalb ein wenig besser, weil er nicht, wie der Arzt, die alleinige Verantwortung für das Unternehmen trug. Er brütete mit Warren über den Landkarten vom Nordwesten des Irans, zusammen versuchten sie zu erahnen, wo Speering sich wohl verkrochen haben mochte. »Es hat keinen Zweck«, sagte Ben schließlich. »Wenn wir wenigstens anständige Karten hätten, könnten wir ihm vielleicht auf die Spur kommen, aber die Hälfte der Straßen ist ja nicht einmal eingezeichnet.«

»Wie soll es bloß weitergehen?« fragte ihn Warren.

Darauf wußte Ben auch keine Antwort, und es blieb ihnen nichts anderes übrig, als sich treiben zu lassen.

Andy Tozier beschäftigte ein Problem, zugegeben kein besonders wichtiges, doch trotz allem ein Problem. Er verlor langsam, aber stetig Geld an Johnny Follet, und er hatte keine Ahnung, wie der andere das anstellte. Die Beträge, die er verlor, waren im Vergleich zur Anzahl der Spiele nur gering, aber daß ihm das Geld so gleichmäßig aus den Händen rann, ärgerte ihn.

Er sprach Warren daraufhin an. »So wie es aussieht, geht alles mit rechten Dingen zu, ich begreife einfach nicht, wie er es macht.«

»Johnny würde ich nicht unbedingt über den Weg trauen«, sagte Warren. »Was spielt ihr denn?«

»Es geht folgendermaßen. Jeder von uns nimmt sich eine Münze, es geht um Kopf oder Zahl. Wir werfen die Münzen nicht in die Luft, also ist der Zufallsfaktor schon einmal ausgeschaltet, denn wir können beide frei entscheiden, ob wir Kopf oder Zahl wählen wollen. Soweit alles klar?«

»Bis jetzt kann ich noch keinen Haken entdecken«, antwortete Warren vorsichtig.

»Gut«, sagte Tozier. »Also, wenn ich Kopf habe und er hat Zahl, gibt er mir dreißig Pfund. Wenn ich Zahl habe und er Kopf, zahlt er mir zehn Pfund.«

Warren überlegte. »Das wären zwei der vier denkbaren Möglichkeiten.«

»Richtig!« stimmte Tozier zu. »Die anderen beiden Möglichkeiten wären zweimal Kopf oder zweimal Zahl. Wenn einer dieser beiden Fälle eintritt, zahle ich ihm zwanzig Pfund.«

»Einen Augenblick mal«, sagte Warren und warf ein paar Zahlen auf ein Stück Papier. »Es gibt vier Möglichkeiten, bei denen jeder von Ihnen beiden gewinnen kann. Wenn man davon ausgeht, daß alle vier Fälle gleich häufig auftreten, was sie ja wohl auch tun, gewinnen Sie den Regeln nach vierzig Pfund, genausoviel wie er. Scheint mir tatsächlich ein faires Spiel zu sein.« Daß es ihm auch ziemlich kindisch vorkam, behielt er für sich.

»Aber warum zum Teufel gewinnt er dann?« wollte Tozier wissen. »Er hat mir schon knapp hundert Pfund abgeknöpft.«

»Soll das heißen, daß Sie nie gewinnen?«

»Doch, sicher. Mal gewinne ich, mal er, aber er hat öfter Glück. Es ist so ähnlich wie auf einer Wippe, aber anscheinend ist er schwerer als ich, und mein Geld rollt zu ihm hinüber. Aber was mich so auf die Palme bringt, ist, daß ich einfach nicht kapieren kann, wie er es anstellt.«

»Vielleicht sollten Sie besser nicht mehr mit ihm spielen.«

»Erst wenn ich weiß, wie sein Dreh funktioniert«, sagte Tozier bestimmt. »Es macht mich nur ganz verrückt, daß nicht einmal ein falscher Penny mit zwei Köpfen seine Glückssträhne erklären kann, denn das würde ihm gar nichts nützen. Es würde ihm sogar eher schaden, weil ich dann wüßte, was er in der Hand hat, und mein Spiel darauf einstellen könnte.« Er grinste. »Einen Hunderter lasse ich es mir noch kosten, ihm auf die Schliche zu kommen. Ist ein einträgliches Spielchen, ich könnte den Trick selbst ganz gut gebrauchen.«

»Es sieht so ganz aus, als sollten Sie dafür genügend Zeit haben«, meinte Warren grimmig. »Hier kommen wir kein Stück weiter.«

»Ich habe mir etwas überlegt«, sagte Tozier. »Was ist eigentlich mit diesem Pharmagroßhandel, wo Speering die Vorräte bestellt hat? Die Leute müssen doch das Zeug irgendwohin liefern, oder? Also sollte sich auch in ihren Unterlagen die richtige Adresse finden lassen. Wir müssen sie nur noch irgendwie in die Finger bekommen.«

Warren schaute ihn müde an. »Wollen Sie vielleicht auf einen Einbruch hinaus?«

»So etwas in der Art.«

»Daran habe ich auch schon gedacht«, gestand Warren ein. »Aber dann verraten Sie mir eines. Wie zum Kuckuck sollen wir erkennen können, was wir suchen, selbst wenn wir es finden? Die Aufzeichnungen sind zum einen in persisch, was schon einmal keiner von uns versteht, und zum anderen in arabischer Schrift, die von uns auch niemand entziffern kann. Fällt Ihnen dazu etwas ein, Andy?«

»Mann, das hätte ich doch glatt vergessen«, sagte Tozier. »Mein Umgangsarabisch ist zwar nicht übel, aber lesen kann ich das Gekrakel nicht.« Er schaute hoch. »Hätten Sie etwas dagegen, wenn ich mich deswegen mit Johnny beraten würde?«

Warren zögerte. »Solange Sie ganz allgemein darüber reden, nicht. Aber wir wollen ihm nicht zuviel verraten.«

»Ich sage ihm nur so viel, wie er unbedingt wissen muß. Aber es wird langsam Zeit, daß er auch etwas für sein Geld tut. Er ist ein cleverer Gauner, und wenn wir anders nicht an die Informationen herankommen, gelingt es uns vielleicht mit Hilfe von Johnnys schnellen Sprüchen.«

Tozier besprach die Sache also mit Johnny Follet, der ihm sehr aufmerksam zuhörte. »Okay«, sagte er. »Ich brauche ein paar Tage Zeit, mal sehen, ob mir nicht etwas einfällt.« Er tauchte in den Straßen von Teheran unter und blieb vier volle Tage verschwunden. Als er zurückkam, meldete er sich bei Tozier. »Es könnte gehen. Man müßte zwar ein bißchen herumtricksen, aber es läßt sich machen. Sie können die Informationen in knapp einer Woche haben.«

II

Follets Plan war so teuflisch, daß Warren die Haare zu Berge standen und er sagte: »Was haben Sie nur für eine rabenschwarze Seele, Johnny.«

»Kann schon sein«, antwortete Follet unbekümmert. »Bei meinem Plan kann jeder mitspielen, je mehr, desto besser. Aber ziehen Sie die Sache um Gottes willen nicht ins Lächerliche; es muß echt und überzeugend wirken.«

»Erzählen Sie mir mehr über den Mann.«

»Er ist Stellvertreter des Hauptverwalters im Lager der

Firma. Das bedeutet, er gibt die Waren gegen Bestellschein heraus und führt Buch über die Bestände. Er ist genau der Mann, der die Information hat, die wir suchen, oder der sie uns zumindest beschaffen kann. Mit Geld kommt er nicht in Berührung, das fällt nicht in seinen Aufgabenbereich und läuft sowieso über die Hauptkasse. Das ist schon irgendwie schade, denn sonst könnten wir ihn wirklich leicht an den Haken kriegen.«

»Warum bestechen wir ihn nicht einfach?« fragte Tozier.

»Weil der Typ ehrlich ist, darum. Zumindest ist er ziemlich ehrlich. Wenn wir nun versuchen, ihn zu bestechen, und er nimmt das Geld nicht an? Dann würde er seinen Bossen davon erzählen, und die Information wäre so schnell aus den Unterlagen verschwunden, daß wir nie mehr herankommen. Womöglich würden sie es sogar bei der Polizei melden, dann säßen wir wirklich in der Tinte.«

»Aber vielleicht gehen sie aber auch nicht zur Polizei«, sagte Warren. »Wir haben zwar keine Ahnung, inwieweit der Betrieb mit Speering unter einer Decke steckt, aber ich vermute doch, daß er an der ganzen Sache beteiligt sein muß. Bestimmt. Jede Firma, die bestimmte Chemikalien und Geräte verkauft, muß zumindest ahnen, zu welchem Zweck sie benötigt werden. Ich bin der Ansicht, daß die ganze Bande bis obenhin mit drinsteckt.«

»Worin denn eigentlich?« fragte Follet wachsam nach.

»Das braucht Sie nicht zu kümmern, Johnny, erzählen Sie weiter.«

Follet zuckte die Achseln. »Dieser Typ, Javid Raqi heißt er, ist ein helles Kerlchen. Er spricht gut Englisch, ist gebildet und ehrgeizig. Ich schätze, sein Boß sitzt nicht mehr allzu lange auf seinem Stuhl, nicht mit unserem Freund Javid im Nacken. Der Bursche hat nur einen einzigen Fehler, er spielt.«

Tozier lächelte. »Genau wie Sie, Johnny.«

»Falsch«, gab Follet wie aus der Pistole geschossen zurück. »Er ist spielsüchtig. Aber das bedeutet noch lange nicht, daß er auch ein Vollidiot ist. Er kann pokern, das hat er bei den Jungs von der Gaspipeline gelernt, und er spielt gut. Ich kann das beurteilen, weil er nämlich genau in diesem Augenblick ein paar von meinen Kröten mit sich herumschleppt. Ich brauchte ihn nicht einmal gewinnen zu lassen, er hat mich ausgenommen wie ein Profi. Aber es bedeutet, man kann ihn in die Hand bekommen, und sobald wir ihn da haben, müssen wir nur noch fest zudrücken.«

Warren rümpfte angewidert die Nase. »Ich wünschte, es gäbe einen anderen Weg.«

»Die Dummen wollen eben ausgenommen werden«, sagte Follet und wandte sich zu Tozier um. »Der ganze Plan hängt jetzt von der Videoausrüstung ab. Kann man sich darauf verlassen?«

»Ich habe alles in meinem Zimmer aufgebaut, es läuft ausgezeichnet.«

»Davon muß ich mich erst selbst überzeugen«, meinte Follet. »Schauen wir es uns doch alle mal an.«

Sie gingen auf Toziers Zimmer, der den Fernsehapparat einschaltete und auf den Videorecorder zeigte. »Das steht das Ding. Ich habe es schon an den Fernseher angeschlossen.«

Das Gerät unterschied sich kaum von einem gewöhnlichen Kassettenrecorder, es war lediglich ein wenig größer als die meisten. Follet bückte sich und schaute es sich interessiert an. »Ich will eines klarstellen. Dieses Gerät zeichnet alles auf, Ton und Bild gleichzeitig?«

»Richtig«, antwortete Tozier.

»Und wie steht es mit der Qualität?«

»Wenn man die Videokamera benutzt, ist das Bild ein wenig verschwommen, besonders wenn sich jemand bewegt, aber wenn man eine Fernsehsendung aufzeichnet, kann man sie vom Original kaum unterscheiden.«

Follet richtete sich wieder auf. »Okay, also die Sache soll am Samstag steigen, und ihr müßt es richtig hinkriegen. Ihr müßt nicht nur euren Text bis zum letzten i-Tüpfelchen auswendig wissen, jedes Wort muß auch richtig sitzen. Es darf keine falschen Töne geben.« Er schaute die anderen abschätzend an. »Ihr seid bei diesem Spiel blutige Anfänger, also müssen wir vorher noch ein bißchen üben. Stellt euch einfach vor, wir führen ein Theaterstück auf, und ich bin der Regisseur. Aber euer Publikum besteht nur aus einem einzigen Zuschauer.«

»Ich kann nicht schauspielern«, sagte Bryan. »Das habe ich noch nie gut gekonnt.«

»Das macht nichts, dann kümmern Sie sich eben um die Technik. Und was den Rest von uns angeht, ich spiele den gutmütigen Knaben, Andy ist für den knallharten Burschen zuständig, und Warren kann den Boß abgeben.« Follet mußte grinsen, als er Warrens Gesichtsausdruck sah. »Sie machen nicht viel Worte, und Sie werden nicht laut. Ich schätze, je weniger Sie sich verstellen müssen, desto besser. Ein ganz normaler Plauderton kann in manchen Situationen auch ganz schön drohend klingen.«

Er schaute sich in dem Zimmer um. »Also, wo verstauen wir Ben und den Videorecorder?«

Tozier ging zum Fenster, machte es auf und schaute nach draußen. »Ich denke, ich kann eine Leitung in Ihr Zimmer legen, Johnny. Dann können wir Ben bei Ihnen unterbringen.«

»Das müßte gehen«, sagte Follet. Er klatschte in die Hände. »Okay, die erste Probe, ihr Anfänger, los geht's.«

III

Am Samstag legten sie sich um halb ein Uhr mittags in einem Salon gleich neben der Hotelhalle auf die Lauer, wo sie sich zwar nicht gerade versteckten, vor den Blicken eines zufälligen Beobachters jedoch geschützt waren. Follet stieß Warren in die Seite. »Da ist er. Ich habe ihm gesagt, er soll in der Bar auf mich warten. Sie gehen zuerst. Andy läßt Ihnen einen kleinen Vorsprung, bevor er nachkommt, und ich folge ihm dann sofort. Los.«

Bevor Warren sich in Bewegung setzte, sagte er leicht beunruhigt zu Tozier: »Ich hoffe bloß, Ben läßt uns mit der Technik nicht im Stich.«

Er durchquerte die Halle, trat in die Bar und bestellte sich etwas zu trinken. Javid Raqi, der an einem Tisch Platz genommen hatte, machte einen etwas nervösen Eindruck, doch aufgeregter als Warren, der sich innerlich bereits auf seine Rolle bei ihrem kleinen Schauspiel vorbereitete, konnte er gewiß nicht sein. Raqi, ein junger Mann von vielleicht fünfundzwanzig Jahren, steckte von Kopf bis Fuß in schicker europäischer Kleidung. Er sah nicht schlecht aus, wenn einem der dunkle Valentino-Look gefiel, und wahrscheinlich lag eine große Zukunft vor ihm. Warren tat er leid.

Tozier erschien in der Tür, sein Jackett trug er leger über dem Arm gelegt. Er kam herein und ging an dem jungen Iraner vorbei, dabei fiel etwas aus der Jackentasche und landete mit einem Plumps direkt vor Raqis Füßen. Der Iraner schaute nach unten, bückte sich und kam mit der Brieftasche in der Hand wieder hoch. Er blickte hinter Tozier her, der zügig weitergegangen war, und folgte ihm an die Theke.

Warren hörte Stimmengemurmel, dann drangen Toziers lautere Töne an sein Ohr. »Nein so was, vielen Dank. Das war sehr nachlässig von mir. Darf ich Ihnen dafür einen Drink spendieren?«

Jetzt war auch Johnny im Raum, er hatte Raqi im Handumdrehen eingeholt. »Tag, Javid. Ich wußte ja gar nicht, daß ihr zwei euch kennt.« In seiner Stimme schwang Verwunderung mit.

»Wir kennen uns gar nicht, Mr. Follet«, antwortete Raqi.

»Ach!« staunte Tozier. »Dann ist das also der Bursche, von dem Sie mir erzählt haben, Johnny? Mr Raqi – so heißen Sie doch, ja? – hat mir gerade die Brieftasche gerettet.« Er klappte sie auf, und ein dickes Bündel Banknoten kam zum Vorschein. »Er hätte sich die Mäuse gleich einstecken können, statt sie mir erst beim Pokern abzuknöpfen.«

Follet kicherte. »Wahrscheinlich bekommt er sie sowieso noch. Er ist ein spitzenmäßiger Pokerspieler.« Er schaute sich um. »Da ist ja auch Nick. Wir machen eine Viererrunde auf, wenn Ihnen das recht ist, Javid.«

Etwas verlegen antwortete Raqi: »Aber gewiß, Mr. Follet.«

»Lassen Sie ruhig den Mr. Follet. Hier sind wir doch unter Freunden. Ich bin Johnny, das ist Andy Tozier, und der da drüben heißt Nick Warren. Meine Herren, darf ich vorstellen? Javid Raqi, der beste Pokerspieler, den ich in ganz Teheran kennengelernt habe, und das ist mein voller Ernst.«

Warren lächelte Raqi steif zu und murmelte eine Begrüßungsfloskel. Follet sagte: »Bestellen Sie sich nichts, Andy.

Kommen wir lieber gleich zur Sache. Ich habe für alles gesorgt, Essen und Trinken.«

Sie begaben sich alle auf Toziers Zimmer, wo der Fernsehapparat jetzt neben dem Fenster stand. Follet hatte sich mit der Verpflegung nicht lumpen lassen; es gab Brathähnchen, verschiedene Sorten Wurst und Salat, und auch ein paar Flaschen Whisky standen ungeöffnet bereit. Alles sah nach einer langen Sitzung aus. Unauffällig schaute Warren auf seine Uhr, es war kurz nach zwölf, sie ging genau eine halbe Stunde nach. Er fragte sich, wie Follet es wohl bewerkstelligen wollte, an die teure Uhr an Raqis schlankem braunen Handgelenk heranzukommen, ohne daß ihr Besitzer etwas davon bemerkte.

Follet zog eine Schublade auf, holte ein noch originalverpacktes Kartenspiel heraus und warf es auf den Tisch. »Bitte schön, Javid. Sie können als erster geben. Das Vorrecht des Fremden, aber Sie werden ja sicher nicht lange ein Fremder bleiben. Bloß nicht zuviel Wasser für mich, Nick.«

Warren mixte vier Whiskys und brachte sie an den Tisch. Raqi mischte bereits die Karten. Er stellte sich dabei recht geschickt an, worüber sich Warren allerdings kein fachmännisches Urteil erlauben konnte. So gut wie Follet war er jedenfalls nicht, das erkannte er gleich.

Follet blickte in die Runde am Tisch. »Hier wird um Geld gepokert, meine Herren, ein ernstes Spiel für ernsthafte Spieler. Also, fangen wir an.«

Raqi begann mit dem Geben, jedem Spieler teilte er fünf Karten aus, dann sagte er leise: »Buben oder höher eröffnet.«

Warren schaute sich sein Blatt an. Er war kein guter Pokerspieler, wenngleich er die Regeln kannte. »Das ist vollkommen schnuppe«, hatte Follet ihn beruhigt. »Sie wollen ja sowieso nicht gewinnen.« Aber trotzdem hatte er ihm ein paar intensive Nachhilfestunden gegeben.

Nach einer Stunde hatte Warren bereits einiges verloren, etwa viertausend Rial, ungefähr zweiundzwanzig Pfund. Tozier hatte auch leicht verloren, aber bei weitem nicht soviel, Follet hatte ein paar Scheine gewonnen, und Raqi war bis jetzt noch obenauf, mit einem Gewinn von etwa fünftausend Rial.

Follet mischte die Karten. »Habe ich es euch nicht gesagt? Der Junge kann spielen«, meinte er fröhlich. »Ach, was für eine schöne Uhr Sie haben, Javid. Könnte ich mir die wohl mal anschauen?«

Der Erfolg war Raqi ein wenig zu Kopf gestiegen, er war längst nicht mehr so scheu und nervös wie am Anfang. »Natürlich«, antwortete er und nahm die Uhr ab.

Als er sie Follet gab, sagte Warren zu ihm: »Sie sprechen sehr gut Englisch, Javid. Wo haben Sie es gelernt?«

»In der Schule, Nick. Später dann in der Abendschule.« Er lächelte. »Und so übe ich es, am Pokertisch.«

»Sie halten sich nicht schlecht.«

Tozier zählte sein Geld. »Weiterspielen«, sagte er. »Ich verliere.«

Follet grinste. »Ich habe Sie ja gleich gewarnt, daß Javid Ihnen die Brieftasche erleichtern würde.« Er balancierte die Uhr auf dem Zeigefinger, plötzlich rutschte sie ab und fiel zu Boden. Als Follet seinen Stuhl nach hinten rückte, knirschte es. »Ach, verdammt!« rief er verärgert und hob die Uhr auf. »Jetzt ist das Zifferblatt hin.« Er hielt sie sich ans Ohr. »Aber wenigstens geht sie noch.«

Raqi streckte die Hand danach aus. »Es macht nichts, Johnny.«

»Mir macht es schon etwas aus«, antwortete Follet. »Ich lasse sie Ihnen reparieren.« Er steckte die Uhr ein. »Nein, ich bestehe darauf«, wischte er Raqis Widerspruch beiseite. »Ich habe sie beschädigt, ich komme auch für die Reparatur auf. Wer gibt?« Raqi fügte sich.

Sie spielten weiter, und Raqis Glückssträhne hielt an. Soweit Warren es beurteilen konnte, war er ein durchaus guter Pokerspieler. Er hatte nicht das Gefühl, daß Follet ihm insgeheim unter die Arme greifen mußte, wenngleich er auch diese Möglichkeit nicht mit Sicherheit ausschließen konnte. Er wußte bloß, daß er selbst in einem fort verlor, obwohl er sich redlich Mühe gab. Tozier machte seine früheren Verluste wett und stand mit einigermaßen ausgeglichenem Punktekonto da. Follet jedoch hatte eine Pechsträhne erwischt.

Der Zigarettenrauch, der als Nebel im Zimmer hing, wurde immer dichter, und Warren bekam allmählich Kopfschmerzen. So etwas entsprach nicht im mindesten seiner Vorstellung von einem vergnüglichen Samstagnachmittag. Er warf einen Blick auf seine Uhr und sah, daß es schon Viertel nach zwei war. Im Nebenzimmer hatte Ben Bryan jetzt sicher alle Hände voll mit der Aufzeichnung des Fernsehprogramms zu tun.

Um Viertel vor drei warf Tozier mit verärgerter Miene sein Blatt auf den Tisch. »He!« sagte er aufgeregt. »Wir müssen doch anrufen.«

Follet schaute auf seine Uhr. »Mann, das hätte ich beinahe vergessen. Es ist ja schon Viertel vor drei.« Er stand auf und ging zum Telefon.

»Ich hätte gedacht, es wäre schon später«, meinte Raqi überrascht.

Warren ließ Raqi einen Blick auf seine Uhr werfen. »Nein, es ist noch so früh. Aber für uns wird es vielleicht trotzdem schon knapp.«

Follet hatte bereits die Hand nach dem Hörer ausgestreckt, als Tozier ihn barsch anfuhr: »Doch nicht den Apparat, Johnny. Erledigen Sie das unten von der Halle aus.« Er deutete mit dem Kopf vielsagend auf Raqi.

»Javid kann man trauen«, antwortete Follet leichthin.

»Ich habe gesagt, von der Halle aus.«

»Ach, nun seien Sie doch nicht so hart, Andy. Der Junge war immerhin ehrlich genug, Ihnen die Brieftasche zurückzugeben, obwohl er Sie nicht einmal kannte. Warum sollen wir ihn also ausschließen?«

Warren sagte leise: »Sie waren schon immer ein harter Brocken, Andy.«

Raqi schaute verständnislos von einem zum anderen, er begriff nicht, was eigentlich vor sich ging. Tozier zuckte unwillig die Achseln. »Meinetwegen, aber ich dachte, die Sache sollte unter uns bleiben.«

»Das spielt doch jetzt keine Rolle mehr«, antwortete Warren gleichmütig. »Javid kann man trauen, das wissen wir. Rufen Sie schon an, Johnny, die Zeit drängt. Wenn wir noch weiter herumstreiten, kommen wir womöglich noch zu spät.«

»Okay«, sagte Follet und begann zu wählen. Mit dem Körper versperrte er die Sicht auf den Apparat. Er wartete. »Sind Sie das, Jamshid? ... Ja, ich weiß. Wir haben alle zu klagen ... Diesmal gewinne ich, bestimmt ... Ich bin doch noch früh genug dran für das Rennen um drei? ... Also dann, zwanzigtausend Rial auf Al Fahkri.« Er drehte sich um und lachte Raqi an. »Ja, auf Sieg ... ach ja, und legen Sie nochmal zwei Tausender drauf, für einen Bekannten.«

Er legte den Hörer auf. »Die Wette läuft, Jungs. Die Chancen stehen acht zu eins. Für Sie habe ich zweitausend gesetzt, Javid.«

»Aber Johnny, ich wette doch nicht auf Pferde«, widersprach Raqi. »Zweitausend Rial sind eine Menge Geld.«

»Betrachten Sie sich als eingeladen«, antwortete Follet großmütig. »Zur Strafe kommt Andy für Ihren Einsatz auf. Nicht wahr, Andy?«

»Leck mich«, schnauzte Tozier.

»Nur keine Bange, Javid«, sagte Follet. »Ich zahle Ihren Einsatz.« Er wandte sich Warren zu. »Der Junge kann bleiben und es sich anschauen. Schließlich versteht sowieso keiner von uns die Sprache, da kann er uns dann gleich sagen, welcher Gaul gewonnen hat, obwohl wir das ja sowieso schon längst wissen.«

»Nun halten Sie doch Ihr großes Maul«, sagte Tozier wütend.

»Es geht schon in Ordnung, Andy«, beruhigte Warren ihn. »Johnny hat recht. Sie sind ein geiziger, undankbarer Mistkerl. Wieviel war denn eigentlich in der Brieftasche, die Sie verloren haben?«

»Ungefähr hunderttausend Rial«, antwortete Tozier zögernd.

Follet platzte der Kragen. »Und da stellen Sie sich wegen den paar Kröten so knickerig an?« rief er. »Mann, die Belohnung kommt doch noch nicht mal aus Ihrer eigenen Tasche. Jamshid wird sie ihm zahlen.« Er drehte sich zu Raqi. »Kennen Sie Jamshid, mein Junge?«

Raqi lächelte verlegen. Es war ihm peinlich, daß er aus irgendeinem unerklärlichen Grund zum Zentrum ihrer Auseinandersetzung geworden war. »Wer in Teheran kennt ihn nicht? Jeder, der auf Pferde wettet, geht zu Jamshid.«

»Ja, der ist bekannt wie ein bunter Hund«, pflichtete Follet ihm bei. »Er blecht sofort, wenn du gewinnst, aber gnade dir Gott, falls du nicht genauso schnell bezahlst, wenn du verlierst. Ein richtig harter Knochen.«

»Wie wäre es denn, wenn wir uns ansehen, wie unser Geld ins Ziel läuft?« schlug Warren vor. Er deutete mit dem Kopf auf den Fernsehapparat. »Das Rennen müßte jeden Moment übertragen werden.«

»Stimmt«, sagte Follet und ging zu dem Gerät. Warren drückte die Daumen, daß Ben saubere Arbeit geleistet hatte. Der kannte nämlich den Namen des Siegers aus dem Drei-Uhr-Rennen bereits und hatte ihn Follet bei dem gespielten Telefonanruf mitgeteilt, aber wenn er die Aufzeichnung versaut hatte, ging ihr ganzer Plan trotzdem noch in die Hose.

Eine Stimme, die persisch sprach, war zu hören, dann flimmerten die Zuschauer auf einer Pferderennbahn über den Fernsehschirm. Follet musterte abschätzend das Bild und sagte: »Noch ungefähr fünf Minuten bis zum Start.« Warren stieß langsam den angehaltenen Atem aus.

»Was sagt er?« fragte Tozier.

»Er redet nur über die Pferde«, antwortete Raqi. Er lauschte eine Zeitlang. »Das ist Al Fahkri, Ihr Pferd, die Nummer fünf.«

»Unser Pferd, Javid«, verbesserte Follet ihn freundlich. »Sie sind schließlich auch mit dabei.« Er stand auf und ging zu der improvisierten Bar auf dem Sideboard. »Ich gieße uns schon mal den Siegestrunk ein. Es wird ein schnelles Rennen.«

»Sind Sie denn so sicher, daß Sie gewinnen?« fragte Raqi.

Follet drehte sich um und zwinkerte ihm auffällig zu. »Sicher ist nicht ganz das richtige Wort. Das Amen in der Kirche ist ein Klacks dagegen.« Er ließ sich mit dem Einschenken Zeit.

Tozier sagte: »Sie gehen an den Start, Johnny.«

»Schon gut, schon gut. Aber eigentlich spielt es doch sowieso keine Rolle, oder?«

Als das Rennen begann, wurde die Stimme des Berichterstatters lauter, und Warren fand, daß es völlig egal war, ob man die Sprache verstand oder nicht, der Kommentar bei einem Pferderennen war und blieb unverwechselbar. Gespannt beobachtete Raqi, wie Al Fahkri am Feld vorbeizog und schon beinahe zu dem in Führung liegenden Pferd aufgeschlossen hatte. »Er könnte es schaffen.«

»Er wird es schaffen«, sagte Follet gleichmütig. »Er gewinnt.«

Al Fahkri siegte mit zwei Längen Vorsprung.

Warren stand auf und schaltete den Fernsehapparat aus. »Das war's«, meinte er gelassen.

»Hier Junge, trinken wir auf Jamshid«, sagte Follet und drückte Raqi ein Glas in die Hand. »Auf den ehrlichen Buchmacher, der nie mit den Gewinnen durchgeht. Jetzt sind Sie ein reicherer Mann als heute morgen.«

Raqi schaute sich die drei Männer der Reihe nach an. Warren hatte ein Notizbuch gezückt, in das er jetzt methodisch Zahlen eintrug. Tozier suchte die Karten zusammen, die verstreut auf dem Tisch lagen. Follet strahlte über die gelungene Überraschung. Zögernd fragte der junge Iraner: »Das Rennen war... abgesprochen?«

»Abgesprochen ist genau das richtige Wort, mein Junge. Wir haben uns ein paar gute Jockeys gekauft. Ich habe Ihnen ja gleich gesagt, daß wir gewinnen, wäre sicherer als das Amen in der Kirche.«

Warren fühlte sich mies.

Follet holte eine Brieftasche aus seiner Jacke, die über einer Stuhllehne hing, und zählte einige Banknoten ab. »Sie brauchen sich nicht erst zu Jamshid zu bemühen«, sagte er. »Ich kassiere bei ihm dann Ihren Gewinn gleich mit unserem ab.« Er warf ein Bündel Geldscheine vor Raqi auf den Tisch. »Die Quote war acht zu eins, hier haben Sie Ihre sechzehntausend.« Er grinste. »Den Einsatz kriegen Sie nicht zurück, es war ja nicht Ihr Geld. Okay, Junge?«

Raqi nahm das Geld in die Hand und starrte es verdattert an. »Nun machen Sie schon«, drängte Follet. »Es gehört Ihnen.«

»Danke«, antwortete Raqi und steckte die Scheine ein.

Tozier sagte knapp: »Spielen wir weiter.«

»Gute Idee«, meinte Follet. »Womöglich können wir Javid die sechzehntausend wieder abknöpfen.« Er setzte sich hin, und Warren steckte das Notizbuch weg. »Wie stehen die Aktien bis jetzt, Nick?«

»Knapp unter zwei Millionen«, antwortete Warren. »Ich finde, wir sollten langsam eine kleine Pause einlegen.«

»Wo es gerade so richtig schön läuft? Sie müssen verrückt sein.«

»Jamshid wird sich seine Gedanken machen«, meinte Warren. »Sicher, wir haben es geschickt angestellt, und er weiß nicht, daß wir drei ein Syndikat sind, aber früher oder später muß er uns auf die Schliche kommen, wenn wir uns nicht vorsehen. So wie ich Jamshid kenne, will ich es darauf nicht unbedingt ankommen lassen. Ich möchte nicht gern meine Knochen vorsorglich numerieren müssen.«

»Na schön«, gab Follet nach. »Also nur noch eine letzte Nummer nächsten Samstag, auf jeden Fall erst mal für die nächste Zeit. Aber warum sollen wir dann nicht wenigstens richtig reinklotzen?«

»Nein!« sagte Tozier barsch.

»Wieso denn nicht? Wenn wir nun hunderttausend bei zehn zu eins setzen? Dann wären wir in Null Komma nichts um eine Million reicher.« Follet breitete die Hände aus. »So ließe sich auch leichter teilen, eine Million für jeden.«

»Es wäre zu riskant«, beharrte Warren.

»Wartet mal, ich habe da eine Idee«, sagte Follet aufgeregt. »Unseren lieben Javid hier kennt Jamshid doch noch nicht, oder? Warum soll er dann nicht für uns setzen? Das wäre gut für uns, und für ihn würde auch etwas dabei herausspringen. Er könnte seine eigenen Kröten oben drauf packen und sich selbst etwas hinzuverdienen. Was meinen Sie, Javid?«

»Ach, ich weiß nicht«, antwortete Raqi unsicher.

Toziers Interesse war geweckt. »So könnte es klappen«, meinte er nachdenklich.

»Sie wären ein gemachter Mann, Javid«, sagte Follet. »Sie schnappen sich die sechzehntausend, die Sie gerade gewonnen haben, und verwandeln sie in einhundertsechzigtausend – genausoviel, wie wir drei heute verdient haben. Und es kann nichts schiefgehen, das ist ja gerade das Schöne daran.«

Raqi schnappte nach dem Köder wie ein Fisch nach dem

Wurm am Angelhaken. »Na schön«, sagte er plötzlich. »Ich mache mit.«

»Einverstanden«, sagte Warren, der sich geschlagen gab. »Aber es ist in diesem Jahr das letzte Mal, kapiert?«

Follet nickte, und Tozier fragte: »Spielen wir noch eine Runde?«

»Bis sechs Uhr«, antwortete Warren. »Ich habe heute abend noch eine Verabredung. Egal, wer verliert oder gewinnt, um sechs wird Schluß gemacht.«

Er gewann beinahe alles zurück, was er im Laufe des Nachmittages verloren hatte. Einmal zahlte sich für ihn ein gewagter Bluff aus, aber auch ansonsten bekam er jetzt anscheinend wesentlich bessere Karten auf die Hand. Um sechs Uhr betrugen seine Verluste nur noch knapp tausend Rial. Seine Uhr hatte er inzwischen unauffällig wieder vorgestellt.

»Das war's«, sagte Follet. »Bis nächste Woche also, Javid.« Er zwinkerte ihm zu. »Dann sind Sie ein reicher Mann.«

Als Raqi gegangen war, stand Warren auf und reckte sich. »Was für eine Art, einen Nachmittag zu verbringen«, sagte er.

»Unser Junge ist glücklich und zufrieden«, meinte Follet. »Er ist jetzt groß im Geschäft, ohne daß es ihn auch nur einen Pfennig gekostet hat. Sehen wir mal, um wieviel er uns erleichtert hat. Was haben Sie verloren, Warren?«

»Mehr oder weniger einen Tausender.«

»Andy?«

»Knapp dreitausend. Der spielt wirklich gut.«

»Ja, das kann er«, sagte Follet. »Nach dem Rennen mußte ich ihm ein paar Piepen abknöpfen, er sollte ja nicht denken, daß er beim Pokern mehr verdienen kann als mit den Pferden.« Er schaute hoch und blickte Warren an. »Ein Pokerspieler sind Sie jedenfalls nicht. Mal sehen, ich habe auch einen Tausender verloren, also hat er insgesamt einundzwanzigtausend verdient, einschließlich der Scheinchen, die ich ihm für das Rennen gegeben habe. Er kommt nächste Woche wieder.«

»Der ist jetzt erst richtig auf den Geschmack gekommen«, meinte Tozier. »Ich dachte, Sie hätten gesagt, er sei ein ehrlicher Mensch.«

»Eine kleine diebische Ader haben wir doch alle«, antwortete Follet. »Einen Buchmacher zu betrügen, wird von vielen durchaus ehrbaren Menschen als völlig rechtmäßig angesehen. So ähnlich, als würde man eine Flasche Whisky durch den Zoll schmuggeln.« Er hob die Spielkarten auf und mischte sie. »Unter Gaunern gibt es ein Sprichwort: Einen ehrlichen Menschen kann man nicht betrügen. Wäre Javid wirklich ehrlich, würde die Sache nicht klappen. Aber er ist eben auch nicht anständiger als die meisten anderen.«

»Können Sie ihm tatsächlich beim Pokern genug Geld aus der Tasche ziehen?« fragte Warren. »Davon hängt eine Menge ab.«

»Das habe ich doch heute nachmittag schon bewiesen, oder?« erregte sich Follet. »Das müßten Sie selbst am besten wissen. Sie dachten doch wohl nicht etwa, daß Sie plötzlich wegen Ihrer eigenen brillanten Spielkünste gewonnen hätten.« Er streckte Warren die Hand hin. »Heben Sie die oberste Karte ab.«

Warren nahm sie. Es war eine Karo neun.

Follet hielt immer noch den Packen Karten. »Legen Sie sie wieder zurück. Jetzt hebe ich die oberste Karte ab. Lassen Sie mich dabei nicht aus den Augen.« Er nahm sie und warf sie geschmeidig vor Warren auf den Tisch. »Drehen Sie sie um.«

Warren deckte ein Kreuz As auf.

Follet lachte. »Beim Geben bin ich nicht schlecht. Ich habe die zweite Karte gezogen und nicht die erste, aber Sie haben es nicht gemerkt.« Er hob die Hand. »Wenn Sie einmal jemand begegnen, der so das Kartenspiel hält, lassen Sie sich besser nicht auf eine Partie mit ihm ein. Das ist der Falschspielergriff. Der Mann zieht die Karten von unten, oder von oben, und zum Schluß zieht er Ihnen die Hosen aus. Ich werde spielend mit Javid fertig.«

IV

Es sollte eine lange Woche werden. Obwohl Warren einsah, daß sie in der Zwischenzeit nichts unternehmen konnten, ärgerte ihn die Untätigkeit doch. Tozier und Follet spielten ununterbrochen Kopf oder Zahl, wobei Tozier zu seiner Verärgerung weiterhin stetig verlor. »Ich kriege das noch raus, und wenn es das letzte ist, was ich im Leben tue«, sagte er, und Follet gluckste zufrieden in sich hinein.

Warren konnte nicht begreifen, was Tozier an diesem Spiel so fesselte. Aber obwohl es für ihn nichts weiter war als eine alberne Kinderei, konnte auch er sich nicht erklären, weshalb Follet so beständig gewann, wo doch die Chancen für jeden Spieler gleich gut standen und er auch nicht betrügen konnte.

Bryan war ebenso unruhig wie Warren. »Ich fühle mich wie ein Außenseiter«, sagte er. »Wie das fünfte Rad am Wagen. Ich komme mir vor, als würde ich überhaupt nichts tun und auch nicht weiterkommen.«

»Sie sind nicht der einzige, dem es so geht«, gab Warren gereizt zurück.

»Ja, aber ich mußte mich mit dem blöden Videorecorder abgeben, während ihr euren Spaß hattet.«

»Aber das war doch die allerwichtigste Aufgabe, Ben.«

»Schon möglich, aber die ist jetzt erledigt. Beim nächsten Mal braucht ihr den Videorecorder nicht. Was mache ich dann in der Zwischenzeit, Däumchen drehen?«

Follet hob den Kopf. »Augenblick mal.« Er musterte Ben abschätzend. »Womöglich lassen wir uns hier eine Chance durch die Lappen gehen. Ich glaube, wir können Sie doch noch gebrauchen, Ben, aber dazu müßten Sie vorher mit mir und Andy etwas einstudieren. Machen Sie mit?«

»Aber sicher«, antwortete Ben begeistert.

Bevor sich die drei Männer zu einer Probe zurückzogen, sagte Follet noch zu Warren: »Zerbrechen Sie sich nicht den Kopf darüber, Nick. Es ist besser, wenn Sie nicht wissen, was passiert. Sie sind sowieso ein lausiger Schauspieler, und es soll eine richtige Überraschung werden.«

Der Samstag kam, und Javid Raqi ließ nicht lange auf sich warten. Follet hatte ihn angerufen und eine längere Pokersitzung vorgeschlagen, wozu Raqi begeistert ja gesagt hatte. »Wir brauchen Zeit, um den kleinen Mistkerl auszunehmen«, erklärte Follet zynisch.

Um halb elf begann die Pokerpartie, und anfänglich gewann genau wie in der Vorwoche Raqi. Doch dann wendete sich das Blatt. Hatte er drei Könige, kam Warren mit drei Assen, sein Fullhouse wurde von Toziers vier Dreien geschlagen; hatte er einen Flush, übertrumpfte ihn Follet mit einem Fullhouse. So erging es ihm nicht bei jedem Spiel, doch wenn es passierte, ging es um hohe Einsätze, und Raqi verlor beträchtliche Summen. Daß er hin und wieder einmal ein gutes Blatt bekam, wurde durch die vielen verlorenen Spiele mehr als wettgemacht.

Am Mittag hatte er den Inhalt seiner Brieftasche aufgebraucht und zückte zögernd einen Briefumschlag. Ungeduldig riß er ihn auf und schüttete einen Packen Geld auf den Tisch.

»Wollen Sie das auch bestimmt machen?« fragte Follet leise.

»Ich habe noch Geld, viel Geld«, antwortete Raqi nervös.

»Nichts für ungut«, sagte Follet, während er die Karten zusammenklaubte. »Sie werden schon wissen, was Sie tun. Sie sind schließlich ein großer Junge.« Er gab. Javid Raqi verlor weiter.

Um zwei Uhr nachmittags hatten sie Raqi beinahe völlig ausgenommen. Seit etwa einer halben Stunde hielt er sich nicht schlecht über Wasser, und das Geld vor ihm – ungefähr tausend Rial – kam und ging über den Tisch, doch im großen und ganzen änderte sich an seinen Gewinnen nichts mehr. Warren war ein wenig übel. Ihm behagte dieses Katz-und-Maus-Spiel überhaupt nicht.

Schließlich schaute Tozier auf die Uhr. »Kümmern wir uns jetzt lieber um die Gäule«, sagte er. »Wir haben nicht mehr viel Zeit.«

»Sicher«, antwortete Follet. »Rücken Sie mit dem Einsatz heraus, Nick. Sie sind ja schließlich unser Finanzexperte. Javid, Sie wissen, was Sie zu tun haben?«

Raqi war bleich geworden. »Ich muß nur anrufen«, sagte er kläglich, während Warren größere Geldscheine auf den Tisch blätterte.

»Aber nicht doch!« gab Follet zurück. »Auf Kredit nimmt Jamshid keine Wetten über fünfundzwanzigtausend an, und wir drei wollen hunderttausend setzen. Sie müssen es schon in Jamshids Laden einzahlen, bar auf die Kralle. Wieviel wollen Sie denn selber riskieren, Javid?«

Raqi schluckte. »Ich weiß nicht.« Er zeigte hilflos auf den Tisch. »Ich habe... ich habe es verspielt«, jammerte er.

»Pech gehabt«, meinte Tozier gleichmütig. »Vielleicht klappt es beim nächsten Mal.«

Warren schichtete die Scheine zusammen. »Hunderttausend«, sagte er und schob das Bündel über den Tisch.

»Aber Sie setzen das doch trotzdem für uns, ja?« fragte Follet, der das Geld an Raqi weitergab. »Das hatten Sie uns schließlich versprochen.«

Raqi nickte. Er zögerte, dann sagte er: »Könnten Sie... äh... könnten Sie mir nicht etwas leihen, nur bis nachher?«

Follet schaute ihn mitleidig an. »Mensch, Junge. Sie haben es hier mit Profis zu tun. Jeder spielt mit seinen eigenen Kröten. Beim Murmelspielen wird vielleicht getauscht und geliehen, aber nicht bei uns.«

Toziers verächtliches Schnauben schien Raqi den letzten Nerv zu rauben, denn er zuckte zusammen, als ob ihm jemand eine Ohrfeige verpaßt hätte. »Aber... aber...« stammelte er.

Warren schüttelte den Kopf. »Tut mir leid, Javid. Aber ich dachte, Sie hätten das kapiert. In diesem Geschäft ist jeder auf sich allein gestellt.« Er legte eine Pause ein. »Man könnte wohl sagen, es gebührt sich nicht, es ziemt sich nicht, sich Geld zu borgen.«

Raqi schwitzte. Er schaute auf seine zitternden Hände und vergrub sie in den Taschen. Er schluckte. »Wann muß ich bei Jamshid sein?«

»Ganz egal, Hauptsache, bevor die Gäule an den Start gehen«, antwortete Follet. »Aber wir wären lieber etwas früher dran. Schließlich wollen wir bei unserem letzten dicken Fischzug nichts riskieren.«

»Hätten Sie etwas dagegen, wenn ich kurz weggehen würde?« fragte Raqi.

»Solange Sie rechtzeitig zurück sind, nicht«, antwortete Follet. »Hier geht es nicht um kleine Fische, das wissen Sie ja.«

Raqi stand auf. »Ich bin gleich wieder da«, sagte er heiser. »Es dauert höchstens eine halbe Stunde.« Er stolperte durch die Tür.

»Aber kommt er auch wirklich zurück?« fragte Warren.

»Garantiert. Wenn die Dummen erst mal am Haken zappeln, kommen sie immer wieder«, sagte Follet mit zynischer Gewißheit.

»Wieviel haben wir ihm abgeknöpft?« wollte Tozier wissen.

Follet zählte das Geld nach und überschlug rasch die Summe im Kopf. »Ich komme auf rund achtundvierzigtausend. Er muß für das große Geschäft seine gesamten Ersparnisse abgehoben haben, aber leider haben wir die Mäuse zuerst in die Finger gekriegt. Jetzt schwitzt er wahrscheinlich Blut und Wasser und überlegt sich, wo er die Kohle auftreiben kann.«

»Wo soll er denn das Geld herbekommen?« fragte Warren.

»Wen kümmert's schon? Aber er findet welches, soviel steht fest. Er weiß ja, daß er mit uns den großen Reibach machen kann, und diese Gelegenheit läßt er sich jetzt nicht mehr entgehen. Er kann der Versuchung nicht widerstehen, Jamshid aufs Kreuz zu legen, also wird er das Geld schon irgendwo zusammenkratzen.«

Tozier und Follet spielten Kopf oder Zahl, während sie auf Raqis Rückkehr warteten – das Lamm auf dem Weg zur Schlachtbank –, und zur Abwechslung war das Glück diesmal nicht auf Follets Seite. Er zuckte die Achseln. »Was soll's, prozentual gesehen schneide ich immer noch besser ab.«

»Ich wüßte nur zu gern, weshalb«, meinte Tozier giftig. »Aber ich komme schon noch dahinter. Könnte sein, mir dämmert schon die Lösung.«

Es klopfte leise an der Tür. »Da kommt unser Bürschchen«, sagte Follet.

Er öffnete, und Javid Raqi kam ins Zimmer geschlichen. Er

ging zum Tisch und schaute auf die hunderttausend Rial, machte aber keine Anstalten, das Geld zu nehmen. Warren fragte: »Alles in Ordnung, Javid?«

Langsam streckte Raqi die Hände aus und nahm die Scheine an sich. »Ja«, antwortete er. »Ich bin soweit.« Plötzlich drehte er sich zu Follet um. »Das Pferd ist doch in Ordnung, ja? Es wird bestimmt gewinnen?« fragte er eindringlich.

»Du liebe Güte!« antwortete Follet. »Da haben Sie hunderttausend Rial von uns in der Hand und müssen das noch fragen? Natürlich gewinnt es. Es ist doch alles abgesprochen.«

»Dann gehe ich jetzt«, sagte Raqi und steckte rasch das Geld ein.

»Ich komme mit«, meinte Follet. Er grinste. »Nicht, daß wir Ihnen nicht trauen, aber ich finde es gar nicht schön, wenn Ihnen irgend so ein cleveres Bürschchen eins über den Schädel geben würde, während Sie mit unserem Geld durch die Gegend spazieren. Betrachten Sie mich als Ihren Leibwächter.« Er zog sich die Jacke an. »Wir sind rechtzeitig vor der Übertragung des Rennens wieder da«, sagte er, bevor er Raqi aus dem Zimmer scheuchte.

Warren seufzte. »Der Junge tut mir leid.«

»Mir auch«, antwortete Tozier. »Aber Johnny hat schon recht. Wäre er wirklich ehrlich, hätte ihm so etwas nie passieren können.«

»Wird wohl so sein«, sagte Warren, dann schwieg er. Doch schon bald rutschte er unruhig auf seinem Stuhl herum und fragte: »Was ist, wenn das Pferd nun doch gewinnt?«

»Ganz unmöglich«, antwortete Tozier mit Bestimmtheit. »Johnny und ich haben uns die lahmste Schindmähre ausgesucht, die wir finden konnten. Der Gaul könnte schon als Sieger durchs Ziel gehen«, gab er zu, »aber dann müßten sich alle anderen Pferde im Rennen ein Bein brechen.«

Mit einem unterdrückten Kichern fragte Warren: »Aber wenn er trotzdem gewinnt? Irgend jemand muß doch wohl Vertrauen in ihn setzen.«

»Dann haben wir einen Haufen Geld gewonnen – und Raqi auch, je nachdem, wieviel er sich hat beschaffen können. Dann müssen wir mit ihm die ganze Show noch einmal durchziehen. Aber dazu wird es nicht kommen.«

Er begann, mit sich selbst Kopf oder Zahl zu spielen. Warren schritt unterdessen gespannt im Zimmer auf und ab. Follet und Raqi kehrten erst nach längerer Zeit zurück, kurz bevor Warren zur Übertragung des Rennens den Fernseher einschaltete. Raqi, eine schmächtige, in sich selbst versunkene Gestalt, setzte sich wieder auf seinen Platz am Tisch. Follet gab sich fröhlich. »Javid hat die Hosen voll. Ich kann ihm noch so oft sagen, daß er keine Angst zu haben braucht, er macht sich trotzdem ganz verrückt. Aber er hat sich auch bis über die Ohren hineingestürzt, ich glaube, die Sache ist ein bißchen zuviel für ihn.«

»Wieviel haben Sie denn auf den Gaul gesetzt?« fragte Tozier neugierig.

Raqi antwortete nicht, doch Follet lachte dröhnend los. »Fünfzigtausend«, sagte er. »Und die Quote steht fünfzehn zu eins. Der Junge sackt gleich eine Dreiviertelmillion Rial ein. Ich sage ihm ständig, daß er sich nicht zu sorgen braucht, aber er glaubt mir offenbar nicht so recht.«

Tozier pfiff durch die Zähne. Eine Dreiviertelmillion Rial waren umgerechnet viertausend englische Pfund, ein Vermögen für einen kleinen iranischen Angestellten. Selbst der Einsatz von fünfzigtausend war für seine Verhältnisse kein Pappenstiel, ungefähr zweihundertundsechzig Pfund, kein geringer Prozentsatz von Raqis Jahresverdienst. Er fragte: »Wo haben Sie denn soviel aufgetrieben? Haben Sie zu Hause Ihr Sparschwein geplündert?«

Warren fuhr ihn an: »Es reicht! Das Rennen fängt gleich an.«

»Dann gieße ich schon mal den Siegestrunk ein«, sagte Follet und ging zum Sideboard. »Ihr könnt ja solange für mich mitjubeln. Unsere Mähre heißt Nuss el-leil.«

»Ich kapier' die Sprache nicht«, meinte Tozier. »Was heißt das, Javid?«

Raqi öffnete die blutleeren Lippen. Ohne die Augen vom Bildschirm zu nehmen, antwortete er: »Mitternacht.«

»Passender Name für einen Rappen«, sagte Tozier. »Und ab geht die Post.«

Warren schaute Raqi von der Seite her an. Der junge Mann kauerte verkrampft auf der Stuhlkante, der bläuliche Schimmer vom Fernsehapparat spiegelte sich in seinen Augen wider. Die Hände hatte er so fest ineinander verschlungen, daß die Knöchel weiß hervortraten.

Tozier rutschte unruhig hin und her. »Wo steckt denn der blöde Gaul? Können Sie ihn sehen, Javid?«

»An vierter Stelle«, antwortete Raqi. Einen Augenblick später sagte er: »Jetzt fällt er auf den fünften Platz zurück – nein, auf den sechsten.« Seine Hände begannen zu zittern.

»Was denkt sich eigentlich der verdammte Jockey?« schimpfte Tozier. »Der schmeißt den Sieg zum Fenster raus, verflucht noch mal!«

Fünfzehn Sekunden später war das Rennen gelaufen. Nuss el-leil war nicht einmal unter den ersten drei gelandet.

Follet stand wie gelähmt neben dem Sideboard. »Der Schweinehund hat uns reingelegt«, ächzte er. In einem Anfall wilder Wut schleuderte er das Whiskyglas gegen die Wand, wo es in tausend Stücke zersprang. »Dem zeige ich aber morgen, was eine Harke ist«, brüllte er.

Warren schaltete das Gerät aus. »Beruhigen Sie sich, Johnny. Ich habe ja gleich gesagt, daß es nicht ewig so weitergehen kann.«

»Klar, aber so hatte ich mir das Ende nicht vorgestellt«, gab Follet angriffslustig zurück. »Ich dachte, Jamshid würde uns auf die Schliche kommen, aber daß uns der kleine Affe auf dem Pferd übers Ohr haut, hätte ich im Leben nicht für möglich gehalten. Wenn ich den erst in die Finger kriege!«

»Das schlagen Sie sich besser gleich aus dem Kopf«, sagte Warren scharf. Einlenkend fuhr er fort: »Wir haben zwar hunderttausend Rial verloren, aber es sind doch bloß fünf Prozent unserer bisherigen Einnahmen. Das können wir verschmerzen.« Er setzte sich an den Tisch und suchte die Karten zusammen. »Wer spielt noch eine Runde mit?«

»Ich finde, Johnny hat recht«, mischte sich Tozier mit harter Stimme ein. »Das können wir uns nicht gefallen lassen. Mich führt kein mickriger Jockey an der Nase herum, das kann ich euch flüstern. Wenn ich mir einen Jockey kaufe, dann gehört er auch mir, verflucht!«

»Vergessen Sie es«, meinte Warren barsch. »Das Rennen ist nun einmal gelaufen, wir suchen uns ein anderes Betätigungsfeld. Ich habe doch gesagt, es ist das letzte Mal, oder?« Er drehte sich halb um. »Herrgott noch mal, jetzt kommen Sie schon wieder an den Tisch, Johnny. Es ist schließlich nicht das Ende der Welt. Außerdem sind Sie an der Reihe mit Geben.«

Seufzend setzte Follet sich hin. »Okay, nur geht es mir eben gegen den Strich, wirklich. Aber Sie sind der Boss.« Er mischte und schob die Karten über den Tisch. »Sie heben ab.«

Javid Raqi saß wie festgewachsen auf seinem Stuhl, er rührte sich nicht.

»He!« sprach Follet ihn an. »Was ist los, Junge? Man könnte glatt meinen, Sie hätten ein Gespenst gesehen.«

Zwei dicke Tränen quollen Raqi aus den Augen und kullerten über seine Backen.

»Du meine Güte!« sagte Tozier angewidert. »Was haben wir denn da, eine Heulsuse?«

»Seien Sie still, Andy!« schnauzte Warren ihn wütend an.

»Was haben Sie denn, Javid?« fragte Follet. »Haben Sie sich übernommen? Konnten Sie sich die fünfzigtausend nicht leisten?«

Raqi sah aus, als spielte sich vor seinem inneren Auge eine Schreckensszene ab. Seine olivfarbene Haut hatte eine schmutziggrüne Färbung angenommen, er zitterte am ganzen Leib. Er befeuchtete sich die Lippen und flüsterte: »Es war nicht mein eigenes Geld.«

»Oh, das ist übel«, meinte Follet mitfühlend. »Aber denken Sie daran, was ich Ihnen gesagt habe, mit anderer Leute Geld spielt man nicht. Ich habe Sie doch noch gewarnt, oder? Und Nick ebenfalls.«

»Jetzt verliere ich meine Stellung«, stöhnte Raqi. In seiner Stimme schwang offene Verzweiflung mit. »Was wird meine Frau sagen? Was wird sie nur dazu sagen?« Seine Stimme wurde schriller und schnappte über. Plötzlich stammelte er auf Persisch vor sich hin, und keiner konnte ihn mehr verstehen.

Follet streckte rasch die Hand aus und versetzte ihm einen Schlag ins Gesicht; der Schock ließ ihn verstummen. »Tut mir leid, Javid; aber sonst werden Sie uns noch hysterisch. Also, jetzt beruhigen Sie sich erst mal und erzählen mir, was los ist. Woher hatten Sie die Kohle?«

»Von meiner Arbeitsstelle«, antwortete Raqi, er schluckte krampfhaft. »Mein Vorgesetzter hat einen Tresor, und ich habe einen Schlüssel dazu. Da bewahrt er immer das Geld für unvorhergesehene Ausgaben auf. Ich bin ins Büro gegangen und habe... und habe...«

»Das Geld gestohlen«, beendete Tozier brutal den Satz.

Niedergeschlagen nickte Raqi. »Sobald er am Montag den Geldschrank öffnet, weiß er Bescheid. Dann weiß er, daß ich...«

»Immer mit der Ruhe, mein Junge«, sagte Follet. »Noch sitzen Sie ja nicht im Knast.«

Diese mögliche Folge hatte Raqi überhaupt noch nicht bedacht, und er stierte Follet mit wieder erwachtem Entsetzen an. Follet meinte: »Vielleicht können wir Ihnen aus der Patsche helfen.«

»Auf mich brauchen Sie dabei nicht zu zählen«, sagte Tozier unmißverständlich. »Ich habe keine Lust, einem kleinen Schnorrer unter die Arme zu greifen, der noch nicht einmal trocken hinter den Ohren ist. Er hat sich die Suppe selber eingebrockt, jetzt soll er sie gefälligst auch selber wieder auslöffeln. Wir hätten ihn überhaupt nicht erst beteiligen sollen. Das habe ich schon von Anfang an gesagt.«

Warren warf Follet, der nur mit den Achseln zuckte, einen Blick zu und meinte: »Wahrscheinlich hat er recht. Aus Fehlern wird man klug, Junge. Wenn wir Ihnen jetzt helfen, dann landen Sie doch nur irgendwann wieder im selben Schlamassel.«

»O nein, das verspreche ich, das verspreche ich.« Raqi warf sich unterwürfig mit weit ausgebreiteten Armen über den Tisch. »Helfen Sie mir, helfen Sie mir, ich verspreche Ihnen auch...«

»Herrschaftszeiten, stehen Sie auf, seien Sie ein Mann!« schnauzte Tozier. Er erhob sich. »So etwas Jämmerliches kann man sich ja nicht mit ansehen. Ich verzieh' mich.«

»Augenblick noch«, hielt Follet ihn auf. »Ich glaube, ich habe eine Idee.« Er zeigte mit dem Finger auf Tozier. »Haben Sie mir nicht von einem Typen erzählt, der eine Information von der Firma braucht, bei der der Junge arbeitet? Irgendwas über Chemikalien?«

Tozier überlegte kurz, dann nickte er. »Was ist damit?«

»Wieviel würde er dafür ausspucken?«

»Woher soll ich denn das wissen?« meinte Tozier gequält. »Der Kerl hat irgendein Ding vor, das mich nicht die Bohne interessiert.«

»Aber fragen könnten Sie ihn doch. Da drüben steht das Telefon.«

»Wozu sollte ich? Für mich springt dabei ja doch nichts raus.«

»Du meine Güte, können Sie sich nicht einmal in Ihrem Leben wie ein Mensch benehmen?« schimpfte Follet aufgebracht.

Obwohl Warren nur mit leiser Stimme sprach, hatte er sich sofort Gehör verschafft. »Rufen Sie an, Andy.«

»Ach, na schön.« Tozier griff nach seinem Jackett. »Ich müßte hier irgendwo noch seine Nummer haben.«

Follet klopfte Raqi auf die Schulter. »Kopf hoch, Javid. Irgendwie holen wir Sie aus dem Schlamassel schon wieder raus.« Er setzte sich zu ihm und redete halblaut auf ihn ein.

Tozier führte ein unverständliches Telefongespräch. Schließlich legte er den Hörer auf die Gabel und ging mit einem Zettel in der Hand zum Tisch. »Der Typ will wissen, wer diese Chemikalien bestellt hat, vor allem die Mengen müssen stimmen. Er will wissen, wohin sie geliefert wurden. Außerdem braucht er sämtliche Informationen, die Sie über einen gewissen...« Er warf einen Blick auf den Zettel. »...einen gewissen Speering in Erfahrung bringen können. Das wäre alles.« Er rieb sich das Kinn. »Ich habe ihn auf vierzigtausend raufgehandelt, aber mehr spuckt er für die Auskünfte nicht aus.«

»Wozu braucht er sie denn?« fragte Warren.

»Ich schätze, es geht wohl um Industriespionage.«

Follet nahm Tozier das Papier ab. »Was kümmert es uns, wozu er sie braucht, solange Javid sie ihm liefern kann.« Er gab den Zettel an Raqi weiter. »Können Sie das herausfinden?«

Raqi rieb sich die Augen, dann las er die Liste sorgfältig

durch. Er nickte und flüsterte: »Ich glaube schon. Das steht alles in den Auftragsbüchern.«

»Aber der Kerl geht nur bis vierzigtausend, verdammter Mist«, schimpfte Follet. »Ach, scheiß drauf, ich würde schon mithelfen, die restliche Kohle zusammenzuwerfen.«

»Aber ohne mich«, sagte Tozier grimmig. »Ich habe meinen Teil getan.«

»Nick?«

»Also gut, Johnny. Dann legen eben wir beide zusammen.« Warren zählte von dem Geld auf dem Tisch fünftausend Rial ab und gab sie Follet.

»Na, sehen Sie, Javid. Damit hätten wir hier schon einmal zehntausend. Und um die restlichen vierzigtausend in die Hand zu bekommen, müssen Sie nur mal kurz bei sich im Büro vorbeischauen. Haben Sie den Schlüssel?«

Raqi nickte und ließ sich von Follet vom Stuhl hochziehen. »Es wird ein bißchen dauern«, sagte er.

»Eine halbe Stunde, länger haben Sie ja heute nachmittag auch nicht gebraucht, um den Tresor auszuräumen«, meinte Tozier gehässig.

Follet brachte Raqi zur Tür hinaus und machte sie behutsam hinter ihm zu. »Damit hätten wir es fast geschafft. Uns bleibt nur noch eines zu tun.«

Warren seufzte. »Schmutziger als das, was wir bis jetzt schon getan haben, kann es wohl auch nicht mehr werden. Worum handelt es sich denn?«

»Sie spielen dabei sowieso nicht mit, regen Sie sich also gar nicht erst auf«, antwortete Follet. »Jetzt heißt es nur noch abwarten. Ich muß mal kurz zu Ben, bin in zehn Minuten wieder da.«

Warren kam es wie eine Ewigkeit vor, bis Raqi zurückkehrte. Während die Minuten verstrichen, machte er sich Gedanken darüber, in was für einen Unmenschen er sich allmählich unter den Belastungen ihres wahnwitzigen Abenteuers verwandelte. Nicht genug damit, daß er Follet erpreßt hatte, jetzt trug er auch noch zum Ruin eines jungen Mannes bei, der sich nie etwas hatte zuschulden kommen lassen. Follet mochte wohl recht haben mit seinem Spruch, daß man einen ehrlichen Menschen nicht betrügen kann; aber wer einem anderen dreißig Silberlinge anbot, machte sich genauso schuldig wie derjenige, der sie nahm.

Dann klopfte es wie erhofft an der Tür, Follet machte auf. Raqi hatte sich ein wenig gefangen, er machte keinen so völlig verzweifelten Eindruck mehr. Er hatte mehr Farbe im Gesicht und ließ sich auch nicht mehr so schlaff hängen wie eine halbe Stunde zuvor.

Follet fragte: »Na, Junge, haben Sie alles?«

Raqi nickte. »Ich habe es auf Englisch abgeschrieben, das ist sicher besser.«

»Da haben Sie ganz recht«, sagte Follet erleichtert, der an dieses Problem überhaupt nicht mehr gedacht hatte. »Geben Sie her.«

Raqi reichte ihm drei Blätter Papier, die er gleich an Tozier weitergab. »Sorgen Sie dafür, daß es in die richtigen Hände kommt, Andy.« Tozier nickte, und Follet händigte Raqi ein Bündel Banknoten aus. »Da haben Sie Ihre fünfzigtausend, Javid. Am besten legen Sie sie so schnell wie möglich wieder in den Tresor zurück.«

Raqi steckte gerade das Geld weg, als plötzlich die Tür aufflog. Auf der Schwelle stand ein mit einem Schal vermummter Mann mit einer Automatik in der Hand. »Keiner rührt sich vom Fleck«, sagte er dumpf. »Dann passiert euch auch nichts.«

Ungläubig sah Warren, wie der Mann einen Schritt nach vorne machte. Er fragte sich, wer zum Teufel das sein mochte und was er wohl vorhatte. Der Fremde deutete mit der Pistole auf die gegenüberliegende Wand. »Da rüber«, befahl er. Raqi und Follet begaben sich eingeschüchtert zu Warren auf die andere Seite des Zimmers.

»Du nicht«, sagte der Mann zu Tozier, als auch der sich in Bewegung setzen wollte. »Du bleibst da.« Er ging auf Tozier zu und riß ihm die Zettel aus der Hand. »Mehr wollte ich nicht.«

»Das hast du dir so gedacht!« rief Tozier und sprang den anderen an. Es gab einen lauten Knall, und Tozier blieb stehen, als wäre er gegen eine Wand gelaufen. Ein verwunderter Ausdruck huschte über sein Gesicht, dann knickten die

Beine unter ihm weg. Langsam wie ein gefällter Baum kippte er zur Seite, als er auf dem Fußboden aufschlug, quoll ihm ein Blutstrahl aus dem Mund.

Krachend fiel die Tür hinter dem Besucher ins Schloß, ein leichter Pulvergeruch hing in der Luft.

Follet rührte sich als erster wieder von der Stelle. Mit einem Satz war er bei Tozier und kniete sich neben ihn. Dann schaute er verwundert hoch. »Großer Gott, er ist tot!«

Warren, in dem sich der Arzt zu Worte meldete, hatte das Zimmer mit zwei mächtigen Schritten durchmessen, doch Follet hielt ihn zurück. »Nicht anfassen, Nick. Sie dürfen kein Blut an den Anzug bekommen.« Follets Stimme klang eigenartig, deshalb blieb er stehen.

Raqi zitterte wie eine Espe im Wirbelsturm. Ein entsetzter Laut entfuhr seinen Lippen, doch keine Worte, nur immer und immer wieder stöhnte er gequält auf, während er völlig außer sich auf die Blutspritzer an seinem Jackettärmel starrte. Follet packte ihn beim Arm und schüttelte ihn. »Javid! Javid, lassen Sie das! Hören Sie mich?«

Allmählich konnten sie Raqi verstehen. »Es... es... geht schon.«

»Dann hören Sie mir jetzt gut zu. Es gibt keinen Grund, Sie in die Geschichte mit hineinzuziehen. Ich habe selbst keine Ahnung, was hier eigentlich passiert ist, aber Sie können sich aus der Sache heraushalten, wenn Sie sich beeilen.«

»Was meinen Sie damit?« Raqi keuchte jetzt kaum noch.

Follet schaute auf Toziers Leiche. »Nick und ich schaffen ihn weg. Armes Schwein, auch wenn er ein ausgemachter Mistkerl war, so etwas hätte ich ihm trotzdem nicht gewünscht. Diese Informationen, die sein Bekannter haben wollte, müssen ja brandheiß gewesen sein.« Er wandte sich Raqi zu. »Wenn Sie wissen, was für Sie gut ist, dann verschwinden Sie jetzt und halten den Mund. Gehen Sie ins Büro, legen Sie das Geld zurück in den Tresor, laufen Sie nach Hause, und behalten Sie alles für sich. Verstehen Sie mich?«

Raqi nickte.

»Also dann, nichts wie weg«, sagte Follet. »Und schön langsam gehen, nicht rennen. Immer schön mit der Ruhe.«

Mit einem unterdrückten Aufschrei stürzte Raqi aus dem Zimmer und knallte die Tür hinter sich zu.

Follet seufzte und rieb sich den Nacken. »Der arme Andy. Was für ein heldenhafter Mistkerl. Okay, Sie können jetzt aufstehen. Erhebe dich von den Toten, Lazarus.«

Tozier schlug die Augen auf, zwinkerte und stemmte sich auf einem Ellenbogen hoch. »Wie war ich?«

»Spitze. Ich dachte schon, Ben hätte Ihnen wirklich eins verpaßt.«

Warren baute sich vor Follet auf. »War denn dieser Mummenschanz unbedingt nötig?« fragte er frostig.

»Unbedingt«, antwortete Follet knapp. »Nehmen wir nur einmal an, wir hätten ihn nicht so gründlich verschreckt. Innerhalb der nächsten paar Tage hätte er angefangen nachzudenken, er hätte zwei und zwei zusammengezählt. Und er braucht wirklich kein Geistesriese zu sein, um sich auszurechnen, daß er aufs Kreuz gelegt worden ist. Der Junge ist nämlich nicht auf den Kopf gefallen. Wir haben ihn bloß überrumpelt, ihm nie Zeit zum Überlegen gelassen.«

»Und?«

»Und jetzt wird er nie mehr imstande sein, mit klarem Kopf über die ganze Geschichte nachzudenken. Ein plötzlicher Todesfall verwirrt die Leute. Solange er lebt, wird er nie dahinterkommen, was eigentlich wirklich passiert ist. Er wird nie erfahren, wer Andy erschossen hat oder warum. Der Mord paßt nämlich einfach nicht zum Rest des Geschehens. Also wird er den Mund halten, weil er mit Mord nichts zu tun haben will. Darum mußten wir ihn mit dem Hühnergummi verscheuchen.«

»Mit dem *was?*«

»Dem Hühnergummi.« Follet deutete auf Tozier. »Zeigen Sie es ihm, Andy.«

Tozier spuckte sich etwas in die Hand. »Ich hätte das blöde Ding um ein Haar verschluckt.«

Auf der ausgestreckten Hand hielt er Warren ein rötliches Stück schlaffen Gummis hin. »Das ist nur ein kleiner Gummibeutel mit Hühnerblut, eben ein Hühnergummi. Damit schafft man sich ziemlich oft Typen vom Hals, für die man keine Verwendung mehr hat.« Er kicherte. »Außerdem ist das die einzige andere vernünftige Sache, die man mit einem Pariser machen kann.«

Grinsend kam Ben Bryan ins Zimmer. »Na, wie war ich, Johnny?«

»Ausgezeichnet, Ben. Wo sind denn nun die Papiere?« Er nahm sie Bryan ab und drückte sie Warren in die schlaffe Hand. »Da haben Sie, was Sie wollten.«

»Ja«, antwortete Warren bitter. »Das war es, was ich wollte.«

»Sie wollten es, und Sie haben es bekommen«, sagte Follet steif. »Also machen Sie etwas damit. Aber spielen Sie mir hier bloß nicht den großen Moralapostel vor, Warren. Sie sind auch nicht besser als wir anderen.«

Damit drehte er sich um und verließ den Raum.

6. KAPITEL

I

Wieder fuhren sie auf kurvenreichen, steilen Straßen durch die ocker-roten Berge Kurdistans. Warren war froh und dankbar, daß er die Führung übernommen hatte, denn irgendwo hinter ihm kämpften sich Tozier und Follet in dem anderen Landrover durch eine dicke Staubwolke, worum er sie nicht beneidete. Bryan lenkte den Wagen, Warren kümmerte sich um den Weg und hoffte, daß sie die auf der Karte markierte Stelle überhaupt finden konnten. Dies erwies sich nämlich als weitaus schwieriger, als es zunächst den Anschein gehabt hatte. Warren kam sich ein wenig vor wie Alice im Wunderland, wenn sich die nicht eingezeichneten Straßen so krümmten und wanden, daß es ihm manchmal so schien, als wäre der beste Weg, ein bestimmtes Ziel zu erreichen, genau in die entgegengesetzte Richtung zu fahren.

Auch bedurfte es großer Phantasie, in diesen Kratzern am Berg überhaupt Straßen zu erkennen, so schief, steinig und ausgewaschen waren sie. Oft bestand der Untergrund nur aus nacktem Fels, den die Hufe tausender Generationen von Kamelen im Laufe von Jahrhunderten oder sogar Jahrtausenden ausgetreten hatten. Schon Alexander der Große war durch dieses Gebirge gezogen. Inmitten seiner Hetären war er zum Siegeszug gegen Persien geritten und weiter nach Indien vorgestoßen; Warren hatte das Gefühl, daß die Straßen wohl seither nicht mehr ausgebessert worden waren.

Ein paarmal überholten sie Trüppchen kurdischer Nomaden, die vermutlich auf der Suche nach neuen Weideflächen waren, doch wo hier saftigere Wiesen zu finden sein sollten, blieb Warren ein Rätsel. Das ganze Land war eine Felsenwildnis mit vom Wind abgetragenen kahlen Böden, nur hin und wieder krallten sich ein paar genügsame Pflanzen in winzige Risse an der nackten Bergflanke, doch diese kümmerlichen Gewächse klammerten sich mit sturem Lebenswillen an ein paar dürftigen Erdbröckchen fest. Alles war braun und verbrannt, es war überhaupt kein Grün zu sehen.

Wieder einmal warf er einen Blick auf die Karte, dann schob er sie zur Seite, und darunter kamen die drei Blätter Papier zum Vorschein, die Javid Raqi auf Kosten seines Seelenheils aus dem Büro seiner Firma entwendet hatte. Seit Warren den ersten Blick auf die Informationen geworfen hatte, gingen sie ihm nicht mehr aus dem Sinn. Auf eine größere Menge an Chemikalien war er gefaßt gewesen, ausreichend, um vielleicht aus dem Rohopium einhundert Pfund Morphium gewinnen zu können. Doch Javids Zahlen waren einfach unglaublich.

Unvorstellbar große Mengen waren hier aufgelistet, die Vorräte an Methylenchlorid, Benzol, Amylalkohol, Salzsäure und Kalk reichten aus, um nicht weniger als zwei Tonnen Morphium herzustellen. *Zwei Tonnen!* Diese Vorstellung ließ ihn frösteln. Daraus konnte man genügend Heroin gewinnen, um den gesamten illegalen amerikanischen Drogenmarkt mindestens ein ganzes Jahr lang mit Drogen zu überschwemmen. Wenn diese Mengen in den Handel kamen, würden die Dealer viel zu tun bekommen und die Zahlen neuer Süchtiger explosionsartig in die Höhe schnellen.

Er sagte: »Ich habe mir gerade noch einmal die Zahlen angeschaut, Ben, aber es will mir noch immer nicht in den Kopf.«

Bryan bremste den Wagen leicht ab, da er auf eine unübersichtliche Kurve zusteuerte. »Man kann sich wirklich darüber wundern«, antwortete er.

»Wundern?« wiederholte Warren. »Man kann es einfach nicht glauben. Hören Sie mal, Ben. Dafür bräuchte man zwanzig Tonnen Rohopium – zwanzig Tonnen, verdammt noch mal! Solche Mengen würden auf dem Schwarzmarkt fast eine Million Pfund kosten. Meinen Sie etwa, die Delorme kann so viel Geld aus dem Ärmel schütteln?«

Bryan lachte. »Wenn ich soviel Moos hätte, würde ich mich zu Ruhe setzen.« Er riß das Steuer herum. »Da fällt mir gerade etwas ein. Vielleicht hat sich Raqi in der ganzen Aufregung verschrieben. Schließlich mußte er die Angaben aus der arabischen Schrift in westliche Zahlen umwandeln. Womöglich hat er nur einen einzigen Fehler gemacht, der sich aber jetzt als konstanter Faktor durch sämtliche Berechnungen zieht.«

Warren biß sich auf die Unterlippe. »Aber was für einen Faktor? Nehmen wir mal an, er hat sich um den Faktor zehn geirrt, dann kämen wir auf ungefähr vierhundert Pfund Morphium. Das ist zwar immer noch ganz schön viel, aber wesentlich akzeptabler.«

»Was würde für die Delorme dabei herausspringen?« fragte Bryan.

»Ungefähr zwanzig Millionen Dollar, wenn sie es in die Staaten schaffen kann.«

»Ja«, meinte Bryan abschätzend. »Das kann man wohl akzeptabel nennen.« Er mußte herunterschalten, da sie auf eine neue Steigung zuhielten. »Wie weit ist es denn noch bis zum Dingsbums... Wie heißt er noch gleich?«

»Scheich Fahrwaz.« Warren schaute auf die Karte. »Wenn alles gutgeht, was wir nach unseren bisherigen Erfahrungen allerdings wohl kaum erwarten dürfen, müßten wir in einer Stunde dort sein.«

Der Landrover kämpfte sich zum Grat des Gebirgspasses empor, und Bryan drosselte leicht die Geschwindigkeit, als sie oben angekommen waren. Warren, der durch die staubige Windschutzscheibe spähte, zuckte plötzlich zusammen. »Zurücksetzen, Ben«, rief er scharf. »Schnell, sofort, wir müssen weg von hier oben.«

Angesteckt von Warrens Aufregung, legte Bryan so hastig den Rückwärtsgang ein, daß der Landrover ruckartig zurücksetzte, dann stieg er auf die Bremse. »Laufen Sie ein Stück bergab«, befahl Warren. »Rennen Sie, so schnell Sie können, und halten Sie Andy an. Sagen Sie ihm, er soll zu Fuß zu mir raufkommen. Und knallen Sie ja die Tür nicht zu, wenn Sie aussteigen.«

Er machte die Tür auf und sprang auf den Boden. Während er das letzte Wegstück zum Grat des Passes zurücklegte, bog er von der Straße ab und hielt auf die paar Felsen zu, die ihm Deckung geben konnten. Keuchend kam er oben an, doch es war mehr die Aufregung als die Anstrengung. Er kauerte sich hinter den Felsen nieder, dann hob er vorsichtig den Kopf und spähte hinunter ins Tal.

Vor den unfruchtbaren Berghängen gegenüber zeichnete sich ein grüner Streifen ab, kultiviertes Land mit schachbrettartigen Feldern, in deren Mitte dichtgedrängt einige niedrige Gebäude mit flachen Dächern standen, entweder handelte es sich um ein kleines Dorf oder ein großes Gehöft. Hier wohnte Scheich Fahrwaz, der Mann, der die großen Mengen an Chemikalien bestellt hatte, die sich für die Landwirtschaft nicht eigneten, und hier hoffte Warren, Speering zu finden.

Als er hinter sich einen Stein bergab rollen hörte, drehte er den Kopf und sah Tozier, der dicht gefolgt von Follet zu ihm hinaufgeklettert kam. Nachdem er ihnen mit einer Handbewegung zu verstehen gegeben hatte, daß sie sich ducken sollten, legten sie das letzte Stück des Weges äußerst vorsichtig zurück. Dann lugten sie zusammen mit ihm hinunter ins Tal.

»Da wären wir also«, meinte Tozier nach einer Weile. »Und was nun?«

Plötzlich sagte Follet: »Die Leutchen da unten hatten wohl leichte Schwierigkeiten.«

Warren folgte seinem Blick. »Wie meinen Sie das?«

»Haben Sie denn keine Augen im Kopf?« fragte Follet. »Sehen Sie doch, die Bombentrichter. Ziehen sich in einer Linie durch das ganze Tal. Die eine Bombe hätte um ein Haar das Haus da drüben erwischt. Die Leutchen hat wohl einer von der Luft aus aufs Korn genommen.«

Follet schien recht zu haben. Die Linie der Krater zog sich quer durch das ganze Tal. Sie fing direkt unter ihnen an und lief pfeilgerade auf das Dorf und die dahinterliegenden Felder zu. Tozier langte nach seinem Fernglas. »Wer sollte die denn bombardieren wollen, die iranische Luftwaffe etwa?« Er stellte das Glas schärfer. »Auf jeden Fall war es ein jämmerlicher Versuch. Das Haus hat bestimmt keinen Kratzer abbekommen, an der Wand neben dem Krater ist von Reparaturarbeiten nichts zu sehen.«

»Sind Sie sicher, daß es Bombentrichter sind?« fragte Warren. Irgendwo in seinem Hinterkopf regte sich eine undeutliche Erinnerung.

»In Korea habe ich genügend zu Gesicht bekommen«, antwortete Follet.

»Doch, das sind Bombentrichter«, bestätigte Tozier. »Von ziemlich kleinen Bomben.«

Auf so etwas waren sie nun überhaupt nicht vorbereitet gewesen, es gab Warren neuen Anlaß zur Besorgnis. Er verdrängte das Problem erst einmal und fragte: »Also, was machen wir jetzt?«

Bryan war ebenfalls zu ihnen hochgestiegen. »Wir fahren einfach runter«, sagte er und deutete auf die Fahrzeuge. »Unsere Tarnung ist doch sehr überzeugend. Sogar hier werden die Leute schon einmal etwas von Filmen gehört haben.«

Tozier nickte. »Die Hälfte von uns fährt runter«, verbesserte er. »Ein Wagen. Der andere bleibt hier oben, schön versteckt und immer mit einem Ohr am Funkgerät.«

»Wie wollen wir vorgehen?« fragte Warren. Er machte sich keine falschen Vorstellungen von seinen Fähigkeiten, er wußte, daß Tozier als Profi ein solches Unternehmen besser in die Hand nehmen konnte. Deshalb war er durchaus bereit, sich nach dessen Anweisungen zu richten.

Tozier spähte ins Tal hinunter. »Ich habe in meinem Leben schon so manches unschuldig aussehende Dorf durchsucht, meistens nach Waffenverstecken. Aber dabei brauchten wir nie heimlich vorzugehen, wir konnten bewaffnet auftreten. Das geht hier nicht. Wenn die Leute da unten harmlos sind, werden sie uns gastfreundlich aufnehmen, wenn sie etwas zu verbergen haben, werden sie zumindest Gastfreundschaft heucheln. Wir müssen versuchen, einen Blick in jedes einzelne Gebäude zu werfen. Jedes Haus, in das sie uns nicht hineinlassen, spricht gegen sie. Danach lassen wir erst mal alles auf uns zukommen. Also dann, los!«

»Sie und ich also«, sagte Warren. »Während Ben und Johnny hier oben bleiben.«

Die Straße wand sich hinab in die fruchtbare Oase auf dem Talboden, deren saftiges Grün unendlich belebend auf das Auge wirkte. Einige Felder waren nicht bestellt und trugen nur flache Furchen von einfachen Pflügen, aber auf den meisten anderen wuchs die Ernte heran. Tozier, der am Steuer saß, fragte: »Können Sie Schlafmohn erkennen? Vielleicht finden wir hier welchen.«

»Ich kann keinen sehen«, antwortete Warren. »Augenblick mal, meinen Sie, wir könnten kurz mal einen Abstecher nach da drüben machen?«

»Warum nicht?« Tozier drehte das Lenkrad, der Landrover bog von der Straße ab und holperte durch unbefestigtes Gelände. Dabei wurden sie nicht wesentlich heftiger durchgerüttelt und geschüttelt als vorher, da man eigentlich die Straße sowieso nicht als solche bezeichnen konnte. »Wohin wollen Sie?«

»Ich möchte einen Blick auf diese Krater werfen«, sagte Warren. »Die Sache mit den Bomben läßt mich nicht los, das ergibt doch überhaupt keinen Sinn.«

Tozier brachte den Wagen neben dem nächsten Trichter zu Stehen, den Motor ließ er laufen. Sie stiegen aus und blickten quer über das Tal zu der Ansiedlung. Die Trichter liefen im Abstand von jeweils fünfzig Metern schnurgerade auf die Häuser zu. Tozier warf einen Blick auf den ihnen am nächsten liegenden Krater und meinte: »Wenn das kein Bombentrichter ist, geb' ich mein Lehrgeld zurück. Man sieht ja, wie die Erde am Rand aufgeworfen ist.«

»Schauen wir es uns mal näher an«, sagte Warren und ging los. Er kletterte über den weichen Erdwall am Kraterrand, sah hinein und prustete los. »Sie können schon mal mit dem Zahlen anfangen, Andy. Schauen Sie sich das an.«

»Menschenskinder!« staunte Tozier. »Das ist ja bloß ein Loch.« Er stieg in den Krater, hob einen Kieselstein auf und warf ihn in das Loch. Es dauerte eine ganze Weile, bis er mit einem kaum hörbaren Platschen unten auftraf. Tozier richtete sich auf und schaute mit verwunderter Miene an der Reihe von Bombentrichtern beziehungsweise Löchern entlang. »Das wird ja immer verrückter! Wer würde denn auf die Idee kommen, im Abstand von fünfzig Metern jede Menge Brunnenschächte in einer geraden Linie auszuheben?«

Warren schnippte mit den Fingern. »Jetzt hab' ich's! Es lag mir schon auf der Zunge, als Follet uns darauf aufmerksam machte, aber es wollte mir einfach nicht einfallen. Das ist ein *Qanat*.«

»Ein was?«

»Ein *Qanat*, ein unterirdischer Kanal.« Er drehte sich um und schaute zu den Bergen zurück. »Man zapft wasserhaltiges Gestein in den Bergen an und führt das Wasser so ins Dorf. Ich habe mich vor unserer Abreise mit dem Iran beschäftigt und etwas darüber gelesen. Fast das ganze Land ist damit durchsetzt, es gibt hier *Qanats* von insgesamt etwa dreihunderttausend Kilometer Länge.«

Tozier kratzte sich am Kopf. »Warum können sie denn ihre Kanäle nicht über der Erde bauen, wie jedes andere vernünftige Volk?«

»Wegen der Verdunstung«, erklärte Warren. »Wenn der Kanal unteririsch verläuft, geht nicht soviel Wasser verloren. Es ist ein sehr altes Bewässerungssystem, die Perser bauen diese Kanäle schon seit mindestens dreitausend Jahren.« Er lachte erleichtert auf. »Und das sind keine Bombentrichter, sondern Belüftungsschächte. Die braucht man, damit die Handwerker nicht ersticken, die mit Ausbesserungsarbeiten beschäftigt sind.«

»Das ist also des Rätsels Lösung«, sagte Tozier. »Fahren wir weiter.«

Sie kehrten zur Straße zurück und fuhren dann auf die Ansiedlung zu. Die Häuser waren gebaut wie viele andere, an denen sie bisher schon vorbeigekommen waren. Sie hatten Wände aus gestampftem Lehm, flache Dächer und bestanden alle nur aus ein paar Zimmern zu ebener Erde, was ihnen die Suche erleichtern würde. Als sie näher kamen, sahen sie einen kleinen Hütejungen, der sorgsam auf seine grasenden Ziegen achtgab und ihnen beim Vorbeifahren zuwinkte. Es gab auch ein paar magere Hühner, die hektisch auseinanderstoben, als sie den Hof des größten Gebäudes erreichten.

Tozier bog hinein. »Wenn Sie mir etwas sagen müssen, warten Sie, bis wir allein sind. Womöglich können diese Leute besser Englisch, als sie sich anmerken lassen. Aber ich finde, alles macht einen recht friedlichen Eindruck.«

Warren konnte diese Ansicht nicht ganz teilen, denn eine Horde kleiner Jungen war auf die unverhofften Besucher losgestürmt und sprang nun mit schrillem, lautem Geschrei um sie her im Staub herum. Die Frauen, die sich im Hof aufgehalten hatten, huschten wie Gespenster in die Häuser; sie zogen sich die Tücher fest um die Gesichter und verschwanden hinter einem Dutzend Türen. Er sagte: »Da haben wir uns aber ganz schön viele Zimmer anzusehen. Und wenn Fahrwaz einen Harem hat, wird es bestimmt ein bißchen heikel.«

Als sie ausstiegen, wurden sie sofort von der Jungenmeute umringt. Tozier mußte laut sprechen, um sich verständlich zu machen. »Am besten schließen wir den Wagen ab, sonst wird uns nachher einiges fehlen.«

Eine andere Stimme stieß einen scharfen Befehl aus, und die Jungen liefen auseinander, sie rannten über den Hof, als wäre der Teufel hinter ihnen her. Ein großer Mann trat auf Warren und Tozier zu, er war reich gekleidet und hielt sich sehr aufrecht, obwohl er nicht mehr der Jüngste war. Am Heft des Krummdolches, den er in der Schärpe trug, und an seinem Turban glitzerten Edelsteine, auch die Ringe an seiner Hand sprühten und funkelten. Er hatte ein hageres, strenges Gesicht und einen grauen Bart.

Er drehte sich um und redete leise auf seinen Begleiter ein, der daraufhin zu ihrer Verblüffung auf Englisch sagte: »Scheich Fahrwaz heißt Sie willkommen. Sein Haus ist auch Ihr Haus.« Er machte eine kleine Pause, dann sagte er spöttisch: »Das würde ich allerdings nicht allzu wörtlich nehmen, es ist eher eine Redensart.«

Warren hatte sich soweit wieder gefangen, daß er antworten konnte: »Vielen Dank. Ich heiße Nicholas Warren, und das ist Andrew Tozier. Wir sind auf der Suche nach Drehorten für Filmaufnahmen.« Er zeigte auf die Aufschrift am Landrover. »Wir kommen von der Regent Film Company in London.«

»Sie hat es aber ganz schön in die Einöde verschlagen. Ich bin Ahmed, der Scheich ist mein Vater.« Er sagte etwas zu dem alten Mann, der nickte ernst mit dem Kopf und murmelte eine Antwort. Ahmed übersetzte: »Sie sind noch immer willkommen, wenn mein Vater auch nicht ganz mit Ihrer Tätigkeit einverstanden ist. Er ist ein strenggläubiger Moslem, und das Erstellen von Abbildern widerspricht den Geboten.« Er lächelte leise. »Mich selbst stört das allerdings nicht im geringsten. Sie brauchen den Wagen nicht abzuschließen, es wird nichts wegkommen.«

Warren lächelte. »Wir... äh... wir waren nicht darauf gefaßt, daß man an einem so abgelegenen Ort Englisch spricht.«

Ahmed lächelte ein wenig überheblich. »Meinen Sie, man

sollte oben auf dem Djebel Ramadi ein großes Schild aufstellen mit der Aufschrift ›Man spricht Englisch‹?« Er machte eine einladende Handbewegung. »Mein Vater wünscht, daß Sie sein Haus betreten.«

»Danke«, sagte Warren. »Vielen Dank.« Er warf einen Blick auf Tozier. »Kommen Sie, Andy.«

Man führte sie in einen großen Raum. Auf dem Boden lagen Schaffelle, die Wände waren mit Wandteppichen behängt. Mehrere niedrige Sitzgelegenheiten standen um eine offene Fläche in der Mitte des Raumes, auf der ein edler Perserteppich lag, und sogleich wurde ihnen Kaffee gebracht.

»Nehmen Sie Platz«, sagte Ahmed und sank aufseufzend auf einen der Diwane. Höflich wartete Warren ab, bis sich Scheich Fahrwaz gesetzt hatte, dann bemühte er sich redlich, Ahmad die offenbar sehr unbequeme Sitzhaltung nachzuahmen, die dem jungen Kunden anscheinend überhaupt nichts ausmachte. Tozier tat es ihm gleich, und Warren konnte seine Gelenke knacken hören.

»Sie sind nicht unsere ersten europäischen Gäste«, sagte Ahmed. »Mein Vater ist noch vom alten Schlag, und ich unterweise die Besucher in unseren Gebräuchen. Es gefällt meinem Vater, wenn sie sich so verhalten, wie es in seinen Augen richtig ist, und es schadet ja auch niemandem.« Er lächelte liebenswürdig. »Nachher gehen wir dann in meinen Flügel und genehmigen uns ein paar Gläser Whisky.«

»Das ist ausgesprochen freundlich«, antwortete Warren. »Finden Sie nicht auch, Andy?«

»Ich könnte schon einen ordentlichen Schluck vertragen«, gab Tozier zu.

Ahmed sprach mit seinem Vater, dann sagte er: »Jetzt trinken wir Kaffee. Die Prozedur ist zwar ein wenig umständlich, aber es wird nicht lange dauern. Mein Vater hätte gern gewußt, wie lange Sie sich schon in Kurdistan aufhalten.«

»Noch nicht sehr lange«, antwortete Warren. »Wir kamen vor zwei Tagen aus Gilan.«

Ahmed übersetzte, dann erklärte er: »Sie nehmen die Messingtasse in die rechte Hand. Der Kaffee ist sehr heiß und bereits gesüßt, vielleicht zu süß für Ihren Geschmack. Sind Sie zum ersten Mal in Kurdistan?«

Warren erschien es angebracht, die Wahrheit zu sagen; unnötige Lügen konnten ihnen nur schaden. Er nahm seine Tasse in die rechte Hand. »Wir waren schon vor ein paar Wochen einmal hier«, antwortete er. »Aber weil wir nichts Passendes finden konnten, sind wir wieder nach Teheran zurückgefahren, um uns ein wenig zu erholen.«

»Gewiß«, sagte Ahmed. »Kurdistan eignet sich nicht zur Erholung.« Er wandte sich Scheich Fahrwaz zu und ratterte blitzschnell ein paar Sätze herunter, dann sagte er: »Man leert die Tasse in einem Zug, dann stellt man sie umgedreht auf das Tablett. Das klebt und schmiert zwar, aber das braucht Sie nicht zu stören. Was für ein Film soll es werden, den Sie drehen, Mr. Warren?«

»Mit den eigentlichen Dreharbeiten habe ich nichts zu tun«, antwortete Warren. »Ich bin nur gewissermaßen die Vorhut und suche nach geeigneten Stellen für Außenaufnahmen, wie sie das Drehbuch verlangt.« Er trank den Kaffee, der heiß und klebrig süß war; den Bodensatz, der bis zur Hälfte in der Tasse stand, mußte er mit der Zunge zurückschieben. Er stellte die Tasse umgedreht auf das Tablett. Der alte Scheich Fahrwaz lächelte gnädig.

»Ich verstehe«, sagte Ahmed. »Nur noch zwei Tassen, dann haben wir es geschafft. Sie machen meinen Vater sehr glücklich, wenn Sie unsere kurdische Gastfreundschaft zu würdigen wissen.« Er ließ sich die nächste Portion Kaffee schmecken. »Sind Sie der... äh... Verantwortliche hier, Mr. Warren?«

»Ja.« Warren folgte Ahmeds Beispiel und nahm sich eine zweite Tasse. »Andy, Mr. Tozier, ist mehr für die Technik zuständig. Er beschäftigt sich mit den Einstellungsperspektiven und dergleichen.« Warren hatte keine Ahnung, wie ein Unternehmen wie ihres eigentlich operierte, und er hoffte inständig, daß er nicht allzuoft ins Fettnäpfchen trat.

»Und Sie sind nur zu zweit?«

»Ach nein«, sagte Warren gleichmütig. »Wir sind zu viert in zwei Fahrzeugen unterwegs, aber die anderen hatten einen Platten und mußten anhalten, um den Reifen zu wechseln.«

»Aber dann müssen wir auch Ihre Begleiter in den Genuß

unserer Gastfreundschaft kommen lassen. Es wird schon dunkel.«

Warren schüttelte den Kopf. »Das ist nicht nötig. Sie haben eine Campingausrüstung bei sich.«

»Wie Sie meinen«, antwortete Ahmed und widmete sich wieder seinem Vater.

Nachdem sie auch noch die dritte und letzte Tasse der Kaffeezeremonie hinter sich gebracht hatten, erhob sich Scheich Fahrwaz und hielt dröhnend eine längere Ansprache. Ahmed faßte seine Ausführungen knapp zusammen: »Mein Vater lädt Sie ein, die Nacht in seinem Haus zu verbringen.«

Warren sah Tozier von der Seite an, der nickte kaum merklich. »Wir nehmen mit dem größten Vergnügen an. Dann müßte ich nur noch ein paar Sachen aus dem Landrover holen, Rasierzeug und so.«

»Das erledige ich«, sagte Tozier rasch.

»Nein so etwas, Mr. Tozier«, spöttelte Ahmed. »Und ich dachte schon beinahe, Sie wären stumm.«

Tozier feixte. »Das Reden überlasse ich lieber dem Boß.«

»Gewiß dürfen Sie nach draußen gehen«, sagte Ahmed. »Aber erst nach meinem Vater, so will es nun einmal der Brauch.«

Nachdem Scheich Fahrwaz sich verneigt hatte und durch eine Tür am anderen Ende des Zimmers verschwunden war, ging Tozier nach vorn in den Hof hinaus. Er langte in das Führerhaus, hakte das Mikrofon los und warf es unauffällig nach hinten. Zum Glück hatte es ein langes Kabel. Dann kletterte er in den Gepäckraum; während er seinen Koffer losschnallte, drückte er auf die Mikrofontaste und sagte leise: »Rufe Regent zwei, rufe Regent zwei. Bitte kommen, bitte kommen. Ende.«

Follets Stimme kam gefährlich laut über den Äther. »Johnny hier. Alles okay? Ende.«

»Uns würde es noch besser gehen, wenn Sie etwas leiser sprechen könnten. Wir übernachten hier. Bleiben Sie am Gerät, für den Fall, daß irgend etwas schiefgeht. Ende.«

»Wir können das Ding nicht die ganze Nacht laufen lassen, ohne zu fahren«, antwortete Follet nicht mehr ganz so laut. »Dann sind bald die Batterien leer. Ende.«

»Also hören Sie zu jeder vollen Stunde zehn Minuten lang herein. Verstanden? Ende.«

»Verstanden. Viel Glück. Ende und aus.«

Tozier packte alles zusammen, was er und Warren benötigen würden, dann versteckte er das Mikrofon. Als er wieder ins Haus kam, waren Warren und Ahmed in ein angeregtes Gespräch vertieft. »Ahmed hat mir gerade erzählt, woher er so gut Englisch kann«, sagte Warren. »Er hat siebzehn Jahre in England gelebt.«

»Ach«, antwortete Tozier. »Wie interessant. Wie kam das?«

Ahmed wedelte anmutig mit der Hand. »Bereden wir das doch lieber bei einem Drink. Kommen Sie, meine Freunde.« Er führte sie aus dem Zimmer, durch den Hof und in ein Haus, das unzweifelhaft er selbst bewohnen mußte, da es vollständig mit westlichen Möbeln eingerichtet war. Er öffnete ein Schränkchen. »Whisky?«

»Vielen Dank«, antwortete Warren höflich. »Das ist sehr zuvorkommend von Ihnen.«

Ahmed goß den Whisky ein, Chivas Regal, wie Warren bemerkte. »Mein Vater hält nichts vom Alkohol, aber in meinen eigenen Räumen tue ich, was mir beliebt.« Er reichte Warren ein Glas. »Der Prophet ist gegen den Alkohol, aber würde Gott uns erlauben, ihn herzustellen, wenn wir ihn nicht auch trinken dürften?« Er hielt die Flasche hoch und witzelte: »Wenn ich auch ein Sünder sein mag, so sind doch meine Sünden nur von allerbester Qualität. Bitte sehr, Mr. Tozier.«

»Danke.«

Ahmed goß sich selbst einen ordentlichen Schuß ein. »Außerdem stammt sogar das Wort Alkohol aus dem Arabischen. Ich muß gestehen, in England habe ich mir eine richtige Vorliebe für Scotch zugelegt. Aber setzen Sie sich doch, meine Herren. Wahrscheinlich werden Ihnen meine Sitzgelegenheiten besser behagen als die meines Vaters.«

»Was hat Sie denn nach England verschlagen?« fragte Warren neugierig.

»Ach, das ist eine lange Geschichte«, antwortete Ahmed. »Kennen Sie sich in kurdischer Politik aus?«

»Überhaupt nicht. Sie vielleicht, Andy?«

»Von der Kurdenfrage habe ich schon gehört, aber was das genau bedeutet, weiß ich auch nicht«, sagte Tozier.

Ahmed lachte. »Wir Kurden bezeichnen es lieber als die iranische Frage, oder die irakische, oder die Türkenfrage. Uns selbst stellen wir nicht so gern in Frage, aber das ist wohl nur allzu verständlich.« Er nippte an seinem Whisky. »Wie Sie sicher wissen, war der Iran früher im Süden von euch Briten und im Norden von den Russen besetzt. Als die Besatzer abzogen, spielten die Russen dem Land einen ihrer beliebtesten Streiche, sie ließen uns eine fünfte Kolonne zurück. Für diese Zwecke wollten sie die Kurden benutzen. Die von den Russen unterstützte Kurdische Republik Mehabad wurde gegründet, aber sie überlebte nicht lange und brach rasch zusammen, als die neue iranische Regierung Truppen in den Norden entsandte.«

Er gestikulierte mit seinem Glas. »Das war 1946, ich war damals fünf Jahre alt. Da mein Vater mit der Republik sympathisiert hatte, flüchtete er zusammen mit dem Mullah Mustapha Barzani nach Rußland ins Exil.« Er schlug sich auf die Brust. »Aber mich schickte er nach England, wo ich bis 1963 lebte. Mein Vater ist ein weiser Mann. Er wollte nicht seine gesamte Familie in Rußland haben. Sie kennen ja das Sprichwort, man soll nicht alles auf eine Karte setzen. Also kam ich nach England und mein älterer Bruder nach Frankreich. Das erklärt einiges, nicht wahr?«

»Und dieser Mullah, wie hieß er noch gleich, wer war das?« wollte Tozier wissen.

»Der Mullah Mustapha Barzani? Er ist einer unserer kurdischen Anführer. Er lebt noch.« Ahmed gluckste schadenfroh in sich hinein. »Er ist im Irak, mit einer Armee von zwanzigtausend Mann macht er den Irakis schwer zu schaffen. Ich bin auch ein Barzani, das heißt, ich gehöre zum Barzani-Stamm, dessen Oberhaupt der Mullah ist. Mein Vater natürlich ebenfalls.«

»Wie kam Ihr Vater wieder in den Iran?« fragte Warren.

»Ach, es gab so etwas wie eine Amnestie«, sagte Ahmed. »Und er durfte zurückkehren. Natürlich steht er noch unter Beobachtung, aber so geht es mehr oder weniger allen Kurden. Mein Vater ist jetzt ein alter Mann, mit Politik will er nicht mehr viel zu tun haben. Und was mich angeht, ich war noch nie ein politischer Mensch. Das Leben in England macht einen eben doch irgendwie friedfertig.«

Warren warf einen Blick auf den Dolch in Ahmeds Schärpe und fragte sich, ob er wohl tatsächlich ausschließlich als Schmuck diente. Tozier fragte: »Was haben denn nun die Iraner und Irakis mit der ganzen Sache zu tun?«

»Damit wären wir wieder bei der Kurdenfrage gelandet. Am besten läßt es sich mit Hilfe einer Landkarte erklären. Ich müßte hier irgendwo eine herumliegen haben.« Ahmed ging zu einem Bücherschrank und zog einen alten Schulatlas aus dem Regal. Er blätterte durch die Seiten und sagte: »Hier sind wir, im Mittleren Osten. Im Norden die Türkei, im Osten der Iran, im Westen der Irak.« Er fuhr mit dem Finger von den Bergen der Osttürkei nach Süden an der iranisch-irakischen Grenze entlang.

»Das ist die Heimat der Kurden. Wir sind ein geteiltes Volk, das in drei verschiedenen Ländern lebt, und überall sind wir eine Minderheit, eine unterdrückte Minderheit, wenn Sie so wollen. Perser, Iraker und Türken haben uns untereinander aufgeteilt und herrschen über uns. Sie müssen zugeben, daß so etwas zu Schwierigkeiten führen mußte.«

»Ja, das leuchtet mir ein«, antwortete Tozier. »Und im Irak ist es bereits soweit, wie Sie sagten.«

»Barzani kämpft im Irak für die kurdische Unabhängigkeit«, sagte Ahmed. »Er ist ein schlauer Fuchs und ein guter Soldat. Die Irakis können ihn nicht unterkriegen. Mit all ihren Kriegsflugzeugen, Panzern und der ganzen schweren Artillerie ist es ihnen nicht gelungen, ihn in die Knie zu zwingen, und jetzt muß Präsident Bakr sich sogar zu Verhandlungen bereit erklären.« Er lächelte. »Ein Triumph für Barzani.«

Er klappte den Atlas zu. »Lassen wir es genug sein mit der Politik. Genehmigen Sie sich noch einen Whisky, und erzählen Sie mir von England.«

II

Erst spät am nächsten Vormittag brachen Warren und Tozier wieder auf. Ahmed hatte sie mit seiner Gastfreundschaft geradezu überhäuft, doch Scheich Fahrwaz hatten sie nicht mehr zu Gesicht bekommen. Ahmed ließ sie in der Nacht erst sehr spät zu Bett gehen, vorher erzählte er ihnen ausführlich von seinem Leben in England und fragte sie nach den neuesten Nachrichten aus. Am Morgen nach dem Frühstück erkundigte er sich: »Möchten Sie sich den Hof anschauen? Er ist nämlich typisch kurdisch.« Er lächelte charmant. »Womöglich werde ich dann eines Tages das Gehöft meines Vaters auf der Leinwand sehen.«

Ahmed bot ihnen eine mehr als ausgedehnte Führung durch die kleine Ansiedlung. Er zeigte ihnen einfach alles und redete ununterbrochen auf sie ein. Erst nach elf Uhr war an einen Aufbruch überhaupt zu denken. »Wohin fahren Sie jetzt?« wollte er wissen.

Tozier schaute auf seine Uhr. »Johnny ist noch nicht aufgetaucht, vielleicht hat er Schwierigkeiten. Wir fahren ihm wohl besser ein Stück entgegen und suchen ihn. Was meinen Sie, Nick?«

»Könnte nicht schaden«, antwortete Warren. »Aber ich möchte wetten, er hat gewendet und sich noch einmal das Nomadenlager angeschaut, von dem er so begeistert war. Am besten versuchen wir ihn einzuholen.« Er lächelte Ahmed an. »Vielen Dank für Ihre Gastfreundschaft, Sie waren ausgesprochen freundlich zu uns.«

»Typisch kurdisch«, sagte Ahmed fröhlich.

Sie tauschten noch ein paar höfliche Abschiedsfloskeln aus, dann fuhren sie winkend davon. Ahmeds ›Gott sei mit euch!‹ hallte hinter ihnen her. Während sie auf der Straße zum Paß zurückholperten, meinte Warren: »Was halten Sie von ihm?«

Tozier schnaubte. »Zu schön, um wahr zu sein, wenn Sie mich fragen. Er war einfach viel zu entgegenkommend.«

»Auf jeden Fall hat er sich viel Mühe mit uns gegeben«, sagte Warren. »›Typisch kurdische Gastfreundschaft‹«, zitierte er.

»Gastfreundschaft, daß ich nicht lache«, stieß Tozier heftig hervor. »Haben Sie gemerkt, daß er uns jedes Haus gezeigt hat, jeden einzelnen Raum? Als ob er es darauf angelegt hätte, uns zu beweisen, daß er nichts zu verbergen hat. Wie haben Sie eigentlich geschlafen?«

»Wie ein Toter«, antwortete Warren. »Er war ziemlich freigebig mit seinem Chivas Regal. Mir war schon richtig duselig im Kopf, als ich ins Bett ging.«

»Mir auch«, sagte Tozier. »Normalerweise kann mir Scotch nicht so leicht etwas anhaben.« Er schwieg. »Womöglich hat er uns mit dem Morphium betäubt, das wir suchen. Wäre das denkbar?«

»Durchaus«, antwortete Warren. »Ich habe mich heute morgen beim Aufwachen ein bißchen zerschlagen gefühlt.«

»Ich werde das Gefühl nicht los, daß sich da unten letzte Nacht irgend etwas getan hat«, sagte Tozier. »Mir war so, als hätte ich eine Menge Kamele gehört. Nur weiß ich leider nicht, ob es wirklich passiert ist oder ob ich es bloß geträumt habe.«

Als sie die Kuppe des Passes erreicht hatten, schaute Warren noch einmal zurück. Die Ansiedlung machte einen völlig friedlichen, unschuldigen Eindruck wie eine reizende ländliche Idylle. Typisch kurdische Gastfreundschaft, dachte er spöttisch. Aber andererseits hatte Scheich Fahrwaz die verdammten Chemikalien bestellt. Er sagte: »Wir haben alles gesehen, was da unten zu sehen war, also haben sie nichts zu verbergen. Es sei denn...«

»Ja?«

»Es sei denn, sie haben es so gut verborgen, daß Ahmed nicht zu befürchten brauchte, wir könnten es entdecken.«

»Wieviel Platz würde Speering denn für sein Labor brauchen?«

Warren dachte an die unsinnigen Chemikalienmengen, die Javid Raqi zufolge im Spiel waren. »Irgend etwas in der Größenordnung zwischen zwanzig und zweihundert Quadratmetern.«

»Dann kann es da nicht sein«, sagte Tozier bestimmt. »Sonst hätten wir es sehen müssen.«

»Tatsächlich?« meinte Warren nachdenklich. »Sie haben

doch schon früher Dörfer nach Waffenverstecken durchsucht. Wo haben Sie sie normalerweise gefunden?«

»Ach, verdammt!« schimpfte Tozier und schlug heftig auf das Lenkrad. »Natürlich in der Erde vergraben. Aber nur in kleinen Mengen, hier ein Päckchen, da ein Päckchen. Um so eine riesige Anlage, wie man sie hier brauchen würde, ist es dabei nie gegangen.«

»Es wäre aber durchaus machbar. Der Boden im Tal besteht nicht aus Fels, es ist nur Mutterboden auf einer Schicht aus rotem Ton, eigentlich ziemlich weich.«

»Sie meinen also, wir sollen umkehren und noch einmal nachsehen. Das dürfte schwierig werden, man könnte auch sagen gefährlich.«

»Wir bereden es mit den anderen. Da ist ja schon Ben.«

Bryan winkte sie von der Straße in ein kleines Seitental, das kaum breiter als eine Spalte war, und sprang im Fahren bei ihnen aufs Trittbrett auf. Nach zweihundert Metern knickte die Schlucht nach rechts ab, hinter der Biegung war der andere Wagen abgestellt, vor dem Follet auf der Erde hockte. Als sie angehalten hatten, hob er den Kopf. »Ärger gehabt?«

»Bis jetzt noch nicht«, gab Tozier knapp zurück. Er setzte sich zu Follet. »Was haben Sie denn da?«

»Ein Foto vom Tal. Ich habe mit der Polaroid ein Dutzend geschossen.«

»Die könnten uns nützlich werden. Wir müssen nämlich noch einmal runter – heimlich. Zeigen Sie die Bilder doch mal her, Johnny.«

Follet breitete die Aufnahmen auf der Motorhaube des Landrovers aus. Nach einer Weile sagte Tozier: »Das gefällt mir aber gar nicht. Bei Tag kann jeder, der den Paß herunterkommt, sofort gesehen werden, und ich gehe jede Wette ein, daß die irgendwo einen Wachtposten stehen haben. Vom Paß aus sind es noch einmal gut sechs Kilometer bis zu der Ansiedlung. Das bedeutet für den Hin- und Rückweg zusammen zwölf Kilometer. Bei Nacht und zu Fuß ist das eine ganz schöne Strecke. Und falls wir dann tatsächlich dort ankommen, stolpern wir im Dunkeln durch die Gegend und müssen nach etwas Ausschau halten, was es womöglich gar nicht gibt. Ich sehe schwarz.«

»Was suchen wir denn eigentlich?« wollte Follet wissen.

»Ein unterirdisches Geheimversteck«, antwortete Warren.

Follet verzog das Gesicht. »Wie im Leben sollen wir denn das anstellen?«

»Ich habe leider auch nicht die leiseste Ahnung«, sagte Warren etwas erschöpft.

Bryan beugte sich vor und griff nach einem Foto. »Andy macht es anscheinend am meisten Kopfzerbrechen, wie wir ungesehen in das Dorf kommen sollen«, meinte er. »Aber da müßten sich doch Mittel und Wege finden lassen.« Er fuhr mit dem Finger über die Linie der ›Bombentrichter‹. »Erzählen Sie mir noch etwas mehr über diesen unterirdischen Kanal.«

»Den *Qanat*? Das ist nur ein Weg, um das Wasser vom Gebirge aus ins Dorf zu leiten.«

»Wie groß ist so ein Ding? Hoch genug für einen Menschen?«

Warren nickte. »Ich denke schon.« Er versuchte, sich ins Gedächtnis zu rufen, was er darüber gelesen hatte. »Es werden Männer hineingeschickt, die sie instand halten.«

»Damit hätten wir es doch«, sagte Bryan. »Wir müssen gar nicht durch die Gegend stolpern. Wir haben hier einen Weg, der direkt ins Dorf führt. Man kann an der einen Stelle in ein Loch steigen und an einer anderen wieder herauskommen, wie ein Kaninchen.«

Tozier starrte ihn eine Zeitlang an. »Hört sich ja an wie der reinste Sonntagsspaziergang«, meinte er höhnisch. »Wie stark ist das Gefälle in diesen Kanälen, Nick?«

»Nicht sehr stark. Nur so viel, daß das Wasser läuft.«

»Und wie tief ist das Wasser?«

»Wohl auch nicht besonders tief. Vielleicht dreißig Zentimeter.« Warren überkam ein Gefühl der Verzweiflung. »Hören Sie, Andy, ich kenne mich damit auch nicht gut aus. Ich weiß nur die wenigen Sachen, die ich gelesen habe.«

Tozier ging auf seinen Einwurf nicht weiter ein. »Und wie sieht es mit dem Boden aus? Ist er flach?«

Warren schloß die Augen und versuchte sich die Abbildungen zu vergegenwärtigen, die er von den *Qanats* gesehen hatte. Schließlich antwortete er: »Ich glaube schon.«

Tozier schaute sich die Aufnahmen noch einmal an. »Wir

gehen nach Einbruch der Dunkelheit zu Fuß den Paß hinunter. Dann steigen wir durch einen Schacht in den *Qanat*. Wenn der Boden einigermaßen begehbar ist, müßten wir in der Stunde drei Kilometer schaffen, das heißt, wir hätten die Ansiedlung in zwei Stunden erreicht. Wir klettern so nah wie möglich an dem Gehöft wieder nach oben und können bis kurz vor Tagesanbruch herumsuchen. Dann hüpfen wir wieder in unser Loch und machen uns unterirdisch ungesehen aus dem Staub. Das Risiko, den Paß bei Tageslicht wieder hinaufzulaufen, müssen wir eingehen, es gibt da genügend Deckung. So müßte es klappen.«

Follet schnaubte. »Ach ja? Das ist doch der reinste Wahnsinn. Sich unterirdisch durch die Landschaft zu wühlen!«

»Und falls wir es tatsächlich durch einen *Qanat* bis ins Dorf schaffen?« sagte Warren. »Ich habe da meine Zweifel, aber nehmen wir es ruhig einmal an. Wie sollen wir dann die Siedlung durchsuchen, ohne daß uns jemand erwischt?«

»Wir müssen uns eben auf unser Glück verlassen«, antwortete Tozier. »Oder haben Sie einen besseren Vorschlag?«

»Nein«, sagte Warren. »Leider nicht, zum Teufel!«

III

Tozier überwachte die Vorbereitungen. Warren hätte niemals gedacht, daß sie so viel Seil bei sich hatten, wie Tozier nun aus den Landrovers hervorzauberte; es war ein leichtes, reißfestes Nylonseil. Aus dem Werkzeugkasten kramte er Steigeisen hervor. »In den Schacht hinunterzukommen, ist kinderleicht«, sagte er. »Wir seilen uns einfach ab. Aber wieder hochzukommen, dürfte schon etwas schwieriger werden. Dafür brauchen wir die richtige Ausrüstung.«

Er verteilte Taschenlampen und Messer, die sie sich in die Gürtel stecken konnten, aber als er plötzlich ein Kamerastativ in seine Einzelteile zerlegte, wunderte Warren sich doch. »Was machen Sie da?«

Tozier hielt inne. »Nehmen wir einmal an, Sie finden das Labor, was wollen Sie dann unternehmen?«

»Ich zerstöre es«, sagte Warren gepreßt.

»Und wie?«

»Ich wollte es eigentlich in Brand setzen oder so.«

»Unter der Erde ist das vielleicht nicht möglich«, sagte Tozier und widmete sich wieder dem Stativ. Aus den abgeschraubten hohlen Aluminiumbeinen schüttelte er mehrere braune Zylinder heraus. »Aber hiermit wird es gehen. Man braucht nicht besonders viel Gelatinedynamit, um so ein relativ kleines Labor hochgehen zu lassen.«

Mit offenem Mund schaute Warren zu, wie Tozier den Sprengstoff mit Isolierband zu einem ordentlichen Bündel zusammenschnürte. Tozier grinste. »Die militärische Seite des Unternehmens haben Sie doch mir überlassen, wissen Sie nicht mehr?«

»Doch«, antwortete Warren.

Toziers nächste Handlung verwunderte Warren noch mehr. Mit Hilfe eines Schraubenziehers montierte er die Uhr vom Armaturenbrett ab. »Die ist schon frisiert«, erklärte er. »Sehen Sie den kleinen Stachel da hinten? Das ist der Zünder. Darauf brauchen wir bloß eine der Dynamitstangen aufzuspießen, und mit der Uhr können wir die Explosion bis zu zwölf Stunden im voraus einstellen.« Er lachte. »Das Geheimnis erfolgreicher Kriegführung liegt in der Kunst der richtigen Vorbereitung.«

»Haben Sie noch mehr Überraschungen?« fragte Warren.

Tozier musterte ihn ernst, dann zeigte er mit dem Daumen in Richtung der Ansiedlung. »Die Jungs da unten sind Gangster und sind bewaffnet wie Gangster, mit Messern und Pistolen. In dieser Gegend womöglich auch noch mit Flinten. Aber ich bin ein Soldat, ich gebe mich am liebsten mit Soldatengerät ab.« Er tätschelte die Seite des Landrovers. »Das sind nicht mehr dieselben Fahrzeuge, die in der Fabrik vom Band gerollt sind. Ein paar von den Teilen, die ich eingebaut habe, würde man im Werk bestimmt nicht wiedererkennen, aber zum Glück auch nicht beim Zoll.«

»Und das heißt?«

»Wissen Sie, wie ein Gewehr aussieht?«

Verdattert schüttelte Warren den Kopf. »Es hat einen Lauf, einen Abzug und einen Schaft.«

»Genau«, antwortete Tozier. Er trat von hinten an den Landrover und lockerte eine der Stangen, die das Verdeck hielten. Als er sie herauszog, sackte es nur ein wenig nach unten. »Hier hätten wir den Lauf«, sagte er und drückte ihn Warren in die Hand. »Jetzt brauchen wir noch den Verschlußmechanismus.«

Er baute verschiedene Metallteile des Fahrzeugs aus, der Zigarettenanzünder vom Armaturenbrett wurde in seine Einzelteile zerlegt, ein Aschenbecher verwandelte sich in einen ausgezeichnet gearbeiteten Visierschieber, aus dem Werkzeugkasten wurden ein paar Federn entnommen, und im Nu hatte Tozier das Gewehr zusammengesetzt.

»Jetzt brauchen wir noch den Schaft«, erklärte er und schnallte vom Landrover den Spaten los. Eine einzige Handbewegung genügte, schon fiel er in zwei Teile auseinander, von denen sich der eine glatt als Schulterstütze auf das Gewehr aufstecken ließ. »Schon hätten wir's«, sagte er. »Eine automatische Maschinenpistole. Ein Wagen besteht aus so vielen Metallteilen, daß kein Mensch merkt, was die ganzen kleinen Einzelteile in Wirklichkeit darstellen, und die größeren Stücke muß man eben etwas anders verkleiden.« Er hielt ihm das Gewehr hin. »Die hätten uns schließlich kaum mit so einem Ding in der Hand ins Land gelassen, oder?«

»Nein«, sagte Warren fasziniert. »Wie viele haben Sie davon?«

»Zwei von diesen kleinen Schätzchen und dann noch ein recht ordentliches luftgekühltes Maschinengewehr, das auf eines der Stative paßt. Mit der Munition ist es allerdings nicht zum besten bestellt, die kann man sehr schlecht als irgend etwas anderes ausgeben, deshalb haben wir nicht viel.« Er zeigte mit dem Daumen auf den Wagen. »In jeder versiegelten Filmbüchse habe ich eine Ladung versteckt.«

»Sehr einfallsreich.«

»Und dann wäre da noch der Granatwerfer«, meinte Tozier beiläufig. »Man weiß eben nie, wann einem ein bißchen leichte Artillerie nicht vielleicht nützen kann.«

»Nein!« sagte Warren plötzlich. »Das glaube ich einfach nicht!«

»Überzeugen Sie sich selbst«, antwortete Tozier. Er deutete auf den Landrover. »Wenn Sie ihn finden, gehört meine Prämie Ihnen, das heißt, was mir Johnny Follet davon noch übrigläßt.«

Er ging, und Warren blieb neugierig neben dem Landrover zurück. Ein Granatwerfer war ein großes Gerät, doch so sehr er auch suchte, er fand nichts, was nur im entferntesten an einen erinnert hätte; auch Granaten, die ja nun nicht gerade winzig sind, konnte er keine entdecken. Er hatte den Verdacht, daß Tozier ihn auf den Arm nehmen wollte.

Sie erledigten die letzten Vorkehrungen, dann fuhren sie zur Kuppe des Passes hinauf und stellten die Wagen abseits der Straße hinter einigen Felsen ab. Sobald die Sonne unterging, begannen sie mit dem Abstieg ins Tal. Das Gelände machte ihnen keine allzugroße Mühe, denn obwohl es so dunkel war, daß sie schon aus kurzer Entfernung nicht mehr auszumachen waren, konnten sie doch ein paar Meter voraus sehen. Von der Spitze des Passes bis zum ersten Lüftungsschacht des *Qanats* betrug die Entfernung etwa anderthalb Kilometer, und als sie dort ankamen, war es bis auf das Licht des inzwischen aufgegangenen Mondes vollkommen finster.

Tozier schaute zum Himmel hoch. »Daran hatte ich nicht gedacht«, sagte er. »Vielleicht bekommen wir dadurch am anderen Ende Schwierigkeiten. Wir können von Glück sagen, daß wir den unterirdischen Gang haben, wenn man ihn denn benutzen kann.« Er wollte das Seil abwickeln.

»Warten Sie«, rief Warren. »Nicht diesen Schacht.« Ihm war gerade etwas eingefallen. »Hier befindet sich vermutlich der Anfang des Kanals, das Wasser dürfte also ziemlich tief sein. Nehmen wir lieber den nächsten.«

Als sie nach etwa fünfzig Metern auf den nächsten Schacht stießen, schlang Tozier sich das Seil von der Schulter. »Wie tief sind diese Dinger, Nick?«

»Keine Ahnung.«

Tozier hob einen Kieselstein auf und warf ihn in das Loch, er maß die Tiefe mit Hilfe des Tickens seiner Uhr. »Rund dreißig Meter. Nicht übel. Besonders, wenn wir uns nachher mit dem Hochsteigen beeilen müssen.« Er gab Bryan ein Seilende.

»Hier, Ben, machen Sie das irgendwo fest. Aber passen Sie bloß auf, daß es sich nicht losreißen kann.«

Als Ben sich suchend umblickte, entdeckte er einen tief in der Erde verankerten Felsblock. Er wickelte das Seil herum und zurrte es sicher fest. Tozier stemmte sich prüfend dagegen, dann ließ er das andere Ende in den Schacht hinunterfallen. Er gab Warren die Maschinenpistole. »Ich gehe als erster runter. Wenn ich dreimal mit der Taschenlampe blinke, könnt ihr anderen nachkommen.« Er hockte sich auf den Rand des Schachtes, seine Beine baumelten über dem Loch, dann wälzte er sich auf den Bauch und ließ sich langsam hinab. »Wir treffen uns dann unten«, flüsterte er, seine Stimme hallte aus dem finsteren Loch unheimlich wider.

Er hangelte sich mit den Händen nach unten und stützte sich dabei mit den Knien an der Wand des Schachtes ab, dessen Durchmesser knapp einen Meter betrug. Immer wieder kam er an einem der Stofflappen vorbei, die er im Abstand von fünf Metern an das Seil gebunden hatte, um sich eine Vorstellung von der Tiefe zu verschaffen. Kurz nach der Fünfundzwanzigmetermarkierung stießen seine Stiefel auf festen Boden, und er spürte, wie ihm das Wasser um die Fußknöchel wirbelte.

Er schaute nach oben und konnte über sich den nicht ganz pechschwarzen Himmel ausmachen. Die runde Öffnung flimmerte ein wenig, woraus er schloß, daß jemand zu ihm hinunterblickte. Er suchte nach seiner Taschenlampe, blinkte dreimal nach oben und leuchtete dann im *Qanat* um sich. Einen Meter breit und zwei Meter hoch, verlief er sich in der Ferne, wohin sein Licht nicht mehr reichte. Die nackten Lehmwände waren feucht, das Wasser stand etwa zwanzig Zentimeter hoch.

Er spürte, wie das Seil bebte, als sich der nächste an den Abstieg wagte; ein paar Klumpen Erde rieselten ihm auf den Kopf. Er rückte ein wenig zur Seite, und schon bald stand Warren ächzend neben ihm. Tozier nahm ihm das Gewehr ab und sagte: »Da wären wir, Nick.« Er strahlte die Lehmdecke an. »Gott steh uns bei, wenn das Ding einstürzt.«

»Das halte ich für unwahrscheinlich«, antwortete Warren. »Wenn diese Gefahr besteht, baut man große, gebrannte

Tonröhren ein. Vergessen Sie nicht, daß hier unten ziemlich oft Leute dafür sorgen müssen, daß das Wasser ungehindert fließen kann. Die wollen sich schließlich auch nicht umbringen lassen.« Allerdings wollte er Tozier nicht unbedingt auf die Nase binden, daß die Männer, die hier unten arbeiteten, die *Qanats* mit einem nicht gerade sehr fröhlich stimmenden Namen belegten, bei ihnen hießen sie ›Mörder‹.

»Was meinen Sie, wie alt dieser Kanal wohl ist?« fragte Tozier.

»Keine Ahnung. Zehn Jahre, tausend Jahre, oder sogar noch älter. Spielt das eine Rolle?«

»Wahrscheinlich nicht.«

Als nächstes landete Bryan neben ihnen, Follet bildete den Schluß. Tozier sagte: »Der Schacht, durch den wir wieder hochsteigen wollen, ist von hier aus der fünfunddreißigste...«

»Der vierunddreißigste«, verbesserte Warren ihn leise.

»Stimmt, ich hatte vergessen, daß wir ja den ersten übersprungen haben. Aber für den Notfall müssen wir alle mitzählen. Wenn es zu Meinungsverschiedenheiten kommt, setzt sich die Mehrheit durch. Und wir bewegen uns sehr leise vorwärts, man weiß nie, wie es aus den Schächten heraushallt. Ich mache mit dem Gewehr den Anfang, dann kommen Nick und Ben, und zum Schluß bildet Johnny mit dem anderen Gewehr die Nachhut. Gehen wir.«

Das Ganze erwies sich als reinstes Kinderspiel, sie kamen viel rascher voran, als Warren erwartet hatte, sie schafften mindestens fünf Kilometer in der Stunde. Wie Bryan gesagt hatte, es war wie ein Weg, der mitten ins Dorf führte. Der Boden unter den Füßen war fest und nicht einmal schlammig oder glitschig, so daß sie leichter vorwärtskamen als in der Mitte eines oberirdischen Bachlaufes. Das Wasser war nicht so tief, daß es sie übermäßig behindert hätte, und Toziers Taschenlampe spendete reichlich Licht.

Nur ein einziges Mal stießen sie auf leichte Schwierigkeiten. Plötzlich wurde das Wasser tiefer, erst stand es einen halben, dann beinahe einen Meter hoch. Tozier ließ sie anhalten und lief ein Stück voraus, wo er einen kleinen Damm weicher Erde wegtrat, den ein Einsturz von der Decke verursacht hatte. Das aufgestaute Wasser kam frei und gluckerte davon, bis es wieder auf die gewohnten dreißig Zentimeter gesunken war.

Doch trotz allem war es ein mühevolles Vorwärtskommen, so daß Warren ein Stein vom Herzen fiel, als Tozier endlich die Hand hob und sie stehenbleiben konnten. Er drehte sich um und flüsterte: »Schacht dreiunddreißig, sind wir uns einig?« Alle nickten. Er sagte: »Von nun an müssen wir wirklich sehr leise sein. Denkt daran, das Dorf ist direkt über uns. Also, immer schön sachte.«

Sie schlichen sich weiter durch die Finsternis, Tozier zählte jeden ihrer Schritte mit. Plötzlich blieb er so unvermittelt stehen, daß Warren um ein Haar auf ihn geprallt wäre. »Ist da nicht etwas?« fragte er leise.

Warren lauschte, doch er hörte nur das leise Plätschern des Wassers. »Nein«, sagte er, doch er hatte es noch nicht ganz ausgesprochen, als ein Klopfen an sein Ohr drang, das rasch wieder verklang. Sie verhielten sich völlig ruhig, doch es war nichts weiter zu hören.

Schließlich meinte Tozier: »Kommt, es sind nur noch zwanzig Meter.« Er ging bis zur nächsten Schachtöffnung weiter. Plötzlich drehte er sich um und flüsterte: »Da oben ist Licht. Sehen Sie mal, was halten Sie davon?«

Warren quetschte sich an ihm vorbei und schaute nach oben. Hoch über sich sah er einen blassen, runden Fleck Himmel, doch es gab noch ein anderes, helleres Licht, das weiter unten direkt aus der Wand des Schachtes zu fallen schien. Er schätztze die Entfernung auf etwa fünfzehn Meter.

Er zog sich zurück und sagte leise: »Wir suchen doch nach einem unterirdischen Versteck, oder? Ich glaube, wir haben es gefunden. Das Labor muß belüftet werden, und dafür benutzen sie den *Qanat*. Und dieser Schacht hier liegt dem Gehöft am nächsten.«

In Toziers Antwort schwang ungläubiges Staunen mit. »Sie meinen, wir haben rein zufällig einen Volltreffer gelandet?«

Follet sagte im Dunkeln: »Irgendwann muß jeder Mensch mal Glück haben. Warum also nicht auch wir?«

In einiger Entfernung hörten sie einen Laut. Jemand hustete. »Da ist noch einer wach«, hauchte Tozier. »Wir können also erst einmal nichts unternehmen.« Er spähte den Schacht hoch. »Wenn er überhaupt schlafen geht, macht er bestimmt das Licht aus. Ich warte hier, ihr anderen geht ein Stück zurück, hundert Meter vielleicht. Und schön leise sein.«

So begann eine der ungemütlichsten Episoden, die Warren je erlebt hatte. Als ihnen Tozier nach fast drei Stunden ein Lichtzeichen gab, konnte er sich lebhaft vorstellen, wie seine Füße aussehen würden, wenn er erst aus den Stiefeln kam: weiß wie ein Fischbauch und verschrumpelt wie die Hände einer Wäscherin. Sollten sie heil wieder zurückkommen, mußte er unbedingt Alkohol zum Einreiben verteilen, sonst würden sie alle durch Blasen an den Füßen außer Gefecht gesetzt werden.

Er war sehr froh, als Tozier schließlich das Zeichen gab, und freute sich, daß er sich endlich wieder bewegen und die verkrampften Glieder strecken konnte. »Alles in Ordnung?«

»Das Licht ist seit ungefähr einer Stunde aus. Ich glaube, ich habe vor einer Weile jemand schnarchen hören, jetzt können wir bloß hoffen, daß der Mensch immer noch schläft. Ich klettere wohl besser mal hoch und schaue mich ein bißchen um. Aber ihr müßt mir Hilfestellung geben.«

»Seien Sie vorsichtig.«

»Wird gemacht«, sagte Tozier grimmig. »Ich habe mir die Sache noch genauer angesehen, bevor das Licht ausging. Das muß wohl der Haupteingang zu ihrem Kabuff sein. Also dann man los, ich lasse euch später ein Seil herunter.«

Warren, Bryan und Follet bauten sich so unter dem Schacht auf, daß Tozier wie über eine menschliche Leiter an ihnen nach oben klettern konnte. Er hievte sich hoch, betastete mit den Händen den Schacht und rammte dann ein Steigeisen in den weichen Lehm. Er drückte das Bein durch und stemmte dann den anderen Fuß gegen die Wand. Es war nicht allzu schwierig, er hatte schon weitaus schlimmere Kletterpartien überstanden, aber noch niemals im Stockdunkeln. Langsam stieg er höher, mit dem Rücken drückte er sich ab, die Füße stemmte er in die Wand gegenüber, so wie er einmal in einer Bergsteigerschule das Felskaminklettern gelernt hatte.

Auf halbem Wege legte er eine kleine Pause ein, er verschnaufte ein paar Minuten und kletterte dann weiter. Da er allmählich zu seinem Rhythmus fand, legte er das letzte Stück der Strecke weitaus schneller zurück. Schließlich kam er zu einem in die Wand des Schachtes gegrabenen Sims, das breit genug war, um darauf zu stehen. Er riskierte ein kurzes Aufflammen der Taschenlampe und entdeckte einen Stützpfeiler, also wickelte er das Seil auseinander, band das eine Ende fest um den Pfosten und ließ das andere in den Schacht hinunter.

Mit dem Gewehr über der Schulter stieg Warren als erster herauf, Tozier nahm ihm die Waffe ab und spannte sie mit einem metallischen Klicken. Als nächster erschien Bryan, bald darauf kam Follet, und schon standen sie dicht nebeneinander gedrängt auf dem schmalen Sims. Tozier leuchtete noch einmal rasch um sich, sie erblickten eine Tür. Als er vorsichtig dagegen drückte, schwang sie geräuschlos auf, und er trat mit dem Gewehr im Anschlag ein.

Nach ihm kam Follet, der ebenfalls bewaffnet war, Warren und Bryan hielten sich dicht dahinter. Tozier knipste die Taschenlampe an, der Lichtstrahl huschte durch den Raum und ließ die Glasbehälter, die auf den Arbeitstischen standen, grell aufblitzen. Der Strahl glitt weiter, er fiel auf ein Bett, in dem ein schlafender Mann lag. In dem hellen Licht wälzte er sich unruhig auf die andere Seite, und Tozier flüsterte: »Schnappen Sie ihn sich, Johnny.«

Follet trat ins Licht. Mit drei Schritten hatte er den Raum durchquert. Seine Hand, die etwas Schwarzes hielt, fuhr in die Höhe, und als sie sich blitzschnell wieder senkte, war nur noch ein dumpfer Schlag und ein unterdrücktes Ächzen zu hören.

Tozier suchte mit der Taschenlampe den Raum nach weiteren Schläfern ab, doch es waren keine mehr zu finden. »Schließen Sie die Tür, Ben«, befahl er. »Johnny, zünden Sie die Grubenlampe an.«

Kaum wurde es ein wenig heller in dem Raum, wußte Warren, daß sie den richtigen Ort gefunden hatten. Das Labor bestand nur aus dieser einen, in den Lehm gehöhlten Kammer, deren Decke durch roh behauene Holzpfosten gestützt wurde. Das Ganze erinnerte ihn an die Bilder von primitiven Unterständen in den Schützengräben des Ersten Weltkrieges, die er aus dem Fernsehen kannte. Es war sehr beengt hier, da die Kammer zur Hälfte mit Kisten vollgestellt war und ansonsten Arbeitstische mit Geräten viel Platz wegnahmen.

Tozier meinte: »Schauen Sie sich gründlich um, Nick. Ist es das, was Sie gesucht haben?«

Warren ließ einen fachkundigen Blick über die Arbeitstische gleiten. »Das kann man wohl sagen!« Er schnupperte an einigen offenen Flaschen, dann fand er etwas weißes Pulver, streute sich ein paar Körnchen davon in die Hand und leckte vorsichtig daran. Er verzog das Gesicht. »Und ob wir hier richtig sind.«

Bryan stand neben dem Bett. »Er ist bewußtlos. Womit haben Sie ihm eins verpaßt, Johnny?«

Follet grinste und hielt einen kleinen, lederbezogenen Totschläger hoch.

»Das ist Speering«, sagte Bryan. »Er hat sich zwar einen Bart wachsen lassen, aber ich erkenne ihn trotzdem wieder.«

»Er kann hier doch wohl nicht ganz allein herumgewerkelt haben«, meinte Tozier.

Warren untersuchte die Arbeitstische. »Ein paar Helfer wird er wohl schon gebraucht haben, aber nach den ersten Vorbereitungen hätten angelernte Kräfte unter seiner Aufsicht die Arbeit schon machen können. Wahrscheinlich ein paar von unseren gastfreundlichen Kurden da oben.« Er schaute sich in dem Raum um, er sah eine Kaffeekanne, einen Stapel schmutziger Teller und ein paar leere Whiskyflaschen. »Er kriegt jedenfalls keinen Chivas Regal von Ahmed. Bestimmt hat er die ganze Zeit hier unten hausen müssen. Sie konnten es sich nicht leisten, ihn durch die Ansiedlung spazieren zu lassen.«

Als sein Blick auf die Kisten fiel, durchsuchte er eine, die schon geöffnet war. »Du großer Gott!«

Tozier schaute ihm über die Schulter und erblickte einen Stoß dicker runder Scheiben. »Was soll denn das sein, Käse?«

»Das ist Opium«, antwortete Warren. »Aus der Türkei, wer hätte das gedacht? Es kommt überhaupt nicht aus dem Iran.«

»Woher wissen Sie, daß das türkischer Stoff ist?«

»Wegen der Form, nur die Türken verpacken es so.« Er trat zurück und ließ den Blick über die Kistenstapel gleiten. »Wenn die alle voll sind, lagern hier zehn Tonnen von dem Zeug.«

Tozier hob die eine oder andere Kiste an. »Voll sind sie, das steht fest.«

Warren dämmerte es allmählich, daß die Zahlen, die Raqi ihnen genannt hatte, womöglich doch stimmen konnten. Nachdem er in einer Ecke der Kammer einen Vorrat noch unverbrauchter Chemikalien gefunden hatte, verglich er die verbliebenen Restbestände mit Raqis Liste. Nach einer Weile sagte er: »Soweit ich es beurteilen kann, hat er ungefähr die Hälfte verbraucht, aber wo ist dann das Morphium?«

Follet gab einen unterdrückten Laut von sich, doch Tozier, der einen viereckigen Block hochhielt, übertönte ihn mit seiner Frage: »Was ist das?«

Warren nahm ihm den Quader ab und kratzte mit dem Fingernagel über die Oberfläche. »Noch mehr Opium, in Mohnblätter verpackt. Kommt vermutlich aus Afghanistan. Es sieht so aus, als hätten sie sich das Zeug aus dem gesamten Mittleren Osten liefern lassen.« Er warf das Päckchen auf einen Arbeitstisch. »Aber das soll mir jetzt egal sein, ich will das Morphium.«

»Wie sieht denn das aus?«

»Es ist ein feines weißes Pulver, wie Salz oder Kristallzukker. Und hier müßte jede Menge davon herumliegen.«

Sorgfältig durchsuchten sie die ganze Kammer, bis schließlich Follet aufgeregt rief: »Was haben wir denn hier?« Er hievte einen großen Glasballon hoch, der zur Hälfte mit einem weißen Pulver gefüllt war.

Warren probierte vorsichtig ein paar Körnchen. »Das ist es. Das ist Mophium.«

»Verschnitten oder rein?« frage Follet.

»So rein, wie man es in einer solchen Absteige überhaupt herstellen kann.«

Follet pfiff durch die Zähne. »Darum ging es also. Deshalb wollten Sie sich gar nicht in die Karten gucken lassen, was, Warren?« Abschätzend hob er die Glasflasche an. »Du meine

Güte! Da müssen mindestens zwanzig Pfund drin sein. Das dürfte ungefähr eine halbe Million Dollar wert sein.«

»Kommen Sie mir bloß nicht auf dumme Gedanken, Johnny«, warnte Tozier.

Warren wirbelte herum. »Zwanzig Pfund! Ich suche mindestens hundertmal soviel.«

Follet starrte ihn an. »Im Ernst? Oder soll das ein Witz sein, Doc?«

»Über so etwas reiße ich keine Witze«, antwortete Warren heftig. Mit ausgestrecktem Arm zeigte er auf die an den Wänden aufgereihten Opiumkisten. »Hier liegt genug Opium herum, um eine Tonne Morphium herzustellen. Speering hat die Chemikalien zur Hälfte aufgebraucht, seine Arbeit müßte also ebenfalls zur Hälfte erledigt sein. Er ist ja auch schon lange genug hier, um mit ein paar Helfern eine Tonne Morphium hergestellt zu haben, und die Ausmaße der Laboreinrichtung lassen ebenfalls darauf schließen. Wo zum Teufel steckt also das Zeug?« brüllte er mit erhobener Stimme.

»Nicht so laut«, warnte Tozier. Mit dem Kopf deutete er auf den schlafenden Speering, der schnarchend auf dem Bett lag. »Das können wir ja den Kerl da fragen.«

»Klar«, sagte Follet. »Aber das läuft bestimmt nicht mucksmäuschenstill ab.«

»Dann nehmen wir ihn eben mit«, antwortete Tozier. »Wenigstens ein Stückchen.« Er wandte sich wieder Warren zu. »Was sollen wir mit dem Kabuff hier machen?«

»Auseinandernehmen«, sagte Warren kalt. »Es soll kein Stein mehr auf dem anderen bleiben.«

»Eine halbe Million Dollar«, stöhnte Follet und tippte mit dem Fuß gegen die Glasflasche. »Ein teurer Knall.«

»Haben Sie vielleicht einen besseren Vorschlag?« fragte Tozier leise.

»Ach was«, antwortete Follet. »Mit so was gebe ich mich nicht ab. Ich bleibe auf dem Pfad der Tugend, obwohl ich bei unserem kleinen Abenteuer wohl doch schon ein bißchen auf Abwege geraten bin.«

»Gut, dann runter mit Speering in den Schacht. Nick, Sie können mir mit dem Sprengstoff helfen.«

Follet riß ein Bettlaken in Streifen und schnürte Speering

zusammen, dem er zum Schluß noch einen Knebel in den Hals stopfte. »Nur für den Fall, daß er auf halber Strecke zu sich kommt. Packen Sie mal mit an, Ben.«

Sie wickelten ein Seil um Speerings kraftlosen Körper, zerrten ihn durch den Eingang und ließen ihn langsam den Schacht hinunter. Als das Seil schlaff wurde, wußten sie, daß er unten angekommen war, und Follet machte sich nun ebenfalls zum Abstieg bereit. Er ging zu Tozier hinüber und sagte: »Ben und ich verschwinden jetzt.«

»Okay. Warten Sie unten auf uns.« Tozier schaute auf seine Uhr. »Ich stelle den Zünder auf drei Stunden ein. Damit müßten wir jede Menge Zeit haben, wieder nach oben zu kommen.«

Follet ging, und Tozier traf die letzten Vorbereitungen für die Sprengung. Zum Schluß stellte er sorgfältig die Uhr und legte behutsam einen kleinen Hebel um. »Alles startklar«, sagte er. »Ein Wecker für den guten Ahmed. Kommen Sie, Nick. Sprengladungen machen mich immer nervös.«

Warren stieg in den finsteren Schacht und hangelte sich nach unten, bis er mit den Füßen im Wasser stand. »Dort hinüber«, flüsterte Bryan, und Warren stapfte stromaufwärts.

Follet sagte: »Unser Freundchen wacht langsam auf.« Er strahlte Speering mit der Taschenlampe an, der daraufhin wild die Augen verdrehte, während hinter dem Knebel erstickte Laute hervordrangen. Ein langes Messer blitzte auf, an dessen Schneide sich vor Speerings Augen das Licht brach. »Ein Muckser, und ich schneide dir die Kehle durch.«

Speering verstummte wie auf Kommando.

Vom Schacht her kam ein dumpfes Poltern und Wasserplätschern. »Alles klar«, sagte Tozier. »Jetzt muß es schnell gehen. Kann Speering laufen?«

»Das wollen wir hoffen«, antwortete Follet. »Ich bleibe ihm jedenfalls mit dem Schlachtermesser auf den Fersen.« Er leuchtete Speerings Füße an und schnitt ihm die Fesseln durch. »Los, hoch, du Schweinehund, steh auf, los.«

Obwohl Speering sie ein wenig aufhielt, kamen sie rasch durch den *Qanat* voran. Tozier machte den Anfang, ihm folgten Speering, dem Follet mit dem Messer Beine machte, Bryan und Warren bildeten den Schluß. Da Speering mit gefesselten Händen laufen mußte, kam er immer wieder aus dem Gleichgewicht, dann taumelte er gegen die Wände des *Qanats* und ging manchmal in die Knie, doch Follet kitzelte ihn gnadenlos mit dem Messer und traktierte ihn mit Fußtritten, bis er sich wieder hochrappelte.

Nachdem sie eine Dreiviertelstunde gelaufen waren, ließ Tozier anhalten. »Zeit für eine Verschnaufpause«, sagte er. »Außerdem wollen wir doch ein Wörtchen mit Speering reden, oder? Hier müßten wir eigentlich sicher sein.« Er leuchtete die Decke an. »Wir sind genau zwischen zwei Schächten. Nehmen Sie ihm den Knebel heraus, Johnny.«

Follet hielt Speering das Messer unter die Nase. »Keinen Muckser, verstanden?« Als der andere nickte, fuhr Follet mit dem Messer unter den Stoffetzen, der den Knebel festhielt, und schnitt ihn durch. »Spuck's aus, Freundchen!«

Hustend und würgend entledigte sich Speering des Lappens, den er im Mund hatte. Blut rann ihm von der Schläfe in den Bart, denn Follet hatte ihn mit dem Messer erwischt, als er den Knebel losschnitt. Er schluckte krampfhaft und flüsterte: »Wer sind Sie?«

»Wir stellen hier die Fragen«, antwortete Tozier. »Sie haben nur zu antworten. Jetzt sind Sie dran, Nick.«

»Wieviel Morphium haben Sie hergestellt, Speering? Und wo ist es jetzt?«

Speering rang noch immer nach Luft. Keuchend schüttelte er den Kopf. »O Mann!« stöhnte Follet. »Sie wollen sich wohl die Petersilie von unten ansehen.«

Plötzlich mischte sich Tozier brutal ins Geschehen. Er holte blitzschnell aus und versetzte Speering zwei beinharte Ohrfeigen. »Mein Freund hat recht«, sagte er leise. »Sie beantworten unsere Fragen, oder Sie sind ein toter Mann.«

»Wieviel Morphium haben Sie hergestellt, Speering?« wiederholte Warren leise.

»Die bringen mich um«, keuchte Speering. »Sie kennen sie nicht.«

»Wen denn?« fragte Tozier.

»Fahrwaz und Ahmed.« Speering war steif vor Angst. »Sie haben ja keine Ahnung, was das für miese Kerle sind.«

»Und Sie wissen nicht, was für miese Kerle wir sind«, sagte

Follet ruhig. »Die Wahl liegt ganz bei Ihnen, entweder Sie sterben jetzt gleich oder später.« Er ritzte Speerings Kehle mit dem Messer. »Beantworten Sie die Frage, wieviel Morphium?«

Speering bog sich von dem Messer weg. »Tau... Tausend Kilo.«

Tozier warf Warren einen Blick zu. »Nicht schlecht geschätzt. Genau eine Tonne. Okay, Speering, wo steckt der Stoff?«

Speering schüttelte verzweifelt den Kopf. »Das weiß ich nicht. Ich schwöre Ihnen, das weiß ich nicht.«

»Wann wurde er abgeholt?«

»Gestern, mitten in der Nacht wurde er weggebracht.«

»Während wir zu Besuch waren«, meinte Tozier nachdenklich. »Die haben uns den Stoff unter der Nase weggeschleppt. Wohin wurde er gebracht?«

»Ich weiß es nicht.«

»Aber Sie könnten doch eine Vermutung wagen«, sagte Follet. Er stach etwas fester zu, und Speering lief ein Rinnsal Blut am Hals hinunter. »Ich wette, Sie können sehr gut raten.«

»Irak«, stieß Speering hervor. »Sie haben gesagt, es geht in den Irak.«

»Von hier bis zur irakischen Grenze sind es etwa fünfzig Kilometer«, meinte Tozier. »Langsam fügt sich alles zusammen. Ich könnte schwören, daß ich letzte Nacht Kamele gehört habe. Wurde der Stoff mit Kamelen abtransportiert?«

Speering wollte nicken, doch sein Kopf traf auf die Messerspitze. »Ja«, antwortete er kläglich.

»Warum haben Sie das Morphium nicht hier acetylisiert?« wollte Warren wissen. »Und wo soll es jetzt in Heroin umgewandelt werden?«

»Eigentlich sollte ich es ja an Ort und Stelle machen«, sagte Speering. »Aber dann haben sie es sich anders überlegt. Letzte Nacht haben sie es weggeschafft. Mehr weiß ich auch nicht.«

Tozier schaute Warren an. »Würden sie dazu nicht Speering noch brauchen?«

»Nicht unbedingt. Es ist kein allzu schwieriges Verfahren.

Sieht so aus, als ob wir Ahmed in Angst und Schrecken versetzt hätten. Er hat das Zeug bestimmt vorsichtshalber vorzeitig in Sicherheit gebracht.«

»Die Vorsichtsmaßnahme hat leider funktioniert«, sagte Tozier mürrisch. »Sonst hätten wir den gesamten Stoff erwischt. Und jetzt ist er uns durch die Lappen gegangen. Mittlerweile ist das Zeug garantiert schon im Irak.« Er wandte sich Speering zu. »Wissen Sie auch ganz bestimmt nicht, wohin genau es im Irak gebracht werden sollte? Und lügen Sie uns lieber nicht an.«

Speering rollte mit den Augen. »Komm schon, Freundchen«, ermunterte ihn Follet. »Das ist die letzte Frage.«

Speering gab sich geschlagen. »Genau weiß ich es nicht, aber ich glaube, irgendwo in die Nähe von Sulaymaniyeh.«

Tozier warf einen prüfenden Blick auf seine Uhr. »Stecken Sie ihm den Knebel wieder ins Maul, Johnny. Die Straße Richtung Irak läuft genau an Fahrwaz' Gehöft vorbei. Wir müssen schon unterwegs sein, wenn die Bombe hochgeht.«

»Was machen wir mit Speering?« fragte Warren.

»Was bleibt uns denn übrig? Wir lassen ihn hier. Gefesselt und geknebelt kann er nicht viel Schaden anrichten. Beeilen Sie sich, Johnny.

Drei Minuten später waren sie wieder aufgebrochen, doch diesmal ohne Speering. Nach ein paar Schritten drehte Warren sich noch einmal nach ihm um und leuchtete mit der Taschenlampe den *Qanat* aus. Speering lehnte zusammengesunken an der Wand, genau wie sie ihn zurückgelassen hatten, doch plötzlich machte er kehrt und stolperte in die entgegengesetzte Richtung davon. Warren schaute Ben Bryan an. »Kommen Sie, Ben. Wir müssen weiter.«

Bryan zögerte den Bruchteil einer Sekunde, dann beeilte er sich, mit Warren wieder zu den anderen aufzuschließen, die schon einen beachtlichen Vorsprung vor ihnen hatten.

Warren beschäftigte sich in Gedanken mit den Informationen, die er soeben erhalten hatte. Die Berge Kurdistans waren Teil einer uralten Schmugglerroute, die Fahrwaz und Ahmed gewiß wie ihre Westentasche kannten; für ihn gab es nicht den geringsten Zweifel, daß das Morphium ohne größere Schwierigkeiten in den Irak geschmuggelt werden konnte. Die Kurden hielten ohnehin nicht viel von geschriebenen Gesetzen, doch im irakischen Kurdistan, wo sie sogar die Regierungstruppen schachmatt gesetzt hatten, kümmerte sich überhaupt kein Mensch mehr darum.

Während er mechanisch hinter Follet herstapfte, zermarterte er sich den Kopf, wie es nun zum Teufel weitergehen sollte. Tozier hegte offensichtlich keinerlei Zweifel darüber. »Die Straße zum Irak läuft an Fahrwaz' Hof vorbei«, hatte er gesagt. Er sah es also als selbstverständlich an, daß sie in den Irak vorstießen. Warren beneidete ihn um seine sture Entschlossenheit. Er wurde abrupt aus seinen Gedanken gerissen, als Bryan ihm auf den Rücken schlug. »Anhalten«, sagte Ben. »Wir müssen es Tozier sagen.«

Warren gab die Nachricht weiter, und Tozier blieb stehen. »Was gibt es?«

»Speering«, sagte Bryan. »Als ich ihn das letzte Mal sah, lief er in die andere Richtung. Wenn er nicht bei der Explosion umkommt, stürzt die Decke vom *Qanat* ein, und er sitzt in der Falle. Dann ist er ein toter Mann.«

»Er kann doch einen Schacht hochsteigen«, meinte Follet.

»Mit auf den Rücken gefesselten Händen?«

»Dann stirbt er eben«, entgegnete Tozier barsch. »Na und?«

»Aber so einen schrecklichen Tod!« sagte Bryan verzweifelt. »Gefesselt und im Dunkeln herumstolpernd.«

»Finden Sie nicht, daß er das verdient hat?«

»So einen Tod würde ich keinem Menschen wünschen. Ich kehre um.«

»Um Himmels willen!« brauste Tozier auf. »Wir haben keine Zeit zu verlieren. Wir müssen wieder in den Wagen sitzen und schon unterwegs sein, bevor es kracht. Sobald das unterirdische Labor in die Luft geflogen ist, geht es in der Ansiedlung zu wie in einem Ameisenhaufen, und bis dahin will ich sie längst hinter mir haben.«

»Geht ihr nur ruhig vor«, sagte Bryan. »Ich hole euch schon wieder ein.«

»Warten Sie, Ben«, rief Warren. »Was haben Sie vor?«

»Ich binde ihm die Hände los und zeige ihm den Weg«, antwortete Bryan. »Dann hat er wenigstens eine Chance.«

»Gibt ihm die Chance, Radau zu schlagen«, meinte Follet ärgerlich.

»Das ist mir vollkommen egal. Ich gehe jedenfalls zurück«, entgegnete Bryan, der bereits kehrtgemacht hatte. Warren knipste seine Lampe an und sah ihn rasch im dunklen *Qanat* verschwinden.

»Der verdammte Narr«, sagte Tozier rauh.

Warren zögerte ein wenig. »Was machen wir jetzt?«

»Ich will hier raus«, antwortete Follet. »Für einen Mistkerl wie Speering setze ich doch nicht mein Leben aufs Spiel.«

»Johnny hat recht«, meinte Tozier. »Es hat keinen Zweck, hier zu warten. Wir holen den Wagen vom Paß und sammeln Ben dann später auf. Weiter.«

Etwas anderes schien ihnen nicht übrigzubleiben. Warren blieb noch einen Augenblick stehen, doch dann folgte er den anderen, platschend stapfte er hinter Follet her. Tozier schlug ein atemberaubendes Tempo an, da er wußte, daß vor ihnen alles frei war, hinter ihnen jedoch jeden Augenblick die Sprengladung in die Luft gehen konnte. In eintöniger Regelmäßigkeit zog eine Schachtöffnung nach der anderen über ihnen weg, die Warren im Geiste mitzählte.

Endlich blieb Tozier stehen. »Da wären wir.«

»Das kann nicht sein«, keuchte Warren. »Ich bin erst bei einunddreißig.«

»Sie haben unrecht«, entgegnete Tozier bestimmt. »Hier ist das Seil. Je schneller wir alle wieder oben stehen, desto besser für meinen Seelenfrieden.«

Nachdem er den Schacht hochgeklettert war, folgte ihm Warren, der oben nach Luft schnappend zusammensackte. Tozier half Follet hoch, dann sagte er: »Johnny und ich holen die Wagen. Sie bleiben hier und geben uns ein Lichtzeichen, wenn Sie die Motoren hören.« Er verschwand mit Follet in der Dunkelheit, und bald verriet nur noch das Knirschen loser Steinchen ihren Weg.

Warren schaute zum Himmel. Der Mond versank schon langsam hinter den Bergen, doch noch immer tauchte er die felsige Landschaft in ein so helles und gleichmäßiges Licht, daß Warren sogar die Dächer der Siedlung in der Ferne ausmachen konnte. Eine Zeitlang saß er abwartend in der tiefen

Nachtstille, dann beugte er sich über den Schacht und rief: »Ben, Ben, wo sind Sie?«

Seine Frage kam als hohles Echo aus dem Loch zurück, doch er bekam keine Antwort. Er biß sich auf die Unterlippe. Zweifellos hatte Ben sich unklug verhalten, aber war er damit auch schon gleich im Unrecht? Warren verspürte einen Aufruhr in sich, ein ungewohnter Zweikampf zwischen Idealismus und Selbstsucht spielte sich in seinem Inneren ab, den er noch nie zuvor erlebt hatte. Zögernd griff er nach dem Seil, um sich in den Schacht hinunterzulassen, doch dann hielt er inne, da er nicht wußte, ob er es wirklich tun sollte. Was würde dann aus den anderen werden? Brachte er sie nicht alle in Gefahr, wenn er dort unten nach Bryan suchte?

Er ließ das Seil fallen und kauerte sich unglücklich am Rand des Schachtes nieder, hin und her gerissen zwischen den beiden Gefühlen in seiner Brust. Als schon bald ein leises Motorengeräusch zu hören war, leuchtete er vorsichtig in die Richtung, aus der es kam, und paßte dabei gut auf, daß keineswegs ein Lichtstrahl in der Ansiedlung gesehen werden konnte. Plötzlich tauchte ein Landrover vor ihm aus dem Dunkeln auf und hielt an, der Motor tuckerte jetzt nur noch leise. Tozier stieg aus und kam auf ihn zu. »Schon was zu sehen?«

»Nichts«, antwortete Warren niedergeschlagen.

»Immer diese verdammten Menschenfreunde!« schimpfte Tozier. »Die können einem ganz schön auf den Geist gehen.«

»Er ist nun einmal von Beruf Lebensretter!« sagte Warren. »Das kann man nicht so plötzlich abschütteln. Was sollen wir jetzt machen?«

Tozier spähte auf die Leuchtzeiger seiner Uhr, die er mit dem Zifferblatt nach innen gekehrt am Handgelenk trug. »Die Ladung geht in dreißig Minuten hoch. Bis dahin wollte ich das Dorf eigentlich schon hinter mir haben.« Er seufzte verärgert. »Der verdammte kleine Spinner hat alles versaut.«

»Fahrt ihr nur voraus«, meinte Warren. »Ich warte noch auf Ben.«

»Nein«, sagte Tozier. »Ich warte auf ihn. Sie fahren mit Johnny auf das Dorf zu. Wenn der Laden in die Luft fliegt, kämpft ihr euch irgendwie durch. In dem ganzen Durcheinander müßte es zu schaffen sein. Auf der anderen Seite wartet ihr auf mich. Wenn es zu einer Schießerei kommt, macht euch darauf gefaßt, daß ihr mich heraushauen müßt.«

»Ich weiß nicht, ob das eine gute ...« begann Warren.

»Verdammt noch mal, beeilen Sie sich«, fuhr Tozier ihn an. »Ich weiß, was ich tue, und ich habe mehr Erfahrung als Sie. Fahren Sie los.«

Warren lief rasch zu dem zweiten Landrover und erklärte Follet, wie die Sache stand. Der sagte: »Dann klemmen Sie sich besser hinters Steuer.« Er hob seine Maschinenpistole hoch. »Ich kümmere mich um die Knalleffekte.«

Warren stieg ein und fuhr los, er versuchte, den Wagen so geräuschlos wie möglich vorwärtszubewegen. Während sie mit weniger als zwanzig Stundenkilometern durch die Talsohle auf die Ansiedlung zuruckelten, schaute Follet immer wieder besorgt auf seine Uhr. Schließlich bremste Warren den Wagen behutsam ab; vor sich konnte er die ersten niedrigen Gebäude mit den flachen Dächern ausmachen, nichts rührte sich. Nur der Motor tuckerte leise, ansonsten war alles ruhig.

»Noch knapp eine Minute«, flüsterte Follet.

Doch er hatte noch nicht ganz ausgesprochen, da war auch schon ein tiefes Grollen zu hören, als hätte sich ein Riese geräuspert, und der Boden bebte unter ihnen. Eine Staubwolke schoß aus dem Belüftungsschacht des *Qanats*, der der Ansiedlung am nächsten war und als geheimer Eingang zu dem unterirdischen Labor gedient hatte. Höher und höher wirbelte sie in den Nachthimmel hinauf, wie ein riesiger Rauchring hing sie schimmernd im fahlen Mondlicht. Die Dächer verschoben sich, doch alles ging viel zu schnell, als daß Warren genau hätte erkennen können, was eigentlich geschah.

Follet schlug ihm krachend auf die Schulter. »Los, Mann, los! Licht an!«

Der Landrover machte einen Satz nach vorne, die Scheinwerfer tauchten die Ansiedlung in ein grelles Licht. Hühner, die durch die Explosion aus dem Schlaf gerissen und in helle Aufregung versetzt worden waren, flatterten über die Straße; aus einem braunen Gesicht starrten zusammengekniffene Augen erschreckt zu einem Fenster heraus; ein Mann drückte sich mit ausgebreiteten Händen platt an eine Häuserwand, um sich vor der wilden Jagd in Sicherheit zu bringen.

Plötzlich brüllte Follet: »Achtung!«, und Warren stieg auf die Bremse. Vor ihnen hatte sich in einer Mauer ein Riß aufgetan, und jetzt stürzte eine ganze Wand auf die Straße. Warrens Sinne waren dermaßen überreizt, daß es für ihn so aussah, als kippte sie in Zeitlupe um. Es krachte, eine Staubwolke stieg in die Höhe, die den Landrover verschluckte, dann hatte er sich ächzend festgefahren. Der Staub wirbelte in das Führerhaus, und Warren mußte husten, als er ihm in den Mund drang.

»Was für gottverdammte Bruchbuden«, schimpfte Follet.

Warren warf den Rückwärtsgang ein und setzte schnell zurück. Als sich der Staub gesetzt hatte, konnte er erkennen, daß die Straße vor ihnen vollständig verschüttet war. Von irgendwoher hörten sie das tonlose Knattern von Gewehrfeuer durch die Nacht hallen. »Nichts wie weg hier«, meinte Follet. »Vielleicht kommen wir seitlich irgendwie vorbei.«

Warren blieb im Rückwärtsgang, da es nirgends Platz zum Wenden gab. Bei der ersten größeren Lücke drehte er den Wagen und suchte nach einem Weg, der wenigstens einigermaßen in die Richtung führte, in die sie fahren wollten. Weitere Schüsse waren zu hören, doch offenbar galten sie nicht ihnen. Follet zeigte mit dem Arm auf eine freie Fläche. »Versuchen wir es da drüben. Gas geben, nun los doch.«

Während Warren den Landrover auf die schmale Gasse zuhielt, bekam der Wagen von der Seite einen Schlag. Follet hielt die Maschinenpistole aus dem Fenster und schoß. Ratternd leerte er das halbe Magazin. »Nur damit sie brav mit den Köpfen unten bleiben«, schrie er.

Der Landrover schoß durch die Gasse, die immer enger zu werden schien, einmal kratzte der Wagen sogar metallisch an einer Hauswand entlang. Ein Mann verstellte ihnen mit einem Gewehr den Weg. Unwillkürlich duckte Warren sich und trat das Gaspedal bis zum Anschlag durch. Der Landrover machte einen Satz nach vorne, es gab einen dumpfen Schlag, dann sah man nur noch zwei verzweifelt in die Luft gestreckte Hände und die weggeworfene Waffe, die im Dunkeln verschwand.

Als sie aus der Gasse kamen und die Ansiedlung hinter sich ließen, zog Follet Warren am Arm. »Scheinwerfer aus, damit sie uns nicht finden.« Er schaute zurück. »Wie es Andy wohl ergehen mag?«

Zum Zeitpunkt der Explosion hatte Tozier gerade den Blick auf das Dorf gerichtet. Er sah die Staubwolke in die Höhe wirbeln, dann erschütterte die Schockwelle den Boden unter seinen Füßen, und er hörte das Krachen. Ein plötzlicher Luftzug stieg aus dem Schacht neben ihm auf und fuhr ihm ins Gesicht, dann hörte er ein Geräusch, das er sich nicht erklären konnte.

Er bückte sich und rief hinunter: »Ben!« Doch er bekam keine Antwort.

Zögernd kaute er auf seiner Lippe, dann packte er das Seil und ließ sich in den Schacht hinab. Unten angekommen, leuchtete er mit der Taschenlampe um sich. Alles erschien ihm unverändert, deshalb rief er noch einmal. Ein Brocken Erde löste sich von der Decke und platschte ins Wasser.

Er richtete die Lampe nach unten und runzelte die Stirn, als er den Wasserstand sah. So tief war es vorher gewiß nicht gewesen. Er zückte sein Messer und rammte es knapp über dem Wasserspiegel in die Wand des *Qanats,* und als das Wasser rasch stieg und schon bald das Heft des Messers umspülte, verfinsterte sich seine Miene noch mehr.

Er ging langsam weiter in den Kanal, ohne im Schein der Taschenlampe vor sich irgend etwas entdecken zu können. Schon nach hundert Metern, nach zwei Schachtöffnungen, stand er bis zu den Oberschenkeln im Wasser, und dann erblickte er den Erdwall, der den *Qanat* vollständig blockierte. Der primitive Tunnel mit der nicht abgestützten Decke hatte der Wucht der Explosion selbst in dieser Entfernung nicht standhalten können; er fragte sich, auf welcher Länge der *Qanat* wohl eingestürzt war.

Für ihn gab es hier nichts mehr zu tun, also machte er kehrt, und als er das Seil erreichte, umspülte das Wasser, das durch die unterirdische Quelle in den Bergen unaufhörlich gespeist wurde, bereits seinen Brustkorb. Klitschnaß kam er wieder an die Oberfläche, er zitterte in der kalten Nachtluft.

Ohne auch nur noch einen einzigen Blick auf die Todesfalle zu werfen, die Bryan und Speering verschluckt hatte, lief er los. In seinem Beruf war der Tod etwas Alltägliches, mit dem man sich abzufinden hatte. Er konnte nicht mehr das geringste für Bryan tun, er mußte nun versuchen, seine eigene Haut zu retten.

Mit äußerster Vorsicht näherte er sich dem Rand der Ansiedlung, dann hielt er an und schaltete den Motor aus, um besser lauschen zu können. Geschrei und aufgeregte Stimmen waren zu hören, und er sah auch Lichter, mit deren Hilfe sich Ahmed und seine Leute einen Überblick über die Schäden verschaffen wollten. Tozier lächelte grimmig, als er feststellte, daß sich die allgemeine Aufregung nach links verlagerte, zum *Qanat* hin.

Er hakte den Anschlagkolben von der Maschinenpistole los, spannte sie und legte sie griffbereit neben sich auf den Beifahrersitz. Dann ließ er den Wagen wieder an und tastete sich ohne Scheinwerfer weiter durch die Dunkelheit, denn nun kam es auf List und Heimlichkeit an, unüberlegte Heldentaten waren nicht gefragt. Da Ahmeds Leute wach waren, konnte er nicht einfach durch das Dorf rasen, wie er es noch Warren empfohlen hatte.

Langsam und vorsichtig fuhr er an den ersten Gebäuden vorbei, doch dann kam er auf einen freien Platz und wurde entdeckt. Jemand schrie, jemand schoß, und in der Ferne hörte er noch mehr gedämpfte Schreie. Er hatte kaum nach dem Schalthebel gegriffen, da sah er vor sich schon wieder Mündungsfeuer im Dunkeln, und er knipste die Scheinwerfer an, um besser sehen zu können, was ihn erwartete.

Plötzlich standen drei Männer vor dem heranpreschenden Landrover, die die Hände hochgerissen hatten, um die Augen vor dem grellen Scheinwerferlicht zu schützen. Er tastete nach der Waffe auf dem Beifahrersitz, die er gerade in dem Augenblick in die Hand bekam, als einer der Männer auf das Trittbrett aufsprang, die Tür aufriß und ihn packen wollte. Er hob die Maschinenpistole und gab zwei Schüsse ab, er hörte einen unterdrückten Aufschrei. Sobald er es wagen konnte, die Augen von der Straße zu nehmen, riskierte er einen raschen Blick zur Seite. Der Mann war verschwunden.

Er hob den Kopf und sah im Rückspiegel hinter sich im Dunkeln mehrere Gewehre aufblitzen, doch plötzlich war das Licht wie abgeschnitten, denn eine Kugel war knapp an seinem Kopf vorbeigezischt und hatte den Spiegel in tausend Stücke zerschmettert. Er riß den Wagen um eine Kurve und wischte sich mit der Hand über die feuchte, klebrige Stirn, da ihm das Blut aus einer tiefen Schnittwunde in die Augen lief.

Mit kreischenden Bremsen kam er zum Stehen, vor ihm lag dieselbe umgestürzte Wand, die Follet und Warren den Weg versperrt hatte. Während er fluchend den Rückwärtsgang einwarf, mußte er sich tief in den Sitz ducken, da eine Kugel in die Seite des Wagens einschlug. Das schnelle, scharfe Krachen mehrerer gleichzeitig abgefeuerter Flinten ließ ihn wieder zur Maschinenpistole greifen, er legte den Hebel auf Schnellfeuer um und verschoß ein ganzes Magazin, das als tödlicher Regen auf die schattenhaften Gestalten hinter ihm niederging.

Follet hatte die heftiger werdenden Schießereien im Dorf besorgt verfolgt. Sobald er das Rattern der Maschinenpistole erkannte, rief er: »Die haben Andy in der Falle. Wir müssen ihn rausboxen.«

Warren, der den Wagen in weiser Voraussicht bereits gewendet hatte, legte einen Gang ein und fuhr zurück. Follet sagte: »Ich glaube, er steckt in derselben Sackgasse, wo es uns vorhin beinahe erwischt hätte. Sie wissen ja, wo das ist.«

Nachdem Warren in die enge Gasse eingebogen war, kam er an der zusammengesunkenen Leiche des Mannes vorbei, den er überfahren hatte. Die Handvoll Kurden, die hinter der Straßenecke vor Toziers Maschinenpistole Deckung gesucht hatten, waren auf einen Überraschungsangriff von hinten nicht im mindesten gefaßt. Follet lehnte sich aus dem Wagenfenster, betätigte den Abzug seiner Waffe, und sie stoben auseinander. Einer von ihnen blieb auf der Strecke, es sah aus, als wäre er über ein unsichtbares Hindernis gestolpert; er stürzte kopfüber zu Boden und rührte sich nicht mehr.

»Geradeaus!« brüllte Follet. »Und dann wenden!«

Nachdem Warren den Wagen mit quietschenden Reifen in einem viel zu engen Wendekreis viel zu schnell um die Kurve herumgerissen hatte, stand plötzlich der andere Landrover im Lichtkegel der Scheinwerfer; Follet beugte sich aus dem Fenster und schrie: »Na los, Andy, worauf waren Sie noch?«

Tozier setzte in die offene Lücke zurück, wendete und schoß durch die enge Gasse davon, Warren blieb ihm hart auf den Fersen, während Follet mit gezielten Feuergarben etwaige Verfolger einschüchterte. Warren war unmittelbar hinter Tozier, als sie das Dorf hinter sich ließen. Sie fuhren noch fünf Kilometer weiter, bevor sie schließlich die Wagen hoch über dem Tal zum Stehen brachten.

Follet schaute auf die Ansiedlung hinunter, doch keine Lichter bewegten sich hinter ihnen her. »Sie verfolgen uns nicht«, sagte er. »Ohne Scheinwerfer haben sie im Dunkeln keine Chance.«

Warren fühlte sich leer und ausgepumpt. Noch nie zuvor hatte jemand auf ihn geschossen, um ihn zu töten. Er hob die zitternden Hände vom Lenkrad, dann warf er einen Blick auf den anderen Landrover. »Ich habe Ben überhaupt nicht gesehen«, meinte er.

Stiefel knirschten über das Geröll, und schon stand Tozier mit blutverschmiertem Gesicht neben ihrem Seitenfenster. »Ben kommt nicht mehr«, sagte er leise. »Den hat's erwischt.«

»Das hat er sich selbst zuzuschreiben«, sagte Follet mit überschnappender Stimme.

»Ja«, stimmte Warren ihm traurig zu. »Es war sein eigener Entschluß. Sind Sie auch ganz sicher, Andy?«

»Vollkommen«, antwortete Tozier abschließend. Er blickte ins Tal zurück. »Am besten fahren wir weiter. Wir sollten die irakische Grenze schon weit hinter uns gelassen haben, bevor dem guten Ahmed klar wird, was ihm da eigentlich passiert ist.«

Er ging, eine Wagentür fiel ins Schloß. Die beiden Landrover machten sich langsam auf den Weg.

7. KAPITEL

I

Dan Parker ließ die Hand liebevoll über die Flanke des Torpedos gleiten. Als er sie wieder wegzog, war sie klebrig von Öl. »Das alte Modell XI«, sagte er. »Hätte nie gedacht, daß ich von denen noch mal eins zu sehen kriege.«

»Hoffentlich können Sie auch damit umgehen«, antwortete Eastman. »Die Dinger kosten einen Haufen Geld.«

»Bis ich damit fertig bin, wird sich noch einiges zusammenläppern«, meinte Parker gleichmütig. »Ich brauche schließlich das richtige Gerät.« Er schaute sich in dem kahlen Schuppen um. »Aber Platz genug gibt es hier.«

»Was benötigen Sie denn?« fragte Jeanette Delorme.

»Zunächst mal ein paar Werkzeugmaschinen, Drehbank, eine kleine Fräsmaschine und eine Standbohrmaschine. Dazu kommt dann noch jede Menge Kleinzeug, Schraubenschlüssel und so. Ich mache Ihnen eine Liste.«

»Laß es dir gleich aufschreiben, Jack«, sagte sie. »Besorg ihm alles, was er braucht. Ich gehe nach Hause.«

»Und was ist mit mir?« fragte Eastman.

»Nimm dir ein Taxi«, entgegnete sie und verschwand.

Abbot grinste Eastman an. »Die ist tatsächlich der Boß. Das sieht ja ein Blinder.«

»Ihre dummen Bemerkungen können Sie sich sparen«, sagte Eastman grimmig. Er wandte sich an Parker. »Gibt es sonst noch etwas?«

»Klar«, antwortete Parker, der nur noch seinen Torpedo im Kopf hatte. »Das ist ein Gefechtskopf. Ich will doch schwer hoffen, daß er nicht scharf ist.«

»Er wurde ohne Sprengladung geordert.«

»Da bin ich aber erleichtert. TNT ist ein ganz schön unberechenbares Zeug. Aber dieser Kopf taugt sowieso nichts.«

»Was, zum Teufel, soll das...?«

»Immer hübsch mit der Ruhe«, sagte Parker. »Noch ist nichts verloren. Aber wenn Sie einen Probelauf wollen, um das Ding zu testen, brauche ich zusätzlich zu dem hier einen

Übungskopf. Würde man den Fisch, so wie er ist, abfeuern, würde er am Ende der Versuchsstrecke untergehen, und das wollen wir doch nicht. Übungsköpfe haben Schwimmkammern, damit der Torpedo nicht sinkt, und ein Signallicht, damit man ihn wiederfindet. Wo Sie den hier gekauft haben, kriegen Sie garantiert auch einen Übungskopf.« Er tätschelte den Torpedo. »Wo das auch immer sein mag.«

»Okay, Sie bekommen Ihren Übungskopf. Sonst noch etwas?«

»Die Batterien natürlich. Die sind doch schließlich auch ziemlich wichtig, oder? Ich schreibe sie gleich mit auf die Liste, die Typen und die Anzahl. Die kosten Sie auch eine Kleinigkeit.« Er musterte den Torpedo. »Ich werde ihn wohl hier drinnen mal anschmeißen müssen, also brauchen wir etwas, mit dem wir ihn festhalten können. Zwei Betonsäulen mit anständigen Halterungen.« Er hob den Kopf. »Die Dinger entwickeln nämlich einen ganz schönen Schub, und wir wollen doch nicht, daß uns der Fisch durch die Bude tanzt, oder?« Er klopfte sich auf das lahme Bein. »So etwas hat mich damals meine Marinekarriere gekostet.«

Abbot schritt an dem Torpedo entlang. »Ganz schön lang so ein Geschoß. Hätte nie gedacht, daß die so groß sind.«

»Fünfundfünfzig Zentimeter im Durchmesser«, sagte Parker. »Sechs Meter fünfundachtzig lang. Gewicht im Gefechtszustand runde dreitausendsechshunderteinunddreißig Pfund.« Er schlug auf den Gefechtskopf. »Und man kann jede Menge Sprengstoff reinpacken, siebenhundertachtzehn Pfund TNT.«

»Wir können über siebenhundert Pfund Ladung darin verstauen?« fragte Eastman gespannt.

Parker schüttelte den Kopf. »Fünfhundert habe ich gesagt, und dabei bleibe ich auch. Ich muß doch ein paar zusätzliche Batterien in dem Kopf unterbringen. Haben Sie sich schon überlegt, wie wir ihn abfeuern?«

»Der Fachmann sind schließlich Sie«, antwortete Eastman. »Schlagen Sie etwas vor.«

»Es gibt drei Möglichkeiten. Zum einen kann man ihn von einem Rohr unter Wasser aus starten, zum Beispiel von einem U-Boot, dann von einem Rohr über der Wasserlinie, wie bei einem Zerstörer, und zuletzt ginge es noch vom Flugzeug aus, was ich allerdings nicht unbedingt empfehlen würde, besonders, wenn man eine wertvolle Ladung verschicken will. Die Zielgenauigkeit ist dabei nämlich nicht besonders groß.«

»Okay«, sagte Eatman. »Also kein Flugzeug. Und was halten Sie von den anderen beiden Methoden?«

»Einen Zerstörer werden Sie wohl kaum auftreiben können«, meinte Parker nachdenklich. »Und an Bord jedes anderen Schiffes sind Torpedorohre doch ein bißchen zu auffällig, wenn Sie verstehen, was ich meine. Ich schätze, am besten würden wir mit einem Unterwasserstart fahren. Da kommt keiner auf dumme Gedanken. Aber dafür bräuchte man einen Kahn mit ein bißchen Pfeffer unterm Kiel.«

Eastman nickte. »Ich verstehe, worauf Sie hinauswollen. Das leuchtet mir ein.«

»Wo Sie diesen Fisch hier herhaben, können Sie bestimmt auch so etwas wie ein U-Bootrohr besorgen. Den Rest lassen Sie dann meine Sorge sein.«

»Ich beschaffe Ihnen das Rohr«, versprach Eastman.

Parker gähnte. »Ich bin müde«, sagte er. »Die Liste stelle ich Ihnen morgen zusammen.«

»Der Boß will sie aber sofort«, widersprach Eastman.

»Dann muß sie sich eben wohl oder übel in Geduld fassen«, schimpfte Parker. »Wenn ich müde bin, kann ich nicht denken. Die ganze Sache wird sowieso ein Weilchen dauern, da kommt es auf acht Stunden mehr oder weniger auch nicht mehr an.«

»Das werde ich ihr ausrichten«, meinte Eastman spöttisch.

»Tun Sie das ruhig, Kumpel«, sagte Parker. »Legen wir doch gleich von Anfang an die Spielregeln fest.« Er schaute Eastman fest in die Augen. »Wenn Sie Pfuscharbeit haben wollen, bitte schön, nur kann ich für den Erfolg dann nicht garantieren. Wenn Sie mir aber freie Hand lassen, können Sie sich darauf verlassen, daß es klappt.« Er feixte. »Sie wollen doch sicher auch nicht, daß Ihnen der Fisch mit einer ganzen Ladung Stoff vom Haken springt, oder?«

»Nein, verdammt noch mal!« Bei dem Gedanken zuckte Eastman unwillkürlich zusammen.

»Na also«, meinte Parker mit einer abschließenden Handbewegung. »Sie verdrücken sich jetzt, und wenn Sie morgen früh um zehn wiederkommen, habe ich die Liste fertig. Wir hauen uns jetzt erst mal aufs Ohr.«

»Okay«, antwortete Eastman. »Dann bis morgen.« Er ging durch den Schuppen und stieg die Holztreppe hinauf. Oben angekommen drehte er sich noch einmal um. »Eines wollte ich Ihnen noch gesagt haben, Sie werden schön hierbleiben, und zwar alle beide. Ali paßt auf Sie auf. Er kann ganz schön ungemütlich werden, wenn man ihn reizt, also passen Sie auf.«

Abbot sagte: »Wir passen schon auf ihn auf.«

Eastman grinste nachsichtig. »Das habe ich zwar nicht gesagt, aber Sie wissen ja, wie ich es meine.« Er öffnete die Tür, und sie hörten ihn leise mit jemandem reden. Nachdem er hinausgegangen war, trat Ali, der Araber, ein. Er kam nicht die Treppe herunter, sondern blieb oben am Geländer stehen und beobachtete sie.

Abbot warf Parker einen Blick zu. »Sie haben ihn aber ganz schön in die Ecke gedrängt, finden Sie nicht?«

»Ich mußte mir doch ein bißchen Ellbogenfreiheit verschaffen«, antwortete Parker grinsend. »Als Maat habe ich jede Menge solcher Typen kennengelernt. Bei der Marine gerät man andauernd an Offiziere, die einen zu Tode schinden wollen. Aber man darf sich das einfach nicht gefallen lassen, ein guter Handwerker zeigt denen noch allemal, was 'ne Harke ist. Das haben sie dann auch meistens in Null Komma nichts kapiert.«

»Hoffentlich merkt er sich das«, meinte Abbot. Er besah sich den Torpedo. »Ich frage mich die ganze Zeit, wie die das Ding so schnell haben beschaffen können. Wir haben es hier anscheinend mit einer äußerst tüchtigen Bande von Halsabschneidern zu tun. Die sind wirklich nur mit Vorsicht zu genießen.« Er schaute nachdenklich zu dem Araber hinauf.

»Ich bin ehrlich hundemüde, das war kein Witz«, sagte Parker. »Und außerdem muß ich endlich diesen verdammten Strampelanzug ausziehen. Der bringt mich noch um. Gehen wir schlafen, in drei Teufels Namen!«

II

Sobald Eastman die Liste in der Hand hatte, ging alles sehr schnell. Bereits nach zwei Tagen war ein Großteil der Ausrüstung geliefert, und während die nötigen Umbauten vorgenommen wurden, blieb der Torpedo unter Verschluß, damit ihn die Handwerker nicht zu Gesicht bekamen.

Dann erst begann die eigentliche Arbeit, und je weiter sie voranschritt, desto mehr wuchs Abbots Hochachtung vor Parker. Jeder Mensch, der mit einem so hochkomplizierten Gerät fertigwerden konnte, ohne sich dabei aus der Ruhe bringen zu lassen, hatte den größten Respekt verdient.

Sie entfernten die Bleiakkus, ganze zweiundfünfzig Stück, und stapelten sie in einer Ecke des Schuppens. »Die brauche ich später noch, um den Antrieb auszuprobieren«, meinte Parker. »Dafür brauchen wir nicht extra die teuren Dinger zu verschwenden. Aber hinterher sollten sie besser im Meer versenkt werden. Ein Blick genügt, und jeder alte Seebär weiß sofort, was die Uhr geschlagen hat. Das wäre nun doch zu riskant.«

Während sich Eastman diese Anweisung sorgfältig notierte, kam Abbot der Gedanke, daß Parker des Guten vielleicht doch eine Spur zuviel tat. Sobald sie wieder allein waren, sprach er Parker daraufhin an, doch der grinste nur. »Es soll doch echt aussehen, oder? Dabei hilft uns jede Kleinigkeit. Eastman wird schon richtig zutraulich, und das kann uns auch nicht schaden.« Abbot mußte ihm Recht geben.

Parker baute den Motor aus, da er gereinigt werden mußte. »Ist in gutem Zustand«, sagte er und streichelte beinahe liebevoll über die Maschine. »Erstklassige Arbeit. Achtundneunzig PS, und das bei der geringen Größe. Eine wirklich ganz ausgezeichnete Arbeit, nur schade, daß wir sie in die Luft sprengen müssen.« Er schüttelte den Kopf. »Wir leben schon in einer ganz schön verkehrten Welt.«

Während er den Torpedo Stück für Stück auseinandernahm, ging Abbot ihm dabei zur Hand und durfte sogar die weniger wichtigen Teile reinigen. Alles, was er benötigte, wurde ihm prompt geliefert, besondere Öle und Schmierstoffe für den Schutz der Dichtungen, teure Drähte für die umgebauten Schaltkreise und die neuen Quecksilberzellen, die allein schon ein Vermögen kosteten. Er redete seinen Auftraggebern ins Gewissen wie ein Wanderprediger, und was er ihnen predigte, war Perfektion. »Für unseren Fisch ist nur das Beste gut genug«, schärfte er ihnen ein. »Dann bekommen wir auch den besten Torpedo, der je ins Wasser gelassen wurde.«

Damit hatte er vermutlich durchaus recht. Keinem für Kriegszwecke gebauten Torpedo war wohl jemals ein solches Maß an ungeteilter und liebevoller Aufmerksamkeit zuteil geworden, und auch einen neuentwickelten Prototypen konnten vermutlich seine aufgeregten Erbauer vor dem ersten Probelauf nicht mehr bemuttern als diesen.

Sogar Eastman hatte das bald begriffen, wozu auch Parkers spitze Bemerkungen ihr Teil beitrugen. Er erkannte, daß der Mechaniker sich jede erdenkliche Mühe gab, deshalb unterstützte er ihn nach Kräften und rüstete ihn mit allem Nötigen aus. Abbot fand diesen Eifer durchaus verständlich, denn immerhin sollte die Ladung des Gefechtskopfes schließlich aus Rauschgift im Wert von fünfundzwanzig Millionen Dollar bestehen.

Die meiste Zeit verwandte Parker auf das Lenksystem, wie eine Henne ihr verlorengegangenes Küken nahm er es unter seine Fittiche. »Wenn das Ding schlappmacht, haben Sie alles verloren«, sagte er zu Eastman.

»Dann wollen wir das nicht hoffen«, antwortete dieser grimmig.

»Es wird schon werden«, sagte Parker ruhig.

»Wie funktioniert das eigentlich?«

»Es sorgt dafür, daß der Torpedo geradeaus läuft, egal was auch kommen mag«, erklärte Parker. »Als ich Ihnen eine Abweichung von sieben Zentimetern auf hundert Meter nannte, habe ich mir noch ein bißchen Spielraum gelassen. Bei einem guten Mechaniker ist der XI beinahe genauso treffsicher wie eine Gewehrkugel, mehr als zwei Zentimeter auf hundert Meter geht er kaum neben das Ziel. Natürlich hat der normale XI nur eine ganz beschränkte Reichweite, und deshalb würde die Abweichung bei einem guten Schuß sowieso nur höchstens zwei Meter betragen, egal wie weit man ihn schießt. Aber unser Schätzchen hier muß ein gutes Stück weiter schwimmen, und deshalb habe ich mir vorgenommen, den Rekord zu brechen. Mein Traum wäre eine Abweichung von einem Zentimeter auf hundert Meter. Es ist zwar so gut wie unmöglich, aber das habe ich mir nun mal in den Kopf gesetzt.«

Als Eastman sie verließ, war er rundum zufrieden.

»Sie lassen sich die Sache aber ziemlich viel Schweiß und Mühen kosten, obwohl der Torpedo doch schließlich sowieso sabotiert werden soll«, merkte Abbot an.

Parker zuckte die Achseln. »Das Gefühl hat irgendwann jeder Torpedomann schon einmal erlebt. Man hat einen ganz wunderbaren Fisch vor sich und setzt alles daran, noch mehr herauszukitzeln, als es sich der Ingenieur jemals im Traum hat vorstellen können. Dann knallt man ihn einem Schiff in die Flanke, und er zerspringt in tausend Stücke. Auch eine Art von Sabotage, oder?«

»Könnte man schon sagen. Aber dafür werden Torpedos nun einmal gebaut.«

Parker nickte. »Ich weiß ja selbst, daß der hier zum Schluß verrecken muß, aber vorher haben wir erst noch die Probeläufe auf See vor uns, und dann muß er laufen wie eine Eins.« Er schaute Abbot an und sagte ernst: »Wissen Sie, so pudelwohl habe ich mich schon seit einer Ewigkeit nicht mehr gefühlt. Seit ich aus der Marine ausscheiden mußte, habe ich immer nur an den Wagen anderer Leute rumgefummelt. Die ganze Zeit über hat mir irgend etwas gefehlt, ich wußte bloß nicht was.« Er zeigte auf den auseinandergenommenen Torpedo. »Jetzt weiß ich es, ich habe diese Prachtstücke vermißt.«

»Aber steigern Sie sich lieber nicht zu sehr hinein«, riet ihm Abbot. »Denken Sie daran, letzten Endes muß es schiefgehen.«

»Es wird schon schiefgehen«, antwortete Parker betrübt. Er biß die Zähne zusammen. »Aber vorher soll er noch einmal so richtig zeigen können, was er gelernt hat.« Er tippte Abbot auf die Brust. »Wenn Sie meinen, das wäre ein Kinderspiel, Mike, haben Sie sich geschnitten. Was ich hier vorhabe, ist eigentlich so gut wie unmöglich. Die XI waren nie dazu gedacht, zwanzig Kilometer Reichweite zu erzielen, und wenn ich ihn dazu bringe, ist das eine Meisterleistung. Aber ich werde es irgendwie schaffen, und die Freude daran lasse ich mir nicht vermiesen, denn schließlich bekomme ich danach nie mehr im Leben einen Torpedo unter die Finger. Also dann, weiter im Text.«

Sämtliche Metallteile, die sich auseinandernehmen ließen, wurden in ihre Einzelteile zerlegt, einer strengen Prüfung unterzogen und mit größter Sorgfalt wieder zusammengesetzt. Stück um Stück wurde der ganze Torpedo neu zusammenmontiert, bis es schließlich Zeit war, ihn für den Werkbanktest festzuschrauben. Jetzt begriff auch Abbot den Sinn der Halterungen. Selbst mit nur einem Viertel seiner möglichen Schubkraft wäre er wie eine Rakete durch den Schuppen herumgezischt, wenn sie ihn nicht gesichert hätten.

Als Parker mit dem Ergebnis zufrieden war, fragte er Eastman: »Was ist nun mit dem Rohr? Mit dem Fisch wäre ich soweit fertig.«

»Okay«, antwortete Eastman. »Kommen Sie mit.«

Er fuhr mit ihnen ein Stück an der Küste entlang, bis sie zu einer kleinen Schiffswerft kamen, wo er ihnen ein beinahe schrottreifes Küstenmotorschiff von ungefähr 3000 Registertonnen zeigte. »Das ist der Kahn, die *Orestes*, sie hat einen griechischen Eigner und läuft unter panamaischer Flagge.«

Parker musterte das Schiff argwöhnisch. »Damit wollen Sie den Atlantik überqueren?«

»Nicht nur ich, Sie ebenfalls«, antwortete Eastman. »Einmal hat die *Orestes* das bereits geschafft, und ihre nächste Fahrt nach drüben wird auch ihre letzte sein, danach wird sie leider auf See vermißt werden.« Er lächelte. »Sie ist unterversichert, und wegen der paar Kröten werden wir auch nicht viel Aufhebens machen, schließlich soll keiner allzu neugierig werden, was mit ihr passiert ist. Wenn Sie das Rohr unter Wasser einsetzen wollen, müssen Sie wohl ein Loch hineinschneiden. Wie soll denn das vor sich gehen?«

»Das müßte ich mir erst näher ansehen«, sagte Parker. Sie gingen also an Bord. Er blieb eine ganze Weile am Bug unter Deck, dann warf er eine rauhe Skizze aufs Papier. »Wir brauchen einen Senkkasten. Wenn Sie den haben anfertigen lassen, schweißen wir ihn von außen an der markierten Stelle an die Schiffswand. Dann kann ich von innen ein Loch herausschneiden und das Rohr einsetzen. Hinterher lassen Sie die ganze Konstruktion einfach wieder wegreißen. Sie brauchen dazu einen Taucher, der seinen Mund halten kann, weil solche Arbeiten auf normalen Werften nämlich nicht gemacht werden.«

Eastman grinste. »Die Werft gehört uns«, sagte er leise.

Die Umbauten konnten also beginnen, was eine weitere Woche in Anspruch nahm. Besonders viel Sorgfalt verwandte Parker auf das genaue Ausmessen und Justieren des Rohres. »Jetzt brauchen Sie das Schiff nur noch in die richtige Stellung zu manövrieren«, sagte er schließlich. »Ich bin fertig, wir können den Probelauf jederzeit starten.«

III

Jeanette Delorme hatte sich eine ganze Weile nicht blicken lassen, was Abbot überhaupt nicht gefiel, da er sie eigentlich nicht aus den Augen lassen wollte. Außerdem wurden er und Parker praktisch wie Gefangene gehalten und konnten sich deshalb auch nicht mit den anderen in Verbindung setzen. Er hatte keine Ahnung, wie Warren vorankam, und er selbst konnte Hellier nicht auf dem laufenden halten. Solche Schwierigkeiten bei der Kontaktaufnahme konnten ihnen noch schwer zu schaffen machen.

Er sagte zu Eastman: »Ihr Boß scheint sich aber nicht sonderlich für uns zu interessieren. Seit dem einen Abend damals habe ich sie nicht mehr gesehen.«

»Sie mischt sich nicht unter das arbeitende Volk«, antwortete Eastman. »Die Oberaufsicht liegt bei mir.« Er faßte Abbot spöttisch ins Auge. »Denken Sie an meine Worte. Ich würde ihr an Ihrer Stelle sowieso nicht zu nahe kommen.«

Abbot zuckte die Achseln. »Mir geht es nur um das Geld. Schließlich ist alles klar für den Probelauf, und ich glaube kaum, daß Sie für den Boß auch die Schecks ausstellen dürfen.«

»Über das Geld brauchen Sie sich nicht den Kopf zu zerbrechen«, meinte Eastman grinsend. »Denken Sie lieber an den Probelauf. Er ist für morgen angesetzt, dann kommt auch die Chefin, und gnade Ihnen Gott, wenn es schiefgeht.« Er fügte noch hinzu: »Sie war gerade drüben in den Staaten und hat dort die nötigen Vorbereitungen getroffen.«

Als Abbot am nächsten Morgen von dem schwarzen Mercedes abgeholt wurde, war sofort sein Mißtrauen geweckt, weil man ihn von Parker trennte. »Was passiert mit Dan?«

»Der kommt auf die *Orestes*«, antwortete Eastman.

»Und ich?«

»Warum fahren Sie nicht einfach mit und lassen sich überraschen?« meinte Eastman. Er wirkte verärgert.

Abbot mußte sich fügen und von dem Mercedes an ein unbekanntes Ziel bringen lassen, das, wie sich im übrigen herausstellen sollte, mitten im Herzen Beiruts lag. Als der Wagen am Gebäude des *Daily Star*, der einzigen englischsprachigen Tageszeitung, vorbeikam, tastete Abbot nach dem Briefumschlag in seiner Jackentasche und überlegte, wie er wohl unauffällig hineingelangen konnte. Mit Hilfe des Blattes hätte er heimlich Kontakt zu Hellier aufnehmen können, doch es sah nicht so aus, als sollte er die Gelegenheit bekommen, ihm, wie für den Notfall abgesprochen, eine Nachricht zu übermitteln.

Der Wagen setzte ihn am Yachthafen ab, wo er bereits von einem schmucken Matrosen erwartet wurde. »Mr. Abbot?« Er nickte. »Hier entlang, Sir.« Der Matrose führte ihn zu einer sehr rassig aussehenden Barkasse, die am Steg vertäut war.

Als das Boot rasch aus dem Hafen glitt, fragte Abbot: »Wohin soll es denn gehen?«

»Zur Yacht, zur *Stella del Mare*.« Der Matrose deutete nach vorn. »Da liegt sie.«

Während sie sich dem Schiff näherten, schaute Abbot es sich neugierig an. Das typische Spielzeug reicher Leute, wie man sie so oft im Mittelmeer vorfindet. Mit ihren etwa zweihundert Registertonnen war die Yacht vermutlich so vorzüglich mit allem erdenklichen Komfort und dem bestmöglichen technischen Gerät ausgestattet, daß man damit ohne weiteres eine Weltumsegelung hätte unternehmen können. Und doch, was für diese Art von Schiff ebenfalls typisch war, um die Welt segeln würde sie nie. Solche Yachten lagen für gewöhnlich nur wochenlang als schwimmende Villen der Reichen vor Nizza, Cannes, Beirut und an anderen Tummelplätzen der High Society vor Anker. Es wurde ihm immer mehr zur Gewißheit, daß Heroinschmuggel ein einträgliches Geschäft sein mußte.

Oben auf der Kajütstreppe wurde er von einem weiteren schnieken Seemann im Matrosendreß in Empfang genommen, der ihn zum Sonnendeck geleitete. Während er über die Leiter nach oben kletterte, hörte er das Rasseln der Ankerkette und das Aufheulen der Maschinen. Offensichtlich hatte die *Stella del Mare* nur auf ihn gewartet.

Auf dem Sonnendeck fand er Jeanette Delorme vor. Sie lag auf dem Rücken und aalte sich, überaus freizügig gekleidet, in der Sonne. Einen knapperen Bikini hatte er noch nie im Leben gesehen, höchstens einmal in einem Stripteaselokal in Soho. Er bestand lediglich aus drei winzigen Stoffdreiecken und wog wahrscheinlich nicht mehr als vier Gramm, auf jeden Fall aber war er leichter als die dunkle Sonnenbrille, durch die sie ihn betrachtete. Sie winkte ihm träge zu. »Hallo, Mike. Darf ich bekanntmachen? Youssif Fuad.«

Nur mit einiger Anstrengung gelang es Abbot, die Augen von ihr loszureißen und den Mann anzuschauen, der nicht weit von ihr entfernt saß. Dieser bot mit seinem kahlen Schädel, der braunen Eidechsenhaut und den Reptilienaugen einen wesentlich unerfreulicheren Anblick dar. Er nickte. »Guten Morgen, Mr. Fuad.« Er kannte den Mann. Es war derselbe libanesische Bankier, mit dem Jeanette Delorme damals zu Mittag gegessen und den er selbst als zu respektabel eingestuft hatte. Das bewies ihm einmal mehr, wie sehr man sich täuschen konnte. Nur um die frische Seeluft zu genießen, hielt sich Fuad gewiß nicht ausgerechnet am Tag des Torpedoprobelaufs an Bord der Yacht auf.

Fuad ruckte wie ein Raubvogel kurz mit dem Kopf. Verdrießlich fragte er: »Was will denn der hier?«

»Er ist mein Gast«, antwortete Jeanette. »Nehmen Sie doch Platz, Mike.«

»Habe ich Ihnen nicht gesagt, daß ich nicht mit hineingezogen werden will?« Fuad schwieg und schüttelte abermals unwillig den Kopf. »Das gefällt mir nicht.«

Abbot, der sich schon beinahe hingesetzt hatte, richtete sich wieder auf. »Meine Gesellschaft ist also nicht sonderlich gefragt hier. Wenn Sie die Barkasse zurückholen wollen? Ich gehe.«

»Hinsetzen, Mike«, befahl Jeanette. Ihre Stimme schnitt wie eine Peitsche durch die Luft, so daß sich Abbot automatisch auf den Stuhl fallen ließ. »Youssif ist immer so nervös. Er hat Angst um seinen guten Ruf.« Jetzt schwang in ihrer Stimme Spott mit.

»Wir hatten eine Vereinbarung«, entgegnete Fuad wütend.

»Und ich habe sie gebrochen, na und?« meinte Jeanette. »Was wollen Sie jetzt machen?« Sie lächelte. »Nur keine Angst, Youssif. Ich werde schon auf Sie aufpassen.«

Abbot begriff nicht ganz, worum es bei ihrer kleinen Rangelei eigentlich ging. Doch offensichtlich wollte Fuad nicht, daß er ihn kannte, da er sich nicht gern in die Karten schauen ließ. Falls er sich eines Tages lästiger Mitwisser entledigen wollte, konnte das für Mike Abbot noch gefährlich werden. Der Bankier sah nicht so aus, als ob er vor einem Mord zurückschrecken würde. Er warf erneut einen Blick auf Jeanette und konnte sich nur mit einiger Mühe ins Gedächtnis rufen, daß auch für eine attraktive Erscheinung wie sie ein Menschenleben nicht viel Wert besaß.

Jeanette lächelte ihn an. »Was haben Sie denn so getrieben, Mike?«

»Das wissen Sie doch ganz genau«, antwortete Abbot tapfer. »Sonst hätte Eastman wohl seinen Beruf verfehlt.«

»Jack hält mich tatsächlich ständig auf dem laufenden«, gab sie zu. »Aber er blickt nicht sonderlich gut durch, er ist ja kein Techniker.« Ihr Tonfall wurde schärfer. »Funktioniert der Torpedo?«

»Ich bin leider auch kein Techniker«, sagte Abbot. »Aber Dan Parker macht einen zuversichtlichen Eindruck.« Er rieb sich das Kinn. »Ich schätze, bevor der Tag vorbei ist, schulden Sie uns hunderttausend Dollar.«

»Youssif hat den Scheck mitgebracht. Ich hoffe nur, Sie verdienen ihn sich auch, sonst könnte es Ihnen noch leid tun.«

Als sie ihm für den Fall eines erfolglosen Probelaufes so offen mit einer harten Strafe drohte, trat Abbot der Schweiß auf die Stirn. Schließlich hatte Parker selbst zugegeben, daß die Aufgabe im Grunde unmöglich zu erfüllen war. Er holte tief Luft und zwang sich zu der beiläufigen Frage: »Wohin soll die Fahrt eigentlich gehen? Wie sieht der Plan aus?« Er wandte den Kopf ab und schaute auf die immer kleiner werdende Küste zurück, doch hauptsächlich ging es ihm darum, sich Jeanettes verschleiertem Blick zu entziehen. Bei einem Vergleich dieser beiden Spießgesellen konnte man nur zu dem Schluß gelangen, daß das Weibchen der Gattung Raubtier weitaus gefährlicher war als das Männchen.

Plötzlich setzte sie sich auf und rückte sich das Bikinioberteil zurecht, das bei der abrupten Bewegung gefährlich ins Rutschen geraten war. »Wir fahren zur *Orestes*. Sie hält sich hier draußen auf, abseits der Schiffahrtsrouten. Ein paar Schnellboote passen auf, daß uns niemand in die Quere kommt. Das Ganze ist haarklein durchorganisiert, wie ein Marinemanöver.«

»Wann treffen wir mit ihr zusammen?«

»Vielleicht in zwei Stunden, vielleicht später.«

»Sagen wir je drei Stunden für Hin- und Rückfahrt«, meinte Abbot. »Und Gott weiß wie lange für den Probelauf. Das dauert ja den ganzen Tag. Ich werde schon jetzt langsam seekrank. Für Schiffe hatte ich nämlich noch nie besonders viel übrig.«

Sie fuhr sich mit der Zungenspitze über die Oberlippe. »Ich kenne ein todsicheres Mittel gegen Seekrankheit«, antwortete sie. »Es hat noch nie versagt, das können Sie mir glauben. Ich denke nicht, daß Sie genug Zeit haben, seekrank zu werden, Mike Abbot.«

Sie verschränkte die Arme hinter dem Kopf und streckte die Brüste vor; er glaubte ihr aufs Wort. Er warf einen Blick auf Fuad, der sie aus seinen Eidechsenaugen anstarrte, doch in dem toten Schlangenblick lag keine Spur von Begierde.

Nicht weit hinter dem Horizont stampfte die *Orestes* durch die ruhige, morgendliche See auf den vereinbarten Treffpunkt zu. Parker kletterte über die Leiter zur Brücke hoch und gab mit dem Daumen das Okay-Zeichen. »Alles läuft wie geschmiert. Ich lasse jetzt schon mal die Batterien warmlaufen.«

Eastman nickte, dann zeigte er mit dem Kopf auf einen Offizier mit einer angeschimmelten Litze an der zerknautschten Mütze. »Der Käpt'n ist nicht so zufrieden. Er meint, das Schiff läßt sich nicht leicht auf Kurs halten.«

»Was erwartet er denn mit einem riesengroßen Loch in der Bordwand?« gab Parker zurück. »Er wird sich eben daran gewöhnen müssen.«

»Sieht wohl so aus«, antwortete Eastman nachdenklich. »Würde es vielleicht etwas nützen, wenn man in die andere Seite auch ein Loch schnitte?«

»Kann schon sein«, meinte Parker vorsichtig. »Dann wäre alles ein bißchen mehr im Gleichgewicht.«

»Was soll das heißen, Sie lassen die Batterien warmlaufen? Ich wußte gar nicht, daß Sie das vorhatten.«

»Eine warme Batterie liefert schneller und auch mehr Saft als eine kalte. Schon ein Temperaturunterschied von nur einem Grad kann die Reichweite um ein Drittel erhöhen, und wir können schließlich jeden Meter brauchen.« Parker kramte seine Pfeife hervor. »Ich habe den Torpedo auf eine Tiefe von drei Meter fünfzig eingestellt. Läge er höher im Wasser, finge er an zu springen wie ein Delphin, und das ständige Unter- und Auftauchen würde ihn ganz schön vom Kurs abbringen. Aber so kommt unser Fisch jetzt am Ziel wie ein Korken an die Oberfläche gehüpft, das Signallicht geht an, und Sie können ihn wiederfinden.«

»Sie suchen ihn für uns.«

»Ich dachte, ich sollte hier an Bord für das Abfeuern zuständig sein.«

»Sie können beides machen«, antwortete Eastman. »Wir haben ein Boot, das sie zum Zielpunkt bringt.«

Parker zündete ein Streichholz an. »Um einen Torpedo zu überholen, brauchen Sie aber einen verdammt schnellen Flitzer.«

»Den haben wir. Genügen Ihnen fünfundvierzig Knoten?«

»Das müßte reichen«, gab Parker zu und stieß eine dünne blaue Rauchfahne aus.

Eastman schnupperte mit der Nase und stellte sich dann angewidert mit dem Rücken gegen den Wind. »Was qualmen Sie da für ein Kraut? Alte Socken?«

Parker grinste munter. »Was denn, wird Ihnen etwa jetzt schon mulmig?« Er paffte erneut an seiner Pfeife. »Wohin ist eigentlich Mike heute morgen verschwunden?«

Eastman starrte auf den Horizont hinaus. »Die Chefin wollte ihn sehen«, sagte er mürrisch.

»Wozu denn das?« fragte Parker überrascht.

»Dreimal dürfen Sie raten«, antwortete Eastman spöttisch. »Das kleine Biest hat heiße Höschen.«

Parker schnalzte mißbilligend mit der Zunge. »So redet man aber aber nicht von seinem Arbeitgeber«, sagte er. »Sie... Sie meinen, daß sie und Mike... daß sie...?«

»Jede Wette, die liegen jetzt schon auf der Matratze«, stieß Eastman hervor. Er schlug wütend auf die Reling.

»Nein, so was, Jack! Ich glaube fast, Sie sind eifersüchtig.« Parker kicherte entzückt in sich hinein.

»Ach, Quatsch«, sagte Eastman mit harter Stimme. »Es ist mir doch vollkommen schnuppe, was das kleine Biest mit ihrem süßen, knackigen Hinterteil anstellt, aber man sollte immer Geschäft und Vergnügen auseinanderhalten. Sie könnte uns alle in Schwierigkeiten bringen. Sie hätte sich eben nicht...«

Er unterbrach sich, und Parker fragte unschuldig: »Was hätte sie sich nicht?«

»Nichts«, entgegnete Eastman brüsk, damit ließ er ihn stehen und ging über die Brücke, wo er sich leise mit dem Kapitän unterhielt.

Abbot knöpfte sich das Hemd zu und beugte sich über das zerwühlte Bett, um aus dem Bullauge zu schauen. Was tut man nicht alles aus Pflichtbewußtsein, dachte er und warf einen Blick auf seine Uhr. Sie waren jetzt knapp zwei Stunden auf See. In der Nachbarkajüte hörte er Wasser plätschern, Jeanette duschte sich, doch schon bald erschien sie wieder, splitternackt und tropfnaß. Sie warf ihm ein Handtuch zu. »Abtrocknen«, befahl sie.

Während er sie kräftig abrubbelte, mußte er unwillkürlich an seine Jugendzeit denken, als er sich immer in den Ställen seines Großvaters herumgedrückt hatte, um sich die Pferdegeschichten vom alten Benson, dem Stallmeister, anzuhören. Automatisch pfiff er jetzt durch die Zähne, wie Benson es immer beim Striegeln gemacht hatte, er fragte sich, was der alte Mann wohl von dieser Prachtstute gehalten hätte.

»Du hast dich aber nicht oft bei uns blicken lassen«, sagte er. »Ich hatte gehofft, mehr von dir zu sehen.«

»Mehr als jetzt wohl kaum.«

»Was hast du denn in den Staaten getrieben?«

Er spürte, wie sich ihr Körper ein wenig versteifte. »Woher weißt du, daß ich in den Staaten war?«

»Von Eastman.«

»Jack redet zuviel.« Nach einer Weile antwortete sie: »Ich habe mich um alles Nötige gekümmert, Vorbereitungen getroffen und so.«

»War die Reise ein Erfolg?«

»Ein großer.« Sie machte sich von ihm frei. »Ich werde jede Menge Geld verdienen.«

Abbot grinste. »Ich weiß, und ich überlege auch schon die ganze Zeit, wie ich mir selbst ein größeres Stück vom Kuchen abschneiden kann.« Er betrachtete sie, als sie durch die Kabine ging. Ihr langer, schlanker Körper war gleichmäßig gebräunt, es waren keine verräterischen weißen Stellen zu sehen. Offenbar war der Bikini heute morgen lediglich ein Zugeständnis gewesen, es fragte sich nur, an wessen Schamgefühl? Fuads etwa? Das wäre nun doch zu komisch.

Sie drehte sich um und lächelte ihn an. »Darüber ließe sich eventuell reden, wenn der Probelauf zufriedenstellend verläuft.« Sie stieg in ein winziges Höschen und fragte: »Was hältst du eigentlich von Jack Eastman?«

»Mir kommt er vor wie ein hartgesottener Bursche«, meinte Abbot nachdenklich. »Ein Waschlappen ist er jedenfalls nicht.«

»Könntest du mit ihm auskommen?«

»Schon möglich, wenn er sich auch mit mir verträgt.«

Sie nickte. »Dann ließe sich vielleicht wirklich etwas machen.« Sie hakte sich den BH zu. »Und wenn ihr nicht miteinander zurechtkommt, könnten wir beide etwas unter uns ausmachen, wenn du bereit wärst, ein bißchen nachzuhelfen.«

Mann, was für ein Teufelsweib! dachte er. Er verstand nur allzu genau, worauf sie hinauswollte. Wenn er Eastman aus dem Weg räumte – und was damit gemeint war, war klar –, konnte er seinen Platz einnehmen. Und wenn er ihr tatsächlich half, ihren Partner auszuschalten, würde sie vermutlich noch mehr Geld absahnen, als sie ohnehin schon in Aussicht hatte. Aber dann würde er an Eastmans Stelle auf dem Schleudersitz sitzen und ständig darauf gefaßt sein müssen, daß er für den nächsten schießwütigen Glücksritter, der in ihr kleines Liebesleben trat, die Zielscheibe abgab. Er dachte an die toten Männer auf der Liste in ihrer Akte und fragte sich, wie viele von ihnen wohl ihre Liebhaber gewesen waren. Sie war das Spinnenweibchen, das die Männchen verspeiste.

Er lächelte sie bezaubernd an. »Kein schlechter Gedanke. Was hat eigentlich Freund Fuad mit der Sache zu schaffen?«

»Jetzt redest du zuviel«, wies sie ihn zurecht, während sie sich die Bluse zuknöpfte. »Er geht dich nichts an.«

»Aber gewiß doch. Er sitzt ja schließlich am Geldhahn, oder nicht?«

Sie setzte sich an die Frisierkommode und schminkte sich. »Nur keine voreiligen Schlüsse«, sagte sie. »Aber du hast recht.« Sie beobachtete ihn im Spiegel. »Du bist wirklich ein helles Kerlchen, viel schlauer als Jack. Ich kann mir nicht vorstellen, daß er dir viele Schwierigkeiten macht.«

»Herzlichen Dank für das Vertrauensvotum.«

»Da du so schlau bist, kannst du mir vielleicht eine Frage beantworten. Was weißt du über Regent Films?«

Obwohl sie ihm den Rücken zukehrte, spürte Abbot, daß sie ihn genau musterte, und er hoffte, daß er bei ihrer Frage nicht zusammengezuckt war. »Das ist eine englische, oder vielmehr britische Filmgesellschaft, ein ziemlich großes Unternehmen.«

»Wer leitet es?«

»Ein Mann namens Hellier, Sir Robert Hellier.«

Sie wandte sich ihm zu. »Dann erklär mir doch mal, warum sich ein englischer Edelmann, ein Lord, in meine Geschäfte mischen will.«

Abbot mußte kichern, er konnte sich nicht helfen. »Na, ich weiß nicht, ob man ihn wirklich edel nennen sollte. Der macht dir zu schaffen?«

»Seine Filmgesellschaft, und zwar nicht zu knapp. Sie hat mich schon einen Haufen Geld gekostet.«

Abbot zuckte nicht mit der Wimper, obwohl er am liebsten laut aufgejubelt hätte. Dann hatten also Warren und die Gruppe im Iran Jeanette tatsächlich an ihrer empfindlichsten Stelle getroffen, nicht ins Herz, sondern am Portemonnaie. Er zuckte mit den Achseln. »Ich kann dir auch nicht viel über Hellier sagen. Er fiel nicht in meinen Arbeitsbereich, mit Filmgrößen oder Klatschspalten hatte ich nämlich nichts zu tun. Soweit ich weiß, macht er keine krummen Geschäfte. Regent Films produziert ziemlich gute Streifen. Ich habe selbst ein paar davon gesehen.«

Sie warf krachend einen Kamm auf den Frisiertisch. »Diese Regent-Leute haben mich mehr Geld gekostet, als du dir überhaupt vorstellen kannst. Sie sind...« Das Schrillen des Telefons unterbrach sie. Sie nahm den Hörer ab. »Ja? Verstanden.«

Abbot schaute durch das Bullauge und sah nicht weit entfernt die *Orestes* liegen. Jeanette sagte: »Los, Mike, wir müssen nach oben. Wir steigen gleich auf das andere Schiff um.«

Als sie auf das Deck traten, sah Abbot, daß eine Gruppe von Seeleuten damit beschäftigt war, ein Boot zu Wasser zu lassen. Die *Stella del Mare* hatte die Motoren gedrosselt und dümpelte unruhig in der leichten Dünung, die *Oresta* lag etwa zweihundert Meter querab von ihr.

Fuad befand sich nicht an Deck, aber Abbot hatte ihn im Salon erspäht. Anscheinend war Youssif Fuad wild entschlossen, seine Verwicklung in die hier vorgehenden verbrecherischen Machenschaften zu verbergen. Deshalb hatte er sich auch dagegen gesträubt, daß Abbot an Bord der Yacht kam. Jeanette andererseits schien Fuad tiefer und tiefer in die Sache hineinziehen zu wollen, und Abbot fragte sich, ob er diesen Streitpunkt nicht vielleicht zu seinen Gunsten ausschlachten konnte.

Er folgte Jeanette über den Niedergang nach unten und bestieg hinter ihr die Barkasse, die sich sogleich mit einem weiten Bogen von der *Stella del Mare* entfernte und auf die *Orestes* zuhielt. Kaum hatte Jeanette das schrottreife alte Küstenmotorschiff betreten, wurde sie plötzlich ganz zur kühlen Geschäftsfrau. »Schön, Jack, packen wir's an. Sind Sie bereit, Parker?«

Parker grinste unbefangen. »Ich stehe schon in den Startlöchern.«

Sie gönnte ihm ein verkniffenes, gespanntes Lächeln. »Hoffentlich läuft alles wie vorgesehen, aber Jack versichert mir ja andauernd, was für ein ausgezeichneter Handwerker Sie sind.«

Der Maschinentelegraph rasselte, die beschleunigten Motoren ließen das Deck vibrieren, und die *Orestes* setzte sich in Bewegung. »Wie soll die Sache ablaufen?« fragte Abbot.

»Wir fahren noch zwanzig Kilometer weiter«, antwortete Eastman. »Dann wenden wir und feuern. Auf der Strecke sind ein paar Boote postiert für den Fall, daß der Torpedo zu früh auftaucht, aber außerdem werden wir ihn auch noch verfolgen. Er müßte irgendwo in der Nähe der Yacht wieder hochkommen, wenn wir tatsächlich auf die benötigte Reichweite kommen.«

Abbot lachte und sagte zu Parker: »Hoffentlich haben Sie nicht zu gute Arbeit geleistet, Dan. Wäre ein verdammt schlechter Scherz, wenn wir der *Stella del Mare* den Torpedo verpassen würden.«

Parker grunzte. »Ohne Sprengkopf kann er sowieso nicht viel Schaden anrichten. Aber der Fisch wäre auf jeden Fall hinüber, und das fände ich gar nicht erfreulich.«

»Ich auch nicht«, mischte sich Eastman ein. Er starrte Abbot unfreundlich an und sagte kalt: »Ihren Sinn für Humor kann ich überhaupt nicht schätzen.«

»Mir würde das allerdings auch nicht besonders gefallen«, antwortete Abbot, der noch immer schmunzelte. »Schließlich soll der Torpedo doch für Dan und mich einhunderttausend Dollar an Land ziehen.«

Die *Orestes* stampfte Richtung Westen. Jeanette nahm Eastman beim Ellenbogen, tief ins Gespräch vertieft, gingen sie auf die andere Seite des Decks hinüber. Abbot sagte: »Der war aber auch schon mal freundlicher.«

Parker schüttete sich aus vor Lachen. »Womöglich ist er eifersüchtig. Hätte er denn Grund dazu, Mike?«

»Sie meinen, ob zwischen der Delorme und mir irgendwas ist?« Abbot verzog das Gesicht. »Grund zur Eifersucht, das weiß ich nicht, aber auf jeden Fall sollte er langsam weiche Knie bekommen. Das kleine Luder will, daß ich ihn bei passender Gelegenheit um die Ecke bringe. Darüber haben wir uns ein bißchen unterhalten.«

»Möchte doch wetten, Sie haben nicht nur geplaudert«, meinte Parker anzüglich. »Soll das heißen, sie hat Ihnen aufgetragen, Eastman umzubringen?«

»Direkt befohlen hat sie es mir nicht, aber wir sind auf das Thema zu sprechen gekommen. Und noch etwas, Warren muß ihr drüben im Iran einen tüchtigen Schlag versetzt haben. Das hat sie wirklich in Rage versetzt. Sie hat mich nämlich nach Regent Films gefragt.«

»Freut mich, das zu hören«, sagte Parker. »Was haben Sie ihr erzählt?«

»Ich habe mich dumm gestellt und nur ein paar Banalitäten von mir gegeben. Womöglich schmeißt Warren die ganze Show alleine, und wir können uns aus dem Staub machen.«

»Das geht jetzt nicht mehr«, antwortete Parker. »Wir liegen nun mal mit der Nase im Dreck, da kann uns so schnell keiner wieder raushelfen. Das müssen wir schon selber in die Hand nehmen. Ich gehe nach unten, will mir doch noch mal den Fisch ansehen.«

Abbot runzelte die Stirn; er spürte eine gewisse Nervosität von Parker ausgehen, und so kannte er ihn bis jetzt noch gar nicht. Er selbst wollte nicht daran denken, was passieren würde, wenn der Probelauf schiefging, aber Parker bedrückte etwas anderes. Ihn beschäftigte die Frage, wie es wohl weitergehen sollte, wenn der Test zufriedenstellend verlief. Und dieser Gedanke bot wirklich Anlaß zur Besorgnis.

Höchstwahrscheinlich würde man von ihm und Parker

verlangen, daß sie die entscheidende Fahrt über den Atlantik an Bord der *Orestes* mitmachten und den Torpedo in einer abgelegenen Bucht an die Küste schossen. Der Haken an der Sache war nur, daß der Torpedo dort niemals ankommen sollte, wofür Parker schon sorgen würde. Und über das, was Jeanette dann mit ihnen vorhatte, brauchte er gar nicht lange Mutmaßungen anzustellen, nur die Einzelheiten lagen noch ein wenig im Dunkeln. Wahrscheinlich würden Parker und er in einem Betonsarg auf dem Grund der Karibik ein feuchtes Grab finden. Eine ungemütliche Vorstellung.

Ihnen blieb nur eine Hoffnung, sie mußten abwarten, bis der Gefechtskopf vollgestopft mit Heroin war, sich dann das ganze Zeug irgendwie vom Halse schaffen und sich so schnell wie möglich aus dem Staube machen. Das einzige, was Abbot an diesem Plan störte, war die Tatsache, daß ein Gelingen vollständig von Jeanette Delormes weiteren Absichten abhing. Ihm selbst war die Initiative aus der Hand genommen.

Er beugte sich über die Reling, düster schaute er aufs Meer hinaus und grübelte tief und gründlich über ihr Problem nach. Als er sich schließlich aufseufzend wieder umdrehte, erblickte er Jeanette und Eastman, die die Köpfe zusammensteckten. Wahrscheinlich erzählte sie ihm von ihren Vorbereitungen in den Staaten, und Abbot hätte viel dafür gegeben, sie belauschen zu können. Wenn er herausbekommen konnte, wo das Heroin in den USA angelandet werden sollte, konnte man die ganze Bande an der Küste mit einem Schlag ausheben und den Torpedo sicherstellen, ohne daß er und Parker irgend etwas zu befürchten hätten.

Sein Gedankenfluß wurde durch das Rasseln des Maschinentelegrafen und das plötzliche Verstummen der Motoren unterbrochen. Parker kam von unten herauf und schaute über die Reling. »Wir sind da«, sagte er. »Sehen Sie sich den Flitzer mal an.«

Abbot erblickte ein schnell aussehendes Boot, das anmutig auf den Wellen tanzte. Eastman trat zu ihnen und sagte: »Damit fahren wir wieder zur Yacht zurück. Wie wollen wir es anfangen, Parker?«

»Können wir von dem Boot aus mit der *Orestes* in Kontakt bleiben?«

»Ja, über Funk.«

»Dann bestellen Sie dem Käpt'n folgendes. Neben dem Kompaßhaus findet er einen Schalter. Er soll auf den Knopf drücken, wenn die Kompaßnadel genau nach Norden zeigt. Ich würde mir gerne von dem Boot aus anschauen, wie der Fisch losrast. Der Skipper braucht bloß den Kompaß im Auge zu behalten und auf den Knopf drücken. Am besten übernimmt er selbst das Steuer.«

»Werde ich ihm ausrichten«, sagte Eastman und stieg zur Brücke hoch.

Nachdem er die Anweisungen weitergegeben hatte, stiegen sie alle nach unten in das Boot, das inzwischen längsseits gegangen war. Jeanette und Eastman kletterten als erste hinein, dann folgten Abbot und Parker. Das satte Tuckern der Motoren, mit dem sie von der *Orestes* ablegten, ließ ahnen, daß noch wesentlich mehr Kraft in ihnen schlummerte; das Küstenmotorschiff schlug mit weitem Schwung den entgegengesetzten Kurs ein. Parker ließ es nicht mehr aus den Augen. »Geben Sie mir das Fernglas, und sagen Sie dem Skipper, er kann den Torpedo jederzeit abfeuern, sobald er bereit ist. Wir düsen hinterher, wenn ich das Kommando gebe, rund dreißig Knoten brauchen wir. Kurs genau nach Norden. Und alle immer schön nach achtern Ausguck halten.«

Eastman gab Parkers Instruktionen über Funk weiter, dann sagte er: »Er feuert, sobald er auf Kurs ist, jeden Moment also.«

Parker drückte sich das Fernglas vor die Augen und starrte auf die *Orestes*. Eine Weile tat sich gar nichts, doch dann sagte Eastman: »Abgefeuert«, und gleichzeitig rief Parker: »Da kommt er, und los geht's!« Er hatte die Luftblasen am Bug der *Orestes* gesehen, die nun schon rasch wieder von der Strömung davongetragen wurden.

Das leise Tuckern der Motoren verwandelte sich in ein ohrenbetäubendes Donnern, Abbot wurde momentan durch die plötzliche Beschleunigung in seinen Sitz gepreßt. Parker starrte auf das Wasser hinaus. »Er springt nicht«, brüllte er. »Davor hatte ich ein bißchen Schiß. Jetzt müßte er schön auf Kurs bleiben.«

»Was soll das heißen?« fragte Eastman.

»Das Rohr ist nur gut zwei Meter unterhalb der Wasserlinie, und den Fisch habe ich auf drei Meter fünfzig eingestellt, deshalb hatte ich befürchtet, er würde nach unten wegtauchen und dann wieder an die Oberfläche springen. Aber das hat er nicht gemacht, das Prachtstück.« Parker beugte sich vor. »Sagen Sie Ihrem Steuermann, er soll so genau wie möglich auf dreißig Knoten bleiben und geradeaus steuern.«

Es wurde eine wilde Jagd, die Abbot unendlich lang vorkam. Obwohl die See ruhig war, gab es eine leichte Dünung, immer wieder erklomm das Boot einen Wellengipfel und schien einen Augenblick in der Luft zu schweben, bevor es dann mit einem heftigen Ruck wieder auf dem Wasser aufschlug. Er packte Parker am Arm. »Wie lange dauert es noch?«

»Eine halbe Stunde oder so. Der Torpedo macht dreißig Knoten, und wir müßten ein kleines Stück vor ihm sein. Immer schön nach achtern Ausguck halten, und wenn Sie ihn in der nächsten Zeit nicht sehen, haben wir Glück.«

Abbot starrte nach hinten auf das Meer hinaus und auf das wirbelnde Kielwasser, das das Boot mit atemberaubender Geschwindigkeit hinter sich herschleppte. Nach einer Weile fühlte er sich von diesem Anblick hypnotisiert, und ihm wurde leicht übel, deshalb wandte er den Kopf ab und schaute die anderen mit zusammengekniffenen Augen an, damit ihm im beißenden Fahrtwind nicht die Tränen kamen.

Jeanette saß so gelassen da wie damals im Paon Rouge, mit einer Hand stützte sie sich an der Reling ab. Ihr blondes Haar flatterte im Wind, die Bluse klebte ihr wie eine zweite Haut am Leib. Eastman grinste breit, seine Zähne blitzten. Gelegentlich sprach er ein paar Worte in das Mikrofon, das er in der Hand hielt, doch mit wem er redete, wußte Abbot nicht. Vermutlich teilte er der *Stella del Mare* mit, daß sie unterwegs waren. Parker hielt noch immer nach achtern Ausschau, in seinen Augen spiegelte sich die Aufregung, auf seinem Gesicht lag ein zufriedenes Lächeln. Heute war sein großer Tag.

Unaufhaltsam raste das Boot durch das Wasser. Als sie nach zehn Minuten an einer Motorbarkasse vorbeikamen, die gemächlich ihre Runden zog, stand Eastman auf und winkte hinüber. Es war eines der Boote, die die Strecke bewachten. Eastman setzte sich rasch wieder hin, denn schon durchquerten sie das Kielwasser der Barkasse und wurden ein-, zweimal heftig in die Höhe geworfen. Das im Kreise fahrende Boot blieb schon bald hinter ihnen zurück, und sie preschten weiter auf die *Stella del Mare* zu.

Abbot dachte an den Torpedo, der, wenn Parker recht behielt, irgendwo hinter und unter ihnen dahinschnellen mußte. Obwohl er selbst mitgeholfen hatte, ihn in seine Einzelteile auseinanderzunehmen, fiel es ihm doch schwer, sich vorzustellen, daß er dort unten bei dieser Geschwindigkeit gleichmäßig durchs Wasser schoß. Als er zum Bug schaute und sah, wie dort vorne ein breitschultriger Seemann mit dem Steuerrad kämpfte, wie seine Arm- und Rückenmuskeln zuckten, während er sich bemühte, einen geraden Kurs zu halten, bekam er einen Eindruck von der Meisterleistung, die Parker vollbracht hatte, eine Abweichung von nur einem Zentimeter auf hundert Meter zustandezubringen, und das über eine Entfernung von sage und schreibe zwanzig Kilometern hinweg. Sie kamen an einem weiteren gemächlich durch das Wasser zuckelnden Boot vorbei, durchquerten hüpfend auch sein Kielwasser und ließen es hinter sich zurück. Eastman schaute auf seine Uhr. »Noch zehn Minuten«, schrie er und grinste Parker an. »Fünfzehn Kilometer sind geschafft, jetzt haben wir nur noch fünf vor uns.«

Parker nickte heftig. »Wenn es geht, bitte einen Knoten langsamer. Wir wollen unseren Fisch doch nicht allzu weit abhängen.«

Eastman drehte sich um, sagte dem Steuermann etwas ins Ohr, und sogleich wurde das Brüllen der Maschinen eine Spur leiser. Für Abbot allerdings schien sich an der Geschwindigkeit kaum etwas zu ändern; schnurgerade flog das Kielwasser noch genauso schnell hinter ihnen her durch das blaue Meer wie zuvor. Er fühlte sich so seekrank, daß er wußte, wenn sie nicht bald anhielten, würde er sich übergeben müssen. Wassersport war wohl tatsächlich nicht das Richtige für ihn.

Kurz darauf ließ Jeanette zum ersten Mal etwas von sich hören. Sie stand auf und sagte mit ausgestreckter Hand: »Die *Stella del Mare*.«

Abbot war erleichtert, daß sein Martyrium nun bald ein Ende haben sollte. Parker drehte sich um, schaute zur Yacht hinüber und winkte dann Eastman zu sich. »Nicht hier anhalten. Auf Kurs bleiben und vorbeifahren. Schließlich wollen wir den Torpedo, nicht die blöde Yacht.«

Eastman nickte und gab dem Steuermann neue Anweisungen; schon hatten sie die *Stella del Mare* hinter sich gelassen, und dann lag nichts mehr vor ihnen als der schwankende Horizont. Parker schrie: »Alle nach achtern schauen, gleich streckt er die Nase in die Luft, das sieht dann aus wie ein dikker Pfosten, der aus dem Wasser ragt. Das Signallicht geht auch an, und es wird ein bißchen Rauch geben.«

Alle blickten nach hinten, doch bis auf die *Stella del Mare,* die allmählich immer kleiner wurde, war nichts zu sehen. Je länger sie warteten, desto niedergeschlagener wurde Abbot. Er schaute auf seine Uhr und stellte fest, daß die rasende Fahrt über das Mittelmeer vor genau dreiunddreißig Minuten begonnen hatte. Er überschlug die Zahlen im Kopf und schätzte, daß sie mindestens schon zweiundzwanzig Kilometer hinter sich gebracht hatten. Was mochte wohl schiefgegangen sein?

Ihm fiel ein, was Parker über den Torpedo gesagt hatte, in dreieinhalb Meter Tiefe hätte er schwimmen sollen, nachdem er zwei Meter unter der Wasseroberfläche abgefeuert worden war. Parker hatte befürchtet, der Torpedo könne aus dem Meer springen, aber was wäre, wenn er statt dessen weitaus tiefer als geplant durchs Wasser geschnellt sein sollte? Wenn er Parker richtig verstanden hatte, konnte bereits der Druck in einer Tiefe von zwanzig Metern den Torpedo so schwer beschädigen, daß sie ihn nie mehr wiedersehen würden.

Er schaute Jeanette an, deren Gesichtsausdruck sich nicht im geringsten verändert hatte. Was würde sie tun? Er konnte sich ausrechnen, daß sie mit brutaler Härte reagieren würde. Parker starrte angestrengt nach achtern. Sein zuversichtliches Grinsen war wie weggewischt, tiefe Falten hatten sich um seine Augen herum eingegraben.

Vierunddreißig Minuten – nichts zu sehen. Fünfunddreißig Minuten – noch immer keine Spur von dem Torpedo. Abbot versuchte, Parker einen ermutigenden Blick zuzuwerfen, doch der hatte nur Augen für das Meer. Eine Fehlschlag, dachte Abbot verzweifelt.

Plötzlich kam Bewegung in Parker. »Fisch in Sicht!« schrie er aufgeregt. »An Steuerbord. Maschinen aus, nun los doch.«

Abbot schaute über das Meer. Er war erleichtert, als das Brüllen der Motoren erstarb. In einiger Entfernung tanzte der Torpedo auf dem Wasser, genau wie Parker es vorhergesagt hatte, seine gelbe Signalflamme war im grellen Sonnenschein nur undeutlich zu erkennen. Während das Boot wendete und auf das Ziel zuhielt, führte Parker im wahrsten Sinne des Wortes ein Freudentänzchen auf. »Wo ist ein Bootshaken?« fragte er. »Wir müssen ihn einfangen.«

»Was ist das für eine Flamme?« wollte Eastman wissen.

»Das Signallicht«, erklärte Parker. »Läuft mit Natrium. Je nasser es wird, desto heller brennt es.«

»Cleverer Trick«, lobte Eastman.

Parker drehte sich zu ihm um und sagte feierlich: »Daß der Torpedo überhaupt hier angekommen ist, war eine noch viel clevere Leistung. Ich schätze, er hat fast achtundzwanzig Kilometer geschafft, und das ist schon ein verdammtes Wunder. Sind Sie zufrieden?«

Eastman grinste und warf Jeanette einen Blick zu. »Denke schon.«

»Dann erwarten wir euren Scheck«, sagte Abbot zu Jeanette.

Sie strahlte ihn an. »Youssif soll das erledigen, sobald wir wieder an Bord der Yacht sind.«

IV

An Bord der *Stella del Mare* kehrten sie nach Beirut zurück. Um die endgültige Bergung des Torpedos, der vorläufig noch an der Seite der Barkasse festgezurrt war, kümmerte sich die *Orestes*. Parker schwor einem jeden ewige Rache, der seinen Fisch dabei etwa durch Tolpatschigkeit beschädigte. Im luxuriösen Salon der Yacht öffnete Eastman das Cocktail-

Schränkchen. »Ich denke, wir können jetzt alle ein Glas gebrauchen.«

Abbot ließ sich schlaff in einen Sessel sinken. Diesmal hatte Eastman ausnahmsweise auch seine eigenen Gefühle treffend zum Ausdruck gebracht. Im Laufe der letzten Stunde hatte er so viele Wechselbäder der Gefühle durchgestanden, daß sie ihm für den Rest seines Lebens ausreichten, und einen steifen Drink konnte er daraufhin gut vertragen. Ein kleines Freudenfest entwickelt sich; Eastman war die Liebenswürdigkeit in Person, Parker schwelgte ganz in seinem Erfolg und brauchte sich nicht erst mit Alkohol in Stimmung zu bringen, Jeanette strahlte vor Zufriedenheit, und selbst Youssif Fuad entspannte sich soweit, daß einmal ein flüchtiges Lächeln über sein Gesicht huschte. Abbot fühlte sich schlicht und einfach erlöst. Als Jeannette auffordernd mit den Fingern schnippte, holte Fuad ein zusammengefaltetes Stück Papier hervor und reichte es ihr. Sie gab es an Abbot weiter. »Die erste Rate, Mike. Aber nicht die letzte.«

Nachdem er den Scheck auseinandergefaltet hatte, sah er, daß er auf Fuads eigene Bank ausgestellt war, einhunderttausend amerikanische Dollar. Ihm schoß der Gedanke durch den Kopf, was wohl passieren würde, falls er versuchte, den Scheck vor dem letzten und entscheidenden Lauf des Torpedos an die amerikanische Küste einzulösen. Aber er verkniff sich jede dahingehende Bemerkung, besonders weil er eigentlich gar nicht wissen konnte, daß Fuad Bankier war. »Auf die nächsten Raten«, sagte er.

Eastman erhob sein Glas. »Auf den geschicktesten Mechaniker, der mir je im Leben über den Weg gelaufen ist.«

Sie tranken auf Parkers Wohl, der daraufhin tatsächlich errötete. »Verdammt schade, daß es keine Torpedorennen gibt«, meinte Eastman. »Dann wären Sie nie arbeitslos, Dan. So eine Aufregung habe ich seit Ewigkeiten nicht mehr erlebt.« Er lächelte Jeanette zu. »Aber ich schätze, hier steht viel mehr auf dem Spiel als bei jedem Pferderennen.«

Parker sagte: »Das war erst der Anfang, aber jetzt stehen uns bald neue Probleme ins Haus.«

Jeanette beugte sich vor. »Was denn für Probleme?« fragte sie scharf.

Parker drehte sein Glas in der Hand. »Normalerweise hat der XI Torpedo nur eine geringe Reichweite, knapp fünf Kilometer. Man visiert ein Ziel an, das man sehen kann, und selbst ein Blinder mit 'nem Krückstock könnte ein Schiff in fünf Kilometer Entfernung ausmachen. Aber bei Ihnen ist das anders, Sie wollen auf ein Ziel schießen, daß hinter dem Horizont liegt. Sie haben ja gerade selbst miterlebt, was für eine Strecke wir zurückgelegt haben.«

»Das dürfte doch nicht allzu schwierig sein«, meinte Eastman. »Man braucht nur einen guten Navigator, der den genauen Standort bestimmt.«

»Der beste Navigator der Welt kann auf offener See seine Position nicht auf zweihundert Meter genau bestimmen«, widersprach ihm Parker entschieden. »Nicht ohne ein hochkompliziertes Ortungssystem, das nicht einmal Sie sich leisten könnten, selbst wenn Ihnen die Marine eines verkaufen würde. So etwas gibt es nämlich nicht auf dem Markt für ausgemusterte Armeebestände.«

»Wie hatten Sie sich das also vorgestellt?« fragte Jeanette.

»Der große Ladebaum auf der *Orestes* ragt bis ungefähr fünfzehn Meter über das Wasser«, antwortete Parker. »Wenn Sie da oben einen Mann in einer Art Krähennest postieren, könnte er bis knapp zwölf Kilometer hinter den Horizont sehen. Dann müssen Sie nur noch an Land in ungefähr derselben Höhe oder noch ein Stück höher ein Signallicht aufstellen, und wenn das wirklich hoch genug hängt, kann es der Posten im Ausguck schon aus vierundzwanzig Kilometern Entfernugn vom Meer aus erkennen. Aber es muß in der Nacht geschehen.«

»Es sollte sowieso nachts stattfinden«, sagte Eastman.

Parker nickte. »Man muß zwar noch ein bißchen daran herumfeilen, aber so in etwa sieht der Plan aus.« Er legte eine Pause ein. »Womöglich gibt es an der Küste eine Menge Lichter, also müssen wir uns überlegen, wie wir das richtige herausfinden können. Man könnte eine bestimmte Farbe nehmen, oder noch besser, einen Schalter einbauen und einen verabredeten Code blinken lassen. Der Mann im Krähennest auf der *Orestes* sollte ein Fernrohr haben, am besten ein Zielfernrohr für Gewehre. Das müßte fest verankert sein, wie eine Peilvorrichtung. Sobald er das Leuchtsignal sieht, drückt er aufs Knöpfchen, und schon zischt der Torpedo los. Wäre auch nicht schlecht, wenn er über Sprechfunk mit dem Steuermann verbunden wäre.«

»An guten Einfällen fehlt es Ihnen wirklich nicht«, sagte Eastman beeindruckt.

»Ich will mir nur mein Geld redlich verdienen«, antwortete Parker bescheiden. »Schließlich steht auch für mich eine Menge auf dem Spiel.«

»Stimmt«, sagte Eastman. »Noch einmal zweihunderttausend Dollar. Die haben Sie sich jetzt schon fast verdient.«

»Könnte sein, daß noch mehr für Sie dabei herausspringt«, mischte sich nun Jeanette ein, sie lächelte Fuad herzlich an. »Youssif ist weder arm noch geizig.«

Fuad biß die Zähne zusammen und senkte die Augenlider. In Abbots Augen wirkte er in etwa so großzügig wie ein Dieb, der gerade in der Kirche den Opferstock geplündert hat.

Jeanettes Wagen stand wartend bereit, als sie wieder in den Yachthafen einliefen. »Ich möchte euch etwas zeigen«, sagte sie zu Abbot und Parker. »Steigt ein.« Eastman befahl sie: »Du bleibst bei Youssif, geht das mal zusammen durch, was ich dir erzählt habe. Überlegt euch, ob es irgendwelche Schwachstellen gibt.«

Sie stieg in den Mercedes und setzte sich neben Abbot, dann fuhren sie los. Abbot hätte gern ein paar vertrauliche Worte mit Parker gewechselt, der, von seinem Erfolg berauscht, für seinen Geschmack den Mund ein wenig zu weit aufgerissen hatte. Deswegen wollte er ihm ins Gewissen reden. Er wandte sich Jeanette zu. »Wohin geht es denn?«

»Dahin, wo ihr heute morgen hergekommen seid.«

»Dort gibt es aber überhaupt nichts zu sehen«, antwortete er. »Das kennen wir doch schon alles.«

Sie lächelte ihn nur schweigend an, während der Wagen Beirut schon bald hinter sich ließ und auf der Straße Richtung Tripoli zu ihrem Torpedoschuppen zurückfuhr. Nachdem er in den Hof eingebogen war, sagte sie: »Geht hinein, schaut euch um, dann reden wir darüber.«

Abbot und Parker stiegen aus und gingen zum Schuppen.

Kurz bevor sie die Tür öffneten, sagte Abbot: »Momentchen noch, Dan. Ich muß mit Ihnen reden. Ich finde, Sie sollten denen nicht zu hilfsbereit unter die Arme greifen, wie gerade eben auf der Rückfahrt. Womöglich kommt die kleine Raubkatze sonst noch auf den Gedanken, daß sie uns überhaupt nicht braucht, und dann stecken wir erst richtig in der Tinte.«

Parker grinste. »Und ob die uns brauchen«, antwortete er bestimmt. »Wer soll ihnen denn sonst die neuen Batterien in den Torpedo einbauen? Eastman zumindest hat nicht die leiseste Ahnung von so etwas. Bis zur letzten, entscheidenden Fahrt kann uns nichts passieren, Mike.« Seine Miene wurde ernster. »Nur wie es dann weitergehen soll, weiß ich auch nicht. Aber kommen Sie, schauen wir uns mal die große Überraschung an.«

Sie betraten den Schuppen. Parker knipste das Licht an und blieb wie festgewurzelt oben auf der Treppe stehen. »Heiliges Kanonenrohr!« stieß er hervor. »Und wie die uns brauchen!«

Unten auf den Böcken lagen nicht weniger als drei Torpedos. Abbot hatte plötzlich einen trockenen Mund. »Noch drei dazu! Um was für Riesenmengen Heroin es hier gehen muß!« Er wurde von dem dringenden Bedürfnis gepackt, diese Information sofort an die Stellen weiterzuleiten, die sie nutzbringend verwerten konnten. Aber wie sollte er das anstellen? Jeder seiner Schritte, jede seiner Bewegungen wurde überwacht.

»Wenn die meinen, ich ziehe hier ein Ein-Mann-Unternehmen auf, haben sie sich aber gehörig geschnitten«, grummelte Parker.

»Leise, Dan, um Gottes willen!« zischte Abbot. »Ich muß nachdenken.« Nach einer Weile sagte er: »Ich werde jetzt gleich versuchen, das Luder da draußen hinters Licht zu führen. Sie geben mir Hilfestellung dabei. Denken Sie nur immer schön daran, daß Sie einen schweren Tag hinter sich haben und sich eigentlich nur noch ins Bett legen wollen.«

Er verließ den Schuppen und lief durch den Hof zu dem wartenden Auto. Er bückte sich und sagte: »Was für eine tolle Überraschung. Sollen die etwa alle gleichzeitig beladen und abgeschossen werden?«

Jeanette antwortete: »Jack hat es den großen Coup getauft. Für euch springt natürlich auch noch ein zusätzlicher Gewinn dabei heraus.«

»Gut«, sagte Abbot. »Das müssen wir noch bereden, aber warum ausgerechnet hier? Warum nehmen wir beide uns nicht mit Dan den Abend frei und gehen ein bißchen feiern, ins Paon Rouge vielleicht?« Er grinste. »Die Rechnung geht auf mich, schließlich kann ich mir so etwas jetzt leisten.«

Hinter ihm meinte Parker: »Auf mich müßt ihr dabei verzichten. Ich bin zu kaputt. Ich will nur noch ins Bett.«

»Aber Sie haben nichts dagegen, daß wir gehen? Sie vertrauen mir, daß ich das Finanzielle mit Jeanette regele?«

»Na klar. Sie machen das schon richtig.« Parker fuhr sich mit der Hand über das Gesicht. »Ich leg mich aufs Ohr. Gute Nacht zusammen.«

Nachdem er gegangen war, fragte Abbot: »Was meinst du, Jeanette? Ich habe die Nase voll davon, ständig hier in diesem Käfig eingesperrt zu sein. Ich will auch mal mit den Flügeln schlagen und ein bißchen krähen.« Er zeigte auf den Schuppen. »Da wartet jede Menge Arbeit auf mich. Ich brauche eine Verschnaufpause, bevor ich mich wieder hineinstürze.«

Jeanette deutete auf ihre Kleidung. »Aber so kann ich mich doch nicht im Paon Rouge sehen lassen.«

»Keine Sorge«, meinte Abbot. »Ich schmeiße mich in Windeseile in eine andere Kluft, und dann fahren wir zu dir nach Hause. Da ziehst du dich rasch um, und wir machen einen drauf. Ist doch kinderleicht.«

Sie lächelte versonnen. »Ja, das ist vielleicht gar keine so schlechte Idee. Wie eignest du dich als Zofe? Mein Mädchen hat nämlich heute seinen freien Tag.«

»Das ist meine ganz starke Seite«, gab Abbot begeistert zurück. »Ich bin gleich zurück.«

Fünf Stunden später schwenkte er ein Cognacglas in der Hand und sagte: »Mit dir ist nicht leicht handeln, Jeannie, aber wir sind im Geschäft. Du bekommst uns zu einem Schleuderpreis, hoffentlich ist dir das klar.«

»Liegt dir eigentlich nur am Geld etwas, Mike?« Sie klang fast ein wenig beleidigt.

»Beinahe«, antwortete er und trank einen Schluck Weinbrand. »Wir beide sind vom gleichen Schlag, du und ich.« Er winkte dem Ober.

»Ja, ich finde auch, daß wir uns ähneln. Mit dir fühle ich mich viel vertrauter als mit dem armen Jack.«

Abbot zog fragend eine Augenbraue hoch. »Wieso denn der *arme* Jack?«

Sie lehnte sich auf ihrem Stuhl zurück. »Es hat ihn geärgert, daß du heute auf der *Stella* warst. Ich glaube, er wird langsam eifersüchtig. Wenn du bei uns bleibst, oder vielmehr, wenn du bei mir bleibst, muß das geregelt werden, und zwar ein für allemal.« Sie lächelte. »Der arme Jack.«

»Er lebt mit dir zusammen, nicht wahr?« fragte Abbot. »Das waren doch wohl seine Sachen bei dir im Kleiderschrank.«

»Ach, ich glaube, jetzt wirst du auch noch eifersüchtig«, rief sie entzückt.

Ihm sträubten sich leise die Nackenhaare, als er sich ausmalte, wie sie mit ihrem Spießgesellen zusammen im Bett lag und mit ihm die Möglichkeit besprach, daß ein gewisser Jack Eastman einen gewissen Michael Abbot aus dem Weg räumte. Diese Teufelin war durchaus imstande, den einen Liebhaber gegen den anderen auszuspielen. Bei ihr galt das Recht des Stärkeren, und nur der Überlebende würde den ersten Preis gewinnen – ihren geschmeidigen, unersättlichen Körper. Ein recht ansehnlicher Preis, wenn man sich die Konkurrenz vom Hals schaffen konnte. Doch wenn man sich an ihre Spielregeln hielt, würde immer wieder ein neuer Gegner in die Arena treten.

Er rang sich ein Lächeln an. »Ich habe ungefähr genausoviel für dich übrig wie für Geld. Und was Jack Eastman angeht, schlage ich vor, daß wir die Frage noch ein wenig ruhen lassen. Wir können ihn noch gebrauchen.«

»Natürlich«, antwortete sie. »Aber laß dir nicht mehr allzu viel Zeit.«

Er rückte seinen Stuhl vom Tisch ab. »Entschuldige mich bitte, ich muß mir mal eben die Beine vertreten. Bin gleich wieder zurück.«

Er ging rasch durch die Empfangshalle und betrat einen

der wenigen Räume im Phoenicia, wo er vor Jeanette Delorme wirklich sicher war. Nachdem er sich in eine Kabine eingeschlossen hatte, zog er einen Briefumschlag aus der Tasche und las sich noch einmal rasch den kurzen Text auf dem Bogen Papier durch, der darin steckte. Dann steckte er ihn wieder hinein, klebte das Kuvert zu und schrieb sorgfältig die Adresse darauf.

Er ließ sich von einem beflissenen Hotelangestellten das Jackett abbürsten und sagte hinterher zu ihm: »Dieser Brief muß sofort beim *Daily Star* abgegeben werden.«

Der Bedienstete machte ein zweifelndes Gesicht, doch seine Zweifel verschwanden auf der Stelle, sobald er das Knistern von Geldscheinen hörte. »Gewiß, Sir, ich kümmere mich selbst darum.«

»Es ist äußerst wichtig«, sagte Abbot. »Er muß unbedingt heute abend dort eingehen.« Er legte noch einen Geldschein dazu. »Damit er noch innerhalb der nächsten Stunde abgegeben wird.«

Dann straffte er die Schultern und begab sich wieder in das Netz der wartenden Spinne zurück.

V

Sir Robert Hellier saß hinter seinem Schreibtisch und schaute auf die Zeitung. Vor ihm lag das englischsprachige Blatt aus Beirut, der *Daily Star*, den er sich regelmäßig per Luftpost nach London schicken ließ. Die neuesten Nachrichten würdigte er keines Blickes, sondern blätterte gleich weiter und fuhr dann rasch mit dem Zeigefinger die Spalten der Kleinanzeigen entlang. Schon seit vielen Wochen machte er es jeden Morgen so.

Plötzlich ächzte er, sein Finger blieb stehen. Er nahm sich einen Stift und kreiste eine Annoce ein. Der Text lautete:

Bauernhof bei Zahleh zu verkaufen. Zweitausend Hektar fruchtbares Ackerland; großer Weinberg; solides Wohnhaus; Vieh, Geräte. Postfach 192.

Er atmete erleichtert auf. Schon vor vielen Wochen war die

Verbindung zu Abbot und Parker abgebrochen, was ihm große Sorgen bereitet hatte. Doch da er nun wußte, daß sie noch am Leben waren, fühlte er sich gleich erheblich besser. Als er sich die Anzeige noch einmal durchlas, bildeten sich auf seiner Stirn tiefe Runzeln, und er tastete hastig nach seinem Stift. Fünf Minuten später war er schweißgebadet. Gewiß hatte er sich verrechnet. Irgendwo mußten sich in seine Berechnungen ein paar Nullen zuviel hineingeschlichen haben. Die zweitausend Hektar, die in der Annonce genannt wurden, bedeuteten, daß Jeanette Delorme beabsichtigte, zweitausend Pfund Heroin zu schmuggeln, und genau das war ein Unding. Er fing wieder ganz von vorn an und rechnete noch einmal alles sehr sorgfältig durch. Doch das Schlußresultat blieb unglaublich hoch.

Ein erneuter vorsichtiger Blick auf das Endergebnis erschütterte ihn zutiefst.

Dreihundertundvierzig Millionen Dollar.

Soviel brachten zweitausend Pfund Heroin letztendlich auf dem Schwarzmarkt ein, soviel bezahlten die Rauschgiftsüchtigen dafür, die jeder Schuß zwischen sieben und acht Dollar kostete. Er schrieb eine weitere Zahl hin.

Einhundert Millionen Dollar.

Soviel würde die Delorme daran verdienen, wenn sie den Stoff in den Vereinigten Staaten heil an Land brachte. Hellier vermutete, daß die ganze Sache auf Kredit laufen mußte, denn nicht einmal das Syndikat konnte wohl auf einen Schlag soviel Kapital lockermachen. Sie würden das Heroin bunkern und dann pro Pfund für je fünfzigtausend Dollar an den Mann bringen, und Jeanette Delorme würde den ganzen Rahm abschöpfen. Angefangen bei den Mohnfeldern im Mittleren Osten, hatte sie alle Fäden des Unternehmens in der Hand, sie hatte das gesamte Risiko getragen und würde auch den gesamten enormen Gewinn einstreichen.

Mit zitternder Hand nahm er den Telefonhörer ab. »Miß Walden, streichen Sie vorläufig alle meine Termine. Buchen Sie mir einen Flug nach Beirut mit der nächstmöglichen Maschine, reservieren Sie mir auch gleich ein Zimmer dort, im Saint-Georges oder im Phoenicia. So rasch wie nur irgend möglich, bitte.«

Er saß da, starrte auf die Anzeige und hoffte inständig, daß es sich bei den Zahlen um einen Druckfehler handelte und sich das Ganze schon bald als gewaltiges Mißverständnis entpuppen würde.

Außerdem wünschte er sich, ein Lebenszeichen von Warren zu bekommen, denn der Arzt war mit seinen drei Begleitern ebenfalls wie vom Erdboden verschwunden.

8. KAPITEL

I

In den Irak einzureisen, hatte sich nicht als allzu schwierig erwiesen. Vorsorglich hatten sie sich für ihre wilde Jagd durch den Mittleren Osten mit Visa für alle eventuell in Frage kommenden Länder ausgerüstet, und Hellier hatte ihnen Dokumente und Empfehlungsschreiben mitgegeben, die ihren Eindruck nicht verfehlten. Der irakische Zollbeamte an der Grenze hatte sich lediglich darüber gewundert, daß sie so weit im Norden und von Kurdistan aus einreisen wollten, und ihnen ein paar unerfreulich neugierige Fragen gestellt.

Mit Hilfe einer leidenschaftlichen Ansprache Toziers in kehligem Arabisch und ihrer Reisedokumente gelangten sie aber schließlich doch noch über die Grenze. Warren allerdings hatte sich bereits einen Aufenthalt in einem irakisch-kurdischen Gefängnis ausgemalt, einem nicht gerade idealen Ort, um eben mal kurz seinen Anwalt anrufen zu können.

Am Grenzposten tankten sie den Wagen voll und legten sich einen Wasservorrat zu, dann fuhren sie rasch weiter, bevor der Offizier es sich vielleicht doch noch anders überlegte. Tozier führte die kleine Kolonne an, Warren und Follet folgten im zweiten Wagen. Gegen Mittag bog Tozier von der Straße ab, und während er auf das andere Fahrzeug wartete, packte er schon einmal einen Kocher aus. »Zeit für einen kleinen Imbiß«, begrüßte er dann die anderen.

Follet, der gleich ein paar Büchsen öffnete, sagte: »Hier ist es auch nicht viel anders als im Iran. Ich habe eigentlich keinen großen Hunger, dafür habe ich zuviel Staub geschluckt.«

Tozier grinste und ließ den Blick über die kahle Landschaft schweifen. Die Straßen waren ebenso staubig, die Berge ebenso trostlos wie auf der anderen Seite der Grenze. »Bis Sulaymaniyeh ist es nicht mehr weit, aber was wir dort genau machen wollen, weiß ich auch nicht. Erst mal abwarten und Tee trinken, vermutlich.«

Warren zündete den Kocher an und setzte Wasser auf. Zu Tozier gewandt sagte er: »Bis jetzt haben wir noch nicht viel reden können. Was hat sich da drüben eigentlich abgespielt?«

»Im *Quanat?*«

»Ja«, antwortete Warren leise.

»Das verfluchte Ding ist eingestürzt, Nick. Ich konnte nicht durchkommen.«

»Keine Überlebenschancen für Ben?«

Tozier schüttelte den Kopf. »Die Decke krachte viel zu schnell runter.«

Warren machte ein verschlossenes Gesicht. Mit seiner Bemerkung Hellier gegenüber, daß das Unternehmen Blut kosten würde, hatte er recht behalten, aber auf so einen schlimmen Verlust war er im Grunde trotzdem nicht gefaßt gewesen. Tozier sagte: »Machen Sie sich keine Vorwürfe, Nick. Es war sein eigener Entschluß, umzukehren. Er kannte das Risiko. Außerdem war es sowieso eine hirnverbrannte Idee, die uns um ein Haar alle das Leben gekostet hätte.«

»So«, meinte Warren. »Hirnverbrannt sagen Sie.« Er senkte den Kopf, damit die anderen sein Gesicht nicht sehen konnten. Ihm war so zumute, als hätte ihm jemand ein scharfes Messer zwischen die Rippen gerammt. Er und Ben waren beide Mediziner, sie retteten anderen Leuten das Leben. Aber wer von ihnen war nun der bessere Mensch gewesen. Ben Bryan mit seiner Dummheit und seinem Idealismus, oder Nicholas Warren, der ihn in die Wüste geschleppt und seinen Tod zu verantworten hatte? Es war eine häßliche Frage, die Warren nicht wieder aus dem Kopf gehen wollte.

Als sie das Mittagessen zur Hälfte hinter sich hatten, sagte Tozier beiläufig: »Wir kriegen Besuch. Schön ruhig bleiben und ja keine heftige Bewegung machen.«

Trotz dieser Warnung blickte Warren sich rasch um. Follet goß mit ruhiger Hand weiter Kaffee ein. »Wo stecken sie?« fragte er.

»Ein paar sind über uns auf dem Berg«, antwortet Tozier. »Drei oder vier schneiden uns von der anderen Seite den Weg ab. Wir werden umzingelt.«

»Hat es Sinn auszubrechen?«

»Glaube ich nicht, Johnny. Wir kommen nicht schnell genug an unsere Waffen. Und wenn diese Burschen, wer auch immer sie sein mögen, es ernst meinen, haben sie sicher vor und hinter uns die Straße blockiert, und zu Fuß kämen wir sowieso nicht weit. Wir müssen erst mal abwarten, was das zu bedeuten hat.« Er nahm die Tasse Kaffee, die Follet ihm hinhielt. »Reichen Sie mir mal den Zucker rüber, Nick.«

»Was!?«

»Den Zucker, bitte«, wiederholte Tozier geduldig. »Es hat ja doch keinen Zweck, sich aufzuregen. Womöglich sind es nur ein paar neugierige Kurden.«

»Hoffen wir bloß, daß sie nicht allzu neugierig sind«, meinte Follet. »Dieser Ahmed ist schließlich auch Kurde, vergessen Sie das nicht.« Er stand langsam auf und reckte sich. »Eine Abordnung kommt gerade die Straße runter.«

»Kennen wir jemand davon?«

»Kann ich nicht sagen. Die haben alle Nachthemden an.«

Warren hörte hinter sich ein Steinchen bergab kullern, und Tozier sagte: »Immer mit der Ruhe. Stehen Sie einfach auf, machen Sie ein freundliches Gesicht.« Er erhob sich vom Boden und drehte sich um. Der erste Mann, der ihm ins Blickfeld trat, war Ahmed, der Sohn von Scheich Fahrwaz. »Volltreffer!« sagte Tozier.

Ahmed machte einen Schritt auf sie zu. »Nein so etwas, Mr. Warren, Mr. Tozier. Wie nett, Sie wiederzusehen. Wollen Sie mir nicht Ihren Begleiter vorstellen?« Er lächelte zwar, doch Warren konnte in seiner Miene keine Spur von Heiterkeit entdecken.

Auf Ahmeds gespielt freundlichen Ton eingehend, antwortete er: »Mr. Follet, ein Mitarbeiter meines Teams.«

»Erfreut, Ihre Bekanntschaft zu machen«, sagte Ahmed munter. »Aber hatten Sie nicht noch einen vierten Mann bei sich? Sie werden ihn doch nicht etwa verloren haben?« Er musterte sie. »Keine Antwort? Sicher ahnen Sie schon, daß unsere Begegnung nicht rein zufälliger Natur ist. Ich habe Sie suchen lassen.«

»Aber wieso denn das?« fragte Tozier erstaunt.

»Können Sie sich das nicht denken? Mein Vater macht sich Sorgen um Ihre Sicherheit.« Er wedelte mit der Hand. »Sie würden es nicht für möglich halten, was für finstere Gestalten in diesen Bergen ihr Unwesen treiben. Er hat mich hinter

Ihnen hergeschickt, damit ich Sie unter meine Fittiche nehme. Wie Sie gewiß schon bemerkt haben dürften, sind Sie zu Ihrem eigenen Schutz bereits von allen Seiten umstellt.«

»Wohl, um uns vor uns selbst zu schützen«, gab Warren höhnisch zurück. »Haben Sie sich nicht ein wenig verlaufen, Ahmed? Weiß die irakische Regierung, daß Sie sich im Lande aufhalten?«

»Mit dem, was die irakische Regierung alles nicht weiß, könnte man ganze Bände füllen«, antwortete Ahmed. »Aber ich denke, wir sollten jetzt besser aufbrechen. Meine Leute packen Ihre Picknickausrüstung wieder in die Wagen. Außerdem werden sie Ihnen auch als Fahrer dienen, um Ihnen unnötige Anstrengungen zu ersparen. Das ist alles im Preis mit inbegriffen.«

Beim Anblick der flintenschwingenden Männer, die sich im weiten Kreis um sie herum aufgebaut hatten, wurde Warren sehr mulmig zumute. Er warf einen Blick auf Tozier, der achselzuckend antwortete: »Warum nicht?«

»Ausgezeichnet«, lobte Ahmed. »Mr. Tozier ist zwar kein Mann vieler Worte, dafür aber trifft er viele gute Entscheidungen.« Auf sein Fingerschnippen hin setzten sich seine Männer in Bewegung. »Wir wollen keine Zeit mehr verlieren. Mein Vater freut sich schon sehr darauf, Sie zu verhören.«

Diese Aussicht behagte Warren ganz und gar nicht.

II

Man verfrachtete sie zu dritt in den Laderaum eines der Landrover. Vorn saßen ein Fahrer und ein Mann, der halb zu ihnen umgedreht mit ruhiger Hand eine Pistole auf sie gerichtet hielt. Warren hoffte sehr, daß die Waffe gesichert war, denn der Mann hatte den Finger locker am Abzug und es bedurfte nur eines kleinen Rucks, um ihn völlig durchzudrükken. Und eine Kugel, die nach hinten in den Wagen geschossen wurde, mußte mit Sicherheit einen der Männer treffen, die dort unbequem zwischen den fotografischen Ausrüstungsgegenständen auf dem Boden lagen.

Soweit Warren es beurteilen konnte, fuhren sie in weitem Bogen langsam wieder nach Osten zurück, fast bis an die iranische Grenze, dann ging es Richtung Norden immer tiefer in das Gebirge hinein. Sie mußten also einen Umweg um Sulaymaniyeh herum gemacht haben, das nun wahrscheinlich hinter ihnen lag. Sie fuhren hinter einem Lastwagen her, einer großen, schweren Kiste, die so aussah, als wäre sie eigentlich für militärische Zwecke gedacht, und wenn es Warren einmal gelang, einen Blick zurückzuwerfen, sah er dann und wann den zweiten Landrover aus der unvermeidlichen Staubwolke auftauchen.

Der Mann mit der Pistole hatte offenbar nichts dagegen, daß sie sich unterhielten, doch Warren wollte nicht allzuviel riskieren. Ahmeds fließendes Oxford-Englisch hatte ihm gelehrt, daß auch ein noch so schurkisches und fremdländisches Aussehen eines Menschen nicht unbedingt darauf schließen lassen mußte, daß er ihre Sprache nicht beherrschte. Er fragte: »Alles in Ordnung?«

»Mir würde es noch wesentlich besser gehen, wenn mir einer von euch den Ellbogen aus dem Bauch nehmen würde«, antwortete Follet. »So so, und das war also der gute Ahmed. Ein ausgesprochen liebenswürdiger Patron.«

»Ich denke, wir sollten besser nicht allzuviel über das Geschäft reden«, sagte Warren vorsichtig. »Womöglich spitzt hier jemand die Ohren.«

Follet musterte den Mann mit der Pistole. »Spitz sind sie schon und verdammt haarig«, meinte er abschätzig. »Ein bißchen Seife könnte ihnen auch nicht schaden. Hast du schon mal was von Wasser gehört, Kumpel?«

Der Mann schaute ihn nur ausdruckslos an, doch Tozier sagte: »Lassen Sie das, Johnny, Nick hat recht.«

»Ich habe ja nur versucht, irgend etwas aus ihm herauszukriegen«, antwortete Follet.

»Vielleicht kriegen Sie gleich mehr ab, als Ihnen lieb ist. Machen Sie sich nie über einen bewaffneten Mann lustig, sein Sinn für Humor könnte tödlich sein.«

Es wurde eine sehr lange Fahrt.

Als die Nacht hereinbrach, wurden die Scheinwerfer eingeschaltet und das Tempo weiter gedrosselt, doch sie holperten immer tiefer in das Gebirge hinein, wo es, wie Warren sich verschwommen zu erinnern glaubte, überhaupt keine Straßen mehr gab. So wie die Wagen bald ruckelten und schwankten, mußte das wohl stimmen.

Um Mitternacht wurde das Brummen der Motoren plötzlich von den Wänden einer tiefen Felsschlucht zurückgeworfen, und Warren stemmte sich vorsichtig auf den Ellbogen hoch, um einen Blick durch die Windschutzscheibe zu werfen. Vor dem Landrover war im Licht der Scheinwerfer eine glatte Felswand zu sehen, und der Fahrer mußte den Wagen um eine Neunzig-Grad-Kurve herumreißen; zu demselben Manöver war er nun ständig gezwungen, da die Schlucht immer kurviger und enger wurde. Endlich stießen sie auf einen offenen Talkessel, dessen umliegende Berghänge mit Lichtern übersät waren, und hielten an.

Die hinere Tür ging auf, und angetrieben von den drängenden Befehlen des Mannes mit der Waffe, krabbelten sie nach draußen. Sofort wurden sie von dunklen Gestalten umringt, Stimmengemurmel umgab sie. Warren reckte dankbar seine verkrampften, steifen Glieder und ließ neugierig den Blick über die kahlen Felsen gleiten. Im hellen Licht des Vollmondes konnte er erkennen, wie eng der kleine Talkessel von Bergen umgeben war.

Tozier rieb sich das Bein, schaute zu den Lichtern an der Bergflanke hoch und meinte spöttisch: »Willkommen im Schlaraffenland.«

»Treffend gesagt«, kam Ahmeds Antwort aus der Dunkelheit. »Es ist auch genauso schwer zu finden, das dürfen Sie mir gerne glauben. Hier entlang, wenn ich bitten darf.«

Und wenn wir nun deine freundliche Einladung ablehnten? dachte Warren säuerlich, doch er machte keinen Versuch, Ahmed zu reizen. Sie wurden durch die Talsohle bis an den Fuß der Felswand getrieben, wo sie auf einen schmalen, steilen Pfad stießen, der in halsbrecherischen Serpentinen nach oben führte. Da er nicht sehr breit war, stellte er im Dunkeln durchaus eine Gefahr dar, doch bei Tageslicht konnten vielleicht zwei Männer nebeneinander hier gehen. Nachdem sie den Aufstieg zur Hälfte hinter sich gebracht hatten, ging der Pfad in ein breiteres Felsband über, und Warren sah, daß die Lichter an der Bergflanke aus Höhleneingängen fielen.

Als man sie über das Felsensims führte, spähte Warren in die verschiedenen Höhlen, die anscheinend ziemlich bevölkert waren. Bei grober Schätzung kam er auf eine Zahl von etwa zweihundert Männern in dieser Ansiedlung. Frauen waren keine zu entdecken.

Vor einem der größten Eingänge mußten sie stehenbleiben. Da er gut ausgeleuchtet war, sah Warren, als Ahmed hineinging, wie sich die hagere Gestalt von Scheich Fahrwaz von einem Diwan erhob. Tozier gab einen unterdrückten Laut von sich und stieß ihn in die Seite. »Was ist los?« fragte Warren.

Tozier starrte wie gebannt in die Höhle, und jetzt erblickte auch Warren, was ihn so in Aufregung versetzt hatte. Neben Fahrwaz stand ein kleiner, drahtiger, muskulöser Mann in europäischer Kleidung. Als Ahmed eintrat, hob er die Hand zum Gruß, dann wartete er geduldig ab, während Ahmed mit Fahrwaz redete. »Ich kenne den Mann«, flüsterte Tozier.

»Wer ist das?«

»Sage ich Ihnen später, wenn ich kann. Ahmed kommt zurück.«

Als der junge Kurde aus der Höhle trat, gab er seinen Leuten ein Zeichen, und sie wurden auf dem Felsenpfad weitergeschoben, so daß sie Fahrwaz nicht mehr sehen konnten. Nach ungefähr zwanzig Metern mußten sie erneut anhalten. Sie standen vor einer Tür in der Felswand. Ein Mann schloß sie mit einigem Schlüsselgerassel auf, und Ahmed sagte: »Ich hoffe, die Unterkunft wird Ihnen zusagen. Die Mahlzeiten werden Ihnen hier serviert. Unsere Gäste sollen schließlich nicht hungern, jedenfalls nicht unnötig.«

Warren wurde durch die Türöffnung gestoßen, er stolperte und schlug hin. Schon fiel jemand über ihn. Bis sie sich im Dunkeln zurechtgefunden hatten, war die Tür längst zugefallen und wieder abgeschlossen worden.

Follet keuchte: »Ganz schön handgreiflich die Mistkerle, was?«

Warren rollte sich das Hosenbein hoch und befühlte sein

Schienbein; es war klebrig von Blut. Ein Feuerzeug klickte, gab ein paar Funken von sich und flammte dann hell auf. Als Tozier es hochhielt, warf es groteske Schatten an die Wand. Die Höhle erstreckte sich bis tief in den Berg hinein, in den hintersten Winkel war es pechschwarz und düster. Warren entdeckte ein paar Kistenstapel und Säcke, die an der Wand lehnten, doch viel mehr konnte er nicht erkennen, denn das Licht und die Schatten flackerten zu sehr, weil Tozier inzwischen einen kleinen Erkundungsrundgang machte.

»Aha!« sagte Tozier zufrieden. »Genau was wir brauchen.« Die Flamme wurde größer und heller, als er sie an einen Kerzenstumpf hielt.

Follet blickte sich um. »Das ist wahrscheinlich die Arrestzelle«, meinte er. »So wie es aussieht, wird es zwar wohl auch als Lagerraum verwendet, aber in erster Linie als Knast. Jede kämpfende Einheit braucht eine Arrestzelle, das liegt nun einmal in der Natur der Dinge.«

»Kämpfende Einheit?« fragte Warren.

»Genau«, antwortete Tozier. »Wir sind hier in einem militärischen Lager. Ein bißchen provisorisch ist das Ganze zwar, wahrscheinlich haben wir es mit Guerillas zu tun, aber es handelt sich bestimmt um eine Art von Armee. Haben Sie denn die Gewehre nicht gesehen?« Er stellte die Kerze auf eine Kiste.

»So etwas hätte ich hier nicht erwartet«, sagte Warren. »Das paßt doch gar nicht zu Rauschgiftschmugglern.«

»Genausowenig wie Metcalfe«, warf Tozier ein. »Das ist der Mann, der gerade bei Fahrwaz war. Den kann ich mir hier nun wirklich nicht erklären. Metcalfe und Gewehre, das paßt zusammen wie Eier und Speck. Aber Metcalfe und Rauschgift ist völlig undenkbar.«

»Wieso? Wer ist denn dieser Mann?«

»Metcalfe ist ... ach, er ist eben Metcalfe. Er ist ein Schurke, wie er im Buche steht, aber eines ist allgemein über ihn bekannt: Mit Drogengeschäften hat er nichts am Hut. Und zwar nicht aus Mangel an Gelegenheit, er ist nämlich wirklich ein schlaues Kerlchen, aber bisher hat er noch jeden Auftrag in dieser Richtung abgelehnt, manchmal sogar ziemlich brutal. Er hat wohl eine Heidenangst vor dem Zeug.«

Warren setzte sich auf eine Kiste. »Erzählen Sie mir mehr von ihm.«

Tozier trat gegen einen Papiersack, welcher der Aufschrift nach Düngemittel enthielt. Nachdem er sich ihn zurechtgerückt hatte, nahm er darauf Platz. »Er ist ein Berufskollege von mir, so habe ich ihn kennengelernt.«

»Als Söldner?«

Tozier nickte. »Im Kongo. Aber der tanzt nicht nur auf einer Hochzeit, er mischt bei jedem Spielchen mit, je verrückter, desto lieber. Ich glaube, aus Südafrika hat man ihn abgeschoben, weil er in irgendwelche krummen Diamantengeschäfte verwickelt war, und ich weiß auch, daß er früher von Tanger aus geschmuggelt hat, als es noch ein Freihafen war, bevor die Marokkaner es sich unter den Nagel gerissen haben.«

»Was hat er denn geschmuggelt?«

Tozier zuckte die Achseln. »Zigaretten nach Spanien, Antibiotika, die waren damals ziemlich schwer zu kriegen. Ich habe auch gehört, daß er für die Aufständischen Waffen nach Algerien geschmuggelt hat.«

»Tatsächlich?« fragte Warren interessiert. »Jeanette Delorme ebenfalls.«

»Dann ist mir noch das Gerücht zu Ohren gekommen, daß er etwas mit einem großangelegten Goldschmuggel aus Italien zu tun gehabt haben soll, aus dem aber anscheinend nicht viel geworden ist. Jedenfalls war er hinterher kein reicher Mann. Ich erzähle Ihnen das alles, damit Sie sich ein Bild von ihm machen können. Er hat schon bei jedem Geschäft die Finger im Spiel gehabt, außer bei Drogen. Und fragen Sie mich nicht warum, das weiß ich selber nicht.«

»Aber weshalb ist er dann hier?«

»Weil es eben wohl doch eine militärische Angelegenheit ist. Er ist einer der besten Guerillaführer, die ich kenne. Beim regulären Militär hat er es nie zu etwas gebracht, mit dem ganzen Lametta und dem Auf-sie-mit-Gebrüll-Getue hatte er nie etwas am Hut, aber im Guerillakampf ist er brandgefährlich. Das ist jedenfalls meine bescheidene Meinung. Wir wissen doch, daß es die Kurden auf die Irakis abgesehen haben, das hat uns Ahmed ja selbst erzählt. Sie haben Metcalfe angeheuert, damit er ihnen aushilft.«

»Aber was ist dann mit dem Rauschgift, das er angeblich nicht leiden kann?«

Tozier schwieg eine Zeitlang. »Vielleicht weiß er davon nichts.«

Warren ließ sich diese Möglichkeit durch den Kopf gehen, er überlegte, ob sie daraus nicht eventuell Nutzen ziehen konnten. Er wollte gerade etwas sagen, als sich rasselnd der Schlüssel im Schloß drehte und die Tür aufflog. Mit gezogener Pistole kam ein Kurde herein, der sich mit dem Rücken an die Felswand lehnte. Hinter ihm trat Ahmed in die Höhle. »Ich habe Ihnen gesagt, daß wir unsere Gäste nicht hungern lassen. Hier haben Sie etwas zu essen. Möglicherweise entspricht es nicht ganz dem europäischen Geschmack, aber es ist trotzdem gutes Essen, das steht fest.«

Es wurden zwei große Messingtabletts hereingebracht, die mit Tüchern bedeckt waren. Ahmed sagte: »Ach, Mr. Tozier, ich glaube, wir haben einen gemeinsamen Freund. Ich sehe keinen Grund, warum Sie und Mr. Metcalfe sich nach dem Essen nicht ein wenig unterhalten sollten.«

»Ich würde Tom Metcalfe gern wiedersehen«, antwortete Tozier.

»Das dachte ich mir doch.« Ahmed wandte sich zum Gehen, doch dann blieb er noch einmal stehen. »Ach, meine Herren, da wäre noch eine winzige Kleinigkeit. Mein Vater benötigt gewisse Informationen. Wer von Ihnen möchte sie ihm wohl geben?« Er musterte Warren mit einem schmalen Lächeln auf den Lippen. »Ich denke kaum, daß Mr. Warren sich leicht dazu überreden ließe, und Mr. Tozier ist wahrscheinlich eher noch unzugänglicher. Ich habe Sie mir bei unserer letzten Begegnung genau angesehen.«

Er schaute Follet an. »Sie sind Amerikaner, Mr. Follet?«

»Stimmt«, antwortete Follet. »Wenn Sie das nächste Mal dem amerikanischen Konsul über den Weg laufen sollten, richten Sie ihm doch bitte aus, daß ich ihn gern mal gesprochen hätte.«

»Was für eine bewundernswerte Zuversicht«, meinte Ahmed seufzend. »Ich muß also befürchten, daß Sie sich genauso verstockt erweisen werden wie Ihre Freunde. Mein Vater möchte sich Ihnen persönlich... widmen, doch er ist ein alter Mann, der zu dieser späten Stunde seinen Schlaf braucht. Sie können sich glücklich schätzen, daß Ihnen noch etwas Zeit vergönnt ist.« Mit diesen Worten ging er, gefolgt von seinem Leibwächter, hinaus und schlug die Tür hinter sich zu.

Tozier zeigte auf eine Paraffinlampe, die auf einem der Tabletts stand. »Wenigstens war er so nett, uns ein Licht dazulassen.«

Follet lüftete ein Tuch. »Das Essen ist warm.«

Tozier deckte auch das andere Tablett auf. »Wir können genausogut etwas essen. Es sieht nicht übel aus, Kuskus, Brathuhn und dazu Kaffee zum Nachspülen.«

Follet schlug die Zähne in einen Hähnchenschenkel, dann musterte er ihn jedoch gleich mit einem empörten Blick. »Dieser Kamerad muß Leistungssportler gewesen sein.«

Warren nahm sich einen Teller. »Was meinen Sie, wo wir wohl sind?«

»Irgendwo in der Nähe der türkischen Grenze«, antwortete Follet. »Das schätze ich zumindest. Und auch nicht sehr weit von der iranischen Grenze entfernt.«

»Im Herzen Kurdistans«, ergänzte Tozier. »Das könnte etwas zu bedeuten haben, oder aber auch nicht.« Er runzelte die Stirn. »Erinnern Sie sich noch, worüber Ahmed im Iran so große Töne gespuckt hat, Nick? Über die politische Lage der Kurden? Was für einen Namen hat er dabei noch erwähnt? Von diesem Kerl, der mit der irakischen Armee Katze und Maus spielt.«

»Barzani«, sagte Warren. »Mullah Mustapha Barzani.«

»Genau den meinte ich. Laut Ahmed verfügt doch der Mann über eine Armee. Hätte nur zu gern gewußt, ob dieser Haufen dazugehört.«

»Schon möglich. Aber wie uns das weiterhelfen soll, ist mir schleierhaft.«

»Hilf dir selbst, dann hilft dir Gott«, meinte Follet nüchtern. Mit dem Hühnerbein in der Hand stand er auf, nahm sich die Kerze und stöberte in den hinteren Winkeln der Höhle herum. Seine Stimme kam hohl zurück. »Hier gibt's nicht viel zu finden.«

»Was hatten Sie denn in einem Gefängnis erwartet?« fragte

Tozier. »Trotzdem ist es keine schlechte Idee, daß wir uns mal umsehen, ob wir vielleicht ein paar nützliche Dinge entdecken können. Was ist in der Kiste, auf der Sie sitzen, Nick?«

»Sie ist leer.«

»Und ich hocke auf Dünger«, sagte Tozier angewidert. »Was gibt es sonst noch, Johnny?«

»Nicht viel. Noch mehr leere Kisten, ein paar verrostete Autoersatzteile, einen halben Kanister Dieselöl, einen Haufen Schrauben und Muttern und ein paar Strohsäcke, damit hätte es sich auch schon.«

Tozier seufzte. Nachdem Follet zurückgekommen war, stellte er die Kerzen ab, nahm sich die Paraffinlampe und schüttelte sie. »Hier ist ein bißchen Kerosin drin, und da drüben liegt Stroh, vielleicht ließe sich damit etwas anfangen.«

»Eine Höhle kann man nicht niederbrennen, Johnny. Wir würden nur alle ersticken.« Tozier ging zur Tür. »Die ist auch nicht gerade von Pappe, mindestens zehn Zentimeter dick, würde ich sagen.« Er legte den Kopf auf die Seite. »Da kommt jemand. Aufpassen.« Rasch setzte er sich wieder auf seinen Platz.

Als die Tür aufging, kam der Mann, der Metcalfe hieß, herein. Er klopfte sich den Staub ab und drehte sich halb um, während die Tür dumpf hinter ihm ins Schloß fiel. Dann sah er Tozier und sagte, ohne zu lächeln: »Tag, Andy, lange nicht gesehen.«

»Tag, Tom.«

Metcalfe machte ein paar Schritte auf Tozier zu und streckte ihm die Hand hin, in die dieser einschlug. »Was, zum Teufel, führt denn Sie hierher?«

»Das ist eine lange Geschichte«, antwortete Tozier. »Darf ich vorstellen? Nick Warren, Johnny Follet.«

»Wenn ich jetzt sagte ›Angenehm‹ oder ›Erfreut, Sie kennenzuleren‹, wäre das gelogen«, meinte Metcalfe trocken. Er musterte Warren scharf von oben bis unten, dann wandte er sich wieder Tozier zu. »Sind Sie von Berufs wegen hier, Andy?«

»So ungefähr. Freiwillig sind wir nicht in diesem Loch gelandet.«

»Als ich sah, wie die Jungs Sie hereingetrieben haben, wollte ich meinen Augen nicht trauen. So leicht lassen Sie sich doch normalerweise nicht kassieren.«

»Machen Sie es sich bequem, Tom«, forderte Tozier ihn auf. »Was kann ich Ihnen anbieten, den Sack mit Dünger oder die Kiste?«

»Ja, bleiben Sie doch noch auf ein kleines Schwätzchen«, sagte Follet.

»Ich nehme die Kiste«, antwortete Metcalfe. »Sie sind ein Yankee, richtig?«

»Ein ehemaliger. Nach unserem kleinen Abstecher in den Irak betrachte ich mich mehr als Weltbürger.«

Nachdenklich betrachtete Metcalfe ihn längere Zeit. »Freut mich, daß Sie Ihren Sinn für Humor noch nicht verloren haben, Sie werden ihn brauchen können. Sie waren wohl auch mal bei der kämpfenden Truppe?«

»Vor Urzeiten«, antwortete Follet. »In Korea.«

»Ach«, sagte Metcalfe. Er grinste, und seine weißen Zähne blitzten in dem sonnenverbrannten Gesicht auf. »Ein Kollege also. Und Sie, Warren?«

»Ich bin Arzt.«

»Tatsächlich? Und was treibt der Onkel Doktor mit einem bösen Buben wie Andy Tozier in Kurdistan?«

Tozier zupfte sich am Ohrläppchen. »Erledigen Sie augenblicklich einen Job, Tom?«

»Muß nur noch ein paar Kleinigkeiten unter Dach und Fach bringen«, antwortete Metcalfe.

»Haben Sie ein Kommando?«

Metcalfe runzelte die Stirn. »Ein Kommando?« Dann hellte sich seine Miene auf. »Sie meinen, ob ich die Jungs ausbilde? Andy, diese Bande hier könnte sogar uns noch das eine oder andere beibringen, die kämpfen seit fünfunddreißig Jahren ununterbrochen. Ich habe ihnen nur eine Lieferung hergebracht, das ist alles. In ein paar Tagen reise ich ab.«

»Was für eine Lieferung?«

»Was fragen Sie so blöd? Waffen natürlich. Was würden die denn sonst brauchen?« Er schmunzelte. »Eigentlich müßte ich hier die Fragen stellen. Deshalb hat der alte Fahrwaz mich nämlich hergeschickt. Ahmed gefiel das gar nicht, der wollte Sie sofort tranchieren, aber der alte Knabe meinte, ich könnte ihm vielleicht sein Problem lösen, ohne daß er zu extremen Mitteln greifen muß.« Seine Miene wurde ernst. »Diesmal sitzen Sie wirklich ganz schön tief in der Patsche, Andy.«

»Was will er denn hören?« fragte Warren.

Metcalfe blickte hoch. »Alles, was Sie wissen. Irgendwie müssen Sie ihn anscheinend ganz schön in Rage versetzt haben, aber darüber hat er sich nicht näher ausgelassen. Er dachte, weil ich Andy kenne, würden Sie mich vielleicht ins Vertrauen ziehen.« Er schüttelte den Kopf. »Mit Ihnen muß es in der letzten Zeit aber mächtig bergab gegangen sein, wenn Sie jetzt für eine Filmgesellschaft arbeiten, Andy. Also schätze ich, das ist nur Tarnung. Fahrwaz ist übrigens ganz derselben Meinung.«

»Und was meint Barzani?« fragte Tozier.

»Barzani!« sagte Metcalfe überrascht. »Woher, zum Teufel, soll ich denn wissen, was Barzani denkt?« Plötzlich klatschte er sich vergnügt auf die Schenkel. »Sie haben tatsächlich gedacht, Fahrwaz gehört zu Barzanis Leuten? Das ist echt zum Schießen.«

»Ich lach' mich gleich tot«, meinte Follet ärgerlich.

»Zeit für eine kleine Unterrichtsstunde in kurdischer Politik«, sagte Metcalfe oberlehrerhaft. »Früher hatte Fahrwaz wirklich zusammen mit Barzani gekämpft, sie standen auch auf derselben Seite, als die Russkis damals 1949 diese Kurdische Republik Mehabad ausgerufen haben. Sie sind sogar zusammen ins Exil gegangen, als das Ganze dann wie ein Kartenhaus in sich zusammenfiel. Sie waren richtige Busenfreunde. Später kam Barzani hierher in den Irak, er scharte einen Haufen Anhänger um sich und gibt seitdem den Irakern tüchtig eins aufs Maul.«

»Und Fahrwaz?«

»Ach, der gehört doch zur *Pej Merga*«, sagte Metcalfe, als hätte sich die Frage damit von selbst beantwortet.

»Die sich selbst opfern«, übersetzte Tozier nachdenklich. »Na und?«

»Die *Pej Merga* war früher der harte Kern, auf den Barzani sich immer verlassen konnte, aber jetzt eben nicht mehr, nicht, seitdem er sich mit Präsident Bakr eingelassen hat und mit ihm über eine autonome Kurdenprovinz im Irak verhandelt. Fahrwaz gehört zu den Falken, er ist davon überzeugt, daß die Irakis den Vertrag brechen werden, womit er im übrigen vielleicht gar nicht mal so unrecht hat. Doch, was noch wichtiger ist, er und der größte Teil der *Pej Merga* wollen keine Kurdenrepublik auf irakischem Boden. Sie wollen nicht, daß Kurdistan zwischen dem Irak, dem Iran und der Türkei aufgeteilt wird, sie wollen eine vereinte kurdische Nation und keine halben Sachen.«

»Das erinnert mich doch verdammt an das Nordirlandproblem«, warf Tozier ein. »Wobei Fahrwaz und seine *Pej Merga* die Rolle der IRA spielen.«

»Sie haben es erfaßt. Dafür, daß Barzani sich Bakrs Vorschläge auch nur angehört hat, gilt er für Fahrwaz schon als Verräter, andererseits ist der alte Mullah aber ein hochangesehener Mann. Schließlich hat er dreißig Jahre lang gegen die Irakis gekämpft, während Fahrwaz im Iran auf der faulen Haut lag. Wenn Barzani sich also tatsächlich mit den Irakis einigt, steht Fahrwaz ziemlich allein da. Deshalb hortet er Waffen, so schnell er kann.«

»Mit denen Sie ihn beliefern«, sagte Warren. »Auf welcher Seite stehen Sie eigentlich?«

Metcalfe zuckte die Achseln. »Den Kurden wird nun schon seit Jahrhunderten übel mitgespielt«, antwortete er. »Wenn Barzani mit den Irakis einen Vertrag abschließt und die Sache läuft schief, können sie eine kleine Rückversicherung gut gebrauchen. Die kriegen sie von mir. Bakr kam durch einen Staatsstreich an die Macht, und unter seinem Regime herrscht auch nicht nur eitel Freude und Sonnenschein. Ich kann Fahrwaz' Vorsicht schon verstehen.« Er rieb sich das Kinn. »Aber das soll nicht unbedingt heißen, daß ich ein großer Freund von ihm bin, dafür ist er mir ein bißchen zu fanatisch.«

»Woher erhält er Unterstützung, wo kommt das Geld her?«

»Keine Ahnung.« Metcalfe grinste. »Solange ich pünktlich bezahlt werde, ist es mir schnuppe, woher die Piepen kommen.«

»Da bin ich mir nicht so sicher«, sagte Tozier leise. »Wie haben Sie die Waffen hergeschafft?«

»Wie können Sie nur so etwas fragen? Berufsgeheimnis, alter Freund.«

»Und was nehmen Sie wieder mit zurück?«

»Gar nichts«, antwortete Metcalfe überrascht. »Ich werde über eine Bank in Beirut ausgezahlt. Sie glauben doch wohl nicht im Ernst, daß ich mit den Taschen voller Gold durch den Mittleren Orient spaziere. So blöd bin ich nun auch wieder nicht.«

»Ich finde, Sie sollten ihm alles erzählen, Nick«, sagte Tozier. »Langsam fügt sich eines zum anderen, meinen Sie nicht auch?«

»Zuerst muß ich aber noch etwas wissen«, entgegnete Warren vorsichtig. »Wer hat Sie ursprünglich in diesen Waffenhandel verwickelt? Von wem stammte die Idee, daß Fahrwaz vielleicht eine Ladung Waffen gebrauchen könnte? Und wer hat sie beschafft?«

Metcalfe schmunzelte und warf Tozier einen Blick zu. »Ihr Freund sollte nicht so neugierig sein, sonst könnte ihm noch etwas zustoßen. Das fällt leider auch unter das Berufsgeheimnis.«

»Es war nicht zufälligerweise Jeanette Delorme?« hakte Warren nach.

Metcalf riß die Augenbrauen hoch. »Sie wissen ja anscheinend eine ganze Menge. Kein Wunder, daß Fahrwaz sich Sorgen macht.«

»Sie sollten sich lieber selbst Sorgen machen«, sagte Tozier. »Als ich Sie fragte, ob Sie auf dem Rückweg etwas aus dem Land schmuggeln sollen, wollte ich auf Rauschgift hinaus.«

Metcalfe wurde völlig ruhig. »Wie kommen Sie darauf?« fragte er gepreßt.

»Weil hier irgendwo eine Tonne unverschnittenes Morphium herumliegt, deshalb«, antwortete Warren. »Weil Fahrwaz seine Revolution mit Hilfe von Rauschgiftschmuggel finanziert. Weil die Delorme ihn mit Waffen für die Drogen bezahlt. Und weil sie in diesem Augenblick mitten in Beirut sitzt und nur darauf wartet, eine Ladung Heroin in die Staaten zu verfrachten.«

Metcalfes Gesicht legte sich in Falten. »Ich weiß nicht, ob ich Ihnen das abnehmen soll.«

»Nun machen Sie aber mal halblang, Tom«, sagte Tozier. »Wir haben Fahrwaz' Unterschlupf im Iran auseinandergenommen. Ich habe mit eigener Hand zehn Tonnen Opium vernichtet, in die Luft habe ich es gesprengt, um genau zu sein. Der hängt bis weit über seinen ungewaschenen Hals in der Sache mit drin.«

Metcalfe stand langsam auf. »Darauf geben Sie mir Ihr Wort, Andy?«

»Wenn es sein muß«, antwortete Tozier. »Sie kennen mich doch, Tom.«

»Ich lasse mich nicht gern benutzen«, sagte Metcalfe erstickt. »Jeanette weiß, daß ich mit Drogen nichts zu tun haben will. Wenn sie mich da mit hineingezogen hat, bringe ich das Luder um, das schwöre ich.« Er fuhr zu Warren herum. »Wieviel Morphium haben Sie gesagt?«

»Ungefähr eine Tonne. Ich vermute, daß sie es noch vor der Verschiffung in Heroin umwandeln wollen. Allein der Gedanke, daß auf einen Schlag solche Mengen Heroin auf dem Schwarzmarkt landen, macht mich fix und fertig.«

»Eine Tonne«, flüsterte Metcalfe ungläubig.

»Es hätte leicht doppelt soviel sein können«, sagte Tozier. »Wenn wir nicht das Labor zerstört hätten. Ihre Freundin hat wirklich ganze Arbeit geleistet. Das wird eines der größten Schmuggelgeschäfte aller Zeiten.«

Metcalfe überlegte. »Ich glaube nicht, daß der Stoff hier lagert«, meinte er bedächtig. »Kurz nach meiner Ankunft traf eine Kamelkarawane ein. Es wurde ein Riesenaufhebens darum gemacht, alle taten sehr geheimnisvoll. Keiner durfte sich blicken lassen, solange die Ladung auf einen Lastwagen umgeladen wurde. Der ist heute morgen abgefahren.«

»Was wollen Sie jetzt machen, Tom?« fragte Tozier.

»Gute Frage.« Metcalfe holte tief Luft. »Zunächst muß ich sie mal hier herausholen, das wird bestimmt kein Kinderspiel.« Er lächelte bitter. »Kein Wunder, daß Fahrwaz außer Rand und Band ist.«

»Können Sie uns Waffen besorgen? Mit einem Schießeisen in der Hand wäre mir schon gleich viel wohler zumute.«

Metcalfe schüttelte den Kopf. »So sehr trauen sie mir nun auch wieder nicht über den Weg. Man hat mich durchsucht, bevor ich zu Ihnen hinein durfte. Und draußen stehen die ganze Zeit zwei Mann Wache.«

Tozier streckte die Hand aus. »Wir müssen irgendwie durch die Tür kommen, Wachtposten hin oder her.« Er sprang so schnell auf, daß ihm der Sack mit dem Dünger gegen das Bein kippte. Ungeduldig versetzte er ihm einen Tritt, dann blieb er stehen und starrte ihn an. Versonnen fragte er: »Könnten Sie uns ein paar Stückchen Kohle besorgen, Tom?«

»Kohle in Kurdistan!« sagte Metcalfe abschätzig. Dann folgte er Toziers Blick, bückte sich und las die Aufschrift auf dem Sack. »Ah, ich verstehe, der Mwanza-Trick.« Er richtete sich auf. »Würde es auch mit Holzkohle gehen?«

»Warum nicht, wir brauchen ja nicht viel. Wieviel Öl ist in dem Kanister, den Sie gefunden haben, Johnny?«

»Ungefähr ein Liter. Wieso?«

»Wir sprengen die Tür aus den Scharnieren. Wir brauchen einen Zünder, Tom. Wenn Sie zu den Landrovers hinunterkommen können, sehen Sie, daß in dem einen noch eine Uhr ist, die in dem anderen fehlt. Schrauben Sie die Uhr raus und bringen Sie sie zusammen mit der Holzkohle her.«

»Und wie soll ich das Zeug hier hereinschmuggeln?«

»Das überlasse ich Ihnen. An die Arbeit, Tom.«

Metcalfe klopfte an die Tür, und man ließ ihn hinaus. Als sie hinter ihm ins Schloß gefallen war, fragte Warren: »Glauben Sie, man kann sich auf ihn verlassen?«

»Wir schon«, antwortete Tozier. »Fahrwaz allerdings nicht. Ich kenne Tom Metcalfe genau. Der geht schon die Wände hoch, wenn jemand nur über Drogen redet. Falls wir hier herauskommen, wird mir die Delorme bestimmt noch richtig leid tun, er wird sie zerstückeln.« Er bückte sich und band den Sack mit dem Dünger auf.

Follet sagte knapp: »Sie wollen also die Tür mit Dünger aufsprengen. Das habe ich doch wohl gehört, oder werde ich etwa langsam verrückt?«

»Sie haben ganz richtig verstanden«, antwortete Tozier. »Tom und ich waren zusammen im Kongo. Einmal steckten wir kurz vor Mwanza auf einer Straße fest, der Gegner hatte eine Felswand in die Luft gesprengt, so daß für uns mit den Lastwagen kein Durchkommen mehr war. Wir hatten nicht viel Munition, und Sprengstoff war auch keiner da. Aber wir hatten eine Geheimwaffe, einen Südafrikaner namens van Niekerk, der zu Hause Bergmann gewesen war.«

Er steckte die Hand in den Sack und schaufelte eine Handvoll weißes Pulver heraus. »Das ist Kunstdünger, Ammoniumnitrat, damit bekommt man den Stickstoff leichter in den Boden. Aber van Niekerk wußte noch mehr von dem Zeug. Man mische hundert Pfund Dünger, etwas Treibstoff und zwei Pfund Kohlenstaub zusammen, und schon hat man vierzig Prozent der Sprengkraft von Gelatinedynamit. Das Rezept habe ich mir gut gemerkt. Van Niekerk hat mich nämlich in Angst und Schrecken versetzt, weil er das Zeug ausgerechnet in einer Betonmischmaschine angerührt hat.«

»Und Sie wollen mich nicht auf den Arm nehmen?« fragte Follet mißtrauisch.

»Nein. Ganz soviel werden wir allerdings nicht brauchen«, antwortete Tozier. »Und ich weiß auch nicht genau, was für eine Wirkung unsere Zutaten entfalten. Aber ich würde trotzdem sagen, lassen wir es krachen.« Er grinste. »Was für ein lausiger Witz. Van Niekerk hat mir erzählt, daß in den südafrikanischen Goldminen viel damit gesprengt wird. Man hat dort erkannt, daß es wesentlich sicherer und billiger ist, sich das Zeug je nach Bedarf selbst zusammenzumischen, als ständig Gelatinedynamit auf Lager zu haben.«

»Aber dazu brauchen wir die Holzkohle«, sagte Warren.

»Und einen Zünder. Am besten ruhen wir uns ein bißchen aus, bis Metcalfe zurück ist.«

Falls er überhaupt zurückkommt, dachte Warren. Er setzte sich auf die Kiste und musterte trübsinnig den Sack mit dem Dünger. In London hatte er zu Hellier gesagt, das ganze Unternehmen werde eventuell zu einer Art Krieg ausarten, aber daß er eines schönen Tages mit solchen Waffen kämpfen mußte, hätte er damals nun doch nicht für möglich gehalten.

III

Nach knapp einer Stunde war Metcalfe zurück. Als er hereinkam, rauchte er eine Zigarre und hinkte ein wenig. Sobald die Tür hinter ihm zugefallen war, knipste er die Glut ab und reichte Tozier die Zigarre. »Eine Stange Holzkohle«, sagte er. »Ich mußte mich bei der Durchsuchung ein bißchen als Taschenspieler betätigen. In den Schuhen habe ich noch mehr verstaut.«

»Und der Zünder?« fragte Tozier gespannt.

Metcalfe schnallte sich den Gürtel los und wühlte in seiner Hose herum. Von irgendwoher zauberte er eine Uhr hervor und reichte sie weiter; hinten schaute der Zündkopf rechtwinklig heraus. Follet fragte: »Wieso wurde der denn nicht gefunden, als man Sie durchsucht hat?« In seiner Stimme schwang Mißtrauen mit.

Metcalfe verzog das Gesicht. »Ich hab' mir den Zünder zwischen die Arschbacken geklemmt und bin ganz vorsichtig gelaufen. Jetzt kriege ich bestimmt Hämmorhoiden.«

»Alles im Dienste einer guten Sache«, sagte Tozier grinsend. »Irgendwelche Schwierigkeiten, Tom?«

»Nicht die Spur. Ich habe dem alten Fahrwaz einen ziemlich überzeugenden Bären aufgebunden, aber ein paar Lükken habe ich mir noch gelassen. Die soll ich jetzt ausfüllen. Am besten stimmen wir unsere Pläne jetzt ein bißchen ab. In der nächsten Zeit wird man euch in Ruhe lassen, der alte Knabe sagte, er wäre müde und müßte sich aufs Ohr legen.« Er schaute auf seine Uhr. »In drei Stunden geht die Sonne auf.«

»Bei Nacht würde uns die Flucht vielleicht leichter gelingen«, meinte Tozier.

Metcalfe schüttelte energisch den Kopf. »Nachts hättet ihr nicht den Hauch einer Chance. Bis ihr erst den Weg aus dem Tal gefunden hättet, wäret ihr längst wieder eingefangen. Der günstigste Zeitpunkt ist kurz nach Sonnenaufgang, damit ihr sehen könnt, was ihr tut, und mir bleiben dann für die paar kleinen Ablenkungsmanöver, die ich im Sinn habe, auch noch drei Stunden Zeit. Wie exakt läßt sich der Zünder einstellen?«

»Auf eine Minute genau.«

»Das müßte reichen. Stellen Sie ihn auf halb sechs. Dann werden Sie einiges Getöse zu hören bekommen.« Metcalfe hockte sich hin und zeichnete etwas auf den sandigen Höhlenboden. »Eure Landrover stehen hier, samt Zündschlüsseln, das habe ich überprüft. Dort ist der Ausgang. Wenn ihr die Tür herausgesprengt habt, sind die Wachen entweder tot oder starr vor Schreck. Auf jeden Fall braucht ihr euch um die nicht groß zu kümmern, wenn ihr euch sputet. Dann geht ihr nach links, ihr nehmt nicht denselben Weg, auf dem man euch zur Höhle gebracht hat. Circa zehn Meter weiter auf diesem Felsband beginnt ein verteufelt steiler Pfad, der direkt ins Tal führt.«

»Wie steil?«»

»Ihr werdet es schon schaffen«, versicherte Metcalfe. »Also, es gibt nur einen einzigen Weg in das Tal oder aus dem Tal, ganz wie man will, und der führt durch die Schlucht. Ihr schnappt euch die Wagen, fahrt in die Schlucht und haltet nach der ersten scharfen Biegung an. Bis dahin müßte ich schon direkt hinter euch sein, in einem von Fahrwaz' Fahrzeugen, das ich dann außer Gefecht gesetzt dort stehenlasse. Wenn wir die Schlucht blockieren können, stehen unsere Chancen nicht schlecht. Aber ihr müßt um Gottes willen auf mich warten!«

»Verstanden, Tom.«

Metcalfe zog sich die Schuhe aus, schüttete ein Häufchen schwarzen Staub aus und holte sich ein paar Holzkohlenstäbe aus den Socken. »Ich hoffe bloß, das Zeug funktioniert auch«, sagte er zweifelnd. »Wenn nicht, kommen wir alle in Teufels Küche.«

»Wir haben keine andere Wahl«, antwortete Tozier. »Was sollen wir uns also groß den Kopf darüber zerbrechen.« Er schaute Metcalfe an und sagte leise: »Vielen Dank für alles, Tom.«

»Was tut man nicht alles für einen alten Kumpel«, antwortete Metcalf leichthin. »Ich mache mich jetzt besser wieder auf die Socken. Nicht vergessen, halb sechs.«

Nachdem der Wachtposten ihn hinausgelassen hatte, fragte Warren nachdenklich: »Andy, wenn es hier nicht um

Drogen ginge, meinen Sie, Metcalfe würde Ihnen trotzdem aus alter Freundschaft aus der Klemme helfen?«

»Ich bin froh, daß ich es nicht darauf ankommen lassen muß«, antwortete Tozier trocken. »Ein guter Söldner ist wie ein guter Politiker, er bleibt denen treu, die ihn gekauft haben. Ich habe mit Tom Metcalfe schon auf derselben Seite gekämpft, aber auch manchmal gegen ihn. Kann sein, daß wir sogar irgendwann aufeinander geschossen haben. Ich glaube, ohne das Rauschgift müßten wir zusehen, wie wir uns selber helfen. Wir können nur von Glück sagen, daß er sich aufs Kreuz gelegt fühlt.«

»Und daß er uns unsere Geschichte abgenommen hat«, ergänzte Follet.

»Das natürlich auch«, gab Tozier zu. »Aber Tom und ich haben schon so manches Gläschen zusammen getrunken. Wir haben uns noch nie gegenseitig übers Ohr gehauen, also gibt es keinen Grund, warum er mir jetzt nicht glauben sollte. Kommt, machen wir uns an die Arbeit.«

Er wies Follet und Warren an, den Dünger feinzumahlen, als Mörser benutzten sie ihre Teller, als Stößel die Rücken der Löffel. »Es dürfen keine Klumpen übrigbleiben.«

»Kann dabei auch nichts passieren?« fragte Follet ängstlich.

»Das ist doch bloß Dünger«, versicherte ihm Tozier. »Und selbst wenn wir alles zusammengemischt haben, brauchen wir immer noch einen Zünder.« Er stellte einige Berechnungen an, dann machte er sich an das Zerstoßen der Holzkohle. Nach einer Weile ging er in den hinteren Teil der Höhle und wühlte in einer Kiste mit Ersatzteilen herum; schließlich kam er mit einem Rohr zurück, das an einem Ende mit einem Stöpsel verschlossen war. »Genau was wir brauchen, das ist ja hier ein richtiges Paradies für den Westentaschenanarchisten. Haben Sie schon mal eine Bombe gebastelt, Nick?«

»Das ist doch wohl reichlich unwahrscheinlich, oder?«

»Ja, so etwas liegt wohl kaum auf Ihrem Gebiet. Aber ich muß mich heute nicht zum ersten Mal mit irgendwelchem Plunder behelfen. Wenn man auf der Verliererseite ist, wird auch meistens bald das Geld knapp, und dann muß man sich immer, so gut es eben geht, durchwursteln. Ich habe mal aus sechs Wracks einen brauchbaren Panzer zusammengebaut.« Er schmunzelte. »Aber jetzt komme ich mir bald vor wie Moses, der mußte schließlich auch mit nichts auskommen.«

Er schüttete den Kaffee weg, trocknete die Kanne innen sorgfältig aus, dann schüttete er den pulverisierten Dünger hinein und gab nach und nach die zermahlene Holzkohle dazu. Die ganze Zeit über rührte er alles gründlich durch. Als er das Gefühl hatte, das richtige Gemisch zusammengemengt zu haben, reichte er die Kanne an Follet weiter. »Immer schön weiterrühren, so vergeht die Zeit schneller.«

Er nahm den Ölkanister in die Hand und schaute ihn sich argwöhnisch an. »Im Rezept steht eigentlich Treibstoff, ich weiß nicht, ob sich das hier eignet. Aber wir müssen es auf jeden Fall versuchen, also wollen wir das Zeug mal schön unterheben.« Er goß ein wenig Öl in die hingehaltene Kaffeekanne. »Immer weiterrühren, Johnny. Es darf keine flüssige Paste daraus werden, es muß nur gerade feucht genug sein, daß es zusammenbackt, wenn man es mit der Hand drückt.«

»Das überlasse ich gerne Ihnen«, sagte Follet. »Das einzige, was ich drücke, ist ein hübsches Mädchen.«

Tozier lachte. »Die sind aber genauso gefährlich, wenn man nicht richtig mit ihnen umzugehen weiß. Geben Sie her.« Er preßte die Masse zusammen und gab noch ein paar Tropfen Öl hinzu. Nun war die Mischung wieder zu feucht, was er mit einigen Körnchen Dünger und Holzkohle ausglich. Es dauerte eine ganze Weile, bis er mit dem Ergebnis zufrieden war, doch schließlich sagte er: »Das hätten wir, und nun ran an die Bombe.«

Er nahm das Rohr, überprüfte, ob auch die Kappe fest aufgeschraubt war, und füllte dann den Sprengstoff am anderen Ende hinein, mit einem langen Bolzen stopfte er ihn fest. Follet sah sich das eine Zeitlang mit an, doch plötzlich sagte er nervös: »Aufhören, Andy, sofort aufhören.«

Tozier erstarrte. »Was haben Sie?«

»Das ist doch ein Stahlrohr, oder?« fragte Follet.

»Na und?«

»Und Sie benutzen einen Stahlbolzen als Ladestock. *Passen Sie um Himmels willen auf, daß kein Funke entsteht!*«

Tozier atmete langsam wieder aus. »Ich werde mich vorsehen«, versprach er. Von nun an ging er etwas behutsamer mit dem Bolzen um. Nachdem er das Rohr so fest wie irgend möglich vollgestopft hatte, nahm er die Uhr, stellte sie ein und drückte den Zünder in die Sprengmasse. »Da drüben liegt ein Stück Eisenblech, und die Kiste, auf der Warren sitzt, ist zusammengeschraubt. Damit können wir das Ganze an der Tür befestigen.«

Sie kamen nur langsam voran, denn sie mußten sehr leise arbeiten, um die Wachen draußen nicht mißtrauisch zu machen. Sämtliche Klingen an Toziers kleinem Taschenmesser, das sie notdürftig als Schraubenzieher benutzten, waren abgebrochen, bis sie alles erledigt hatten. Er begutachtete die Bombe mit kritischem Blick, dann schaute er auf seine Uhr. »Hat länger gedauert, als ich dachte. Es ist schon fast fünf, nur noch knapp eine halbe Stunde.«

»Ich will ja hier nicht unbedingt den Spielverderber abgeben«, sagte Follet. »Aber wir sitzen hier in einer Höhle mit einer Bombe, die jeden Augenblick in die Luft fliegen kann. Haben Sie an diese Kleinigkeit vielleicht auch schon einmal gedacht?«

»Wenn wir uns in der hintersten Ecke hinter den Kisten verstecken, dürfte uns nichts passieren.«

»Ich bin jedenfalls froh, daß wir einen Arzt dabei haben«, meinte Follet. »Wenn der Knaller tatsächlich losgeht, können wir Sie womöglich noch gut gebrauchen, Nick. Ich suche mir jetzt schon ein sicheres Plätzchen.«

Warren und Tozier folgten ihm in den hinteren Teil der Höhle, wo sie eine provisorische Barrikade aus Kisten errichteten, dann legten sie sich auf den Boden, die Strohsäcke dienten ihnen als Matratzen. Die nächste halbe Stunde verging im Schneckentempo, und Warren staunte nicht schlecht, als er beinahe eingenickt wäre. Hätte ihm früher jemand erzählt, daß so etwas unter diesen Umständen möglich wäre, hätte er ihn ausgelacht; doch eigentlich war es gar nicht so verwunderlich, da es für sie immerhin bereits die zweite schlaflose Nacht hintereinander war.

Doch als ihn Toziers Ellbogen rauh in die Seite stieß, war er auf der Stelle hellwach. »Noch fünf Minuten, fertigmachen.«

Warren schwirrten eine Menge Fragen im Kopf herum.

Würde Toziers lächerliche Bombe funktionieren? Und wenn ja, würde sie stark genug sein? Oder womöglich gar zu wirkungsvoll? Follet hatte ja bereits seine Befürchtungen in dieser Hinsicht zum Ausdruck gebracht.

»Vier Minuten«, sagte Tozier, der den Blick nun nicht mehr von seiner Uhr nahm. »Johnny, Sie gehen als erster, dann kommt Nick. Ich übernehme den Schluß.«

Langsam vertickten die Sekunden, und Warren spürte, wie er immer gespannter wurde. Sein Mund war trocken, und er hatte ein seltsam leeres Gefühl im Magen, als wäre er hungrig. Doch irgendwo im Hinterkopf konnte er diese Symptome nach wie vor nüchtern beurteilen, und er dachte: *So fühlt es sich also an, wenn man Angst hat.*

Tozier sagte: »Drei Minuten«, aber er hatte kaum ausgesprochen, als sie an der Tür ein Geräusch hörten. »Verdammte Scheiße«, stieß er hervor. »Da kommt jemand.«

Follet knurrte: »Einen besseren Zeitpunkt konnte der sich wohl kaum aussuchen.«

Tozier hob vorsichtig den Kopf, als quietschend die Tür aufging, die Umrisse von zwei Männern zeichneten sich im Licht der grauen Morgendämmerung ab. Ahmeds spöttische Stimme hallte von den Felsen als Echo zurück. »Was denn, schlafen wir etwa alle? Wir haben wohl alle ein gutes Gewissen als Ruhekissen?«

Tozier stemmte sich auf einem Ellbogen hoch und reckte sich, als wäre er gerade aus dem Tiefschlaf gerissen worden. »Was wollen Sie denn schon wieder?« fragte er mürrisch.

»Ich will mit jemandem reden«, antwortete Ahmed. »Wen nehmen wir denn da? Was meinen Sie, Mr. Tozier, wen sollen wir uns zuerst vorknöpfen?«

Tozier versuchte, Zeit zu gewinnen. Er schaute auf seine Uhr und sagte: »Für meinen Geschmack sind Sie viel zu früh auf den Beinen. Kommen Sie in einer Stunde wieder. Oder noch besser, kommen Sie überhaupt nicht wieder.« *Noch anderthalb Minuten.*

Ahmed breitete die Hände aus. »Den Gefallen kann ich Ihnen leider nicht tun. Mein Vater braucht nicht mehr viel Schlaf, er ist ein alter Mann. Jetzt ist er wach und wird langsam ungeduldig.«

»Na schön«, meinte Tozier. »Aufwachen, ihr zwei. In spätestens einer Minute seid ihr auf den Beinen. Habt ihr verstanden? *In einer Minute.*«

Warren hörte die Betonung auf den letzten Worten und preßte sich flach auf den Höhlenboden. Er fragte: »Was gibt es denn, Andy? Ich bin müde.«

»Ah, Mr. Warren«, sagte Ahmed. »Ich hoffe, Sie haben gut geschlafen.« Seine Stimme wurde scharf. »Raus aus den Federn, aufgestanden, das ganze Pack, oder muß ich euch erst Beine machen? Mein Vater sehnt sich danach, Sie mit ein paar ausgesuchten Beispielen typisch kurdischer Gastfreundschaft zu bedenken.« Er lachte.

Tozier warf noch einen letzten Blick auf ihn, dann warf er sich auf den Boden. Ahmed lachte noch immer, als die Bombe explodierte. Durch die Wucht der Sprengung wurde die Tür aus den Angeln gerissen und auf den lachenden Mann geschleudert, sie fegte ihn zur Seite und schmetterte ihn gegen die Felswand. Staub wirbelte auf, in der Ferne gellte ein Schrei.

»Los!« brüllte Tozier.

Wie geplant, schoß Follet als erster zur Tür hinaus. Er rannte nach links und stolperte über eine Leiche, beinahe wäre er kopfüber von dem Felsband gestürzt. Warren, der sich dicht hinter ihm hielt, streckte die Hand aus und packte ihn, bevor er hinunterkippte.

Follet rappelte sich hoch und lief weiter das Sims entlang. Weiter oben stand ein Wachtposten auf dem Pfad, der staunend und mit offenem Mund versuchte, sich die Flinte von der Schulter zu nehmen. Doch Follet hatte ihn erreicht, bevor er schußbereit war, und schlug ihm die geballte Faust ins Gesicht. Er hielt einen dicken Stahlbolzen umklammert, und Warren hörte deutlich ein lautes Knacken, als dem Mann der Unterkiefer brach. Der Wachtposten stieß einen unterdrückten Schrei aus, dann sackte er zur Seite, und der gefährliche Weg über den Pfad ins Tal war frei.

Follet stürzte mit halsbrecherischer Geschwindigkeit hinunter, er rutschte und stolperte immer wieder, mit den Stiefeln trat er kleine Lawinen aus Staub und Kieseln los, die bergab prasselten. Warren stolperte über einen lockeren Stein, in wilder Panik sah er sich bereits durch die Luft segeln, doch da packte ihn schon Toziers starke Hand am Gürtel und riß ihn zurück. Ansonsten kamen sie ohne weiteren Zwischenfall unten im Talkessel an.

Auf der anderen Seite des Tals war ein heilloses Durcheinander ausgebrochen. Das Knattern von Gewehrschüssen wurde durch das dumpfe Krachen explodierender Granaten untermalt. Eine der weiter entfernt liegenden Höhlen flog in die Luft, die Erde bebte, und ein Teil des Felsbandes kam ins Tal gerutscht. Metcalfes Ablenkungsmanöver trugen alle Anzeichen eines kleineren Krieges.

Im fahlen Licht der Morgendämmerung liefen sie zu den Wagen. Genau unterhalb der Höhle, in der sie gefangen gewesen waren, krümmte sich ein Mann mit gebrochenem Rückgrat am Boden. Warren nahm an, daß ihn die Wucht von Toziers Bombe von dem Felssims gefegt hatte. Er sprang über den zuckenden Körper und hetzte hinter Follet her. Hinter sich hörte er das gleichmäßige Poltern von Toziers Stiefeln.

Eine kleine Herde in der Nähe angebundener Kamele hatte der plötzliche Lärm aufgeschreckt; einige stampften wild mit den Hufen, rissen sich los und rasten vor ihnen her durch das Tal, wodurch sie das allgemeine Durcheinander noch verschlimmerten. Dicht an Warrens Kopf summte eine Biene vorbei, doch dann hörte er einen scharfen Knall, kreischend sprang ein Querschläger vom Felsen zurück, und da wußte er, daß irgendwer seine fünf Sinne immerhin schon soweit wieder beisammen hatte, auf sie schießen zu können. Doch er hatte keine Zeit, sich darüber groß Gedanken zu machen, das einzige, worauf es jetzt ankam, war, so rasch wie möglich die Landrover zu erreichen.

Hundert Meter waren nur noch zu laufen, doch ihm hämmerte das Herz in der Brust, die Lunge ächzte, und die Beine gaben ihr Letztes. Zwei Kurden schnitten ihnen den Weg zu den Wagen ab, wie aus der Erde gewachsen standen sie plötzlich vor den Fahrzeugen; einer von ihnen hatte sich bereits hingekniet und legte nun aus nächster Nähe mit der Flinte auf sie an. Er konnte sie gar nicht verfehlen, doch als er den Abzug betätigte, lief ihm ein Kamel in die Schußlinie und wurde von seiner Kugel getroffen. Follet duckte sich nach rechts, er suchte hinter dem lahmenden Tier Deckung, und schon wurde der zweite Kurde von einem anderen rasenden Kamel zu Boden geschleudert.

Follet sprang auf ihn zu, er rammte ihm mit voller Wucht den Stiefel gegen die Kehle. Er schnappte sich das Gewehr des Kurden und rannte feuernd weiter, ohne allerdings etwas zu treffen. Der unerwartete Kugelhagel jedoch schlug die beiden Männer in die Flucht, sie liefen davon, der Weg war frei.

Hinter ihnen war jetzt alles in Aufruhr, die wild gewordenen Kamele bockten und stiegen hoch, sie rissen sich los und preschten durch das Tal. Später sollte Warren zu dem Schluß gelangen, daß die Tiere ihre Rettung gewesen waren; kein Kurde konnte in dem ganzen Durcheinander ungehindert auf sie schießen, alle Kugeln gingen ins Leere. Er erreichte den ersten Landrover, riß die Tür auf und warf sich hinein.

Als er den Zündschlüssel im Schloß drehte, sah er den anderen Wagen schon mit quietschenden Reifen losfahren, obwohl Tozier noch immer daneben herlief. Follet warf die Tür auf, Tozier sprang hinein, und schon schlug ein Kugelhagel genau an der Stelle in den Staub, wo er gerade noch gelaufen war. Aber jetzt saß er neben dem Spieler auf dem Beifahrersitz, und Warren folgte ihnen mit kreischendem Getriebe; er hoffte inständig, daß Follet noch wußte, wo die Schlucht lag.

Er warf einen Blick in den Rückspiegel und sah einen schweren Lastwagen langsam zu sich aufschließen. Das mußte Metcalfe sein, der den Kurden den Weg aus dem Talkessel versperren wollte. Durch die weit offenstehende, hochklappbare Windschutzscheibe des Lasters konnte er verschwommen Metcalfes braungebranntes Gesicht und die weißen Zähne ausmachen. Der Mann lachte doch tatsächlich! Der kurze Blick genügte, um Warren erkennen zu lassen, daß mit dem Lastwagen etwas nicht stimmte, er zog eine dicke, schwere Qualmwolke hinter sich her, die wie ein Schleier durch das Tal wehte. Dann hörte er hinter sich ein paar rasche, dumpfe Töne, und der Rückspiegel zersprang in tausend Stücke.

Mit heulendem Motor raste Warren hinter Follet in die

Schlucht hinein. Er konnte sich noch vage an eine scharfe Biegung etwa hundert Meter weiter vorn erinnern, doch er erreichte sie früher als erwartet und mußte in aller Eile auf die Bremsen steigen, um nicht auf Follet aufzufahren.

Hinter ihm gab es ein ohrenbetäubendes Krachen, er drehte sich um und schaute zurück. Metcalfe hatte das Steuer so scharf herumgerissen, daß er gegen die Felswand der Schlucht geprallt war und den Lastwagen fest verkeilt hatte. Der Ausgang war vollkommen blockiert. Schon kam er zur Windschutzscheibe herausgeklettert, während der ölige Qualm noch in dicken Wolken aus dem Wagen quoll. Warren hatte das Gefühl, daß der Rauchschleier von Metcalfe beabsichtigt war, um ihnen damit auf der wilden Hatz zur Schlucht den Rücken zu decken.

Metcalfe kam mit einer Maschinenpistole in der Hand angerannt. Er winkte Follet im vordersten Wagen zu und schrie: »Losfahren!« Dann sprang er zu Warren auf, er keuchte: »Jeden Augenblick gibt es hier einen Riesenknall, der Laster ist vollgestopft mit Granaten, die kokeln schon recht lustig.«

Follet fuhr los, Warren folgte, und noch bevor sie um die Kurve gebogen waren, ging in dem brennenden Lastwagen bereits die erste Sprengladung hoch, darüber hinaus hörten sie ein Rattern wie bei der Schnellfeuerübung eines Infanterieregimentes. »Ich habe ein paar Kisten Gewehrmunition aufgebrochen und die Patronen im Wagen verstreut«, erklärte Metcalfe. »An dem Laster kommt in der nächsten halben Stunde so leicht keiner vorbei.«

Warren merkte, daß seine Hände unbeherrscht auf dem Lenrad zitterten, und er gab sich verzweifelte Mühe, sie ruhig zu halten, während er durch die kurvenreiche Schlucht fuhr. Er fragte: »Müssen wir hier noch auf Gegenwehr gefaßt sein?«

»Und wie!« antwortete Metcalfe, während er die Maschinenpistole durchlud. Er entdeckte das Mikrofon und nahm es vom Haken. »Funktioniert das Ding? Hat es Saft?«

»Man braucht es bloß einzuschalten. Ich weiß allerdings nicht, ob Andy auf Empfang ist.«

»Darauf können Sie Gift nehmen«, sagte Metcalfe bestimmt und drückte auf einen Knopf. »Er ist ein zu alter Hase in diesem Geschäft, um nicht auf das Funkgerät zu achten.« Er hielt sich das Mikrofon vor den Mund. »Hallo, Andy, können Sie mich hören? Ende.«

»Ich höre Sie gut«, kam Toziers Stimme blechern zurück. »Das war ausgezeichnetes Timing. Ende.«

»Ist alles im Service mit inbegriffen«, sagte Metcalfe. »Kann sein, daß wir noch auf Widerstand stoßen. Fahrwaz hat am anderen Ende der Schlucht einen Außenposten stehen. Nicht mehr als ein Dutzend Männer, aber sie sind mit einem Maschinengewehr ausgerüstet. Fällt Ihnen dazu was ein? Ende.«

Aus dem Lautsprecher kam ein unterdrückter Ausruf, dann fragte Tozier: »Wieviel Zeit bleibt uns? Ende.«

»Ungefähr zwanzig Minuten. Allerhöchstens eine halbe Stunde. Ende.«

Der Lautsprecher brummte und knisterte leise, dann sagte Tozier: »Geben Sie mir kurz vor dem Posten Bescheid, wenn wir noch nicht zu sehen sind. Ende und aus.«

Metcalfe klemmte das Mikrofon wieder fest. »Andy ist ein guter Kämpfer«, meinte er nüchtern. »Aber diesmal muß er schon verdammt klasse sein.« Er schnallte seinen Rucksack los und zerrte ihn sich von den Schultern, dann zeigte er mit dem Daumen nach hinten. »Ich muß mal eben kurz was erledigen, bin gleich zurück.«

Er stieg in den hinteren Teil des Landrovers, und als Warren rasch einen Blick in den Spiegel warf, sah er, daß Metcalfe mit gleichmäßigem Schwung den Arm bewegte, als ob er wiederholt etwas auf die Straße schleuderte. Nachdem er wieder auf seinen Sitz geklettert war, warf er den leeren Rucksack zum Fenster hinaus.

»Was haben Sie denn da verstreut?« fragte Warren neugierig.

»Reifenkrallen«, antwortete Metcalfe grinsend. »Ganz egal wie sie landen, eine Spitze steht immer nach oben. Die Kurden gehen damit nicht gerade sparsam um, wenn sie von motorisierten irakischen Patrouillen verfolgt werden. Ich sehe nicht ein, warum sie sie nicht selber mal kennenlernen sollten.«

Warrens Hände zitterten mittlerweile nicht mehr so heftig. Dieser ruhige, nüchterne Mann ließ ihn selbst gelassener werden. Vor einer scharfen Kurve bremste er den Wagen leicht ab und fragte: »Wie haben Sie denn Ihr kleines Ablenkungsmanöver vorhin im Dorf auf die Beine gestellt?«

»Feuer im Munitionslager gelegt«, antwortete Metcalfe fröhlich. »Und eine Zeitbombe im Granatenschuppen versteckt. Außerdem habe ich noch ein paar Granaten hinten an den Laster gebunden, und als ich dann losfuhr, wurden die Sicherungsstifte herausgezogen, und die Dinger gingen los. Der alte Fahrwaz hat zwar immer noch die Gewehre, die ich ihm mitgebracht habe, aber viel zum Verschießen hat er nicht mehr.«

Als hinter ihnen in der Ferne weitere Explosionen zu hören waren, deren Krachen von den Felswänden der Schlucht etwas abgedämpft wurde, schmunzelte Metcalfe zufrieden vor sich hin. Warren fragte: »Wie weit ist es noch?«

»Ungefähr die Hälfte haben wir hinter uns.« Er griff nach dem Mikrofon, das er sich in den Schoß legte. Nach einer Weile hob er es an den Mund und sagte: »Gleich wären wir da, Andy. Haltet hinter der nächsten Kurve an. Ende.«

»Okay, Tom. Ende und aus.«

Warren kam hinter Follets Landrover zum Stehen. Metcalfe sprang aus dem Wagen und lief zu Tozier hinüber, der ihn fragte: »Wie steht die Lage?«

Mit dem Kopf zeigte Metcalfe die Straße entlang. »Nach der nächsten Biegung da vorne ist die Schlucht zu Ende. Von einem kleinen Hügel aus beherrscht man den gesamten Eingang. Da oben stehen die Jungs.«

»Wie weit ist das von hier aus?«

Metcalfe legte den Kopf auf die Seite. »Ungefähr vierhundert Meter.« Er zeigte nach oben. »Wenn Sie da hinaufklettern, können Sie den Posten schon sehen.«

Tozier legte nachdenklich den Kopf in den Nacken, dann nickte er plötzlich und wandte sich Warren zu. »Nick, Sie gehen Johnny zur Hand. Als erstes müßt ihr das Reserverad ausbauen, aber schön leise, es darf nicht klappern oder so.«

Warren runzelte die Stirn. »Das Reserverad?« Aber Tozier hatte ihn bereits vergessen und redete jetzt eifrig auf Follet ein. Achselzuckend holte Warren den Radschlüssel für die Schrauben, mit denen das Reserverad festgehalten wurde.

Metcalfe und Tozier begannen mit dem Erklettern der Felswand, während Follet herüberkam, um Warren zu helfen. Nachdem sie das Reserverad herausgenommen hatten, rollte Follet es ein Stück weiter über den Boden, als müßte er einen ganz bestimmten Platz dafür finden. Dort legte er es vorsichtig ab, dann ging er zu Warren zurück. »Holen Sie den Wagenheber heraus«, sagte er und kroch auch schon zu Warrens Verblüffung mit einem Schraubenschlüssel in der Hand unter den Landrover.

Warren fand den Wagenheber und legte ihn auf den Boden. Follet sagte mit dumpfer Stimme: »Packen Sie mal mit an.« Kaum hatte Warren sich hingekniet, da sah er, daß Follet fleißig damit beschäftigt war, den Auspufftopf auszubauen. Nachdem Warren ihm das Teil abgenommen hatte, kam es ihm merkwürdig schwer vor, auch fühlte es sich kaum warm an. Sie zerrten es unter dem Wagen hervor, Follet löste ein paar Muttern und schüttelte die Schallwände aus dem Auspufftopf. Er wies mit dem Kopf auf das Rad. »Bringen Sie ihn da rüber«, sagte er und nahm selbst den Wagenheber und den Werkzeugkasten mit.

Warren stellte den Auspufftopf neben dem Rad ab. »Was soll denn das hier eigentlich werden?«

»Wenn wir es zusammengebaut haben, wird ein Granatwerfer daraus«, antwortete Follet. »Dafür braucht es erst mal einen Sockel, den stellt das Rad dar, das mit seinen Felgen schön fest auf dem Boden aufliegt. Der Auspufftopf bildet das Rohr. Sie haben doch wohl nicht geglaubt, daß die normalerweise bei einem Landrover so aussehen, oder?« Er machte sich flink an die Arbeit. »Diese Bolzen passen hier rein. Packen Sie mal mit an.«

Die Bolzen fügten sich glatt in die Schlitze am Rad, und Follet schob einen Stift durch die passenden Löcher. »Der Wagenheber wird zum Hebemechanismus«, erklärte er. »Der kommt dahin. Den Radschlüssel steckt man hier rein, und wenn man dann kurbelt, kann man das ganze Rohr auf und ab bewegen. Ziehen Sie doch mal die Muttern fest, ja?«

Während er zu den Fahrzeugen hinüberlief, blieb Warren

ein wenig verdattert zurück, was ihn allerdings nicht daran hinderte, mit aller gebotenen Eile weiterzuarbeiten. Follet kam zurück und warf einen völlig harmlos aussehenden Winkelmesser auf den Boden. »Den können Sie an den Wagenheber schrauben, die Löcher sind schon vorgebohrt.« Warren befolgte die Anweisung und merkte dann, daß er gerade einen einfachen Entfernungsmesser zusammengebaut hatte.

Hoch über ihm blickten Metcalfe und Tozier zu dem kleinen Hügel hinüber. Genau wie Metcalfe gesagt hatte, lag er etwa vierhundert Meter entfernt, und das halbe Dutzend Männer, das dort oben auf Posten stand, war deutlich auszumachen. »Hat Fahrwaz eine Telefonleitung zu denen ober so etwas ähnliches?«

Metcalfe legte den Kopf lauschend auf die Seite, denn es war wieder ein fernes Donnern zu hören. »Das wird er gar nicht brauchen«, meinte er. »Bei dem Krach können sich die Jungs auch so denken, daß etwas nicht stimmt. Sie werden schon unruhig, sehen Sie?«

Die Wachtposten schauten zum Eingang der Schlucht und fuchtelten aufgeregt mit den Händen. Tozier zog einen kleinen Kompaß hervor, mit dem er sorgfältig den Hügel anvisierte. »Wir haben einen Granatwerfer«, sagte er. »Johnny Follet baut ihn gerade zusammen. Außerdem haben wir ein leichtes Maschinengewehr. Wir brauchen das nur irgendwie hier hoch zu bekommen, dann können Sie die Bande damit unter Beschuß nehmen und ihr Feuer auf sich ziehen.« Jetzt visierte er den Granatwerfer an. »Sobald wir dann wissen, wo ihr Maschinengewehr steht, machen wir es mit dem Granatwerfer platt.«

»Andy, was sind Sie doch für ein gerissener Hund«, sagte Metcalfe herzlich. »Das habe ich ja schon immer behauptet, und ich habe weiß Gott recht damit.«

»Unser Maschinengewehr hat weder eine Trommel noch einen Gurt, bloß einen Fülltrichter, wo man oben die Munition reinwirft. Damit müßten Sie eigentlich umgehen können.«

»Klingt wie das japanische Nambu. Damit komme ich schon klar.«

»Außerdem müssen Sie noch den Artilleriebeobachter spielen«, fuhr Tozier fort. »Von da unten aus müssen wir blind ins Leere schießen. Erinnern Sie sich noch an die Signale aus dem Kongo?«

»Natürlich«, antwortete Metcalfe. »Also, schaffen wir das Maschinengewehr hoch. Sollte mich nicht wundern, wenn die Jungs da drüben mal in die Schlucht nachschauen kommen würden.«

Sie kletterten wieder nach unten, wo Warren gerade die letzte Schraube am Granatwerfer festzog. Metcalfe staunte das Gerät ungläubig an. »Was für eine verrückte Konstruktion. Und die soll tatsächlich funktionieren?«

»Und ob!« sagte Tozier knapp. »Sehen Sie mal nach, wie weit Johnny mit dem Maschinengewehr ist. Es wird höchste Zeit.«

Er kniete sich hin und begutachtete den Zusammenbau des Granatwerfers, dann richtete er ihn nach den Winkeln, die er mit dem Kompaß berechnet hatte, auf das Ziel aus. »Wir gehen auf vierhundert Meter«, meinte er. »Und beten, daß es klappt.«

»Und ich wollte Ihnen nicht glauben, als Sie mir erzählten, Sie hätten auch einen Granatwerfer dabei«, sagte Warren. »Aber wie steht es mit den Geschossen?«

»Bomben«, antwortete Tozier. »Aber davon haben wir leider nur ein paar. Sie haben vielleicht schon gemerkt, daß wir überdurchschnittlich gut mit Feuerlöschern ausgerüstet sind. Einer klemmt unter der Kühlerhaube im Motorraum, einer unter dem Armaturenbrett, und dann liegt hinten noch einer. Das macht insgesamt sechs Stück in beiden Wagen zusammen, mehr Bomben haben wir leider nicht. Helfen Sie mir mal, sie herauszuholen.«

Als Metcalfe wieder zu seinem Ausguck hinaufkletterte, schleppte er ein Seil hinter sich her. Sobald er oben angelangt war, zog er das Maschinengewehr zu sich herauf, füllte den Trichter mit Patronen und stellte es so vor sich auf, daß es fest auf seinem Zweifuß stand. Er visierte sorgfältig die kleine Gruppe auf dem Hügel an, dann drehte er den Kopf und winkte.

Tozier riß die Hand hoch und nickte Follet zu. »Greifen Sie

sich Toms Maschinenpistole, und gehen Sie zur nächsten Biegung in der Schlucht zurück. Wenn sich irgend etwas bewegt, feuern Sie.«

Follet zeigte auf den Granatwerfer. »Und was ist damit?«

»Das überlassen Sie nur Nick und mir. Schnellfeuerbeschuß können wir mit unseren sechs Bomben sowie nicht veranstalten. Los, Abmarsch. Ich habe es immer gern, wenn mir einer den Rücken freihält.«

Follet nickte, nahm sich die Maschinenpistole und trabte davon. Tozier gab ihm zwei Minuten, dann winkte er Metcalfe zu.

Metcalfe reckte sich, legte die Wange an den Gewehrkolben und visierte den Hügel an. Fünf Mann waren deutlich zu erkennen. Vorsichtig drückte er den Abzug durch, und schon schoß der Tod mit siebenhundertundzweiundsechzig Metern in der Sekunde auf die kleine Gruppe zu. Aus dieser Entfernung konnte er sie gar nicht verfehlen. Sanft schwang Metcalfe das Gewehr herum, ein Kugelhagel prasselte auf die Hügelkuppe, und plötzlich war niemand mehr zu sehen.

Er stellte das Feuer ein und wartete ab. Sehr langsam streckte er die Hand aus und ließ eine Handvoll Patronen in den Trichter fallen. Die erste lange Feuergarbe hatte seinen Munitionsvorrat böse angegriffen. Er ließ den Hügel nicht aus den Augen, doch dort bewegte sich nichts mehr.

Zweimal wurde auf ihn geschossen, aber die Kugeln gingen weit daneben. Jemand versuchte auf gut Glück, ihn zu treffen. Das Maschinengewehr war so aufgebaut, daß man damit die offene Fläche vor dem Eingang der Schlucht bestreichen konnte. Daß der Wachtposten von hinten angegriffen wurde, damit hatte wohl niemand gerechnet, deshalb brauchten sie eine Weile, um sich auf diese unverhoffte Entwicklung einzustellen. Er grinste grimmig, als er sich hektische Aufregung vorstellte, die jetzt auf der anderen Seite des Hügels herrschen mußte. Und an Wut mangelte es seinen Gegner gewiß auch nicht.

Als nun erneut rasch hintereinander zwei Flintenschüsse abgegeben wurden, kam er zu dem Schluß, daß es sich um zwei Schützen handeln mußte. Da er schließlich die Aufgabe hatte, das Feuer auf sich zu lenken, entschloß er sich, noch einmal fünf Kugeln aus seinem Gewehr herauszukitzeln. Diesmal jedoch wurde sein Angriff ebenfalls mit Maschinengewehrfeuer beantwortet, zehn Meter unterhalb seiner Stellung schlugen die Kugeln dreißig Meter links von ihm in den Fels.

Da er nicht erkennen konnte, woher die Kugeln kamen, feuerte er noch zweimal, und wieder kam es wie ein Echo zurück. Diesmal gelang es ihm, den Standort des Maschinengewehrs auszumachen, sie hatten es um die Flanke des Hügels gebracht, es stand etwa auf halber Höhe hinter einem Steinhaufen versteckt. Er gab Tozier ein Zeichen, der sich sofort bückte und den Granatwerfer darauf ausrichtete.

Tozier zog an der Abzugsleine, der Granatwerfer spie eine Bombe aus. Warren konnte sehen, wie sie in einem schmalen Bogen über den Himmel zog, dann verschwand sie aus seinem Blickfeld, und Tozier schaute bereits gespannt zu Metcalfe hinauf, um zu sehen, wie sein erster Schußversuch ausgefallen war.

Er knurrte, als Metcalfe ihm mit einem komplizierten Handzeichen Bescheid gab. »Dreißig Meter zu kurz, zwanzig zu weit nach links.« Er stellte die Höhe nach und richtete den Granatwerfer eine Idee zur Seite aus, dann lud er ihn nach. »Diesmal müßte es besser gehen.« Der Granatwerfer spuckte die neue Ladung aus.

Die zweite Bombe explodierte zwar auf einer Linie mit dem Maschinengewehr, doch landete sie ein Stück hinter ihm. Ein Mann brach aus der Deckung, Metcalfe putzte ihn gelassen mit einer kurzen Salve weg, dann zeigte er Tozier an, daß er die Reichweite verkürzen solle. Jetzt kochen sie wahrscheinlich vor Wut, dachte er. Als das andere Maschinengewehr losratterte, die Erde knapp vor seinem Versteck in Fontänen hochwirbelte und ihm die Felssplitter um die Ohren flogen, wußte er, daß er recht hatte. Geduckt zog er sich vorsichtig weiter zurück und entging so um Haaresbreite einem Kugelhagel, der genau an der Stelle einschlug, an der er gerade noch gelegen hatte. Das Gewehr wurde ihm bei seinem raschen Rückzug allerdings aus der Hand geschlagen.

Doch nun war bereits die dritte Bombe in der Luft. Er hörte, wie sie explodierte, dann schwieg das Maschinengewehr. Er stemmte sich vorsichtig hoch und riskierte einen Blick auf den Hügel. Ein zarter Rauchschleier hing noch über der Stelle in der stillen Morgenluft, wo die Bombe explodiert war, genau über dem Maschinengewehrnest. Hinter ihm krachte es, und schon schlug die nächste Bombe beinahe auf demselben Fleck ein.

Er drehte sich um und brüllte: »Aufhören. Die haben genug!« Rutschend und stolpernd begann er die Kletterpartie nach unten, doch immer wieder landete er wie eine Katze auf den Füßen. Er lief zum Granatwerfer und keuchte atemlos: »Fahren wir los, solange sie noch ganz durcheinander sind. Ihr nettes kleines Maschinengewehr hat leider das Zeitliche gesegnet, Andy.«

»Aber es hat uns gute Dienste geleistet«, sagte Tozier. Er steckte zwei Finger in den Mund und gab einen schrillen Pfiff von sich wie ein Straßenjunge. »Jetzt müßte Johnny eigentlich kommen.«

Warren rannte zum Landrover und ließ den Motor an, Metcalfe kletterte neben ihn auf den Beifahrersitz. »Andy ist ein verdammter Wunderknabe«, sagte er im Plauderton. »War das nicht ein herrliches Feuerwerk?« Sein Kopf flog nach hinten, als Warren mit quietschenden Reifen losbrauste. »Immer mit der Ruhe, sonst tue ich mir noch weh.«

Die beiden Landrover rasten aus der Schlucht, sie kamen an dem Hügel vorbei, über dem noch immer eine dünne Rauchfahne schwebte. Follet hing mit der Maschinenpistole im Anschlag aus dem führenden Wagen heraus, aber er brauchte nicht zu schießen. Niemand feuerte auf sie, niemand war zu sehen. Das einzige, was Warren auf dem felsigen Hügel ausmachen konnte, waren drei leblose Bündel.

Metcalfe nahm das Mikrofon vom Haken. »Andy, laß uns lieber vorausfahren. Ich kenne mich hier aus. Am besten nehmen wir die Beine in die Hand, bevor der junge Ahmed da hinten den Pfropfen herausziehen kann. Ende.«

»Das kann er nicht«, sagte Tozier. »Er ist tot. Er ist gegen eine Tür gelaufen. Ende.«

»Du großer Gott«, gab Metcalfe zurück. »Er war der Lieblingssohn vom alten Fahrwaz. Um so mehr müssen wir uns sputen, der Alte wird mit blutunterlaufenen Augen hinter uns her sein. Je schneller wir aus dem Land kommen, desto besser. Das bedeutet, wir müssen nach Mosul, zum internationalen Flughafen. Platz gemacht, ich überhole. Ende und aus.«

Er hängte das Mikrofon wieder weg und sagte: »Doktor, wenn Sie jemals wieder Leute zusammenflicken wollen, statt sie auseinanderzunehmen, dann beten Sie, daß dieser Karre nicht vor Sulaymaniyeh die Luft ausgeht. Und jetzt Tempo, Doktor, steigen Sie aufs Gas.«

9. KAPITEL

I

Zwei Tage später landeten sie auf dem internationalen Flughafen Khaldeh im Libanon und fuhren mit dem Taxi nach Beirut. Die Landrover hatten sie in Mosul bei einem finstren Bekannten von Metcalfe stehengelassen, sie hatten ihre Schuldigkeit getan und wurden nun nicht mehr benötigt. »Wir müssen nach Beirut«, hatte Tozier gesagt. »Das ist unsere letzte Chance.«

Nachdem sie sich ein Hotel gesucht hatten, sagte Warren: »Ich melde mich mal eben schnell in London. Hellier müßte uns erzählen können, was sich hier inzwischen getan hat. Er weiß sicher auch, wo wir Mike und Dan finden. Dann können wir uns den nächsten Schritt überlegen.«

»Der nächste Schritt ist, daß ich der lieben kleinen Jeanette Delorme den hübschen Hals umdrehe«, stieß Metcalfe wütend hervor.

Warren warf einen fragenden Blick auf Tozier. Der sagte leise: »Machen Sie weiter bei uns mit, Tom?«

»Natürlich. Sie wissen doch, daß ich mich nicht gern benutzen lasse. Man kann mich kaufen, so wie Sie auch, aber man muß sich nach meinen Bedingungen richten. Und bis jetzt hat das noch immer bedeutet: kein Rauschgift.«

»Dann möchte ich vorschlagen, Sie lassen unbedingt die Finger von der Delorme«, meinte Tozier. »Sie spielt jetzt keine Rolle mehr, auf das Heroin allein kommt es an. Sobald wir das beseitigt haben, gehört sie Ihnen.«

»Ich kann es kaum erwarten«, antwortete Metcalfe.

»Gut«, sagte Tozier. »Johnny, besorgen Sie uns einen Mietwagen, nein, besser gleich zwei, damit wir schön mobil sind. Wenn Nick mit Hellier telefoniert hat, machen wir uns an die Arbeit.«

Doch als Warren in London anrief, erfuhr er von Miß Walden, daß Hellier sich bereits selbst in Beirut aufhielt. Ein rasches Gespräch mit dem Saint Georges genügte, und schon saßen sie alle eine halbe Stunde später vereint in Helliers

Suite, wo zunächst Metcalfe ihrem Auftraggeber vorgestellt wurde. »Er hat sich uns genau zum richtigen Zeitpunkt angeschlossen.«

Hellier schaute sich um. »Wo ist Bryan?«

»Das erzähle ich Ihnen später, wenn Sie es wirklich wissen wollen«, antwortete Warren. Er faßte allmählich eine tiefe Abneigung gegen Hellier. Schließlich war er es gewesen, der Blut hatte sehen wollen, ohne jedoch bis jetzt seinen kostbaren Kopf dafür in die Schlinge zu stecken, und im Nahen Osten sahen die Dinge ein wenig anders aus als damals in London.

Hellier holte ein paar Unterlagen aus seinem Aktenkoffer. »Ich werde aus Abbots Nachricht einfach nicht schlau. Er hat mich wissen lassen, daß die Delorme zweitausend Pfund Heroin in die Staaten schmuggeln will. Mir erscheint das völlig unvorstellbar, aber da ich ihn nirgends finde, kann er es mir weder bestätigen noch berichtigen.«

»Ich kann es Ihnen bestätigen«, warf Warren ein. »Und ohne Andy und Johnny wären es statt einer Tonne sogar zwei gewesen.«

»Das muß ich hören«, sagte Hellier.

Warren erzählte ihm alles, ohne etwas auszulassen. Als er zu der Stelle kam, an der Ben Bryan den Tod gefunden hatte, sagte er bitter: »Es war ein Fehler. Ich mache mir die schlimmsten Vorwürfe, daß ich ihn habe umkehren lassen.«

»Quatsch!« widersprach Follet. »Es war seine eigene freie Entscheidung.«

Warren kam allmählich zum Ende seiner Ausführungen über ihr Abenteuer, und als er schließlich schwieg, war Hellier bleich geworden. »Das wäre eigentlich alles«, sagte Warren trübsinnig. »Ein Fehlschlag auf der ganzen Linie.«

Hellier trommelte mit den Fingern auf den Tisch. »Ich glaube nicht, daß wir allein weitermachen können. Von nun an ist es eine Sache der Polizei, also sollen sich auch die offiziellen Stellen damit befassen. Wir können ihnen jetzt mehr als genügend Beweismittel in die Hand geben.«

Toziers Stimme war hart. »So wie wir an die Beweise herangekommen sind, können wir die Polizei nicht mit in die Sache hineinziehen.« Er drehte sich zu Warren um. »Wie viele Leute haben Sie bei dem Unternehmen umgebracht, Nick?«

»Soweit ich weiß, keinen«, antwortete Warren, doch ihm war klar, worauf Tozier hinauswollte.

»Nein? Und was war in der Nacht, als wir das Labor in die Luft gejagt haben, als wir durch Fahrwaz' Dorf kamen? Johnny ist sich ziemlich sicher, daß Sie einen Mann totgefahren haben.«

Follet sagte: »Bei der Wucht, mit der wir ihn erwischt haben, hatte er keine Chance. Außerdem lag er immer noch auf der Straße, als wir wieder umgedreht sind.«

»Aber er hat doch auf uns geschossen«, rechtfertigte Warren sich wütend.

»Erklären Sie das mal der iranichen Polizei«, sagte Tozier höhnisch. »Und was mich angeht, ich will gar nicht erst wie die Katze um den heißen Brei herumschleichen. Ich habe Menschen dabei getötet. Ahmed ist durch meine Bombe ums Leben gekommen, bei deren Bau Warren mitgeholfen hat, und dann haben wir noch dem Trupp mit dem Granatwerfer eingeheizt. Ich schätze, alles in allem haben wir miteinander bestimmt ein Dutzend Männer auf dem Gewissen.« Er beugte sich vor. »Normalerweise mache ich so etwas nicht ohne Rückendeckung, ich werde von einer Regierung bezahlt, die mir die Lizenz zum Töten erteilt. Aber diesmal habe ich auf eigene Faust gehandelt, und dafür könnte ich hängen, genau wie ihr alle.« Er zeigte mit dem Zeigefinger auf Hellier. »Und das schließt Sie mit ein. Als Mitwisser und Helfershelfer haben Sie sich genauso schuldig gemacht wie wir. Also überlegen Sie es sich gut, bevor Sie nach den Bullen rufen.«

Hellier schnaubte verächtlich. »Meinen Sie wirklich, man würde uns polizeilich verfolgen, nur weil ein paar Verbrecher ums Leben gekommen sind?« meinte er zynisch.

»Sie sind wohl ziemlich schwer von Begriff, was?« fragte Tozier. »Klären Sie diesen Blödmann auf, Tom.«

Metcalfe grinste. »Es sieht folgendermaßen aus. Die Leute in diesem Teil der Welt sind ziemlich empfindlich, was ihren Nationalstolz angeht. Nehmen wir zum Beispiel mal die Irakis. Ich glaube kaum, daß Präsident Bakr wegen ein paar toten Kurden viele Tränen vergießen wird, schließlich versucht er selbst schon lange genug, sie sich möglichst gründlich vom Hals zu schaffen. Aber keine Regierung läßt es sich gern gefallen, daß eine Horde von Ausländern in ihr Land eindringt und jede Menge Leute über den Haufen knallt, ganz egal, was für edle Motive sie auch haben mögen. Andy hat völlig recht. Wenn Sie jetzt die Bullen rufen, haben Sie einen so gewaltigen diplomatischen Zwischenfall am Hals, daß die Auswirkungen überhaupt nicht abzuschätzen sind. Bevor Sie sich's versehen, beschuldigen die Russkis Johnny, ein CIA-Agent zu sein, und Sie stellen sie als den Kopf des britischen Geheimdienstes hin. Davon einmal ganz abgesehen, müßten wir sowieso eine ganze Menge erklären.«

Follet sagte: »Keine Bullen.« Sein Ton war endgültig.

Hellier schwieg eine Weile, er kämpfte mit sich, da er sich der Logik von Metcalfes Ausführungen nur schwer verschließen konnte. Schließlich gab er nach. »Ich verstehe, was Sie meinen. Aber glauben Sie wirklich, man würde die Geschehnisse in Kurdistan so auslegen, daß wir uns in die inneren Angelegenheiten eines fremden Landes eingemischt haben?«

»Darauf können Sie Gift nehmen!« stieß Tozier heftig hervor. »Wie würden Sie das denn bezeichnen?«

»Ich muß sagen, Sie haben mich überzeugt«, meinte Hellier bedauernd. »Obwohl ich immer noch glaube, daß wir uns rechtfertigen könnten.« Er starrte Metcalfe an. »Wenigstens ein Teil von uns. Für Waffenschmuggler ist das natürlich etwas völlig anderes.«

»Was Sie von mir halten, kümmert mich einen Scheißdreck«, gab Metcalfe ruhig zurück. »Ich bin noch immer für mich selbst eingestanden. Aber wenn Sie gesteigerten Wert darauf legen, daß ich bei Ihrem Unternehmen weiter mitmache, halten Sie besser Ihr dämliches Maul und behalten Ihre beschissenen Ansichten für sich.«

Hellier lief rot an. »Ihr Benehmen gefällt mir nicht.«

»Sie können sich Ihre Meinung sonstwo hinstecken.« Metcalfe wandte sich Tozier zu. »Ist der Typ wirklich echt oder bloß einer krankhaften Fantasie entsprungen?«

Warren sagte scharf: »Das reicht. Halten Sie den Mund, Hellier. Sie können sich hier überhaupt kein Urteil erlauben, dafür fehlt Ihnen der Durchblick. Wenn Metcalfe den Kurden Waffen beschaffen wollte, dann ist das seine eigene Angelegenheit.«

Metcalfe zuckte die Achseln. »Vielleicht habe ich mir ja die falschen Kurden ausgesucht, aber im Grunde bleibt es sich sowieso gleich. Die Irakis machen den armen Teufeln die Hölle heiß, und irgend jemand muß ihnen schließlich helfen.«

»Und ihnen das Geld aus der Tasche ziehen«, höhnte Hellier.

»Jede Arbeit hat ihren Preis«, sagte Metcalfe. »Ich riskiere schließlich Kopf und Kragen dabei.«

Tozier stand auf und musterte Hellier abschätzig. »Ich denke, mit so einem aufgeblasenen Windbeutel als Chef gibt es hier für uns nicht mehr viel zu tun, Tom.«

»Genau«, sagte Follet und schob seinen Stuhl zurück. »Mir wird es hier auch zu ungemütlich.«

Warren schnitt jede weitere Äußerung scharf ab. »Hinsetzen, und zwar alle beide.« Er schaute Hellier an. »Ich glaube, jetzt wäre eine Entschuldigung fällig, Sir Robert.«

Hellier gab sich geschlagen und murmelte: »Nichts für ungut. Tut mir leid, Metcalfe.«

Metcalfe nickte bloß, Tozier setzte sich wieder hin. Warren sagte: »Bleiben wir doch lieber bei der Sache. Was meinen Sie, wie wir Abbot und Parker am besten aufstöbern können, Andy?«

»Wir brauchen nur die Delorme zu finden, die führt uns dann schon hin«, antwortete Tozier wie aus der Pistole geschossen.

»Ich habe mir über die Frau ein paar Gedanken gemacht«, sagte Warren. »Aber Sie kennen sie besser als wir alle, Tom. Was können Sie uns über sie erzählen, was wir noch nicht von ihr wissen?«

»Darüber zerbreche ich mir auch schon laufend den Kopf«, gestand Metcalfe ein. »Irgendwie paßt hier einiges nicht ganz zusammen. Jeanette ist nicht schlecht auf ihrem Gebiet, aber den ganz großen Fisch hat sie bisher noch nicht an Land gezogen. Sicher, jede ihrer Unternehmungen hat ihr bis jetzt immer einen ziemlichen Reibach beschert, aber sie hat auch astronomische Unkosten dabei, und ich glaube kaum, daß sie sich viel Kapital zusammengespart hat. So lange ich sie kenne, hat sie immer eine Menge Geld mit beiden Händen zum Fenster rausgeschmissen.«

»Worauf wollen Sie hinaus?« fragte Hellier.

»Wieviel Opium hatte Fahrwaz im Iran angesammelt?«

»Mindestens zwanzig Tonnen«, antwortete Warren.

»Da haben wir's«, sagte Metcalfe. »Das ist doch einen Haufen wert. Woher sollte sie die Kohle dafür nehmen?«

»Sie hätte doch gar nicht sonderlich viel gebraucht«, meinte Tozier. »Jedenfalls nicht, so wie sie das Geschäft abgewickelt hat. Es war ein Tauschgeschäft, Rauschgift gegen Waffen. Sie hatte keine Auslagen für das Opium, das hat Fahrwaz erledigt, der in seinem eigenen Land und mit seinen guten Beziehungen bestimmt billig an das Zeug herangekommen ist.«

»Ich will ja gern glauben, daß es ein Tauschgeschäft war«, sagte Metcalfe verzweifelt. »Aber ich habe Fahrwaz Waffen im Wert von einer halben Million Pfund geliefert. Und es war auch nicht die erste Ladung, die ich nach Kurdistan geschmuggelt habe. Wo sollte denn Jeanette eine halbe Million auftreiben?«

»Einen Augenblick mal«, sagte Hellier und stöberte in seinem Aktenkoffer herum. »In einem von Abbots ersten Berichten stand etwas von einem Bankier.« Er blätterte in den Unterlagen. »Da steht es ja. Sie hat mit einem Mann namens Fuad von der Inter-East Bank zu Mittag gegessen.« Er hob den Telefonhörer ab. »Über den hätte ich gern etwas mehr in Erfahrung gebraht. Ich habe hier unten gute geschäftliche Verbindungen.«

»Aber seien Sie vorsichtig«, warnte Warren.

Hellier bedachte ihn mit einem gönnerhaften Lächeln. »Sie werden mir doch wohl noch zutrauen, daß ich meinen eigenen Job verstehe. Es handelt sich um eine vollkommen harmlose geschäftliche Anfrage, wie man sie in meinem Beruf jeden Tag tätigt.«

Er sprach ein paar kurze Sätze in den Apparat, dann hörte er lange Zeit nur schweigend zu. Schließlich sagte er: »Ja, das wäre mir lieb. Ich hätte gern alles gewußt, was mit ihm zu tun hat. Vorstandsposten und so weiter. Vielen Dank. Ja, ich denke, ich schaue im Laufe der Woche noch bei Ihnen herein, wir drehen hier einen Film. Ich rufe Sie an, sobald ich mich etwas eingewöhnt habe, dann essen wir mal zusammen zu

Mittag. Und Sie schicken mir die Unterlagen über Fuad gleich herüber? Gut.«

Als er den Hörer auflegte, grinste er über das ganze Gesicht. »Ich dachte, Fuad wäre nur ein Direktor bei der Inter-East Bank, aber das stimmt nicht: Sie gehört ihm. Das macht die Sache natürlich äußerst interessant.«

»Inwiefern?« fragte Warren.

Hellier lächelte freundlich. »Sie haben doch ihr Konto bei der Midland Bank, nicht wahr? Wann haben Sie das letzte Mal den Vorstandsvorsitzenden der Midland Bank zum Essen eingeladen?«

Warren verzog das Gesicht. »Noch nie. Der weiß wahrscheinlich nicht einmal, daß es mich überhaupt gibt. Ich bin nicht so ein finanzielles Schwergewicht, daß man mich in solch illustren Kreisen beachten würde.«

»Dasselbe gilt Metcalfe zufolge auch für die Delorme; aber trotzdem ißt sie mit Fuad zu Mittag, mit dem Mann, dem die Inter-East Bank gehört.« Hellier legte die Finger zusammen. »Das Bankgewerbe läuft im Libanon nach Regeln ab, die einem Londoner Bankier die Haare zu Berge stehen lassen würden. Seit dem spektakulären Zusammenbruch der Intrabank versucht die libanesische Regierung mit aller Kraft, ihr finanzielles Image aufzupolieren, aber dieser Fuad kümmert sich nicht die Bohne um den angestrebten Verhaltenskodex. Er schustert sich seine eigenen Spielregeln zusammen, was allerdings in der lockeren Geschäftswelt des Nahen Ostens durchaus nicht als ungewöhnlich gilt; nur wenn man ihm die Hand schüttelt, muß man hinterher seine Finger nachzählen. Mein Bekannter am anderen Ende der Leitung führt zu seiner eigenen Sicherheit privat über Fuads Transaktionen Buch. Er schickt es uns gleich herauf.«

»Dann glauben Sie also, daß er das ganze Unternehmen finanziert«, meinte Warren.

»Das halte ich für äußerst wahrscheinlich«, antwortete Hellier. »Nach der Lektüre des Dossiers kann ich mehr sagen. Es ist schon erstaunlich, wieviel eine Liste der Vorstandsposten einem über einen anderen Menschen verraten kann.«

»Das wäre ein Weg, an die Sache heranzugehen«, sagte Tozier. »Aber es gibt noch einen anderen. Das Morphium muß noch immer in Heroin umgewandelt werden. Was meinen Sie dazu, Nick?«

»Irgendwo müssen sie es machen. Jede Wette, daß sie es gleich hier in Beirut an Ort und Stelle fabrizieren.«

»Ohne Speering?«

»Er ist ja schließlich nicht der einzige Chemiker auf der Welt, und allzu schwierig ist die Arbeit auch nicht, bei weitem nicht mit der Gewinnung des Morphiums aus dem Opium zu vergleichen. Man acetylisiert das Morphium und verwandelt den Grundstoff in Hydrochlorid. Dazu braucht man nur eine Menge Plastikeimer, und die chemischen Kenntnisse, die man dazu benötigt, kriegt man sogar schon in der Schule im Chemieunterricht mit.«

Sie debattierten eine Weile darüber, doch zu einer eindeutigen Lösung kamen sie nicht. Heroin konnte man praktisch überall herstellen, und sie konnten es sich nicht leisten, erst ganz Beirut oder womöglich sogar den ganzen Libanon nach der Produktionsstätte abzusuchen.

Warren brachte das Gespräch auf das Verschwinden von Abbot und Parker. »Wenn die Delorme auf den Torpedoplan hereingefallen ist, dann steckt Parker jetzt bis über beide Ohren in Arbeit. Ich schätze, deshalb sind sie nirgends zu finden.«

»An einen Torpedo heranzukommen, wäre für Jeanette kein Problem«, merkte Metcalfe an. »Die schmuggelt schon seit Jahren Waffen im ganzen Mittelmeerraum. Aber das bringt mich auf eine andere Idee; sie braucht dazu doch auch ein Schiff. Damit können wir die Suche auf die Häfen und den Küstenstreifen beschränken.«

»Das nützt uns nicht viel«, meinte Follet. »Hier wimmelt es nur so von Schiffen.«

Das Telefon läutete, Hellier nahm ab. »Schicken Sie ihn herauf«, sagte er. Schon bald klopfte es leise an der Tür. Hellier machte auf und kam mit einem prallen Umschlag in der Hand zurück. »Die Akte über Fuad«, erklärte er. »Sehen wir mal nach, was wir darin finden.«

Er zog ein mit der Maschine beschriebenes Blatt Papier heraus und las es sich gründlich durch. Nach einer Weile sagte er empört: »Der Kerl hat in etwa soviel Skrupel wie ein byzantinischer Basarhändler, und er hat Geld wie Heu. Er besitzt sogar eine Yacht, die *Stella del Mare.*« Er schlug eine neue Seite auf. »Nach der Aufstellung der Vorstandsposten zu urteilen, hat er seine Finger überall im Spiel. Hotels, Restaurants, Weinberge, ein paar Bauernhöfe, eine Schiffswerft...« Er hob den Kopf. »Damit sollte man sich vielleicht einmal etwas näher beschäftigen, nach allem, was wir gerade gesagt haben.«

Er machte sich eine Notiz und fuhr fort. »Eine Fabrik für Konfitüren und Sauerkonserven, eine Autowerkstatt, eine Firma für Maschinen- und Gerätebau, Immobilien...«

Warren unterbrach ihn. »Sagen Sie das noch einmal.«

»Immobilien?«

»Nein, das mit der Konservenfabrik.«

Hellier blätterte zurück. »Ja, eine Fabrik für pikante Saucen und Sauerkonserven. Die hat er erst kürzlich gekauft. Was ist damit?«

»Das will ich Ihnen gern erklären«, antwortete Warren bedächtig. »Bei der Acetylisierung von Morphium entsteht ein höllischer Gestank, und zwar stinkt es dabei genauso wie in einer Fabrik für Sauerkonserven. Das liegt an der Essigsäure, die riecht nämlich, wie der Name schon sagt, nach Essig.«

»Wir kommen ja doch voran«, meinte Tozier zufrieden. »Ich schlage vor, wir teilen uns auf. Nick untersucht die Gurkenfabrik, auf dem Gebiet ist er der Fachmann. Johnny versucht, etwas über die Delorme in Erfahrung zu bringen, und ich helfe ihm, wenn es nötig sein sollte. Tom kümmert sich um die Werft.« Er wandte sich Metcalfe zu. »Am besten laufen Sie dem Weib nicht über den Weg. Fahrwaz hat bestimmt ein Heidentheater gemacht, sie hat inzwischen sicher schon alles gehört und weiß auch, daß Sie etwas damit zu tun hatten.«

»Na schön«, willigte Metcalfe ein. »Aber hinterher gehört sie mir.«

»Sie sollen sie kriegen«, sagte Tozier grimmig. »Sir Robert kann Fuad weiter auf den Zahn fühlen, das hat sich jetzt schon ausgezahlt, und vielleicht kommt ja noch mehr dabei heraus. Außerdem ist er der Verbindungsmann, er bleibt hier, nimmt unsere Anrufe entgegen und stimmt die Aktionen aufeinander ab.«

II

Parker trällerte zufrieden vor sich hin, während er sich den letzten Torpedo vornahm. Seit geraumer Zeit nun mußte er hart arbeiten, bekam er schlecht zu essen und war in seiner Bewegungsfreiheit auf den Schuppen und dessen unmittelbare Umgebung eingeschränkt, doch er war mehr als glücklich, denn er konnte die Arbeit machen, die ihm von allen die liebste war. Aus zweierlei Gründen tat es ihm leid, daß er bald damit fertig war: Einerseits bedeutete es das Ende des Vergnügens, andererseits den Anfang der Gefahr. Aber augenblicklich verschwendete er keinen Gedanken daran, was ihn jenseits des Atlantiks erwartete, sondern widmete sich voll und ganz dem Öffnen des Sprengkopfes.

Abbot wurde mit der Zeit immer unruhiger. Es war ihm nicht gelungen, Jeanette irgendwelche Einzelheiten über die amerikanische Seite des Unternehmens zu entlocken. Er wollte unbedingt Ort und Zeitpunkt in Erfahrung bringen, doch diese Information behielt sie für sich. Er glaubte nicht einmal, daß Eastman soweit eingeweiht war. Jeanette Delorme ließ sich nicht so leicht in die Karten schauen.

Seit dem Abend, an dem er sie ins Paon Rouge ausgeführt hatte, war auch er, genau wie Parker, nicht mehr aus dem Schuppen herausgekommen. Er hatte sich zwar eine Zeitung verschaffen können und so erfahren, daß der Trick mit der Annonce funktioniert hatte, doch ob es etwas nützen würde, wußte er nicht. Als er gereizt die Stirn runzelte und den Kopf drehte, erblickte er Ali, den Araber, der am oberen Ende der Treppe am Geländer lehnte und unverwandt mit seinen braunen Augen zu ihnen hinunterstarrte. Auch das störte ihn, das Gefühl, ständig unter Beobachtung zu stehen.

Plötzlich wurde ihm bewußt, daß es in der Werkstatt merkwürdig still geworden war, und er warf einen Blick auf Parker, der mit gesenktem Kopf auf den Sprengkopf hinunterblickte. »Was ist los?«

»Kommen Sie mal rüber«, sagte Parker leise.

Als er neben ihm stand, schaute er auf den Sprengkopf und dann auf Parkers Hände, die leicht zitterten. Parker legte das Werkzeug weg, mit dem er gerade arbeitete. »Jetzt machen Sie ja kein Theater«, befahl er. »Vor allem machen Sie bloß nicht diesen verdammten Araber mißtrauisch. Das Ding ist nämlich voll.«

»Voll?« fragte Abbot dämlich.

»Vollgestopft mit TNT, Sie Idiot. Was hatten Sie denn in einem Gefechtskopf erwartet? Mit dieser Menge hier könnte man unseren Schuppen einen ganzen Kilometer in die Luft jagen.«

Abbot schnappte nach Luft. »Aber Eastman hat doch gesagt, daß die Torpedos leer geliefert werden.«

»Dann ist dieser eben aus Versehen dazwischen gerutscht«, meinte Parker. »Aber das ist noch nicht alles. Er hat nämlich auch einen Zünder, der hoffentlich nicht scharf ist. Sollte er eigentlich nicht sein, aber schließlich sollte eigentlich auch das TNT nicht hier sein. Bis ich ihn herausgenommen habe, gehen Sie am besten wie auf Eiern.«

Wie gebannt starrte Abbot auf den Sprengkopf, während Parker mit größtmöglicher Vorsicht den Zünder ausbaute und behutsam auf die Werkbank legte. »Das wäre schon einmal ein bißchen besser, wenn auch noch nicht viel. Ich verstehe nicht, wieso das Ding nicht schon längst hochgegangen ist. Einen Zünder im Sprengkopf zu lassen ist kriminell, und sonst gar nichts.«

»Ja«, ächzte Abbot, der plötzlich merkte, daß er schwitzte. »Was soll das heißen, es ist nicht viel besser?«

»TNT ist schon ein komisches Zeug«, sagte Parker. »Mit der Zeit wird es schlecht. Dann ist es nicht mehr stabil. Es wird so empfindlich, daß es ganz von selbst in die Luft fliegen kann.« Er warf einen Seitenblick auf Abbot. »Am besten kommen Sie ihm nicht zu nahe, Mike.«

»Keine Bange, das war bestimmt nicht meine Absicht.« Ganz in Gedanken zog Abbot eine Schachtel Zigaretten aus der Tasche, doch ein Blick in Parkers Augen belehrte ihn rasch eines besseren. »Rauchen ist jetzt wohl auch verboten. Was machen wir denn nun?«

»Wir holen das Zeug raus. Bei der Marine würde man es herausdampfen und wegspülen, aber ich möchte es gern behalten, könnte sich noch als nützlich erweisen. Aber Ali darf davon nichts mitbekommen.«

»Glaube kaum, daß der was merkt«, meinte Abbot. »Der hat nicht viel Ahnung von Technik. Aber wenn Eastman hier aufkreuzte, könnte er eventuell schon spitzbekommen, was wir treiben. Was wollen Sie denn mit dem Zeug anfangen, Dan?«

»Meiner Meinung nach ist ein Torpedo dazu da, daß er explodiert«, antwortete Parker. »Dafür hat man ihn ja schließlich gebaut, und alles andere wäre eine Schande. Wenn unsere Fische losschwimmen, dann aber mit Karacho. Und daß der hier voll TNT ist, kommt mir vor wie ein Wink des Schicksals.«

Abbot malte sich aus, wie die vier mit Heroin im Werte von fünfundzwanzig Millionen Dollar beladenen Torpedos an der amerikanischen Küste vor den ungläubigen Blicken des wartenden Empfangskomitees nacheinander in die Luft flogen. Ein toller Trick. »Aber was ist mit dem Gewicht? Sie haben schließlich schon oft genug darüber gemeckert, daß es ziemlich knapp wird.«

Parker zwinkerte ihm zu. »Man darf eben nie die ganze Wahrheit sagen. Ich habe schon noch ein bißchen Stauraum in petto.«

»Aber Sie haben nur einen Zünder.«

»Ein guter Handwerker weiß sich immer zu helfen«, verkündete Parker. »Aber wahrscheinlich sprenge ich sowieso zuerst uns beide in die Luft, wenn ich das Zeug raushole, über alles weitere brauchen wir uns deshalb erst später den Kopf zu zerbrechen. Womöglich erübrigt sich das hinterher von selbst.« Er betrachtete den Sprengkopf. »Ich brauche ein paar Messingwerkzeuge. Die bastele ich mir gleich zusammen.«

Er ging, und nachdem er sich den Gefechtskopf lange angesehen hatte, ging Abbot ebenfalls, doch er schlich sich auf leisen Sohlen weg.

Vier Tage später begutachtete Eastman zufrieden die Torpedos. »Sie meinen also, es kann losgehen, Dan.«

»Alles startklar«, antwortete Parker. »Nur die Sprengköpfe müssen noch beladen werden. Dann können Sie die Fische in die Rohre stecken und abfeuern.«

»Das zweite Rohr in die *Orestes* einzubauen, hat sich bezahlt gemacht«, sagte Eastman. »Der Skipper meint, sie läge jetzt wesentlich stabiler im Wasser.«

Parker schmunzelte. »Wir haben eben die Turbulenzen ausgeglichen. Wenn Sie mir den Stoff herschaffen, kann ich jederzeit mit dem Laden beginnen.«

»Die Chefin ist in der Beziehung ein bißchen eigen«, sagte Eastman. »Sie will es selber machen, nur um auf Nummer Sicher zu gehen.«

»Das geht nicht, kommt nicht in Frage«, widersprach Parker heftig. »Das ist eine ganz schön kitzelige Angelegenheit. Ich muß dafür sorgen, daß der Schwerpunkt exakt in der Mitte liegt, sonst kann ich für das Verhalten der Fische nicht garantieren. Sie müssen haargenau ausbalanciert werden.« Es gefiel ihm ganz und gar nicht, daß ihm jemand beim Beladen der Sprengköpfe dazwischenfunken wollte. »Sie kann neben mir stehen und mir auf die Finger schauen«, lenkte er schließlich ein. »Das macht mir nichts aus.«

Abbot sagte: »Dan hat mir erzählt, wenn das Gleichgewicht nicht stimmt, kann es sein, daß der Torpedo nach unten wegtaucht.«

»Und die Steuerung würde dadurch auch beeinträchtigt«, fügte Parker hinzu. »Die Dinger werden dann ziemlich unberechenbar.«

»Schon gut, schon gut«, sagte Eastman und hob beschwichtigend die Hände. »Sie haben mich mal wieder überzeugt. Jeanette müßte jeden Augenblick mit der Ladung für den ersten Fisch hier sein. Sehen Sie zu, ob Sie ihr das auch klarmachen können.«

Jeanette ließ sich nicht so leicht überzeugen, doch schließlich willigte sie ein und beugte sich Parkers überlegenen technischen Kenntnissen und den Fachbegriffen, mit denen er sie einwickelte. »Hauptsache, ich bin dabei, wenn Sie den Sprengkopf laden und versiegeln«, sagte sie.

Abbot grinste. »Du traust uns wohl überhaupt nicht über den Weg.«

»Erraten«, antwortete sie kühl. »Geh Eastman mal mit den Kisten zur Hand.«

Abbot half Eastman dabei, einen großen Pappkarton in den Schuppen und die Treppe hinunterzuschleppen, dann gingen sie den nächsten holen. Jeanette stupste den Karton leicht mit ihrem eleganten Schuh an. »Aufmachen.«

Parker nahm sich ein Messer und schnitt die Kiste oben auf. Sie war randvoll mit Plastiksäckchen, die ein weißes Pulver enthielten. »Jeder Beutel enthält ein halbes Kilogramm«, sagte sie. »In jeder Kiste liegen fünfhundert Stück, eine Torpedoladung.«

Parker richtete sich auf. »Ach du liebe Güte. Das geht aber nicht. Ich habe zwar fünfhundert Pfund gesagt, aber ich meinte natürlich englische Pfund, die sind wesentlich leichter. Zweihundertfünfzig Kilo sind zuviel. Ich weiß nicht, ob wir das schaffen können.«

»Sie machen das schon«, sagte sie.

»Sie verstehen das nicht«, meinte er gereizt. »Die Balance der Torpedos ist auf fünfhundert englische Pfund ausgerichtet. Wenn man vorn in die Nase zehn Prozent zusätzlich hineinpackt, verändert das die Hebelwirkung, der Schwerpunkt wird verlagert.« Er rieb sich die Nase. »Aber es müßte schon zu schaffen sein.«

»Für weitere hunderttausend Dollar?« fragte sie. »Nur für Sie persönlich. Abbot erfährt davon nichts.«

»Na schön«, sagte er. »Versuchen kann ich es ja zumindest.« Wenn irgend möglich, wollte er kein Heroin zurücklassen, und das Problem mit dem Schwerpunkt spielte eigentlich ohnehin keine Rolle mehr. Aber er mußte sich der Form halber so zieren und ihr technische Begriffe um die Ohren hauen, damit sie nicht mißtrauisch wurde. »Abgemacht, für hunderttausend.«

»Ich wußte doch gleich, daß Sie es können«, meinte sie und lächelte.

Er fand, daß es sie nicht einmal besonders viel kostete. Eine zusätzliche Ladung von zweihundert Pfund Heroin im Wert von zehn Millionen Dollar für schlappe einhunderttausend, falls er das Geld überhaupt jemals zu sehen bekam, war doch ein Pappenstiel. Wahnsinn, was für Profite man in diesem Geschäft einstreichen konnte!

Als Eastman und Abbot mit einer weiteren Kiste bepackt zurückkamen, machte sich Parker daran, sehr vorsichtig die Beutel in den Sprengkopf zu packen. »Die Dichte spielt auch noch eine Rolle«, erklärte er. »Dieses Zeug ist nicht so kompakt wie TNT. Es braucht mehr Platz, besonders mit den ganzen Plastiktüten.«

»Und Sie sind sicher, daß der Sprengkopf auch wasserdicht ist?« wollte Jeanette wissen.

»Darüber machen Sie sich bloß keine Gedanken«, antwortete er bestimmt. »Die sind so dicht wie ein Entenhintern.«

Sie machte ein verständnisloses Gesicht, Eastman kicherte. Dann stocherte er auf der Werkbank herum, die mit Werkzeug und Metallteilen übersät war. Er nahm ein Stück in die Hand und betrachtete es. Abbot erstarrte, als er sah, daß es einer der Zünder war, die Parker gebastelt hatte. »Was ist das?«

Parker warf einen Blick darauf und sagte gelassen: »Unterbrecherkontakt für Schaltkreis B. Der hat nicht richtig funktioniert, da habe ich einen anderen gebaut.«

Eastman warf den Zünder in die Luft, fing ihn wieder auf und legte ihn auf die Werkbank zurück. »Sie sind ein sehr geschickter Mechaniker, Dan. Ich glaube, ich könnte Ihnen drüben in den Staaten einen guten Job besorgen.«

»Ich hätte nichts dagegen«, sagte Parker. »Wenn dabei soviel herausspringt wie hier.« Schweigend arbeitete er weiter, während ihm die ganze Zeit Jeanette über die Schulter sah und nicht von seiner Seite wich. Schließlich meinte er: »Das letzte Päckchen. Ist schon echt erstaunlich. Hätte nie gedacht, daß wir sie alle unterbringen. Jetzt brauchen wir es nur noch zuzuschrauben und zu versiegeln.« Er überprüfte noch einmal den dick eingefetteten Dichtungsring, dann klappte er den kleinen Deckel zu. »Machen Sie den Flaschenzug fertig, Mike. Wir müssen ihn noch mit dem Torpedo verbinden, dann können wir den Fisch auf die *Orestes* verladen.«

Der Sprengkopf wurde hochgehievt und mit dem Flaschenzug zum Rumpf des Torpedos gebracht, wo Parker ihn festschraubte. »So, Miß«, sagte er. »Sind Sie zufrieden? Ich habe das Gefühl, ich sollte nach einer Lieferquittung fragen, aber die bekomme ich wahrscheinlich sowieso nicht.«

»Ich bin zufrieden«, antwortete sie. »Laß den Torpedo heute nacht zum Schiff bringen, Jack. Morgen kommt die nächste Ladung, Parker. Die *Orestes* läuft übermorgen vormittag aus.« Sie lächelte Abbot an. »Und dann machen wir alle eine gemütliche kleine Kreuzfahrt.«

III

Warren war vollkommen entmutigt, als sie sich wieder in Helliers Suite trafen, um ihre Ergebnisse zu vergleichen. Er hatte den ganzen Tag überhaupt nichts erreicht. »Die Fabrik hat dichtgemacht. Draußen steht auf einem Schild, daß sie wegen Umbauarbeiten geschlossen ist.«

»Woher wollen Sie das wissen?« fragte Metcalfe. »War denn der Text nicht in arabischen Schriftzeichen?«

»Ich habe es mir von jemandem ins Französische übersetzen lassen«, antwortete Warren müde. »Da hat es ein bißchen nach Essig gerochen, aber nicht besonders stark. Ich habe niemanden kommen oder gehen sehen. Der Tag war völlig für die Katz.«

»Aber ich habe jemanden hineingehen sehen«, sagte Follet unerwartet. »Ich habe die Delorme beschattet, und sie hat den Hintereingang genommen. Sie hatte einen Typen bei sich, einen Amerikaner, würde ich sagen, und die beiden kamen erst nach ungefähr einer Stunde wieder raus.«

»Dann paßt ja doch alles recht hübsch zusammen«, meinte Hellier und schaute Follet beifällig an. »Damit hätten wir definitiv eine Verbindung zwischen Fuad und Jeanette Delorme bewiesen. Und was ist mit der Werft?«

»Sie ist nicht sehr groß«, antwortete Metcalfe. »Man kommt da nicht rein, ohne aufzufallen wie ein bunter Hund. Jeanette ist mir nicht über den Weg gelaufen. Ich habe mir ein Boot gemietet und mir die ganze Sache mal vom Meer aus angeschaut. Fuads Yacht ankert da, und dann liegt dort noch ein erbärmlicher alter Pott unter panamaischer Flagge, *Orestes* heißt der Kahn. Da wäre auch schon alles. Die Werft selber sieht ziemlich heruntergekommen aus, Arbeiter sind kaum welche zu sehen, aber dafür lungern am Haupttor jede Menge harter Burschen herum.«

»Vielleicht ist sie auch wegen Umbauarbeiten geschlossen«, meinte Tozier spöttisch. »Wenn die Heroin im Wert von Hunderten von Millionen Dollar durch ganz Beirut schleppen, werden sie schon auf Nummer sicher gehen wollen, daß ihnen dabei unterwegs keiner auf die Finger guckt. Durchaus möglich, daß die *Orestes* das Schiff ist, das wir suchen. Könnte sie eine Atlantiküberquerung schaffen?«

»Ich denke schon«, antwortete Metcalfe. »Sie hat ungefähr dreitausend Registertonnen. Aber ich war noch nicht fertig. Heute nachmittag kam ein Laster mit einem sehr langen Anhänger an. Ich konnte zwar nicht erkennen, was der Anhänger geladen hatte, weil alles mit einer Plane zugedeckt war, aber es hätte durchaus ein Torpedo sein können.«

»Die Sache mit dem Torpedo will mir nicht so recht in den Sinn«, sagte Warren. »Parker hat mir erzählt, daß man damit nur ungefähr fünfhundert Pfund schmuggeln kann, dabei wissen wir aber doch genau, daß es hier um eine ganze Tonne geht.« Er runzelte die Stirn. »Selbst falls Abbot und Parker die erste Ladung vernichten können, bleiben immer noch drei Viertel des Heroins übrig. Wenn sie den Torpedo außer Gefecht setzen, gehen die Delorme und ihre Bande erst mal auf Tauchstation, und wir stehen dümmer da als vorher.«

»Wenn Jeanette einen Torpedo besorgen kann, was für mich schon einmal feststeht, dann kann sie auch vier kriegen«, sagte Metcalfe. »Ich kenne doch die gute Jeanette, die setzt alles auf eine Karte, und wenn sie von der Torpedoidee wirklich überzeugt ist, steigt sie mit allem ein, was sie zu bieten hat.«

»Schön und gut«, meinte Warren. »Aber wir wissen ja nicht einmal, ob Parker ihr den Plan tatsächlich hat schmackhaft machen können.«

»Ah, aber Sie haben immer noch nicht alles gehört«, sagte Metcalfe. »Als der Laster mit dem Anhänger aus der Werft kam, bin ich ihm gefolgt. Er fuhr ein Stück die Küste hoch, bis zu einem Betrieb, der genauso heruntergewirtschaftet aussieht und genauso schwer auszukundschaften ist wie die Werft. Aber ich habe es mich eine Stange Geld kosten lassen, mal kurz einen Dachboden benutzen zu können, von wo aus ich ungefähr ein Viertel des Geländes hinter der Mauer einsehen konnte. Da lief ein Araber herum, wahrscheinlich so eine Art Hausmeister, dann noch ein ziemlich kleiner Kerl mit breiten Schultern, ein richtiges kleines Muskelpaket, der beim Gehen leicht hinkt...«

»Parker!« rief Warren.

»... und ein langer junger Bursche mit blonden Haaren. Könnte das wohl Ihr Abbot sein?«

Warren nickte. »Die Beschreibung paßt.«

»Ein Wagen kam an, blieb nur ein paar Minuten und fuhr dann wieder weg. Er hat einen großen Mann mit einer Hakennase und Geheimratsecken abgesetzt.«

»Das klingt nach dem Typ, mit dem die Delorme zusammen war«, meinte Follet. »War der Wagen ein schwarzer Mercedes?«

Metcalfe nickte, und Hellier sagte: »Ich glaube, es dürfte offensichtlich sein, daß wir auf der richtigen Spur sind. Jetzt stellt sich nur die Frage, wie gehen wir weiter vor?«

»Ich denke, Parker und Abbot sitzen in der Klemme«, meinte Warren.

»Und das ist noch gehörig untertrieben.« Metcalfe schnaubte. »Wenn das Schiff nun ausläuft, und die Torpedos funktionieren nicht, weil Parker sie schachmatt gesetzt hat. Dann wird Jeanette wild wie eine Hornisse. Kein Mensch verliert so viel Geld und bleibt dann noch höflich und nett. Und sogar wenn mal alles bestens läuft, ist Jeanette immer äußerst empfindlich. Parker und Abbot kriegen eins über den Schädel, sie werden über Bord geworfen und verschwinden auf Nimmerwiedersehen.« Er dachte nach. »Außerdem geht es ihnen womöglich sowieso an den Kragen, auch wenn die Torpedos funktionieren. Jeanette hat eine besondere Vorliebe dafür, ihre Spuren so gründlich wie möglich zu verwischen.«

Tozier sagte: »Nick, ich glaube, Sie haben einen Schnitzer

gemacht. Die Idee mit dem Torpedo ist sicher nicht die schlechteste, aber Sie haben sie nicht bis zu Ende durchdacht. Natürlich können wir so das Heroin beseitigen, aber was soll aus Abbot und Parker werden?«

»Ich denke, die Antwort liegt auf der Hand«, meinte Hellier. »Greifen wir die Fabrik an oder das Schiff?«

»Nicht die Fabrik«, antwortete Warren rasch. »Wenn sie nun schon einen Teil des Heroins weggeschafft haben? Dann nehmen wir die Fabrik auseinander, aber der Stoff ist trotzdem noch im Umlauf. Ich bin für das Schiff, so haben wir Aussichten, die ganze Ladung auf einmal in die Hand zu bekommen und zu vernichten.«

»Und Parker und Abbot zu retten«, fügte Hellier hinzu.

»Dann müßten wir kurz vor dem Auslaufen zuschlagen«, sagte Tozier nachdenklich. »Und wann das sein soll, wissen wir nicht.«

»Wir haben auch keine Ahnung, ob die *Orestes* überhaupt die gesamte Lieferung an Bord hat«, meinte Warren.

Metcalfe schnippte mit den Fingern. »Parker war doch bei der Marine. Vielleicht kann er morsen?«

»Möglich ist es schon«, antwortete Warren. »Eigentlich sogar wahrscheinlich.«

»In den Dachboden, auf dem ich war, scheint die untergehende Sonne hinein«, sagte Metcalfe. »Das hat mich ziemlich genervt, weil ich fast nichts sehen konnte. Aber das gibt uns vielleicht eine Möglichkeit, und ich bräuchte bloß einen Spiegel dazu. Ich könnte Parker Lichtzeichen geben.«

Warren biß die Zähne zusammen. »Aber schön unauffällig, will ich doch hoffen.«

»Ich sehe mich schon vor«, antwortete Metcalfe ernst.

Ihre Beratung endete mit einem Entschluß. Warren sollte Metcalfe unterstützen, Tozier und Follet sollten sich um die Werft kümmern und nach Schwachstellen suchen. Hellier blieb als Verbindungsmann zurück.

Warren sprach den Plan mit Metcalfe durch und sagte dann: »Ich hätte Sie gern etwas Persönliches gefragt.«

»Nur zu, aber erwarten Sie sich bloß keine ehrliche Antwort.«

»Sie sind mir ein Rätsel, Metcalfe. Sie halten nicht viel von

Recht und Ordnung, nicht wahr? Aber Rauschgiftgeschäfte können Sie auf den Tod nicht ausstehen. Wie kommt das?«

Metcalfes Lächeln verschwand. »Das geht Sie nichts an«, entgegnete er steif.

»Unter den gegebenen Umständen denke ich doch«, sagte Warren vorsichtig.

»Mag sein, daß Sie recht haben«, gab Metcalfe zu. »Sie haben wohl Angst, daß ich mich mit dem Stoff aus dem Staub mache und Sie alle aufs Kreuz lege.« Er lächelte leise. »Und das würde ich auch, wenn es hier nicht um Rauschgift ginge, denn schließlich stehen ja Riesensummen Geld auf dem Spiel. Sagen wir nur, ich hatte mal einen jüngeren Bruder, und belassen wir es dabei, okay?«

»Ich verstehe«, sagte Warren langsam.

»Vielleicht können Sie das tatsächlich. Wie ich von Andy höre, haben Sie viel mit solchen Fällen zu tun. Und was Recht und Ordnung angeht, davon halte ich soviel wie jeder andere Mann auf der Straße, aber wenn die armen Kurden für ein menschenwürdigeres Leben kämpfen wollen, bin ich gerne bereit, ihnen die Waffen dafür zu liefern.«

»Anscheinend haben Sie die gleiche Berufsauffassung wie Andy Tozier.«

»Andy und ich kommen sehr gut miteinander aus«, antwortete Metcalfe. »Aber ich möchte Ihnen einen guten Rat geben, Nick. Hören Sie auf, durch die Gegend zu rennen und den Leuten persönliche Fragen zu stellen, lassen Sie es auf jeden Fall östlich von Marseille bleiben. Das ist nämlich der sicherste Weg, sich ernste und bleibende Schäden zuzuziehen.«

IV

Dan Parker saß auf einem Hocker neben der Werkbank und betrachtete den letzten noch verbliebenen Torpedo. Das Licht der späten Nachmittagssonne flutete in den Schuppen, und seine Arbeit war beinahe abgeschlossen. Am Vormittag waren zwei Torpedos beladen und abgeholt worden, und auch der letzte würde ebenfalls bald weggebracht werden. Er war müde und ein wenig niedergeschlagen, denn die nächste Etappe ihrer Unternehmung bereitete ihm einiges Kopfzerbrechen.

Er fragte sich, ob er Frau und Söhne, die in London auf ihn warteten, jemals wiedersehen würde. Er machte sich keine Illusionen über das, was ihm jenseits des Atlantiks bevorstand, wenn vier Torpedos an einer stillen Küste explodierten und ein riesiges Vermögen in die Luft jagten. Er würde das schlicht und einfach mit dem Leben bezahlen, und einen Ausweg aus der verfahrenen Situation konnte er nirgends erkennen. Zwar war sein Leben auch früher schon manchmal in Gefahr gewesen, doch dann nur zufällig, als Folge von Kampfhandlungen, noch nie aber hatte er sich kaltblütigem Mordkalkül ausgesetzt gesehen.

Als ein flackernder Sonnenstrahl über die Werkbank huschte, kniff er die Augen zusammen und zermarterte sich das Hirn nach Auswegen aus der schrecklichen Lage, in der Abbot und er sich befanden. Es hatte keinen Zweck, sich schon in Beirut aus dem Staube zu machen, denn dann waren die anderen auf der Stelle gewarnt, daß mit den Torpedos etwas nicht stimmte, und das ganze gefährliche Unternehmen wäre für die Katz gewesen. Delorme würde sich einfach mit dem Schaden abfinden und auf ihre ursprünglichen Pläne zurückkommen, wie auch immer die ausgesehen haben mochten. Es blieb ihnen also nichts weiter übrig, als am nächsten Tag an Bord der *Orestes* zu gehen und auf ihr Glück zu vertrauen.

Irgendwo in seinem Hinterkopf nistete sich ein Gedanke ein, der sich nicht gleich in Worte fassen ließ, irgend etwas, was mit ihm selbst zu tun hatte, mit seinem... Namen? Er runzelte die Stirn und versuchte ihn zu erhaschen. Was war es nur? Was hatte der Name Parker an sich, das so wichtig war? Als der Sonnenstrahl erneut über die Werkbank wanderte, zuckte er zusammen, denn er hatte plötzlich gemerkt, daß dort sein eigener Name aufblinkte, immer und immer wieder.

Er stand langsam auf und ging zu Ali hinüber, der auf der untersten Treppenstufe hockte. »He, Ali, alter Schurke, lauf mal schnell ins Büro und hol mir ein paar Zigaretten. Kapiert? Zigaretten.« Er tat so, als zündete er sich eine Zigarette an, und zeigte auf die Treppe.

Abbot sagte: »Ich habe welche, Dan.«

Ohne sich umzudrehen, entgegnete Parker kurz: »Das ist nicht meine Marke. Los beeil dich, du alter Heide!«

Ali nickte und stieg die Treppe hinauf. Sobald er den Schuppen verlassen hatte, fuhr Parker herum. »Schnell hinter ihm her und aufpassen, daß er nicht wieder reinkommt. Ist mir egal, wie Sie das anstellen, aber lassen Sie ihn auf keinen Fall wieder in den Schuppen. Wenn es sein muß, spielen Sie ihm im Hof Magenkrämpfe vor oder sonst etwas!«

Abbot nickte und rannte die Treppe hinauf, so gebieterisch klang Parkers Befehl, daß er nicht einmal mehr eine Frage stellte. Er hatte keine Ahnung, was Parker im Sinn hatte, doch die drängende Eile in seiner Stimme war unverkennbar. Parker ging zu der Werkbank zurück und betrachtete kurz das blinkende Licht. Dann verfolgte er es im Geiste zu dem Fenster zurück, durch das es hereinfiel. Er bückte sich, es fiel ihm mitten ins Gesicht und rührte sich nicht mehr vom Fleck, so daß er geblendet war. Er hielt den Daumen hoch und trat dann zur Seite.

Der Strahl blieb einen Augenblick lang ruhig auf der Bank liegen, dann blitzte es wieder auf und gab recht langsam im Morsealphabet Worte wieder. *Warren hier... Fragen kommen... einmal blinken ja... zweimal nein... verstanden...*

Parker schnappte sich eine Lampe mit einem langen Kabel und baute sie vor dem Fenster auf. Er blinkte einmal. Das Licht von draußen blieb ruhig, dann flackerte es erneut auf *...Schmuggel mit Torpedo...*

Parker überlegte. Er verstand die Frage so: Soll mit dem Torpedo geschmuggelt werden? Er blinkte einmal.

...wie viele... einer...

Zwei Lichtzeichen.

...vier...

Ein Lichtzeichen.

...mit Orestes...

Ein Lichtzeichen.

...wann... nächste Woche...

Zwei Lichtzeichen.

... morgen ...

Ein Lichtzeichen.

Metcalfe, der oben auf dem Dachboden hockte, warf einen prüfenden Blick auf seine Liste mit Fragen, die er sich gründlich überlegt hatte. Er hatte sich mit Warrens Namen gemeldet, da Parker ihn nicht kannte und er versuchen mußte, mit Rücksicht auf die Sicherheit des Mechanikers innerhalb kürzester Zeit die größtmögliche Menge an Informationen von ihm zu bekommen. Ihn erinnerte das Ganze irgendwie an ein Frage- und Antwortspiel. Er blinkte die nächste, alles entscheidende Frage hinüber.

... geht der ganze Stoff ... wiederhole ... der ganze ...

Ein Lichtzeichen.

... fahren Sie und Abbot mit ...

Ein Lichtzeichen.

... brauchen Sie Hilfe ...

Als das schwache Licht aus dem Schuppen wild aufflakkerte, vermutete Metcalfe, daß Parker ihm eine Nachricht hinüberzumorsen versuchte. Doch er konnte nichts entziffern, weil die Lampe nicht kräftig genug war und ihm außerdem die Sonne in die Augen schien. Er hielt seinen eigenen Strahl ganz still, bis Parker aufhörte, dann zögerte er, da er den Araber aus dem Büro kommen sah. Doch dann atmete er erleichtert auf, als Abbot vortrat und ihm den Weg abschnitt. Der Reporter zeigte von dem Schuppen weg, und die beiden Männer kehrten in das Büro zurück.

Metcalfe richtete den Spiegel wieder auf das Fenster.
... können Sie sehen, wo ich bin ... können Sie nachts morsen ...

Ein Lichtzeichen.

... ich bin die ganze Nacht hier ... viel Glück ...

Das Licht fiel wieder ruhig auf die Werkbank, dann verschwand es. Parker nahm seufzend seine Hand vom Schalter. Er trat ans Fenster und schaute zu dem fernen Gebäude hinauf, aus dem die Zeichen gekommen waren; die untergehende Sonne brach sich an einer einzelnen, in das Dach eingelassenen Glasscheibe. Seine Niedergeschlagenheit war wie weggeblasen. Abbot und er waren nicht länger auf sich allein gestellt.

Er stieg die Treppe hoch und ging durch die Tür aus dem Schuppen. »Wo bleiben denn die verdammten Zigaretten?« brüllte er.

V

Hellier hatte im Yachthafen ein schnelles Motorboot gechartert, auf dem sie sich am frühen Morgen zu einer Besprechung trafen. Follet half Metcalfe noch, einen schweren Koffer an Bord zu hieven, dann versammelten sie sich alle in der Kajüte an einem Tisch. Tozier fragte: »Sind Sie ganz sicher, daß die *Orestes* um neun ausläuft, Tom?«

»Das hat Parker mir durchgegeben. Wir haben ziemlich lange geplaudert.«

»Was meint er?« fragte Tozier.

»Er will nicht aus dem Schuppen befreit werden. Er und Abbot können sich auch ohne unsere Hilfe verkrümeln. Sie bräuchten bloß dem Araber eins über den Schädel zu geben und sich aus dem Staub zu machen. Aber dann wäre alles verraten.«

Tozier schaute auf seine Uhr. »Jetzt ist es sieben. Uns bleibt für eine Entscheidung nicht mehr viel Zeit. Schlagen wir vor dem Auslaufen zu, wenn der Kahn noch in der Werft liegt, oder erst auf hoher See?«

»Unbedingt vor dem Auslaufen«, sagte Metcalfe bestimmt. »Auf See würden wir im Leben nicht an Bord kommen. Der Skipper wird wohl kaum die Motoren drosseln und uns zur Begrüßung einen roten Teppich ausrollen, schon gar nicht, wenn Eastman dabeisteht.«

»Eines möchte ich noch einmal klarstellen«, warf Hellier ein. »Eastman geht mit Abbot und Parker an Bord der *Orestes*, und die Delorme bleibt in Beirut?«

»Aber nicht sehr lange«, antwortete Warren. »Parker meint, daß sie und Fuad mit der Yacht hinterherkommen. Angeblich machen sie eine Kreuzfahrt in die Karibik. Er vermutet, daß sie die *Orestes* nach dem Aussetzen der Torpedos versenken wollen, die Rohre sind schließlich Beweise, deshalb können sie es nicht wagen, mit der *Orestes* in einen Hafen einzulaufen und sie von Zollbeamten unter die Lupe nehmen zu lassen. Die *Stella del Mare* bleibt in der Nähe und nimmt hinterher die Besatzung auf.«

»Kann sein«, meinte Metcalfe zynisch. »Einen Teil der Crew vielleicht. Ich habe Ihnen doch gesagt, daß Jeanette immer gern sämtliche Spuren verwischt.«

»Dann müssen wir also in der Werft zuschlagen«, sagte Tozier. »Ich schlage vor, wir schnappen sie uns im letzten Moment vor dem Auslaufen. Wir übernehmen das Schiff und bringen es aufs Meer hinaus, wo wir dann die Torpedos beseitigen. Danach setzen wir die *Orestes* irgendwo auf Sand und trennen uns.«

»Wir müßten sie überrumpeln können«, meinte Metcalfe. »Wenn wir vom Meer aus angreifen. Das sind alles typische Landratten, die haben ihre Wachtposten nur auf der Landseite stehen, am Tor. Aber der Angriff muß wie geschmiert über die Bühne gehen.« Er gab Follet ein Zeichen. »Machen Sie mal den Koffer auf, Johnny.«

Follet öffnete den Koffer, packte ihn aus und legte den Inhalt auf den Tisch. »Ich habe mich mit ein paar alten Kumpels in Verbindung gesetzt«, sagte Metcalfe, während eine Waffe nach der anderen auf den Tisch gelegt wurde. »Ich dachte mir, wir könnten so etwas gebrauchen. Jeanette ist hier nicht die einzige mit Zugang zum Waffenmarkt.« Er grinste Hellier an. »Die Rechnung serviere ich Ihnen später.«

Tozier griff nach einer Maschinenpistole. »Die nehme ich. Wie steht es mit Munition?«

»Müßte reichen, wenn wir nicht allzu viele Löcher in die Luft schießen, aber am besten wäre es natürlich, wir könnten ganz ohne Feuerzauber auskommen. Gewehre machen viel Krach, und wir wollen uns ja schließlich nicht selber die Hafenpolizei auf den Hals hetzen.« Er zeigte auf den Tisch. »Was hätten Sie denn gerne, Nick?«

Warren starrte auf die Waffensammlung. »Ich glaube, gar nichts«, antwortete er langsam. »Ich habe noch nie geschossen. Wahrscheinlich würde ich überhaupt nichts treffen.«

Follet nahm eine Pistole und lud sie durch. »Sie sollten sich lieber doch eine nehmen, und wenn Sie auch nur damit drohen. Sonst stecken Sie womöglich auf einmal in Schwulitäten.«

Hellier streckte die Hand aus. »Das hier wäre was für mich. Ich bin allerdings ein bißchen aus der Übung. Ich war zwar früher bei der Artillerie, aber das ist schon lange her.«

Metcalfe zog eine Augenbraue hoch. »Sie kommen mit?«

»Natürlich«, antwortete Hellier gelassen. »Irgendwelche Einwände?«

Metcalfe zuckte die Achseln. »Nein, ich dachte bloß, Sie wären ein Papiertiger.«

Hellier warf einen Blick auf Warren. »Es ist zum Teil meine Schuld, daß Parker und Abbot in der Patsche sitzen. Vor langer Zeit habe ich zu Nick gesagt, daß ich Blut sehen wollte. Ich bin durchaus bereit, mit meinem eigenen zu bezahlen.«

Warren schaute auf die letzte, noch auf dem Tisch liegende Pistole. »Ich zeige Ihnen, wie man damit umgeht, Nick«, meinte Follet. »Wir haben noch Zeit genug zum Üben.«

Langsam streckte Warren die Hand aus und ergriff die Pistole. Das blaue Metall lag ungewohnt schwer in seiner Hand. »Na schön, Johnny«, sagte er. »Zeigen Sie es mir.«

10. KAPITEL

I

Im gesamten Nahen und Mittleren Osten wurden hektisch Berichte abgegeben und geschrieben. In Teheran vertiefte sich Colonel Mirza Davar in die Lektüre eines dieser Berichte. Nahe der irakischen Grenze in der Provinz Kurdistan hatte sich eine beachtliche Explosion ereignet. Ein derartig aufsehenerregender Zwischenfall war im Iran nirgendwo gern gesehen, doch schon gar nicht in einer derart empfindlichen Region. Außerdem hatte allem Anschein nach Fahrwaz etwas mit der Sache zu tun, und was das möglicherweise zu bedeuten hatte, gefiel dem Colonel ganz und gar nicht. Colonel Mirza Davar war der für die nordwestlichen Provinzen zuständige Geheimdienstchef.

Mit einem Klopfen an der Tür kündigte sich sein Sekretär an. »Captain Muktarri möchte Sie sprechen.«

»Lassen Sie ihn sofort zu mir.«

Captain Muktarri, dessen Kleidung etwas mitgenommen aussah, hatte offensichtlich eine längere, anstrengende Reise durch schwieriges Gelände hinter sich. Der Colonel musterte ihn von oben bis unten und fragte ihn dann: »Nun, Captain, was haben Sie herausgefunden?«

»Es hat eine Explosion gegeben, Sir, und zwar eine große. Ein *Qaant* ist dabei zusammengestürzt.«

Der Colonel entspannte sich. »Eine Auseinandersetzung um Wasserrechte also«, meinte er erleichtert. Es handelte sich um ein unbedeutendes Problem, das nicht in seinen Amtsbereich fiel, eine Angelegenheit für die Polizei.

»Das dachte ich zunächst auch«, sagte Muktarri. »Doch dann fand ich das hier.« Er legte einen kleinen, viereckigen Block auf den Schreibtisch.

Der Colonel nahm ihn in die Hand, kratzte mit dem Fingernagel darüber und schnupperte vorsichtig daran. »Opium.« Obwohl er auch dafür nicht zuständig war, so nahm die Angelegenheit nun doch ernstere Ausmaße an. »Und das wurde in Fahrwaz' Dorf gefunden?«

»Ja, Sir. In den Trümmern von der Explosion. Fahrwaz war nicht anwesend, genausowenig wie sein Sohn. Die Dorfbewohner behaupteten, nichts davon zu wissen.«

»Wie immer«, meinte der Colonel unbeeindruckt. »Das ist eine Sache für die Kollegen vom Rauschgiftdezernat.« Er zog das Telefon zu sich heran.

In Bagdad war ein anderer Geheimdienstcolonel mit einem anderen Bericht beschäftigt. In der Nähe der türkischen Grenze hatten sich seltsame Dinge abgespielt. Es mußte dort eine Art Schlacht stattgefunden haben, doch, wie seine gründlichen Ermittlungen ergeben hatten, ohne Beteiligung der irakischen Armee. Diese Tatsache fesselte ihn ungemein. Anscheinend fielen die Kurden jetzt schon übereinander her.

Er griff nach dem Mikrofon und diktierte seine letzten Schlußfolgerungen auf Band. »Wie allgemein bekannt ist, besitzt der Rebellenführer Al Fahrwaz, der zur Zeit jenseits der iranischen Grenze lebt, einen Schlupfwinkel in der betreffenden Gegend. Ich vermute, daß Mustapha Barzani versucht hat, sich vor weiteren Verhandlungen mit der irakischen Regierung seines Widersachers Fahrwaz ein für allemal zu entledigen. Unbestätigten Berichten zufolge wurde Ahmed ben Fahrwaz bei dem Kampf getötet. Weitere Berichte werden erwartet.«

Er hatte keine Ahnung, wie sehr er sich irrte.

Nicht einmal zweihundert Meter entfernt von ihm in derselben Straße in Bagdad brütete ein hochrangiger Polizeioffizier vor einer Landkarte über einem weiteren Bericht. Ismail Al-Khalil arbeitete schon seit vielen Jahren beim Rauschgiftdezernat, und er war sehr gut in seinem Beruf. Er las in den Unterlagen von einem unterirdischen Labor, das im Iran zerstört worden war. Man hatte Glassplitter und Unmengen an Opium gefunden, außerdem größere Bestände an Chemikalien, die im einzelnen aufgeführt waren. Er wußte genau, was das zu bedeuten hatte.

Mit dem Finger fuhr er auf der Landkarte vom Iran über den nördlichen Irak nach Syrien. Er kehrte an seinen Schreibtisch zurück und sagte zu seinem Mitarbeiter: »Die Iraner sind davon überzeugt, daß der Stoff über die Grenze geschafft wurde.« Er zuckte die Achseln. »Wir können daran nichts mehr ändern, schon gar nicht bei der derzeitigen politischen Lage in Kurdistan. Aber ich schreibe einen Bericht, Kopien davon gehen nach Syrien, Jordanien und in den Libanon.«

Bevor Al-Khalil sich hinsetzte, um seine Beobachtungen auf Band zu sprechen, sagte er noch abschließend: »Die Iraner vermuten, daß sage und schreibe fünfhundert Kilogramm Morphium oder Heroin auf dem Markt sind. Da drüben muß irgendwer geschlafen haben.« Er schüttelte bedauernd den Kopf.

Die Berichte wurden verbreitet, und einer von ihnen landete schließlich auf dem Schreibtisch von Jamil Hassan beim Rauschgiftdezernat in Beirut. Sobald er ihn gelesen hatte, wurde er aktiv und machte den Ganoven der libanesischen Unterwelt das Leben schwer. Unter anderem wurde dabei auch ein kleiner Gauner mit dem Namen André Picot zwecks Befragung festgenommen, der verdächtigt wurde, Kontakte zur Rauschgiftszene zu unterhalten. Man verhörte ihn stundenlang, ohne jedoch auch nur das geringste aus ihm herauszubekommen.

Dafür gab es zwei Erklärungen: Zum einen wußte er wirklich nicht viel, und zum anderen tappten die Polizeibeamten selbst zu sehr im dunkeln, um ihm die richtigen Fragen stellen zu können. Er wurde also nach einer Nachtsitzung, bei der er sich lediglich ein wenig im grellen Licht die Augen verdorben hatte, kurz vor neun Uhr morgens wieder auf freien Fuß gesetzt – was ein Jammer war.

II

Um zehn Minuten vor neun schaukelte das Motorboot bereits sachte auf den blauen Wellen des Mittelmeeres; so leise tuckerte der Motor, daß das Boot kaum vorankam. Hellier saß vorne am Bug, anscheinend voll und ganz mit der Angelrute beschäftigt, die er in der Hand hielt. Tozier jedoch beobachtete von der Kajüte aus mit Hilfe eines Fernglases die *Orestes,* die er nicht eine Sekunde lang aus den Augen ließ. Da aus ihrem einzigen Schornstein eine schmutzige Rauchwolke in den Himmel stieg, wußte er, daß ihre Maschinen liefen und sie im Begriff war, jeden Augenblick abzulegen.

Warren saß dicht neben der Tür in der Kajüte und beobachtete Metcalfe am Steuerrad. Er fand, daß der Söldner seine Sache ganz ausgezeichnet machte, und sagte ihm das auch. Metcalfe grinste. »Um das zu lernen, mußte ich durch eine harte Schule gehen. Vor ein paar Jahren habe ich mal mit einem Yankee namens Krupke Zigaretten von Tanger nach Spanien geschmuggelt, wir hatten ein recht großes Boot, eine Fairmile von der Marine, das hatte ich so frisiert, daß wir damit die spanischen Zollkutter abhängen konnten. Wenn man bei solchen Unternehmungen nicht lernt, mit einem Boot umzugehen, dann lernt man es nie.«

Er beugte sich vor, um einen Blick in den Salon zu werfen. »Tut sich was, Andy?«

»Gar nichts«, antwortete Tozier, ohne die Augen vom Fernglas zu nehmen. »In zehn Minuten schlagen wir los.«

Metcalfe richtete sich wieder auf und sagte, halb nach hinten gewandt: »Wir lassen später die Kiste treiben, Sir Robert. Das wird der Charterfirma nicht sonderlich gut gefallen, also machen Sie sich schon mal auf einen Prozeß gefaßt.«

Hellier knurrte belustigt. »Das kann ich mir leisten.«

Warren spürte das harte Metall der Pistole, die ihm im Hosenbund steckte. Da sie ihn störte, rückte er sie ein wenig zurecht. Metcalfe schaute zu ihm hinunter und sagte: »Immer schön mit der Ruhe, Nick. Dann geht auch alles klar. Sie kommen einfach hinter uns an dem Seil hochgeklettert und machen mir dann alles nach.«

Warren behagte es gar nicht, daß Metcalfe seine Unruhe bemerkt hatte. Kurz angebunden gab er zurück: »Es wird schon gehen, wenn es endlich soweit ist.«

»Aber sicher doch«, antwortete Metcalfe. »Vorher hat man immer ein flaues Gefühl im Magen.« Er seufzte. »Mein ganzes Leben lang halse ich mir jetzt schon solche Sachen auf. Ich muß verrückt sein.«

Warren hörte hinter sich ein metallisches Klicken, er drehte sich um und sah, daß Follet ein volles Magazin in den Pistolengriff rammte. Metcalfe meinte: »Es macht sich bei jedem unterschiedlich bemerkbar. Johnny da drüben ist auch nervös, deshalb überprüft er immer wieder seine Waffe. Er kann einfach nie so recht glauben, daß sie wirklich losgeht, genau wie das alte Muttchen, das in die Ferien fährt und nie genau weiß, ob sie zu Hause auch das Gas abgestellt hat.«

Wieder rückte Warren an der Waffe herum, leise sagte er: »Wir entern das Schiff mit feuerbereiten Waffen, dabei kann die Mannschaft doch auch ganz unschuldig sein.«

»Im Leben nicht«, gab Metcalfe zurück. »An einem Leichter von dieser Größe kann man keine Torpedorohre einbauen, ohne daß die Mannschaft Wind davon bekommt. Die stecken alle unter einer Decke. Und geschossen wird sowieso nicht, außer, die fangen an.« Er schaute zur *Orestes* hinüber. »Wahrscheinlich haben sie nur so viel Männer wie unbedingt nötig an Bord, was uns die Arbeit ungemein erleichtert. Jeanette wird nicht einen einzigen Menschen mehr einweihen, als sie muß.«

Tozier fragte: »Warum schnappen wir uns den Pott eigentlich nicht gleich? Die *Orestes* ist startklar, wir sind startklar. Wir können nicht erst warten, bis sie den Anker lichtet.«

»Okay«, antwortete Metcalfe und drehte sachte das Steuerrad herum. Nach hinten gewandt sagte er: »Spielen Sie schön weiter den Angler, Sir Robert.« Er gab ein wenig Gas, und schon zog das Boot zielstrebiger durchs Wasser. Augenzwinkernd erklärte er Warren: »Der Sinn der Sache liegt in der Behutsamkeit. Wir rasen nicht mit brüllenden Motoren auf sie zu, wir machen uns hübsch leise und langsam an sie heran. Auch wenn sie uns kommen sehen sollten, wissen sie nicht, was sie von uns zu halten haben. Und bis sie es kapiert haben, ist es für sie zu spät, das hoffe ich zumindest.«

Tozier legte das Fernglas weg und machte sich rasch fertig. Er schlang sich die Maschinenpistole über die Schulter und überprüfte ein Seil auf unerwünschte Knoten hin. Dann probierte er aus, ob auch der dreizackige, zur Schalldämpfung mit Lumpen umwickelte Enterhaken, der an dem einen Ende des Seiles hing, gut befestigt war. Er tippte Warren auf die

Schulter. »Platz gemacht, lassen Sie mal einen alten Fuchs den Hasen sehen«, sagte er. Warren trat zur Seite.

Für einen unbeteiligten Zuschauer vom Ufer aus mochte es so aussehen, als triebe das Boot gefährlich nah an die *Orestes* heran, die immerhin auslaufbereit war. Sollte das Motorboot in den Sog der sich zu drehen beginnenden Schraube geraten, konnte es zu einem häßlichen Unfall kommen. Das ganze Manöver wirkte wie eine stümperhafte Steuermannsleistung, für die es keine Entschuldigung gab, auch wenn der dicke, fette Engländer einen Fisch gefangen hatte und den Steuermann durch seine Aufregung ablenkte.

Hellier zog den Fisch aus dem Wasser. Es war wirklich ein Prachtexemplar, das er am frühen Morgen auf dem Fischmarkt in der Nähe des Suq des Orfèvres gekauft hatte. Diese geniale Idee war Follet, dem Meisterschwindler, noch in letzter Minute eingefallen. Hellier ließ den Fisch geschickt am Haken zappeln, als wäre er noch lebendig. Wenn sie Glück hatten, kamen sie durch dieses kleine Ablenkungsmanöver noch zehn Meter näher an die *Orestes* heran, ohne aufgehalten zu werden.

Dann lag das Boot dicht neben dem Schiff, und Metcalfe nickte Tozier zu. »Jetzt!« sagte er scharf. Er gab Vollgas, riß das Ruder herum und hielt auf das Heck der *Orestes* zu, wobei er sich ständig bemühte, den Schiffsrumpf zwischen Boot und Ufer zu haben.

Tozier sprang in das Cockpit, schwang den Enterhaken zweimal über dem Kopf und schleuderte ihn dann zur Achterreling hinauf. Sobald er festhing, ließ Hellier den Fisch fallen und griff nach dem Seil, er zog es stramm und brachte so das Boot längsseits, während Metcalfe den Leerlauf einlegte. Er war noch nicht damit fertig, da hangelte Tozier sich schon nach oben, und Warren hörte, wie er mit einem dumpfen Schlag auf dem Deck landete.

Metcalfe ließ das Steuerrad im Stich und kletterte hinter ihm her, und Warren beklomm ein ungutes Gefühl, als er zu dem hohen Heck der *Orestes* hinaufsah. Die Schraube war zu drei Vierteln unter Wasser, da das Schiff schwer beladen war, und wenn der Skipper Befehl zum Ablegen gab, würde der Sog der Schraube das kleine Boot unweigerlich zerschmettern.

Follet stieß ihn von hinten an. »Nun los doch!« zischte er, Warren packte das Seil und zog sich hinauf. Er kam sicher oben an, wo er sogleich von einer Hand im Nacken gepackt und über die Reling gehievt wurde.

Es gab keine Ruhepause, atemlos lief er hinter Metcalfe her. Tozier war nirgends zu sehen, doch als Warren sich umschaute, erblickte er Hellier hinter sich, der in seiner Anglerverkleidung aus grellbuntem Hawaiihemd und Shorts eine lächerliche Figur abgab. Doch die Waffe, die er in der feisten Hand hielt, hatte überhaupt nichts Lachhaftes an sich.

Unter ihren Füßen erzitterte das Deck, und Metcalfe hob warnend die Hand. Als Warren ihn einholte, sagte er leise: »Gerade noch rechtzeitig gekommen. Es geht los.« Er streckte die Hand aus. »Da drüben ist die Leiter zur Brücke, gehen wir.«

Er lief geschmeidig voraus und kletterte zur Brücke hoch. Während Warren ihm folgte, mußte er daran denken, wie eigenartig es war, daß man sie noch nicht bemerkt hatte. Doch jetzt kam es darauf an. Man überfällt schließlich nicht die Brücke eines Schiffes, ohne daß der Kapitän ein Wörtchen einzuwenden hätte.

Metcalfe erreichte die Brücke als erster, und, als hätten sie es vorher abgesprochen, erschien gleichzeitig Tozier auf der anderen Seite. Dort hielten sich ansonsten nur noch vier Männer auf, der Kapitän, zwei Offiziere und der Steuermann. Der Skipper starrte ungläubig auf die Maschinenpistole in Toziers Händen, dann fuhr er herum und fand sich Metcalfe gegenüber. Als er den Mund aufriß, schnauzte Metcalfe: *»Arretez!«*, und, um auf Nummer Sicher zu gehen, wiederholte er es noch einmal auf arabisch. *»Ukaf!«*

Die Bewegung, die er mit seiner Waffe machte, war ohnehin unmißverständlich, und der Skipper klappte den Mund wieder zu. Tozier scheuchte die Offiziere mit der Maschinenpistole zur Seite, während Metcalfe dem Steuermann bedeutete, sich nicht vom Fleck zu rühren. Warren stand oben neben der Leiter auf der Brücke, locker hielt er die Pistole in der Hand. Er schaute zu Hellier hinunter, der am Fußende der Leiter aufpaßte; Follet tat wahrscheinlich auf der anderen Seite das gleiche.

Das Schiff bewegte sich noch immer langsam vorwärts, und er sah, daß die Entfernung zwischen der *Orestes* und dem Kai immer größer wurde. Metcalfe gab über den Telegrafen in den Maschinenraum durch, auf halbe Kraft zu gehen, seine Anweisung wurde prompt ausgeführt. Mit der Waffe im Rücken folgte der Steuermann Metcalfe ausgestrecktem Zeigefinger mit den Augen, dann nickte er heftig mit dem Kopf. Er riß das Steuerrad herum, und sie entfernten sich immer schneller vom Kai.

Plötzlich gab es einen Zwischenfall. Eastman trat aus dem Brückenhaus, und als er sah, was vor sich ging, erstarrte er. Er fuhr sich mit der Hand in die Jacke und riß eine Waffe heraus. Warren legte sofort mit der Pistole auf ihn an, und für den winzigsten Bruchteil einer Sekunde standen sie einander wie zu Standbildern erstarrt gegenüber. Dann schrie Eastman auf, als ihn von hinten eine Eisenstange am Arm traf. Seine Pistole ging los, kreischend und pfeifend prallte der Querschläger auf Metall und zischte aufs Meer hinaus. Ohne die Waffe loszulassen, fuhr er zu Dan Parker herum, der mit der Eisenstange in der Hand dicht hinter ihm stand.

Er rammte Parker den Ellbogen in die Magengrube, Parker krümmte sich vor Schmerzen zusammen, die Eisenstange fiel klappernd aufs Deck. Dann war Eastman davongerannt, und Warren hörte noch, wie in der Ferne eine Tür ins Schloß fiel.

Metcalfe bewegte sich als erster wieder. Er lief an den Rand der Brücke und schaute zum Ufer, wo nun viele neugierige Köpfe hinter dem auslaufenden Schiff hersahen. »Das hat man gehört«, sagte er, dann rief er lauter: »Johnny, kommen Sie hoch zu mir.« Er wandte sich Tozier zu. »Die Crew hat das bestimmt auch mitbekommen. Können Sie die Brücke halten, während Johnny und ich uns Eastman schnappen?«

»Nur zu«, antwortete Tozier. »Nick, sagen Sie Hellier Bescheid, er soll raufkommen, dann kümmern Sie sich um unseren Freund mit der Eisenstange.« Er baute sich vor den Offizieren auf. »Wer spricht Englisch?« fragte er im Plauderton.

»Ich spreche Englisch«, antwortete der Kapitän.

»Dann müßten wir ja prima miteinander auskommen. Schnappen Sie sich den Lautsprecher, und sagen Sie der Besatzung, sie soll sich da unten an der Luke versammeln. Aber als erstes, wo ist der Funkraum?«

Der Skipper holte tief Luft, als ob er sich zu einer Trotzreaktion aufschwingen wollte, doch Tozier brauchte nur einmal kurz mit der Waffe zu drohen, schon hatte er es sich anders überlegt. Mit dem Kopf deutete er auf die Stelle, wo Warren gerade Parker wieder auf die Beine half. »Da durch.«

»Behalten Sie ihn im Auge«, sagte Tozier noch zu Hellier, dann lief er rasch los. Als er zurückkam, brüllte der Kapitän bereits unter Helliers Aufsicht brav Befehle in den Lautsprecher und trommelte seine Leute zusammen. Wie Tozier schon vermutet hatte, waren es nicht viele Männer; das Schiff war nur mit einer kleinen Besatzung ausgerüstet.

»Ich würde einiges dafür geben, wenn ich wüßte, ob das wirklich alle sind«, meinte er mit einem Blick auf die Crew.

Warren trat mit Parker zu ihm. »Das ist Dan Parker. Er kann uns in dieser Frage vielleicht weiterhelfen.«

Tozier lächelte. »Erfreut, Sie kennenzulernen.«

»Ich freue mich bestimmt noch mehr«, antwortete Parker. Er ließ den Blick über das Deck gleiten. »Das sind alle, aber die aus dem Maschinenraum kann ich nicht sehen. Wenn sie die Maschinen stoppen, geht es uns an den Kragen.«

»Die haben den Schuß da unten bestimmt nicht gehört«, meinte Tozier. »Aber das läßt sich leicht feststellen.« Über den Maschinentelegrafen ordnete er volle Kraft voraus an, und der Befehl wurde auf der Stelle ausgeführt. »Denen hat noch keiner Bescheid gesagt.«

»Wenn wir sie irgendwie aus dem Maschinenraum kriegen, kann ich die Maschinen übernehmen«, sagte Parker. Er blickte sich um. »Wo steckt Mike?«

»Ich habe ihn noch nicht gesehen«, antwortete Warren. »Wo war er denn?«

»Ich glaube, in seiner Kabine.«

»Den können wir später suchen«, sagte Tozier ungeduldig. »Wo sollen wir inzwischen die Mannschaft lassen? Zuerst müssen wir das Schiff fest in der Hand haben, bevor wir uns um etwas anderes kümmern.«

»Es gibt einen leeren Frachtraum«, antwortete Parker. »Da hätten wir sie auf Nummer Sicher.«

»Nick, Sie, Hellier und Parker nehmen das in die Hand, und diese Bande hier können Sie gleich mitnehmen.« Tozier zeigte auf die Offiziere. »Die machen Ihnen bestimmt keinen Ärger, sehen mir alle nicht aus wie große Helden.« Er zupfte an seiner Unterlippe. »Ich hoffe bloß, Tom kommt zurecht.«

III

Warren kümmerte sich um die Mannschaft und trieb sie in den Frachtraum, dann übernahmen sie zu dritt den Maschinenraum. Parker und Hellier blieben dort unten, er selbst vereinte die drei Maschinisten mit dem Rest der Besatzung und schaute dann zur Brücke hoch. Tozier lehnte über der Reling. »Wir haben ein Problem, kommen Sie mal rauf.«

»Und was wird aus denen hier?«

»Ich schicke Ihnen Abbot runter, wir haben ihn gefunden. Geben Sie ihm Ihre Waffe.«

Nachdem Abbot die Leiter heruntergestiegen war, grinste er Warren fröhlich an. »Eine wunderbare Aufführung«, sagte er. »Was war ich froh, unsere Truppe zu sehen.«

Warren übergab ihm die Pistole. »Was gibt es denn?«

»Sie werden sich wundern, aber das sollen Ihnen besser Ihre Freunde da oben erzählen.«

Warren stieg zur Brücke hoch, wo Follet inzwischen das Ruder übernommen hatte, Tozier stand neben ihm. Der sagte rasch: »Wir haben Eastman in der Falle, aber jetzt kommen wir nicht weiter. Tom paßt zwar auf, daß sich die Maus nicht mit dem Käse davonstiehlt, aber wir haben ein Problem. Er ist da unten in dem Raum mit den Torpedos, also kommen wir erst an das Heroin heran, wenn wir ihn herausgelockt haben.«

»Er will das Zeug beschützen«, warf Follet ein. »Ich schätze, er erwartet Hilfe. Die Mannschaft kann nichts mehr ausrichten, aber die Delorme hat Fuads Yacht und könnte uns verfolgen.«

Warren ging auf diese Möglichkeit zunächst nicht ein. »Wie ist das Abfeuern der Torpedos geregelt?«

Tozier streckte die Hand aus. »Zwei Knöpfe neben dem Steuerrad. Man braucht nur draufzudrücken, und schon gehen die Torpedos los.«

Warren nickte. »Dann können wir also schon einmal die Hälfte des Heroins loswerden.« Er trat einen Schritt vor.

Tozier hielt ihn fest. »Langsam. Ihr Freund Parker hat sich zuviel Mühe gegeben. Die Torpedos sind alle scharf. Ihm ist ein Packen Sprengstoff in die Hände gefallen, in jedem Gefechtskopf stecken jetzt hundertachtzig Pfund TNT.«

»Das wird der teuerste Knall seit Hiroshima«, sagte Follet.

Warren verstand nicht ganz. »Wo sehen Sie eigentlich die Schwierigkeit?«

Tozier starrte ihn an. »Verdammt noch mal, man kann doch nicht einfach auf gut Glück scharfe Torpedos ins Mittelmeer schießen, und diese hier schon gar nicht. Die haben nämlich eine Reichweite von fünfundzwanzig Kilometern, sagt Abbot.« Er zeigte aufs Meer hinaus. »Wie zum Teufel sollen wir wissen, was hinter dem Horizont ist? Wir können nicht fünfundzwanzig Kilometer weit sehen.«

Follet lachte auf. »Ich habe neulich gehört, daß die Sechste Flotte der Amerikaner hier irgendwo liegt. Wenn wir einen von Onkel Sams Flugzeugträgern in die Luft jagen, haben wir den Dritten Weltkrieg an der Hand, darauf können Sie Gift nehmen.«

Warren überlegte. »Gibt es hier in der Gegend keine unbewohnten Inseln? Irgendwelche Felsen oder Sandbänke? Irgendwas, was wir unter Beschuß nehmen können und wobei dann höchstens ein paar Fische ums Leben kommen?«

»Eine tolle Idee, wenn man unbedingt einen internationalen Zwischenfall heraufbeschwören will«, meinte Tozier. »Wenn wir in der arabischen Welt irgendwelche Felsen beschießen, kriegen die Israelis eins aufs Dach. Hier sitzt man doch sowieso schon auf einem Pulverfaß, und der kleinste Funke, geschweige denn ein großer Knall, kann alles in die Luft jagen.«

»Außerdem hätten wir dann immer noch die Hälfte von dem Zeug am Hals«, ergänzte Follet. »Und wenn Eastman schlau genug war, die Zünddrähte zu kappen, sitzen wir womöglich noch auf dem ganzen Haufen fest.«

»Also müssen wir ihn irgendwie herauslocken«, sagte Warren. »Ich finde, wir sollten Parker in dieser Sache zu Rate ziehen. Der kennt das Schiff.«

»Einen Augenblick«, meinte Follet. »Ich klemme hier immer noch hinter dem Steuerrad, aber würde mir vielleicht mal einer verraten, wohin wir eigentlich fahren?«

»Spielt denn das eine Rolle?« fragte Tozier ungeduldig.

»Metcalfe hält es jedenfalls für wichtig«, antwortete Follet. »Er hat Jeanette Delorme am Kai gesehen, als wir ausliefen, und sie hat ihn ebenfalls bemerkt. Sie wird sich denken können, daß es sich um eine Schiffsentführung handelt, und Tom meint, sie kommt wie eine Furie hinter uns her.«

»Na und?«

»Wir können also in Küstennähe bleiben oder aufs offene Meer zuhalten. Sie steht vor der gleichen Wahl. Was wäre Ihnen denn lieber?«

»Ich bin eher für die Küste«, antwortete Tozier. »Wenn sie uns auf hoher See erwischt, wo kein Mensch mitbekommt, daß sie uns jede Menge Kugeln auf den Pelz brennt, stehen unsere Chancen nicht sehr rosig. Vor allem, wenn es auf der Yacht von ihren Halsabschneidern nur so wimmelt.«

»Haben Sie sich auch überlegt, daß sie sich ausrechnen kann, daß wir genauso denken? Wahrscheinlich ist sie gleich an der Küste entlanggefahren und erwischt uns sowieso. Ich wette, sie kann uns jetzt schon sehen.«

»Woher zum Teufel soll ich denn wissen, was sie sich denkt?« stieß Tozier hervor. »Oder was überhaupt in einer Frau vorgeht?«

»Es gibt eine Lösung«, sagte Follet. »Hier, übernehmen Sie mal das Ruder.« Er trat zur Seite und holte einen Stift und ein Notizbuch hervor. »Also, wenn wir am Ufer langfahren, und sie sucht uns auf See, steht unser Überleben zu hundert Prozent fest, richtig?«

»Bis sie es merkt«, warf Warren ein.

»Nein, wir würden ohne einen Kratzer davonkommen«, widersprach Follet. »Und anders herum gilt genau dasselbe, wenn wir aufs Meer fahren und sie an der Küste bleibt. Was meinen Sie Andy, wie stehen unsere Überlebenschancen, wenn sie uns auf See schnappt?«

»Nicht besonders«, antwortete Tozier. »Sagen wir, fünfundzwanzig Prozent.«

Follet schrieb die Zahl nieder. »Und wenn sie uns an der Küste erwischt?«

»Schon ein bißchen besser, sie könnte nicht soviel Krawall veranstalten. Die Chancen, daß wir heil aus der Sache herauskommen, wären nicht schlecht. Sagen wir, etwa fünfundsiebzig Prozent.«

Follet warf in Windeseile ein paar Zahlenreihen aufs Papier. Warren, der ihm dabei über die Schulter blickte, sah, daß er offensichtlich eine mathematische Formel ausarbeitete. Nachdem Follet seine Berechnungen beendet hatte, sagte er: »Wir machen folgendes. Wir werfen vier Papierzettel in einen Hut, von denen einer mit einem Zeichen versehen ist. Wenn wir den markierten Zettel ziehen, fahren wir aufs Meer hinaus, wenn nicht, bleiben wir in Küstennähe.«

»Sie haben wohl den Verstand verloren!« fuhr Tozier ihn an. »Wollen Sie etwa im Ernst eine so wichtige Entscheidung dem Zufall überlassen?«

»Mein Verstand funktioniert prächtig«, sagte Follet. »Wieviel habe ich Ihnen bei unseren Spielchen abgeknöpft?«

»Fast tausend Pfund, aber was hat denn das damit zu tun?«

Follet holte eine Handvoll Münzen aus der Tasche und hielt sie Tozier unter die Nase. »Passen Sie auf. Hier habe ich acht Münzen, drei davon sind aus dem Jahr 1960. Wenn wir miteinander Kopf oder Zahl spielten, habe ich willkürlich in die Tasche gegriffen und eine davon herausgeholt. Erwischte ich eine mit der Prägung 1960, habe ich Kopf gesagt, wenn nicht, habe ich Zahl genommen. Das reichte mir schon, um meine Gewinnchancen zu verbessern, und Sie konnten überhaupt nichts dagegen ausrichten.«

Er wandte sich zu Warren. »Die Idee stammt aus der Glücksspieltheorie, es ist ein mathematischer Ausweg aus einer Zwickmühle. So etwas hat doch jeder schon einmal erlebt. Tue ich dies, kann ich mir ausrechnen, daß Sie sich schon denken, was ich vorhabe, weil ich genau weiß, wie Sie denken, also tue ich das Gegenteil, und so dreht man sich ständig im Kreis. Mit dieser Methode kann man sogar die Chancen ermitteln, in unserem Fall etwas über einundachtzig Prozent.«

Tozier starrte Waren verdattert an. »Was meinen Sie, Nick?«

»Schließlich haben Sie tatsächlich in einer Tour verloren«, antwortete Warren. »Vielleicht hat Johnny recht.«

»Worauf Sie sich verlassen können.« Follet bückte sich, hob eine Uniformmütze auf und warf vier Münzen hinein. »Ziehen Sie eine, Nick. Wenn 1960 daraufsteht, halten wir aufs Meer zu, wenn nicht, bleiben wir an der Küste.«

Er hielt Warren die Mütze hin, doch der zögerte noch. »Sie müssen es folgendermaßen sehen«, sagte Follet ernst. »Im Moment ist es doch so, bis Sie eine Münze gezogen haben, haben wir selbst keine Ahnung, wohin wir fahren werden, woher soll es dann also die Delorme wissen? Und die Mischung der Münzen im Hut gibt uns die bestmöglichen Gewinnchancen, ganz egal, was sie auch unternimmt.« Er hielt inne. »Nur eines will ich noch hinzufügen. Wir tun das, was die Münze uns sagt. Man kann es sich hinterher nicht mehr anders überlegen, so sind nun mal die Regeln.«

Warren streckte die Hand aus, nahm eine Münze und hielt sie den anderen mit der eingeprägten Jahreszahl nach oben auf dem Handteller hin. Tozier musterte sie. »1960«, sagte er seufzend. »Also dann, aufs Meer, und Gott steh uns bei!«

Er riß das Steuerrad herum, und der Bug der *Orestes* schwang Richtung Westen.

IV

Tozier ließ Warren und Follet auf der Brücke stehen und stieg in den Maschinenraum hinunter, um über das Problem mit Parker zu beratschlagen. Der huschte mit einer Ölkanne in der Hand zwischen den glänzenden, gefährlich stampfenden Stahlkolben umher, während Hellier neben dem Maschinentelegrafen auf Anweisungen von der Brücke wartete.

Tozier winkte Parker heran, der gleich die Ölkanne abstellte und zu ihm kam. »Können Sie die Maschine ein Weilchen sich selbst überlassen?«

»Eigentlich haben wir für so was nicht genug Leute«, antwortete Parker. »Aber für ein paar Minuten müßte es schon gehen. Was gibt es denn?«

»Ihr Freund Eastman hat sich unten im Torpedoraum verbarrikadiert. Wir müssen ihn irgendwie herausholen.«

Parker runzelte die Stirn. »Das dürfte ein bißchen schwierig werden. Für den Fall, daß mit den Torpedorohren etwas nicht geklappt hätte, habe ich ein wasserdichtes Schott einbauen lassen. Wenn er sich dahinter verschanzt hat, ist es ein Ding der Unmöglichkeit, ihn mit Gewalt herauszukriegen.«

»Können Sie nicht irgend etwas vorschlagen? Solange er sich eingeschlossen hat, können wir überhaupt nichts mit dem Heroin machen.«

»Am besten schaue ich es mir mal an«, antwortete Parker kurz.

Sie stießen auf Metcalfe. Er lag vor einem schlauchförmigen Stahlkorridor auf der Lauer, der am anderen Ende mit einer fest verschlossenen stabilen Stahltür gesichert war. »Er steckt dahinter«, sagte er. »Natürlich könnte man die Tür von dieser Seite aus aufmachen, wenn man unbedingt wollte, aber dann fängt man sich sofort eine Kugel ein. Der kann einen doch gar nicht verfehlen.«

Tozier schaute durch den Gang. »Nein, danke. Man hätte ja überhaupt keine Deckung.«

»Außerdem ist die Tür kugelsicher«, sagte Metcalfe. »Ich habe ein paarmal darauf geschossen, aber ich mußte rasch einsehen, daß einem hier viel zu viele Querschläger um die Ohren fliegen. Da hätte ich eher mich selbst getroffen als ihn.«

»Haben Sie schon versucht, ihm gut zuzureden?«

Metcalfe nickte. »Entweder kann er mich nicht hören, oder er spart sich die Antwort.«

»Was meinen Sie, Parker?«

»Es gibt nur einen einzigen Weg in die Kammer, und zwar durch diese Tür.«

»Also haben wir ein Patt«, meinte Tozier.

Metcalfe verzog das Gesicht. »Wenn das nur schon alles wäre. Er braucht sich uns nur so lange vom Leib zu halten, bis die anderen das Schiff zurückerobert haben, und schon hat er gewonnen.«

»Die Delorme bereitet Ihnen aber anscheinend ziemliche Kopfschmerzen. Zuerst muß sie uns mal finden, und dann geben wir uns noch lange nicht geschlagen. Was haben Sie auf dem Herzen?«

Metcalfe fuhr zu ihm herum. »Als ich Fahrwaz' Lieferung abholte, mußten einige Stücke zurückbleiben. Ein paar schwere Maschinengewehre zum Beispiel.«

»Das ist übel«, sagte Tozier leise.

»Sie haben ja längst noch nicht alles gehört. Die liebe Jeanette hatte vor, Fahrwaz ein paar 40-Millimeter-Kanonen anzudrehen, aber die wollte er ihr für Geld und gute Worte nicht abnehmen. Für seinen Geschmack verbrauchen sie nämlich zuviel Munition, also hat er sie darauf sitzenlassen. Wenn sie genug Grütze im Kopf hatte, eines davon an Bord der Yacht zu lassen, könnte sie das Geschütz jetzt im Handumdrehen an Deck montieren. Dazu bräuchte sie bloß einen Schweißbrenner und ein bißchen Stahl, und davon liegt in der Werft genug herum.«

»Halten Sie das für wahrscheinlich?«

»Das kleine Luder läßt sich so leicht keine Chance entgehen«, antwortete Metcalfe heftig. »Hätte ich sie mir doch bloß schon in Beirut geschnappt.«

»Dann wäre uns das Heroin durch die Lappen gegangen. Wir müssen den Stoff unbedingt loswerden. Er darf ihr nicht in die Hände fallen.«

Metcalfe deutete mit dem Daumen zum anderen Ende des Ganges. »Bedienen Sie sich, die Tür gehört Ihnen.«

»Da fällt mir gerade etwas ein«, sagte Parker. »Wir zwingen ihn einfach herauszukommen, indem wir ihn von innen unter Druck setzen.«

»Sie meinen, wir sollen die Kammer unter Wasser setzen?« fragte Tozier. »Ist denn das zu machen?«

»Nicht mit Wasser«, antwortete Parker. Er legte den Kopf in den Nacken und schaute nach oben. »Direkt über uns, auf dem Vorderdeck, befindet sich die Ankerwinde. Sie wird mit Dampf aus den Kesseln betrieben. Ich schätze, ich könnte die Leitung anzapfen und den Dampf nach hier unten umleiten.«

»Und was dann?«

»Das Schiff hat eine Vorrichtung zur Schädlingsbekämpfung, damit kann man zum Beispiel Ratten ausräuchern. Durch jede Kammer läuft ein Gasrohr, und ich bin mir ziemlich sicher, daß der Hahn im Torpedoraum offensteht. Ich suche mir das andere Ende von dem Rohr und schließe meine Leitung daran an. Wir brauchen Jack Eastman nur mit ein bißchen kochendheißem Dampf einzuheizen, und schon kommt er herausgeschossen wie eine Katze mit einer brennenden Lunte am Schwanz.«

»Sie haben wirklich nette Einfälle«, meinte Metcalfe. »Ausgesprochen menschenfreundlich. Wie lange werden Sie dafür brauchen?«

»Keine Ahnung, eine Stunde vielleicht oder zwei. Kommt darauf an, wie es oben an Deck aussieht.«

»Dann halten Sie sich ran!« sagte Metcalfe.

V

Jamil Hassan war ein sehr methodischer Mensch, die Behörde jedoch, bei der er arbeitete, war ein schwerfälliger, vom Amtsschimmel regierter Apparat, auf dessen verschlungenen Dienstwegen Informationen oft genug hängenblieben. Deshalb war auch die neueste Entwicklung gar nicht bis zu ihm vorgedrungen, und nur, weil er sich entschlossen hatte, am späten Vormittag eine Tasse Kaffee trinken zu gehen, kam ihm die Nachricht überhaupt noch zu Ohren.

Als er auf dem Weg nach draußen am Tisch des diensthabenden Beamten vorbeikam, fragte er routinemäßig: »Irgend etwas passiert?«

»Nicht viel, Sir, nur das Übliche. Eine komische Sache hat es allerdings gegeben, es wurde eine Schießerei an Bord eines Schiffes gemeldet, das gerade aus der Schiffswerft El-gamhuria auslief.«

Ein junger Polizist, der an einem Nebentisch über einem Bericht saß, spitzte die Ohren. Hassan fragte: »Was war denn daran so komisch?«

»Bis die Meldung hier eingetroffen war und wir einen Beamten hingeschickt hatten, war das Schiff bereits außerhalb unserer Hoheitsgewässer.« Der Mann zuckte die Achseln. »Wir konnten nichts mehr tun.«

Der junge Polizist sprang in die Höhe. »Sir!«

Hassan beäugte ihn neugierig. »Ja?«

»Letzte Nacht haben wir auf Ihre Anweisungen hin einen Mann verhört, André Picot heißt er.«

»Na und?«

Der junge Mann trat aufgeregt von einem Fuß auf den anderen. »Es... es ist nur so, daß ich Picot vor drei Tagen aus der El-gamhuria Werft habe kommen sehen. Vielleicht hat es ja gar nichts zu...«

Hassan bedeutete ihm zu schweigen, denn in seinem Kopf fügten sich die einzelnen Informationen wie bei einem Puzzlespiel zusammen. Heroin – eine große Menge Heroin – war Richtung Westen aus dem Iran geschafft worden; Picot, ein mutmaßlicher Schmuggler, war verhört worden – ohne Erfolg; Picot war bei der Schiffswerft El-gamhuria gesehen worden; an Bord eines Schiffes derselben Werft war mindestens ein Schuß abgegeben worden; das Schiff hatte schnellstens die libanesischen Hoheitsgewässer verlassen. Es war nicht viel, doch Jamil Hassan genügte es.

Er nahm den Telefonhörer ab, wählte eine Nummer und sagte: »Schaffen Sie André Picot zur Vernehmung her, und besorgen Sie mir einen Wagen.«

Dreißig Minuten später stand er an der Werft am Kai und befragte den Beamten, der die Ermittlungen geleitet hatte. »Und das Schiff ist ausgelaufen, nachdem der Schuß gefallen war?«

»Ja, Sir.«

»Was für einen Namen hatte es?«

»Es war die *Orestes*.«

Hassan ließ den Blick über das verlassene Kai gleiten. »Und es war das einzige Schiff, das hier lag. Eigenartig.«

»Nein, Sir, hier ankerte auch noch eine Yacht. Die hat erst vor fünf Minuten abgelegt.« Er zeigte aufs Meer hinaus. »Da fährt sie.«

Hassan hielt sich schützend die Hand über die Augen und spähte aufs Meer hinaus. »Und Sie haben sie einfach auslaufen lassen? War der Eigner hier, als der Zwischenfall passierte?«

»Ja, Sir. Er sagte, er hätte weder etwas gesehen noch gehört. Seine Mannschaft hat das bestätigt.«

Hassan musterte die Yacht. »Äußerst praktisch für ihn. Wer war es denn?«

»Er heißt Fuad, Sir. Er sagte, er wollte zu einer Kreuzfahrt in die Karibik aufbrechen.«

»Grundgütiger Himmel!« stieß Hassan hervor. »Das hat er gesagt? Was liegt denn da am Heck?«

Der Beamte strengte seine Augen an. »Ein Haufen Segeltuch?« riet er.

»Eine Segeltuchplane, unter der irgend etwas versteckt ist«, verbesserte ihn Hassan. »Ich brauche ein Telefon.«

Zwei Minuten später war er in ein Streitgespräch mit einem ausnehmend begriffsstutzigen Offizier des Marinehauptquartiers in Beirut verwickelt.

VI

Die *Orestes* stampfte auf ihrem neuen Kurs durch die Wellen, hinter ihr war längst kein Land mehr zu sehen, nur eine Wolkenbank verriet noch, wo Mount Lebanon lag. Warren machte sich nützlich; er hatte die Kombüse gefunden und bereitete jetzt eine Mahlzeit zu, die aus Corned Beef aus der Dose und flachen arabischen Brotlaiben bestand, die sie mit einem dünnen, sauren Wein hinunterspülen mußten.

Während er damit beschäftigt war, dachte er über die Beziehung zwischen Metcalfe und Tozier nach. Sie waren aus demselben Holz geschnitzt, beide hatten sie einen starken Willen, und sie waren bei der Arbeit so harmonisch aufeinander eingespielt, daß sich der eine automatisch darauf verlassen konnte, daß der andere im richtigen Moment genau das Richtige tat. Er fragte sich, wer von beiden wohl die Oberhand behalten würde, falls es jemals zu einer Auseinandersetzung zwischen ihnen kommen sollte.

Er entschied sich schließlich für Metcalfe. Tozier war der

etwas Konservativere von beiden; er hatte es lieber, wenn seine Aufträge zumindest den Anstrich von Rechtmäßigkeit hatten. Metcalfe hingegen war eher ein rücksichtsloser Freibeuter, bis zu einem gewissen Grade völlig skrupellos und auf dem Gebiet schmutziger Tricks kaum zu schlagen. Warren hatte das Gefühl, daß Tozier bei einer tödlichen Auseinandersetzung der beiden unter Umständen zögern würde, während Metcalfe wahrscheinlich gleich ernst machte. Er hoffte, daß sich ihm nie die Gelegenheit bieten würde, seine Theorie bestätigt zu sehen.

Nachdem er mit den Vorbereitungen fertig war, brachte er das Essen auf die Brücke. Da Metcalfe sich von allen am besten mit Schiffen und der Seefahrerei auskannte, stand er jetzt wieder am Ruder, während Tozier unten Eastman bewachte. Im Maschinenraum trieb Follet mit der Waffe in der Hand ein paar Maschinisten an, die er freigelassen hatte, damit sie sich nützlich machten. Parker und Abbot machten sich auf dem Vorderdeck an der Ankerwinde zu schaffen, und Hellier stand vor dem Frachtraum Wache.

Metcalfe rief Abbot und Hellier auf die Brücke, damit sie sich etwas zu essen holen sollten, und fragte: »Alles in Ordnung?«

»Kein Problem«, versicherte ihm Hellier. »Sie haben sich beruhigt.«

Metcalfe bot ihm eine Schnitte Brot an. Als Hellier hineinbiß, sagte er grinsend: »Jetzt steht auch noch Piraterie auf der Liste Ihrer Verbrechen, Sir Robert. In England kann man dafür heute noch gehängt werden.«

Hellier verschluckte sich an dem trockenen Brot und hustete los. Warren meinte: »Ich glaube kaum, daß die Delorme uns anzeigen wird, nicht mit den Beweisen, die wir an Bord haben.« Er schaute Metcalfe von der Seite an. »Hätte zu gern gewußt, was sie sich jetzt wohl denkt.«

»Nichts Gutes, das steht schon einmal fest«, antwortete Metcalfe. »Aber ich mache mir mehr Gedanken über das, was sie tut. Auf jeden Fall bleibt sie nicht auf der faulen Haut liegen. Wenn Jeanette wütend wird, macht sie Dampf.« Er deutete mit dem Kopf zum Vorderdeck. »Apropos Dampf, wie kommt denn Parker zurecht?«

»Er wird wohl noch eine Stunde brauchen«, antwortete Abbot.

Warren sagte: »Ich bringe ihm etwas zu essen, und vielleicht kann ich ihm ja auch ein bißchen zur Hand gehen.«

Metcalfe steuerte mit einer Hand, in der anderen hielt er ein Sandwich. »Was für ein Äppelkahn. Neun Knoten könnte ich schon herauskitzeln, aber nur wenn es bergab ginge.« Er legte den Kopf in den Nacken. »Was ist denn das da oben auf dem Lastkran für ein Ding?«

Abbot sagte: »Eine Idee von Dan.« Er erklärte ihm den Plan mit dem Lichtzeichen an Land und dem Posten im Krähennest.

»Sehr einfallsreich«, meinte Metcalfe. »Klettern Sie doch mal hoch, vielleicht können Sie schon etwas sehen.«

Nachdem Abbot auf den Lastkran gestiegen war, hielt er sich oben an dem festgeschraubten Zielfernrohr fest. In dieser Höhe, mehr als fünfzehn Meter über dem Wasser, spürte er die Brise in seinem blonden Haar, und auch das Schlingern der *Orestes* war stärker wahrzunehmen als an Deck. »Hier oben gibt es noch zwei Knöpfe für Torpedos«, rief er. »Eastman wollte auf Nummer Sicher gehen.«

»Bloß nicht anfassen. Können Sie etwas sehen?«

Abbot hielt in Fahrtrichtung Ausschau. »Vor uns ist ein Schiff. Ich sehe Rauch.« Er drehte sich langsam um und ließ den Blick über den Horizont gleiten. »Hinter uns rührt sich auch etwas.«

Metcalfe war sofort hellwach. »Holt es auf?«

»Schwer zu sagen«, schrie Abbot. Er schwieg eine Zeitlang. »Ich glaube ja. Ich kann die Bugwelle sehen.«

Metcalfe ließ das Steuerrad los und sagte zu Hellier: »Übernehmen Sie.« Er schnappte sich ein Fernglas, und schon kletterte er flink wie ein Affe auf den Lastkran. Oben angekommen, stemmte er sich gegen die Schlingerbewegung des Schiffes und richtete das Fernglas nach achtern. »Das ist Fuads Yacht. Sie kommt hinter uns her wie eine gesengte Sau.«

»Wie weit ist sie noch zurück?«

Metcalfe rechnete es rasch aus. »Vielleicht neun Kilometer. Und sie ist mit einer Radaranlage ausgerüstet, die haben uns bestimmt schon auf dem Schirm.« Er reichte das Fernglas Abbot. »Sie bleiben hier und lassen sie nicht aus den Augen.«

Er kletterte wieder nach unten, auf der Brücke nahm er den Telefonhörer ab und rief den Maschinenraum an. »Johnny, machen Sie Ihren Jungen mal ein bißchen Beine, wir brauchen mehr Saft... Ja, ich weiß, aber Jeanette ist uns auf den Fersen.«

Als er den Hörer wieder auf die Gabel knallte, sah ihn Hellier von der Seite an. »Wieviel Zeit bleibt uns noch?«

»Diese alte Rostlaube schafft mit Ach und Krach höchstens acht Knoten. Die Yacht macht vielleicht dreizehn oder vierzehn. Sagen wir, eine Stunde.« Metcalfe lief an der Reling und hielt nach achtern Ausschau. »Von hier aus kann man sie nicht sehen. Sie ist immer noch hinter dem Horizont.« Als er sich wieder umdrehte, lag ein grimmiges Lächeln auf seinem Gesicht. »So eine Hetzjagd habe ich schon einmal mitgemacht, im westlichen Mittelmeer. Zusammen mit einem Kerl namens Krupke, in einer Fairmile. Aber damals waren wir nicht die Gejagten, sondern die Jäger.«

»Und wer hat gewonnen?« fragte Hellier.

Metcalfe lächelte noch grimmiger. »Wir!«

»Was soll sie denn machen, wenn sie uns eingeholt hat? Sie kann uns wohl kaum entern, oder?«

»Sie kann uns in Grund und Boden schießen.« Metcalfe schaute auf seine Uhr. »In einer Stunde wird es hier auf dem Kahn ganz schön heiß zugehen.«

Hellier sagte: »Aber wir können doch hinter den ganzen Stahlplatten in Deckung gehen.«

Verachtung lag in Metcalfes Stimme, als er empört entgegnete: »Stahlplatten!« Er versetzte der Seite der Brücke einen Fußtritt, Rost rieselte in großen Flocken herab. »Vollmantelgeschosse gehen hier durch wie durch Pappe. Sie waren doch selber bei der Artillerie, Sie müßten eigentlich Bescheid wissen. Dann sagen Sie mir mal, was eine 40-Millimeter-Kanone auf dieser Brücke anrichten wird?«

Mit diesem beunruhigenden Gedanken ließ er Hellier stehen und ging zum Vorderdeck, wo Warren und Parker an der Ankerwinde arbeiteten. »Beeilung, wir werden verfolgt. Wie lange soll denn das in Gottes Namen noch dauern?«

Parker ließ sich nicht dabei stören, sorgfältig ein Rohr einzupassen. »Ich habe eine Stunde gesagt.«

»Mehr Zeit haben Sie auch nicht«, gab Metcalfe zurück. »Danach bleiben Sie in Deckung.«

Warren hob den Kopf. »Dan hat mir erzählt, was Sie von der Delorme befürchten. Meinen Sie wirklich, sie nimmt uns unter Beschuß?«

Jetzt ließ sogar Parker sein Werkzeug sinken. »Als ich das Luder zum ersten Mal gesehen habe, wußte ich gleich, die ist Gift«, sagte er. »Keine Ahnung, wie Mike es mit ihr aushalten konnte. Die würde uns alle der Reihe nach über den Haufen knallen und danach die ganze Nacht durchtanzen, ohne sich etwas dabei zu denken.« Er zog noch einmal mit der Rohrzange eine Mutter fest und fuhr fort: »Damit wären wir hier oben fertig. Den Rest erledigen wir unter Deck.«

»Wenn ich irgendwie helfen kann, damit es schneller geht, braucht ihr bloß zu rufen«, sagte Metcalfe. »Ich gehe mal nach unten und erstatte Andy Bericht.« Nachdem er mit Tozier geredet und Follet im Maschinenraum einen Besuch abgestattet hatte, stand er bald wieder oben in der frischen Luft. Plötzlich merkte er, daß die *Stella del Mare* bereits von Deck aus zu sehen war, knapp zeichnete sie sich vor dem Horizont ab. Er ging zum Heck, schaute prüfend nach achtern, lief dann zur Brücke zurück und sagte zu Hellier: »Sie stehen mitten auf der Zielscheibe. Wer da steht, kriegt als erster die Hucke voll.«

»Irgend jemand muß ja schließlich steuern«, antwortete Hellier leise.

»Natürlich, aber doch nicht von hier aus. Achtern gibt es eine Stelle für die Notsteuerung.« Metcalfe schaute zum Lastkran hoch. »Mike, kommen Sie mal runter, und übernehmen Sie das Steuer.«

Er ging mit Hellier nach achtern, wo sie das Behelfssteuerrad aus einem Verschlag holten, das sie dann unmittelbar oberhalb des Ruders anbrachten. Metcalfe musterte prüfend den Steuerplatz. »Ein bißchen zu ungedeckt«, meinte er. »Wir brauchen eine Plane. Das Segeltuch kann zwar keine Kugeln aufhalten, aber vielleicht nehmen sie das Heck gar nicht erst unter Beschuß, wenn sie da niemand sehen können.«

Sie versteckten das Steuerrad unter einer Leinwandplane. »Sie bleiben jetzt erst mal ein bißchen hier«, sagte Metcalfe zu Hellier. »Ich muß Abbot vom Steuer auf der Brücke abziehen, ich brauche ihn. Sie können das Schiff von hier aus führen, bis ich Sie ablösen komme.«

Während er wieder nach vorne rannte, dachte er, daß er auf seinen eigenen zwei Plattfüßen schon eine ganz schöne Strecke zurückgelegt hatte. Er wies Abbot an, das Steuerrad loszulassen, und überprüfte dann den Kurs der *Orestes*. Anfangs machte sie einen kleinen Schlenker, doch dann pflügte sie weiter geradeaus durch das Meer, und das Steuerrad auf der Brücke drehte sich langsam hin und her, als würde es von einem unsichtbaren Menschen gehalten.

»Springen Sie mal rasch in die Offizierskabinen«, sagte er zu Abbot. »Holen Sie eine Ladung Kissen, Decken, Jacken und Hüte nach oben, ich will ein paar Vogelscheuchen basteln.«

Schon bald zogen sie Mäntel über die Kissen und steckten die Uniformmützen mit Fleischspießen aus der Kombüse fest. Nachdem sie drei Puppen ausgestopft hatten, hängten sie sie mit Stricken am Dach des Ruderhauses auf, so daß sie sich beinahe an Männer am Galgen erinnert fühlten. Doch aus einiger Entfernung sahen sie vermutlich ausreichend realistisch aus, und als sie langsam hin und her schlenkerten, machten sie einen sehr naturgetreuen Eindruck.

Metcalfe trat an die Reling und blickte nach achtern. »Sie holen schnell auf. Nur noch ungefähr anderthalb Kilometer, sagen wir, in zehn Minuten haben sie uns. Am besten gehen Sie jetzt schon in Deckung, Mike. Ich schaue mal nach, wie Parker vorankommt.«

»Da drüben kommt ein Schiff«, sagte Parker und zeigte nach Steuerbord. In etwa drei Kilometer Entfernung hielt es querab auf sie zu. »Meinen Sie, wir sollten die Mannschaft um Hilfe bitten?«

»Nur, wenn Sie auf ein richtiges Gemetzel scharf sind«, antwortete Metcalfe rauh. »Wenn wir das Schiff mit hineinziehen, wird die Verlustliste nur noch länger ausfallen.«

»Soll das heißen, sie würde diese unbeteiligten Leute ebenfalls umbringen lassen?«

»Einhundert Millionen Dollar sind doch ein ausreichendes Mordmotiv. In diesem Teil der Welt wimmelt es in den Hafenstädten nur so von Typen, die schon für fünftausend Dollar einen Mordauftrag erledigen würden, und ich möchte wetten, Jeanette hat sie alle an Bord der Yacht um sich versammelt.« Er zuckte gereizt die Achseln. »Machen wir weiter.«

Parker und Warren waren müde und dreckig. »Fünf Minuten noch«, antwortete Parker auf Metcalfes drängende Frage. »Jetzt kommt das letzte Stück Rohr an die Reihe.«

»Wo dreht man den Dampf auf?«

»Das Ventil ist an Deck, neben der Ankerwinde«, sagte Parker. »Sie können es gar nicht übersehen.«

»Ich warte oben«, sagte Metcalfe. »Rufen Sie, wenn ich aufdrehen soll. Und vielleicht sollte mal jemand Andy Bescheid sagen, was sich hier tut. Womöglich braucht er auch ein bißchen Hilfe, aber das glaube ich eigentlich kaum.«

Als er wieder an Deck stand, sah er, daß die *Stella del Mare* mittlerweile querab an Backbord lag. Sie wurde langsamer, um die *Orestes* nicht zu überholen, und hielt sich dann konstant etwa zweihundert Meter von ihr entfernt. Metcalfe kauerte sich hinter die Winde und lugte zu ihr hinüber. Hinter ihm sagte Abbot: »Schauen Sie, was ist denn das da im Heck?«

»Bleiben Sie in Deckung«, fuhr Metcalfe ihn an. Er warf einen Blick auf die unverkennbaren Formen unter der Leinwandplane, und ihm wurde ein wenig flau im Magen. »Das ist eine Kanone. Das Ding spuckt schneller Granaten aus als ein Gartenschlauch Wasser.« Er schwieg. »Ich glaube, vorne am Bug haben sie ein Maschinengewehr aufgebaut, und dann noch ein zweites, mittschiffs über dem Bootsdeck. Das ist ein schwimmendes Pulverfaß.«

»Worauf warten sie denn noch?« fragte Abbot beinahe trotzig.

»Darauf, daß das andere Schiff verschwindet. Jeanette kann keine Zeugen gebrauchen. Die wartet erst ab, bis es weit genug weg ist, bevor sie irgendwas unternimmt.« Er schätzte die Entfernung zu dem Ventil ab, das völlig ungedeckt war. »Das will ich zumindest hoffen.«

Er trommelte ungeduldig mit den Fingern auf die Winde, er wartete auf sein Stichwort. Endlich hörte er Warren rufen: »Okay, Tom. Dan meint, drei Minuten aufdrehen, das müßte genügen.«

Metcalfe kam rasch hinter der Winde hervor, beugte sich über das Ventil und drehte. Er wußte nur allzu gut, daß er von der *Stella del Mare* aus deutlich zu sehen war, und er spürte ein ungemütliches Prickeln zwischen den Schulterblättern. Dampf kam zischend aus einer schlechten Rohrverbindung.

Tief unter Deck lag Tozier auf der Lauer, die Maschinenpistole hielt er feuerbereit im Arm. Hinter ihm lehnte Parker ruhig an der Wand und wartete geduldig ab. Daß irgend etwas geschehen mußte, davon war er felsenfest überzeugt. Kein Mensch konnte es lange in einer Stahlkammer aushalten, in die mit Hochdruck kochend heißer Dampf einströmte. Er nickte kurz, als Tozier ihm zuflüsterte: »Der Riegel bewegt sich.«

Vielleicht hätte Tozier Eastman aus Mitleid eine Chance gegeben, doch der warf die Tür auf und kam inmitten einer Dampfwolke wild um sich schießend aus der Kammer gestürzt. Als Tozier den Abzug betätigte, brüllte die Maschinenpistole in dem engen Gang laut auf, doch das ohrenbetäubend schrille Pfeifen des Dampfstrahles konnte ihr Rattern nicht übertönen. Eastman kam keine zwei Schritte weit, die Wucht der Geschosse schleuderte ihn nach hinten, und er brach auf der Türschwelle zum Torpedoraum zusammen.

Das Kreischen verstummte. Parker sagte: »Zwei Minuten hat er es ausgehalten, länger als ich dachte. Schauen wir mal nach, ob er irgendwas beschädigt hat.«

Tozier ließ die Waffe sinken. »Genau, schaffen wir uns endlich den verfluchten Stoff vom Hals.«

Plötzlich blieb Parker wie angewurzelt stehen. »Ja, hol mich doch der Teufel«, sagte er heftig. »Mensch, das sind doch scharfe Waffen, die wir da drin haben. Warum sollen wir sie nicht benutzen?«

Tozier klappte der Unterkiefer herunter. »Mein Gott, Sie haben recht! Daß mir das aber auch nicht früher eingefallen ist, ich muß wohl geschlafen haben. Überprüfen Sie die Torpedos, Dan. Ich muß das sofort in die Wege leiten.« Er rannte durch den Gang und kletterte dann über die senkrechte Leiter zum Vorderdeck hoch. Er wollte gerade nach draußen treten, als er am Arm festgehalten wurde.

»Immer mit der Ruhe«, meinte Metcalfe. »Sonst laufen Sie mir noch in eine Kugel. Schauen Sie sich das mal an.«

Als Tozier vorsichtig um den Türrahmen lugte, erblickte er in nächster Nähe die *Stella del Mare.* Er duckte sich zurück und sagte: »Heiliger Strohsack! Sie liegt ja genau längsseits!«

»Da hinten fährt ein Schiff, es ist nicht allzuweit weg, aber es entfernt sich von Minute zu Minute mehr. Jeanette wartet nur noch, bis die Luft rein ist.«

»Parker ist etwas eingefallen«, sagte Tozier. »Er will sie torpedieren.« Als er Metcalfes Gesichtsausdruck sah, mußte er grinsen. »Er war doch bei der Marine, und als alter Matrose kommt man eben auf solche Ideen.«

»Das hätte mir aber auch selbst einfallen können«, meinte Metcalfe. In seinen Augen funkelte böses Licht. »Dann gehe ich besser Hellier ablösen, für so einen Plan braucht man einen erfahreneren Steuermann. Braucht Parker Hilfe?«

»Bestimmt. Schicken Sie Hellier zu ihm nach unten. Ich gebe Johnny Bescheid.«

Tozier stieg in den Maschinenraum, wo Follet mit der Waffe in der Hand und einem wachsamen Auge auf den Maschinisten, der gerade eine Meßuhr überprüfte, neben dem Telegrafen saß. Er mußte sehr laut sprechen, um Follet von den neuesten Entwicklungen in Kenntnis setzen zu können.

»Das ist ja ein dicker Hund!« meinte Follet bewundernd. »Wir wollen sie also tatsächlich torpedieren?«

»Versuchen müssen wir es auf alle Fälle.«

Follet warf einen Blick auf die beschlagenen Stahlplatten neben sich. Hinter dieser dünnen Schiffshaut lag das Meer. »Wenn irgend etwas schiefgeht, gebt mir rechtzeitig Bescheid«, sagte er. »Ich bin zwar ein guter Schwimmer, aber das möchte ich auch gern unter Beweis stellen können.«

Ein grimmiges Lächeln trat auf Toziers Lippen. »Wie stehen unsere Chancen jetzt, Johnny?«

»Ich schließe keine Wetten mehr ab«, antwortete Follet. »Nur eines weiß ich genau, wir haben uns richtig entschieden. Aber selbst, wenn man einen Vorteil hat, kann man noch lange nicht jedes Spiel gewinnen.«

Tozier boxte ihn leicht in die Seite. »Sorgen Sie dafür, daß dem Schrotthaufen nicht die Luft ausgeht. Tom braucht Saft zum Manövrieren.«

Er ging weiter nach vorne zum Torpedoraum, doch bevor er eintrat, zerrte er noch Eastmans Leiche von der Schwelle.

»Scheint alles in Ordnung zu sein«, sagte Parker. »Eastman hat nichts beschädigt.« Er tätschelte die Flanke eines Torpedos. »Bei diesen Schätzchen hier werde ich Hilfe brauchen. Zwei stecken schon in den Rohren, aber nachladen kann ich nicht alleine.«

»Hellier ist schon unterwegs«, antwortete Tozier. »Er ist der stärkste von uns allen.« Er drehte sich um. »Da kommt er ja schon. Dan, habe ich Sie richtig verstanden? Man braucht nur auf die Knöpfe zu drücken, und das ist alles?«

Parker nickte. »Ein Satz ist auf der Brücke montiert, der andere oben im Krähennest. Man kann beide benutzen, je nach Lust und Laune. Aber vom Ausguck aus wäre es vielleicht sinnvoller, weil man da das Zielfernrohr hat.«

»Ich gehe wieder an Deck«, sagte Tozier. »Der Spaß muß jeden Augenblick losgehen.«

Er nickte noch einmal mit dem Kopf, dann war er verschwunden. Hellier fragte: »Was soll ich machen?«

»Im Moment noch gar nichts«, antwortete Parker mit unerschütterlicher Ruhe. »Wir warten erst mal ab.« Er hob den Kopf. »Aber wenn Sie ein frommer Mensch sind, könnten Sie es inzwischen mit einem Gebet versuchen.«

Tozier traf Abbot und Warren am Bug. Der Reporter lag flach auf dem Bauch und spähte vorsichtig um das Deckhaus herum zur *Stella del Mare* hinüber. Als Tozier ihn auf die Schulter tippte, kam er zurückgerobbt. »Die machen sich an dem Ding am Heck zu schaffen.«

Tozier löste ihn auf seinem Beobachtungsposten ab. Drei oder vier Männer waren auf dem Deck der Yacht damit beschäftigt, die Plane wegzurollen, unter der das lange Rohr einer Kanone zum Vorschein kam. Einer von ihnen hockte sich auf einen Sitz und drehte an einer Kurbel, das Rohr stieg hoch und senkte sich wieder; ein anderer nahm ebenfalls Platz und schwenkte das Rohr, dann legte er das Auge ans Visier. Tozier hätte für ein anständiges Gewehr seine Seele dem Teufel verkauft, damit hätte er sie alle der Reihe nach wegputzen können, nicht einer von ihnen wäre ihm entwischt.

Weiter vorn machten andere die Maschinengewehre einsatzbereit, Tozier konnte deutlich erkennen, wie sie sie luden. Er rutschte zurück und schaute nach achtern. Das Schiff, das ihnen entgegengekommen war, war nur noch ein kleiner Fleck am Horizont, über dem eine dünne Rauchfahne hing. Er stand auf und rief gellend: »Tom, alle Mann auf Gefechtsstation!«

Die Antwort kam nur gedämpft unter der Leinwandplane hervor: »Aye, aye, Sir!«

Tozier zog Warren und Abbot zur Seite. »An Backbord wird es jetzt gleich ein bißchen ungemütlich. Am besten legt ihr euch an Steuerbord irgendwo hinter der Brücke flach auf den Boden. Wir wollen versuchen, sie zu torpedieren, Tom hat das Kommando. Er muß nämlich das Schiff in die günstigste Schußposition bringen.«

»Aber die Abschußköpfe sind doch auf der Brücke«, warf Warren ein.

»Stimmt«, antwortete Tozier. »Und genau da wird es lustig. Mike, Sie bleiben hier hinten und halten Verbindung zu Tom. Sie geben Bescheid, wenn er feuerbereit ist. Nick, Sie kommen mit mir. Wenn wir das Startzeichen bekommen, schlagen Sie sich zur Brücke durch und versuchen, an die Knöpfe zu kommen.«

Warren nickte, und ihm schoß der Gedanke durch den Kopf, welche Aufgabe Tozier wohl sich selbst zugedacht haben mochte. Die Antwort auf diese Frage ließ nicht lange auf sich warten, denn Tozier deutete mit dem Kopf auf den Lastkran. »Da oben ist noch ein Satz Knöpfe. Falls Sie nicht durchkommen, probiere ich da mein Glück.«

Warren schaute zu dem gräßlich ungeschützten Krähennest hinauf und fuhr sich mit der Zunge über die Lippen. »Und wenn Sie es nicht bis nach oben schaffen?«

»Das macht mir dann auch nichts mehr aus«, antwortete

Tozier leichthin. »Dann muß es jemand anders versuchen. Machen wir uns startklar.«

Warren und er gingen zusammengekauert an Steuerbord in Deckung und warteten. Als es endlich losging, brach es mit voller Wucht und ohne jede Vorwarnung über sie herein.

Warren konnte den hinteren Teil der Brücke einsehen, die untermalt vom ohrenbetäubenden Krachen rasch aufeinander folgender Explosionen schnell in ihre Bestandteile zerlegt wurde. Grelle Lichtblitze zuckten, als die Granaten mit wilder Wucht zerbarsten, und vom Ruderhaus war in Sekundenbruchteilen nur noch ein Trümmerhaufen übrig.

Als er über sich einen dumpfen Einschlag hörte, schaute er hoch und traute seinen Augen kaum, als er sah, daß eine spitze Glasscherbe in der Teakholzverkleidung steckte. Sie war vom Ruderhaus weggefegt worden, mörderisch auf ihn zu gerast und hatte sich mit der rasiermesserscharfen Kante drei Zentimeter tief in das Holz gebohrt. Hätte er den Kopf eine Handbreit höher gehalten, wäre er enthauptet worden.

Er ließ sich gerade noch rechtzeitig in die Deckung zurückfallen, bevor das Kanonenfeuer nach achtern schwenkte. Jetzt explodierten die Granaten auf dem Deck, Plankensplitter flogen ihm um die Ohren, einer durchschnitt den Saum seiner Jacke und riß ein ausgefranstes Loch hinein. Das dumpfe Brüllen der Kanone wurde vom helleren Rattern der Maschinengewehre überlagert, die Kugeln durchschlugen die Wände des Deckhauses, als wären sie aus Papier. Warren preßte sich so flach auf das Deck, als wollte er sich hineingraben.

Sechs Kilometer weiter westlich wurde der Geschützdonner an Bord eines libanesischen Patrouillenbootes gehört, auf dem sich auch Jamil Hassan befand. Der junge Kapitän drehte sich zu ihm um und sagte: »Gewehrfeuer.«

Hassan fuhr mit der Hand durch die Luft. »Schneller, fahren Sie schneller.«

Als das unmenschliche Krachen einen Augenblick lang aufhörte und es auf der *Orestes* bis auf das leise Stampfen der Motoren und die plätschernde Bugwelle so ruhig war wie zuvor, hob Warren vorsichtig den Kopf. Er schaute zur Brücke hoch, und der Anblick der Verwüstung, der sich ihm bot, entsetzte ihn. Plötzlich schoß ihm ein Bild in den Sinn, er sah die Puppen, die Metcalfe gebastelt hatte, wie Marionetten an ihren Stricken tanzen, während sie von Kugeln und Granaten zerfetzt wurden, bis schließlich das Dach einstürzte und sie zu Boden riß.

Langsam begann die *Orestes* sich nach Backbord zu drehen, als hätte eine unsichtbare Hand sie losgelassen. Metcalfe rief: »Ich lasse uns wie zufällig treiben, bis ich die Yacht vor dem Bug habe. Vielleicht nehmen sie uns das ab. Sagen Sie Andy, er soll sich bereithalten.«

Abbot rannte gebückt nach vorne und gab die Nachricht weiter. Tozier warf einen Blick auf die zertrümmerte Brücke und schüttelte den Kopf. »Los, Nick, aber schön vorsichtig. Warten Sie, bis wir sie genau vor den Rohren haben, dann erst drücken Sie aufs Knöpfchen. Und wenn Sie überhaupt nicht feuern können, lassen Sie es mich wissen.«

Warren zitterte am ganzen Leib. Für so ein Abenteuer war er nicht der richtige Mann, das war ihm nur allzu bewußt. Er rannte zur Leiter, kletterte hoch, duckte sich, als er auf der Brücke ankam, und warf sich sofort flach auf den Boden. Er hob vorsichtig den Kopf und schaute auf das Ruderhaus. Die ganze Vorderfront war weggefegt, und dahinter war auch nicht viel verschont geblieben. Es gab kein Steuerrad mehr, kein Kompaßhaus, keinen Maschinentelegrafen – und kein kleines Kästchen mit zwei Knöpfen. Die Brücke war völlig leer.

Er schrie: »Hier ist nichts zu machen, Andy!« Dann drehte er sich um, doch aus Angst, daß ihn die nächste Salve Gewehrfeuer erwischen würde, machte er sich nicht die Mühe, die Leiter hinunterzuklettern, sondern er sprang ins Leere und schlug krachend auf dem Deck auf, unterhalb der mageren Deckung, die ihm die Brücke noch bieten konnte.

Er sah Tozier an sich vorbeihetzen, Haken schlagend raste er über das Deck und dann über die ungeschützte, offene Fläche in der Schiffsmitte, nie rannte er mehr als drei Schritte in dieselbe Richtung. Er verschwand hinter der Verkleidung der Hilfsmaschine am Fuße des Lastkrans, und Warren schaute nach oben. Ihm kam es unvorstellbar vor, daß ein Mensch, nach allem was passiert war, dort hinaufsteigen sollte.

Metcalfe beobachtete mit dem einem Auge den Kran, mit dem anderen die *Stella del Mare.* Als er Tozier nach oben klettern sah, drehte er das Steuerrad, um die *Orestes* wieder auf Kurs zu bringen. Jetzt hatte Tozier das Krähennest erreicht, er bückte sich und legte das Auge ans das Zielfernrohr, doch in diesem Moment scherte die Yacht ab, obwohl Metcalfe sein Möglichstes tat, um sie vor den Rohren zu halten.

Die plötzliche Kursänderung beider Schiffe hatte die Schützen auf der Yacht verwirrt. Das vordere Maschinengewehr konnte nun nicht mehr sinnvoll eingesetzt werden, das Maschinengewehr mittschiffs feuerte zwar noch, aber es traf nichts mehr. Die Kanone jedoch war in einer idealen Schußposition, sie wurde herumgeschwenkt und eröffnete das Feuer. Ein Hagel von Granaten sauste an Tozier vorbei, und es schien unvorstellbar, daß man ihn überhaupt verfehlen konnte. Hinter der *Orestes* wühlten Explosionen das Meer anderthalb Kilometer weit auf, da die Granaten am Schiff vorbeizischten und dann ins Meer platschten, ohne Schäden anzurichten.

Tozier hieb auf die Knöpfe ein, und schon waren die beiden Torpedos mit ihrer gemeinsamen Fracht von fünfzig Millionen Dollar unterwegs.

Dann kletterte er so rasch wie möglich von dem Lastkran herunter. Etwa drei Meter über dem Boden verlor er den Halt und stürzte aufs Deck. Die Kanone stellte das Feuer ein, und Warren hörte achtern jemand jubeln, er wunderte sich, worüber Metcalfe sich dermaßen freute. Eines stand jedenfalls fest, die Torpedos waren danebengegangen. Es gab keine Explosion auf dem anderen Schiff, und ein Maschinengewehr ratterte noch immer.

Als die Geschosse über Metcalfe hinwegrasten, zog er wie eine Schildkröte den Kopf zwischen die Schultern, als ob er sich dadurch hätte schützen können. Wäre die Kanone eine Spur tiefer ausgerichtet gewesen, hätte sie der *Orestes* das Heck weggeschossen und Metcalfe mit ins Meer gefegt. Als sie den Beschuß einstellte, lugte er vorsichtig durch ein Loch in der Plane und fing an zu jubeln.

Auf der *Stella del Mare* lief nicht mehr alles nach Plan; auf dem erhöhten Achterdeck herrschte ein unbeschreibliches

Durcheinander, das lange Rohr der Kanone stand in einem unnatürlich spitzen Winkel in die Höhe. Die improvisierte Verankerung hatte dem Druck des Dauerfeuers nicht standhalten können, und jetzt war die Kanone außer Gefecht gesetzt. Von der Yacht drang ein dünner, ferner Schmerzensschrei herüber, es klang, als ob jemand verletzt worden wäre.

Deshalb jubelte Metcalfe.

Unten im Bug hörten Parker und Hellier, wie die Torpedos zischend aus den Rohren schossen. Hellier wollte erst abwarten, ob sie einen Treffer gelandet hatten, doch Parker war bereits mit dem Schließen der äußeren Klappen der Rohre beschäftigt, damit sie sofort mit dem Nachladen beginnen konnten. Dann riß er die inneren Klappen auf und trat einen Schritt zur Seite, als daraus das Wasser hereinbrach, und schon löste er die Halterungen, mit denen der feuerbereite Torpedo an Backbord befestigt war. »Kommen Sie!« brüllte er. »Rein mit dem Ding!«

Hellier und er zerrten an dem Torpedo, der sich langsam auf seinen Rollen auf das offene Rohr zu bewegte. Er war sehr schwer und ließ sich nur zentimeterweise vorwärtsbewegen, doch als sie fester zupackten, wurde er schneller und rutschte schließlich glatt in das Rohr. Parker knallte die Klappe zu und drehte das Schloß fest. »Und jetzt den nächsten«, keuchte er.

»Meinen Sie, die erste Ladung hat getroffen?« fragte Hellier.

»Keine Ahnung«, antwortete Parker, der sich bereits am letzten Torpedo zu schaffen machte. »Glaube ich kaum. Obwohl wir sie nach dem Krach da oben zu urteilen anscheinend direkt vor dem Rohr hatten. Los, rein mit dem Kameraden, aber dalli.«

Warren schaute sich suchend nach Tozier um, doch er konnte ihn nirgends entdecken. Er steckte den Kopf um die Ecke der Brücke und warf einen Blick auf die *Stella del Mare* hinüber. Sie hatte sich gleichzeitig mit der *Orestes* gedreht und lag noch immer auf Parallelkurs an Backbord. Das Maschinengewehr mittschiffs spuckte weiterhin kurze Feuergarben aus, und da auch das andere im Bug nun wieder günstig positioniert war, eröffnete es ebenfalls das Feuer, doch beide hatten es anscheinend in erster Linie auf das Vorderdeck abgesehen.

Er konnte auch sehen, warum. Dort kauerte Tozier mit einem seltsam unterhalb des Gelenkes abgeknickten Bein und suchte Deckung in einer Nische. Selbst aus dieser Entfernung konnte Warren erkennen, daß es gebrochen war. Plötzlich kam Dan Parker aus der Tür des Vorderdecks gestürmt, um Tozier in Sicherheit zu bringen. Er hatte noch keine zwei Schritte zurückgelegt, als er von einer Kugel erwischt und aufs Deck geschmettert wurde, wo er schwach zuckend liegenblieb.

Das war zuviel für Warren. Er stürzte aus seinem Schlupfwinkel heraus und raste über das Deck, ohne sich darum zu kümmern, ob er sich dadurch in Gefahr brachte oder nicht. Im selben Augenblick hörte er vom Heck aus einen gellenden Schrei: »Sie wollen uns von Steuerbord unter Beschuß nehmen. Sie müssen am Bug vorbei, macht euch feuerbereit.«

Warren hörte zwar die Worte, doch er verstand sie nicht; er konnte nur an eines denken: Parker und Tozier zu retten. Doch erleichtert nahm er wahr, daß das Maschinengewehrfeuer eingestellt wurde, während sich die *Stella del Mare* langsam vor die *Orestes* schob, es hätte bei diesem Manöver ohnehin nichts mehr treffen können. So gelang es ihm, ohne auch nur den geringsten Kratzer bis zu Parker zu gelangen.

Er bückte sich, packte den Mechaniker und zerrte ihn in den Schutz des Vorderdecks. Dabei konnte er nicht zimperlich vorgehen, da die Zeit drängte, doch zum Glück war Parker bewußtlos. Dann kehrte er rasch zu Tozier zurück, der ihn kläglich angrinste. »Das Bein ist im Eimer«, sagte er.

»Aber auf dem anderen können Sie trotzdem noch stehen«, antwortete Warren und half ihm hoch.

»Verdammt und zugenäht!« brüllte Metcalfe. »Will wohl endlich einer auf den verfluchten Kran steigen?«

Warren schaute zurück und zögerte, da er Toziers Gewicht auf sich lasten spürte. Doch schon war Abbot losgerannt; wie zuvor schon Tozier verschwand auch er hinter der Hilfsmaschine, und als er wieder auftauchte, war er schon halb den Kran hinauf, er kletterte so flink nach oben, als wäre der Teufel hinter ihm her.

Von seiner erhöhten Stellung am Heck aus hatte Metcalfe den bestmöglichen Überblick. Die *Stella del Mare* zog in dreihundert Metern Entfernung vor dem Bug der *Orestes* her. Als die Männer an Bord der Yacht Abbot auf dem Kran erblickten, eröffneten sie sofort wieder das Feuer, gnadenlos fegten die Garben über die *Orestes* hinweg. Abbot verschwendete keine Zeit auf längeres Zielen. Er schlug sofort mit der Faust auf die Abschußknöpfe, doch im selben Moment stichelte eine Maschinengewehrsalve blutige Löcher in seine Brust. Er breitete die Arme aus, wurde nach hinten geworfen und krachte zehn Meter tiefer auf das Deck.

Jetzt erzitterte die Yacht und blieb wie festgezurrt stehen, die Torpedos hatten sie getroffen. Als über dreihundertfünfzig Pfund TNT in ihrem Leib explodierten, zerbarst sie auf der Stelle. Sie war kein Kriegsschiff, das einiges aushalten konnte, und die Detonation riß sie entzwei. Da der mittlere Teil völlig zerfetzt war, war sie in zwei Stücke zerschnitten. Der Bug trieb noch ein paar Sekunden lang auf dem Wasser, das Heck lief rasend schnell voll. Mehrere Gestalten sprangen von Bord, kurz bevor das Heck im Wasser versank, und Metcalfe fletschte grimmig lächelnd die Zähne. Die *Orestes* pflügte weiter durch das Meer, vorbei an Trümmern und Wrackteilen. Plötzlich sah er ein weißes Gesicht und einen blonden Haarschopf, er sah einen Arm, der verzweifelt winkte.

Langsam und überaus sorgfältig drehte er das Steuerrad so, daß das Heck der *Orestes* auf Jeanette Delorme zu glitt und sie in den Mahlstrom der wirbelnden Schiffsschraube riß. Mit der gleichen Sorgfalt brachte er die *Orestes* wieder auf Kurs, und er schaute nicht ein einziges Mal mehr zurück.

VII

Metcalfe lehnte über der Reling und starrte in die Mündung der zweiten Schnellfeuerkanone, die er an diesem Tag zu sehen bekommen hatte. Sie wurde von Bord eines libanesischen Patrouillenbootes auf die *Orestes* gerichtet, das leise tuckernd hundert Meter querab an Backbord lag, genau wie zuvor die *Stella del Mare*. Es hatte sich nicht viel verändert, nur die Maschinen der *Orestes* waren jetzt ausgeschaltet, das Fallreep war heruntergelassen, und ein kleines Boot mit zwei Matrosen und einem Unteroffizier der libanesischen Marine lag längsseits.

»Packen Sie mal mit an, Tom«, rief Warren.

Metcalfe drehte sich um und ging zu dem Arzt hinüber, der gerade Parker die Schulter bandagierte. Er bückte sich und hielt den Verband stramm, damit Warren ihn festziehen konnte. »Wie geht es Ihnen?« fragte er.

»Nicht schlecht«, antwortete Parker. »Hätte schlimmer kommen können. Kann mich nicht beklagen.«

Metcalfe hockte sich hin und sagte zu Warren: »Der Zivilist an Bord sah mir aber gar nicht wie einer von der Marine aus.«

»Ich wußte noch nicht einmal, daß der Libanon überhaupt eine Marine hat«, meinte Warren.

»Hat er auch nicht, nur ein paar Schiffe zum Küstenschutz.« Metcalfe deutete mit dem Kopf auf das Patrouillenboot. »Den Jungs bin ich schon oft durch die Finger geschlüpft.« Er runzelte die Stirn. »Was glauben Sie, was Hellier so viel mit dem zu bereden hat? Die beiden quatschen bestimmt schon seit einer Stunde.«

»Woher soll ich denn das wissen?« antwortete Warren kurzangebunden. Er mußte an Mike Abbot und Ben Bryan denken, zwei Tote bei einer ursprünglichen Mannschaft von nur fünf Leuten. Verluste von vierzig Prozent waren ein hoher Preis, und dabei hatte er die Verletzten nicht einmal mitgerechnet, deren Zahl weitere vierzig Prozent betrug.

Follet redete inzwischen auf Tozier ein, der mit seinem geschienten Bein ganz in der Nähe lag. »Herrschaftszeiten!« sagte er. »Dann erkläre ich es eben noch einmal.« Er klimperte mit den Münzen in seiner Hand.

»Schon gut, ich glaube Ihnen doch«, antwortete Tozier. »Muß ich ja wohl, oder? Schließlich haben Sie mir meine Kröten wirklich abgeluchst. Das ist schon ein guter Trick.«

Er ließ den Blick über das Deck schweifen, bis er auf die mit einer Plane zugedeckte Leiche fiel, die am Kopfende des Fallreeps lag. »Nur schade, daß er hinterher nicht genausogut funktioniert hat.«

»Ich weiß, worauf Sie hinauswollen, aber wir hatten keine andere Wahl«, entgegnete Follet trotzig. »Wie ich schon sagte, man kann eben nicht immer gewinnen.«

Hellier kam über das Deck auf sie zu. Metcalfe stand auf und fragte: »Ist der von der Marine?« Mit dem Kopf deutete er auf Hassan, der neben der Reling stand.

»Nein«, antwortete Hellier. »Er ist Polizeibeamter.«

»Was haben Sie ihm erzählt?«

»Alles«, sagte Hellier. »Die ganze Geschichte.«

Metcalfe blies die Backen auf. »Damit sitzen wir aber wirklich in der Patsche«, meinte er. »Wir können von Glück sagen, wenn wir nicht für die nächsten zwanzig Jahre im Kittchen landen. Haben Sie schon einmal im Nahen Osten einen Knast von innen kennengelernt, Sir Robert?«

Hellier schmunzelte. »Über Ihre Waffenschiebereien habe ich mich nicht allzu deutlich ausgedrückt. Aber davon wollte er sowieso nichts hören. Er möchte mit uns reden.«

Er winkte Hassan heran, der mit den Händen in den Taschen auf sie zukam. Mit zusammengepreßten Lippen musterte er sie scharf von oben bis unten und sagte dann barsch: »Mein Name ist Jamil Hassan, ich bin Polizeibeamter. Es hat den Anschein, als hätten Sie, meine Herren, einen kleinen Privatkrieg veranstaltet, der zum Teil auf libanesischem Gebiet ausgefochten wurde. Als Polizeibeamter muß ich Ihnen mein Mißfallen darüber zum Ausdruck bringen.«

Seine strenge Miene hellte sich ein wenig auf. »Andererseits sehe ich mich als Polizeibeamter zur Untätigkeit gezwungen, da nun einmal das offene Meer außerhalb libanesischer Hoheitsgewässer nicht in meinen Amtsbereich fällt. Was soll ich also tun?«

Metcalfe grinste. »Verraten Sie es uns, Kumpel.«

Hassan ging nicht auf den Zwischenruf ein. »Selbstverständlich bin ich nicht nur Polizeibeamter, sondern darüber hinaus auch libanesischer Staatsbürger. Und in dieser Eigenschaft möchte ich Ihnen für das, was Sie getan haben, meinen Dank aussprechen. Doch ich muß Ihnen dringend raten, solche Aktivitäten in Zukunft den zuständigen kompetenten Stellen zu überlassen.« Ein Lächeln huschte über seine Lippen. »Die sich allerdings in diesem Fall nicht als sonderlich kompetent erwiesen haben. Aber damit bliebe immer noch die Frage, was soll ich mit Ihnen anfangen?«

»Wir haben Verwundete an Bord«, sagte Warren. »Sie brauchen medizinische Hilfe, ein Krankenhaus. Sie könnten sie in Ihrem Boot nach Beirut zurückbringen.«

»Es ist nicht mein Boot«, verbesserte Hassan. »Sie sind wohl, wie ich annehmen darf, Dr. Warren?« Als Warren nickte, fuhr er fort: »Jeder von Ihnen, der nach Beirut zurückkehrt, würde unzweifelhaft im Gefängnis landen. Unsere kleine Marine drückt nicht gern ein Auge zu. Nein, Sie bleiben hier, und ich fahre nach Beirut zurück. Ich schicke Ihnen jemand, der Sie aufliest und leise und unauffällig an Land bringt. Sie werden verstehen, daß ich diese Vorkehrungen ausschließlich in meiner Eigenschaft als libanesischer Staatsbürger und nicht als Polizeibeamter treffe.«

Metcalfe stieß einen Seufzer der Erleichterung aus. Hassan musterte ihn spöttisch und sagte: »Die arabischen Staaten arbeiten immer sehr eng zusammen, und eine Auslieferung ließe sich leicht arrangieren. Mir sind Berichte zugegangen, denen zufolge eine Bande internationaler Verbrecher den Mittleren Osten unsicher macht, die rücksichtslos tötet, Kriegsgerät einsetzt und« – er starrte Metcalfe stechend an – »und sich andere staatsfeindliche Vergehen hat zuschulden kommen lassen, vorwiegend im Irak. Aufgrund dieser Erkenntnisse werden Sie alle den Libanon zum frühestmöglichen Zeitpunkt verlassen. Flugscheine werden Ihnen in Ihrem Hotel zugestellt werden, und Sie werden sie benutzen. Ich hoffe, wir haben uns verstanden.«

Tozier fragte: »Was soll aus der Mannschaft der *Orestes* werden? Sie ist noch immer unten im Frachtraum eingeschlossen.«

»Sie werden die Besatzung freilassen, kurz bevor Sie von Bord gehen.« Hassan lächelte leise. »Wenn die jemals wieder einen Hafen anlaufen, werden sie ein paar unangenehme Fragen zu beantworten haben. Unter diesen Umständen glaube ich kaum, daß wir das Schiff je wiedersehen werden.«

»Danke«, sagte Hellier. »Wir wissen es zu schätzen, daß Sie Verständnis für unsere Lage aufbringen.«

Hassan nickte kurz, dann wandte er sich ab. Auf halbem

Weg zum Fallreep blieb er noch einmal stehen und drehte sich um. »Um wieviel Heroin ging es bei der ganzen Sache eigentlich?«

»Genau tausend Kilogramm«, antwortete Parker. »Eine Tonne.«

Hassan nickte. »Vielen Dank, meine Herren.« Plötzlich lachte er. »Und ich habe mir eingebildet, ich wüßte alles über den Rauschgiftschmuggel, aber Torpedos!?« Er schüttelte belustigt den Kopf, doch dann wurde seine Miene ernst, als sein Blick auf die zugedeckte Leiche von Abbot fiel. »Ich schlage vor, Sie bestatten diesen tapferen Mann auf See«, sagte er und kletterte hinunter in das wartende Boot.

Tozier meinte: »Nun, Nick, jetzt ist es vorbei. Zum Schluß stand es auf Messers Schneide, aber wir haben es geschafft.«

Warren lehnte sich an die Reling. Plötzlich war er sehr müde. »Ja, wir haben es geschafft. Wenigstens ein Teil von uns.«

Aber Ben Bryan würde nun niemals das versprochene Landhaus zu sehen bekommen, obwohl Warren fest entschlossen war, Hellier eine Wohngemeinschaft auf dem Lande zur Behandlung Rauschgiftsüchtiger einrichten zu lassen. Und Mike Abbot würde nie wieder vor seiner Tür auf ihn warten, um ihn nach den neuesten Nachrichten aus der Drogenszene auszuhorchen.

Er hob den Kopf und schaute Hellier an, den Mann, der Blut hatte sehen wollen, und hoffte, daß er nun zufrieden war. Hatte das Unternehmen die Todesopfer gelohnt? Sicher, in den Vereinigten Staaten würde eine unbekannte Anzahl von Menschen länger und vermutlich auch glücklicher leben, ohne jemals zu ahnen, daß ihre hinzugewonnenen Jahre mit Menschenleben erkauft worden waren, aber schon im nächsten oder im übernächsten Jahr würde ein neuer Eastman oder eine neue Delorme auftauchen und das ganze schmutzige Geschäft fing wieder von vorn an.

Von der Sonne geblendet, schloß Warren die Augen. Aber dann soll ein anderer sie aufhalten, dachte er, für einen einfachen Arzt ist dieses Pflaster viel zu heiß.